btb

Ein Jahr verbrachte Susanne Röckel in Shanghai – 1997/98 unterrichtete sie Deutsch an einer Universität. Überwältigt von den Eindrücken in der so ganz anderen und unbekannten Metropole, begann sie zu schreiben. Aus dem Impuls, die Fremde fassen und begreifen zu wollen, entstanden Aufzeichnungen und Geschichten von spielerischer Leichtigkeit und großer evokativer Kraft. Auch heute noch, gut zwanzig Jahre später, überzeugt dieses Mosaik aus Erlebtem und Gedachtem, ob es um Hühnerfüße geht oder Grillenverkäufer, Verkehrspolizisten oder Tempel, Kalligraphie oder Friseursalons.

SUSANNE RÖCKEL wurde 1953 in Darmstadt geboren. Sie ist Schriftstellerin, literarische Übersetzerin und Sprachlehrerin. Susanne Röckel lebt in München. Ihre Texte wurden vielfach ausgezeichnet, u. a. mit dem Tukan-Preis und dem Franz-Hessel-Preis. Ihr Roman »Der Vogelgott« stand 2018 auf der Shortlist des Deutschen Buchpreises.

SUSANNE RÖCKEL BEI BTB
Der Vogelgott. Roman (71871)

Dabei sollte ich eigentlich froh sein, dass ich jetzt überhaupt in Brighton neben Lisa in einem Himmelbett liegen darf. Es war ein sehr harter Kampf gewesen. Nachdem schon unsere Halbjahreszeugnisse gezeigt hatten, dass wir ganz dringend an unseren Englischkenntnissen arbeiten müssen, hatten Lisa und ich mit einem Aufenthalt in den USA oder Australien geliebäugelt. Auch Neuseeland hatte uns gereizt. Als ich das meinen Eltern vorgeschlagen habe, ist meine Mutter ganz blass geworden und hat erst mal mit dem Tischstaubsauger den blanken Tisch bearbeitet. Klassische Übersprungshandlung. Sie hatte dann allen Ernstes gemeint, dass wir ja vielleicht innerhalb von Deutschland auf eine englische Schule gehen könnten. Dann könnten Papa und sie mich auch mal am Wochenende besuchen. Meine Mutter fand im Internet sogar ein englisches Internat, das Sommerferienkurse anbot. In Bielefeld.

Das kam sogar meinem Vater komisch vor.

Nach vielen Gesprächen konnten wir uns schließlich auf Großbritannien im Allgemeinen und Brighton im Besonderen einigen. London hatte meine Mutter natürlich auch sofort von der Liste gestrichen. Viel zu gefährlich. Aber Brighton fand sie charmant.

»Ein nettes Küstenstädtchen. Und wenn es sein muss, sind wir ja mit dem Flugzeug schnell da«, fand meine Mutter. Ich weiß nicht, was sie genau meint mit »wenn es sein muss«. Will ich auch gar nicht wissen. Ich hatte gelesen, dass Brighton in etwa so ist wie London in Klein, nur am Meer. Hörte sich gut an. Und besser als Bielefeld allemal.

Lustigerweise hatte meine Mutter mich in den letzten Tagen immer wieder daran erinnert, dass ich in Brighton stets das Handy bei mir haben soll. Sie, die sonst immer meckert: »Leg doch mal das Ding weg. Kannst du nicht mal in Ruhe essen? Musst du jetzt schon wieder darauf rumtippen?«

Sie hatte allen Ernstes gesagt: »Stell dir vor, Papa hat einen Herzinfarkt oder so. Da muss ich dich doch erreichen.«

Ich hatte ihr geantwortet, dass es mir lieber wäre, sie würde dann den Notarzt informieren. Mein Vater hatte das Gespräch leider mitbekommen und irgendwie ganz erschrocken geguckt.

Nachdem Lisa und ich das Licht ausgemacht haben, stelle ich mich noch kurz ans Fenster und blicke in den Nachthimmel.

»Bist du jetzt Laura und suchst deinen Stern, oder was?«, fragt Lisa mich.

»Quatsch. Ich kann mir nur nicht vorstellen, dass das derselbe Sternenhimmel ist, den man auch über unserem Kaff sieht. Hier sieht er viel größer aus. Außerdem höre ich das Meer rauschen.«

»Ich glaube, das ist die Autobahn«, kontert Lisa schon halb schlafend.

Ich kuschle mich an sie.

»Schlaf gut, du gemeines Etwas.«

2

Leider muss ich die gute Linda am nächsten Morgen schon wieder schocken. Als wir zum Frühstück in die Küche kommen, steht unsere Gast-Mom da und streicht dick Butter auf labberige Weißbrotscheiben. Dann legt sie eine Scheibe Käse drauf. Und dann greift sie zu einer riesigen Tube Mayonnaise und drückt zu. Sie macht mehrere fette Kleckse und legt dann die nächste Scheibe Brot darauf.

»Your sandwiches for school«, flötet sie.

Das sind unsere Pausenbrote???

In meinem Kopf rattert es. Schließlich frage ich vorsichtig, ob da wohl Eier in der Mayonnaise seien.

Sie studiert das Kleingedruckte auf der Tube und nickt schließlich.

»Is that a problem?«

Ich nicke und erkläre, dass ich auf gar keinen Fall rohe Eier essen dürfe. Ich hätte eine Allergie und würde stehenden Fußes großflächigen Ausschlag bekommen, radebreche ich.

Sie starrt mich an. Vielleicht hat sie auch nicht alles verstanden. Ich bin schließlich hier, weil ich schon mit dem Alltagsenglisch absolute Probleme habe. Nahrungsmittelunverträglichkeiten habe ich noch nicht oft auf Englisch diskutiert. Vielleicht befürchtet Linda, dass ich zuckend und schäumend auf dem Boden zusammenbreche, falls sich ein Ei in meine Gedärme verirrt. Linda guckt fragend zu Lisa. Die schüttelt den Kopf.

»I don't have a problem with it«, sagt sie.

Natürlich nicht. Lisa isst ja alles. Die würde auch auf ein kleines süßes Kälbchen zeigen und sagen: »Das esse ich jetzt als Leberwurst. Tötet es.«

Ja, ich gebe es zu: Normalerweise esse ich auch Fleisch und auch Fett. Aber Mayonnaise auf Butter – das muss jetzt echt nicht sein.

»Ich denke, du solltest Linda auch darüber aufklären, dass du keine Schokolade und keine Chips und keine Pommes isst. Soll ich das für dich machen?«, kichert Lisa leise.

»Sei still«, zische ich ihr zu. Linda sieht echt fast traurig aus, als sie jetzt ein Sandwich nur mit Butter und Käse macht.

Immerhin gibt es zum Frühstück Cornflakes. Das steht jetzt vielleicht auf der Liste der gesunden Mahlzeiten nicht im ersten Drittel, aber die schmecken wenigstens. Fasziniert beobachte ich, wie Yakimi die Flakes geschickt mit seinen Stäbchen aus der Milch fischt. Die eigentlich friedliche Stimmung wird ein bisschen von Määäry-Äänn getrübt. Die unterhält sich nämlich mit ihrer Mutter, was ja eigentlich nicht schlimm ist. Sie hat aber schon ihre Inears drin und offenbar lautstark Musik laufen. Deswegen brüllt sie ihrer Mutter auch entgegen, dass sie am Nachmittag Sport habe und wo ihre Glitzerleggings sei und dass sie noch Geld für neuen Lipgloss bräuchte.

Weil Lisa nach dem Frühstück erst noch Kajal, Wimperntusche und Lidschatten in ihrem Gesicht verteilt, müssen wir echt rennen, um den Schulbus zu bekommen.

»Toll, du siehst jetzt gut aus, dafür riechen wir beide total verschwitzt«, meckere ich.

»Ich kann das ja wenigstens durch mein zauberhaftes Gesicht ausgleichen«, grinst sie zurück.

Natürlich weiß ich, warum meine ABF sich so aufgebrezelt hat. Für Lisa ist alles – Schule, Besuch beim Arzt, Zoo-Ausflug – eine Möglichkeit, einen Typen kennen zu lernen. Sie hat schon mal auf einer Autobahnraststätte bei einer Pinkelpause einen Jungen getroffen, mit dem sie noch zwei Wochen gechattet hat. Wobei zwei Wochen für Lisa eine Ewigkeit sind. Lisa kann sich innerhalb eines Tages ver- und entlieben. Deswegen merke ich mir auch nie die Namen der Typen. Lohnt überhaupt nicht. Es gibt immer nur eine jeweilige Nummer eins. Bis der nächste die Nummer eins ist. Mit den Jungs läuft allerdings nie was. Nichts Ernsthaftes. Lisa ist halt einfach nur gerne auf Wolke sieben bis acht.

Auch unsere Klasse bietet da einiges für meine Lieblings-Lisa. Wir sind vierzehn Schüler, neben uns beiden und Yakimi noch fünf Mädchen und sechs Jungen. Drei der Jungs sind indiskutabel, mindestens ein Jahr jünger als wir und peinlich-pickelig. Bleiben noch drei. Vincent, ein lustiger Österreicher mit breitem Akzent, Leo, ein dunkelhäutiger Spanier, und der supercoole Adam aus Polen. Die Mädels sehen so weit okay aus. Ich denke, mit denen können wir hier Spaß kriegen.

Unsere Lehrerin Mrs Collins stellt uns unseren Stundenplan vor. Wir haben jeden Tag von neun bis zwölf Unterricht. Die Fächer sind: *News* (wir diskutieren aktuelle Nachrichten), *History* (alles über England, was wir noch nie wissen wollten),

Creative Projects (wahrscheinlich machen wir lustige Bastelarbeiten). Dazu kommen noch Exkursionen und Sport – aber kein Handball oder Turnen. Wir lernen Einradfahren, Jonglieren und so was. Nicht schlecht: Falls das mit dem Abi nicht klappt, kann ich immerhin noch im Zirkus auftreten.

Nach anderthalb Stunden gibt es eine große Pause. Wir schlendern in den großen Innenhof. Wow, sind hier viele! So eine Feriensprachschule hatte ich mir nicht so groß vorgestellt! Bestimmt zweihundert Mädchen und Jungen liegen auf dem Gras, lungern auf Bänken oder spazieren wie Lisa und ich einfach rum. Ein paar ältere Typen werfen sich einen Basketball zu.

»Ich fühle mich wie in einer amerikanischen Fernsehserie«, rutscht es mir raus. »Irgendwie cool hier. Vielleicht gehe ich echt nach der Schule als Au-pair-Mädchen in die USA oder so.«

»Klar, und wie ich deine Mutter kenne, kommt sie auch mit, dann kann die sich um die Kids kümmern und du dich um deinen Spaß«, lacht Lisa.

Ansonsten passiert an unserem ersten Schultag nicht viel. Wir bekommen noch einen Spind zugewiesen (original wie in einer amerikanischen Highschool), Bücher ausgeteilt und ein paar Merkzettel. Das war es. Um kurz nach zwölf sind wir frei.

»Müssen wir wohl jetzt nach Hause zum Mittagessen? Hat Linda dir was gesagt? Ich habe ein bisschen Angst vor dem Essen«, gebe ich zu. »Bestimmt ist sie bei der Arbeit, oder? Die wird doch nicht hauptberuflich Gastmutter sein?«

Zum Glück ist Lisa besser informiert als ich. »Das stand doch in dem ersten Brief, den wir bekommen haben. Sie arbeitet in einer Anwaltskanzlei und Michael ist bei der Stadt. Irgendein Bürojob.«

»Aha«.

»Die Frage ist, ob sie da den ganzen Tag in der Kanzlei ist oder nur bis mittags, weil sie dann ihren Gastschülern merkwürdige Gerichte vorsetzen muss. Ich rufe bei denen zu Hause einfach mal an«, erkläre ich.

Es tutet und tutet. Keiner geht ran.

Glück gehabt.

Wir einigen uns darauf, dass wir erst in die Stadt gehen, weil Lisa unbedingt shoppen, und danach an den Beach, weil ich unbedingt das Meer riechen will. Und den Wind spüren. Ich gehe nicht gerne shoppen, was Lisa ÜBERHAUPT nicht verstehen kann. Sie hat mir schon mal einen genetischen Defekt attestiert und behauptet, ich hätte zu viele männliche Anteile. Für Lisa ist es eine Zumutung, dass die Geschäfte sonntags geschlossen haben, obwohl man doch gerade am Sonntag soo viel Zeit hätte, um zwischen all den Ständern und Regalen und Tischen zu wühlen. Lisa findet auch immer irgendwas. Ein Top, Ballerinas, einen Rock – egal. Ich finde nichts, weil ich nicht suche. Mir ist das zu anstrengend. Ich hasse es, in winzigen verstaubten Umkleiden zu stehen. Ich trage Jeans und weiße Shirts oder auch weiße Hemden (keine Blusen!!! Das ist ein großer Unterschied!). Dazu trage ich Tücher. Also immer nur eins. Ich habe ungefähr fünfzig bunte, große, kleine, witzige, dramatische und einfarbige Tücher. Ich liebe sie alle. Und dazu trage ich meine Lederjacke. Ich habe sie letztes Jahr auf einem Secondhandmarkt gefunden und ich würde sie am liebsten mit ins Bett nehmen. Sie hat Brusttaschen, ist ganz dünn und knallblau.

Seit sechs Jahren, seitdem wir uns also kennen, versucht Lisa mich umzustylen. Immer wieder hält sie mir Tops, Kleider, Hotpants und weiß-ich-nicht-was hin. Nur um ihr einen Gefallen zu tun und damit sie endlich still ist, habe ich neulich Jeans-Hotpants genommen – aber welche, die nicht ganz so knapp saßen. Für die ganz heißen Tage eigentlich ganz gut.

Nach fast zwei Stunden habe ich es geschafft. Lisa hat ihre Shopping-Sucht befriedigt und bummelt glücklich mit zwei Tüten an der Hand neben mir gen Strand. Zuerst waren wir im Churchill-Center. Lisa hatte sich natürlich vorher die Shopping-Hotspots ausgedruckt. Danach ging es weiter in die North Laine. Das gefiel mir schon besser. Viele kleine Boutiquen und Läden, süße kleine Teestuben und Konditoreien mit den feinsten kleinen Cupcakes. Mir war das Wasser im Munde zusammengelaufen. Aber Lisa trieb mich weiter an. Wie ein kleines Trüffelschweinchen war sie zwischen den Sales-Angeboten unterwegs. Gut, dass sie jetzt erst mal genug cash ausgegeben hat.

Auf dem Pier steht ein Typ mit einer Gitarre und singt Passenger-Songs. Sogar ganz gut. Wir lassen uns gegenüber auf einer Bank nieder und ich habe wieder dieses schön-schaurige Gefühl. Als würde jemand meinen Magen in der Hand halten und ganz leicht zudrücken. Es tut nicht weh, aber es zieht ganz leicht. Es ist einfach eine namenlose Sehnsucht in mir.

Ich bin kein Masochist – also nicht dass ich wüsste –, aber manchmal bin ich so gerne traurig. So endlos traurig, ohne Heulen und das alles. Dann stelle ich mir vor, dass jetzt gerade, genau in diesem Moment, jemand stirbt. Dass sich jetzt gerade Menschen verlieben, sich scheiden lassen, sich streiten. Dass jetzt eine Frau einsam in einer Bar sitzt. Es ist gleichzeitig dunkel, hell oder dämmernd auf dieser Welt. Irgendwo fällt die Sonne gerade ins Wasser, woanders steigt sie gerade auf.

Ich schließe die Augen und stelle fest, dass ich jetzt genau da bin, wo ich sein will.

Das fühlt sich gut an.

Bei Lisa geht eine Textnachricht ein. Sie liest kurz und klatscht dann in die Hände. »Los geht's. Wir gehen Boule spielen.«

»Was ist das?«

»Dieses Boccia. Du musst deine Kugeln ganz nah an eine kleine Kugel werfen.«

»Aha. Und mit wem gehen wir Kugelstoßen?«

»Mit Adam«, grinst Lisa.

»Du hast Adam deine Handynummer gegeben?«, staune ich.

»Ja. Und?«

»Wann? Wir waren seit heute Morgen ununterbrochen zusammen. Wann hast du ihm die gegeben?«

»Auf dem Weg raus. Er hat mich gefragt, und ich dachte, dass sei vielleicht eine ganz gute Idee.«

Ich fasse es nicht. Das ist Lisa.

Ich muss dann allerdings feststellen, dass mir dieses Boule Spaß macht. Auch Xenia und Ella sind mit dabei. Das sind zwei Bayerinnen in unserer Klasse, ziemlich derb und ziemlich witzig, und ihr Englisch ist definitiv noch schlechter als meins. Ich mache mir fast in die Hose, als Ella irgendwann ausruft: »Ja mei, I really like this kugeling balls.«

Wir haben so viel Spaß, dass wir erst ein paar Minuten nach sieben (Abendessenzeit!) wieder bei den Clarks sind. Ich rieche es sofort – Lisa auch. Es gibt Chickenwings. Sie guckt mich mitleidig an. »Immerhin sind diese armen Tiere nicht für *dich* gestorben«, sagt sie anerkennend.

Beim Essen bemühe ich mich, nur auf meinen Teller zu

gucken. Auf die Kartoffeln und den Blattsalat. Ich will gar nicht sehen, wie die anderen sich die knusprigen Wings in den Mund stopfen. Irgendwann höre ich nur eine sehr erstaunte Linda, die zu Lisa sagt: »My goodness, you must have been starving!«

Wie viele hat sie schon verschlungen? Fünf? Sechs? Sieben?

Ich huste schnell, damit niemand meinen knurrenden Magen hört.

Doch später oben auf dem Zimmer, muss ich feststellen, dass ich die aller-aller-beste Freundin (also AABF) habe. Lisa hat mir drei Chickenwings in einem Tempo aufs Zimmer geschmuggelt. Sie ist so cool!

Fünf Minuten später bin ich nicht nur satt, sondern auch selig. Michael Clark hat uns einen kleinen Besuch in unserem Zimmer abgestattet und uns mal eben das Passwort für das W-LAN mitgeteilt.

Wir sind im Netz!

Wir sind drin!

Die nächsten drei Stunden liegen wir mit Lisas iPad auf dem Bett und schicken Mails und surfen. Lisa skypt noch kurz mit ihren L-Schwestern. Als sie mal kurz auf dem Klo ist, richte ich eine Mail-Adresse ein. »Besterbrudernick@gmx.de«. Wenn ich jetzt mal Lust habe, an meinen nicht existenten Bruder zu schreiben, kann ich das einfach tun. Gut, skypen ist ein bisschen schlecht. Aber immerhin.

»Das hätte die ja auch schon gestern ankündigen können«, stöhnt Lisa am nächsten Morgen.

Mrs Collins hat uns gerade mitgeteilt, dass wir heute Vormittag eine Exkursion machen, um die Stadt kennen zu lernen. Lisa starrt auf ihre Peeptoes, auf die Absätze, um genau zu sein.

Das sind super Schuhe, um im Klassenzimmer zu sitzen. Das sind Scheißschuhe, um damit durch die Stadt zu latschen.

»Am besten gehst du direkt barfuß«, schlage ich vor.

»Dann trete ich direkt in ein Kaugummi oder eine Scherbe oder was-weiß-ich«, mault sie.

»Vielleicht trägt dein Adam dich ja auch auf Händen«, stichle ich weiter.

Sie wirft mir nur einen bösen Blick zu und die Haare nach hinten.

Wir lernen eine Menge über die Stadt. Eine Menge, die uns nicht interessiert. Bischofssitz, Palast, Universität und die älteste elektrische Eisenbahn Großbritanniens. Und auch, dass Passenger (!!!!) in Brighton geboren worden ist.

Ich lerne zunächst, dass es ganz wichtig ist, beim Überqueren der Straße immer erst nach rechts – und nicht zuerst nach links – zu gucken. Ich bin während unseres Marsches wirklich fast überfahren worden, weil ich natürlich aus Gewohnheit zuerst nach links geschaut hatte. Aus Gewohnheit und weil ich abgelenkt war – von meiner Mutter. Die hatte mich um halb zwölf auf dem Handy angerufen und sich lautstark beschwert, dass ich mich überhaupt nicht melden würde.

»Mama, wir haben gerade Unterricht«, zische ich ihr zu.

»Ihr habt nur bis zwölf Uhr Schule. Das weiß ich genau«, kontert sie besserwisserisch.

»Stimmt. Aber wir haben erst halb zwölf.«

Ich habe mich ein bisschen zurückfallen lassen. Müssen ja nicht alle dieses peinliche Gespräch mitbekommen.

»Wieso ist es bei euch früher?«, will sie nun misstrauisch wissen.

»Es gibt verschiedene Zeitzonen auf dieser Welt.«

In dem Moment wird mir bewusst, dass ich schon seit Jahren in einer anderen Zeitzone lebe als meine Mutter.

»Und wieso gehst du ans Telefon, wenn du gerade Unterricht hast? Was ist denn das für eine Schule?«

»Ich dachte, wenn du während der Schulzeit anrufst, ist es vielleicht wichtig«, antworte ich angesäuert.

Das ist der Moment, in dem ich fast überfahren werde. Ich schreie auf, der Autofahrer hupt.

»Nora? Nora? Ist alles in Ordnung? Wer hupt denn da?«, kreischt meine Mutter.

Ich bin mittlerweile auf der anderen Straßenseite angekommen.

»Ja, ja. Alles in Ordnung. Das war gerade ein Auto.«

»Wieso macht ihr Unterricht auf der Straße?«

»Wir machen eine Exkursion.«

Wieso beende ich dieses Gespräch nicht einfach? Ich bin echt zu nett.

»Eine Exkursion? Das finde ich gut. Ein bisschen Bewegung tut euch allen gut.«

Sagt meine Mutter, die bei der Schwangerschaftsgymnastik das letzte Mal Sport gemacht hat.

3

Um kurz nach zwölf haben wir alle wichtigen Bauten bestaunt und Mrs Collins entlässt uns. Wir stärken uns kollektiv bei Starbucks und Lisa verabredet sich mit ein paar anderen – allen voran natürlich Adam – zum Basketballgucken. Es gibt wohl ein Turnier nachher auf dem Schulgelände.

»Ich bin ja nicht so der Basketball-Fan«, sage ich leise zu ihr.

»Ich auch nicht. Von mir aus könnten die auch Minigolf oder Kricket spielen, Hauptsache, es ist was los. Hast du eine bessere Idee?«

»Ich wollte ja noch in die Altstadt. Da soll es ein paar interessante Secondhandläden geben. Bei deinem Shoppingtrip hast du die ja ausgelassen ...«

Lisa grinst und verdreht die Augen. Sie weiß genau, wie sehr ich Secondhandläden liebe.

»Pass auf, ich gehe jetzt in meine geliebten Staubhöhlen und hole dich dann am Basketballplatz ab«, schlage ich vor.

»Alles klar.« Sie gibt mir ein Küsschen auf die Wange und ich mache mich auf den Weg.

Was für Lisa Zara und H&M ist, sind für mich kleine vermuffte Secondhandläden. Ich liebe einfach diese Schatzsuche. Manchmal muss man ganz lange stöbern. Erst vor zwei Monaten habe ich ein wunderschönes Medaillon aus Silber gefunden. Für fünf Euro! Ich stelle mir vor, wie das mal eine Frau mit dem Foto ihres Mannes getragen hat. Oder ihres Kindes. Ich habe es noch nie getragen, weil ich nicht wirklich weiß, wessen Foto ich da rein tun sollte. Aber es ist einfach schön. Ich könnte natürlich wieder irgendwo ein kleines Bild rausreißen und behaupten, das sei mein großer Bruder Nick.

Die ersten beiden Läden sind ein Reinfall. Viele Bücher (auch noch auf Englisch natürlich), Oma-Pelz-Jacken, Silberbesteck und prunkige Gemälde. Ich bummel weiter durch die kleinen Gässchen. Ich weiß endlich, wofür das Wort »putzig« erfunden wurde. Außerdem ist alles bunt, aber nicht schrill. Alle wirken entspannt, keiner drängelt. Und es riecht einfach aufregend. Nach Fish 'n' Chips, nach Salz, nach Vanille-Tee und nach Freiheit.

Der dritte Laden ist eine Fundgrube. Der Typ, der aussieht, als wäre er 1985 eingefroren und gerade wieder aufgetaut worden, begrüßt mich nur kurz und lässt mich dann in Ruhe wühlen und liest einfach weiter.

Er hat wunderschöne Armbänder und -reifen, die ich mir alle nicht leisten kann. In einem alten Regal stehen ganz feine Teetassen, bei denen ich erst gar nicht nach dem Preis gucke. Ich wüsste ohnehin nicht, wie ich die heil nach Hause bekommen sollte. Und dann verliebe ich mich. In einen Hut. Er ist schwarz und eine Mischung aus Schlapp- und Cowboyhut und genau das Richtige, um mich vor der Sonne zu schützen. Ich setze ihn ganz vorsichtig auf und gucke in den Spiegel. Er ist einfach perfekt.

»It suits you«, kommentiert der Verkäufer. »And goes perfectly with your glasses«, fügt er hinzu.

»Thanks«, sage ich leise und verkneife mir ein Grinsen.

Wenn er wüsste, wie sehr er mit »glasses« recht hat. Ja, ich trage eine Brille. Eine dunkle Hornbrille, die früher mein Opa getragen hat. Sie gibt meinem Gesicht irgendwie einen interessanten Touch. Meine helle Haut, helle Augenbrauen, hellblaue Augen – das war alles zu farblos. Fand ich. Und als mein Opa vor ein paar Jahren gestorben ist, habe ich seine Brille für mich beansprucht. Was meine Eltern total daneben fanden, weil ich ja eigentlich keine Brille brauche. Ich habe ihnen aber erklärt, dass meine Augen extrem empfindlich seien. Dass mir andauernd da was reinfliegen würde, dann würde ich ewig reiben, die Augen würden ganz rot und ich könnte kaum gucken. Weil sie immer noch nicht ganz überzeugt waren, habe ich ihnen erklärt, dass es besonders schlimm in der Schule sei. Da wäre immer eine so extrem trockene Luft und dann dieser Staub von der Kreide. Neulich hätte ich in der Mathearbeit die letzte Aufgabe nicht lösen können, weil ich nicht richtig sehen konnte. Wenn ich eine Brille aufgehabt hätte, wäre mir nichts in Auge geflogen, und ich hätte statt einer Drei mindestens eine Zwei geschrieben.

DAS hat sie natürlich überzeugt. Sie sind mit mir zum Optiker und haben zwei Fenstergläser in die Fassung einsetzen lassen. Und genau deswegen muss ich fast grinsen, als der Verkäufer meine »glasses« erwähnt.

Außer meinen Eltern weiß nur Lisa, dass meine Brille ein Fake ist. Und weil ich ganz andere Geheimnisse von ihr weiß, kann ich mich darauf verlassen, dass sie das niemandem verrät.

Ich nehme den Hut ab und linse ganz vorsichtig auf den Preis. Dreißig Euro umgerechnet. Das ist eigentlich nicht in meinem Budget. Haben tue ich die dreißig Euro allerdings. Ich nehme mir vor, mir demnächst fürs Mittagessen einfach was aus dem Clarkschen Kühlschrank mitzunehmen und keine teuren Starbucks-Sandwiches mehr zu kaufen, und gehe direkt zur Kasse. Immerhin ist dieser Hut ja absolut zeitlos und kein kurzlebiger modischer Schnickschnack. Da sind dreißig Euro echt nicht zu viel.

Lisa pfeift durch die Zähne, als ich ihr vor ihr stehe. »Hey cowgirl, wo ist dein Pferd?«

»Dafür hat das Geld nicht mehr gelangt. Aber vielleicht kann ich mir ja den Esel da schnappen«, antworte ich und deute auf Adam.

»Sei nicht gemein. Der Adam ist echt ein Netter. Und er hat es auch nicht leicht.«

»Bitte???«

»Seine Urgroßeltern waren eigentlich Fürsten. Oder so was. Aber dann sind sie einfach entmachtet worden und jetzt geht es Adams Familie total schlecht«, erklärt mir Lisa mit besorgtem Blick.

Ich muss laut lachen.

»Du willst mir gerade erzählen, dass dein Adam ein verarmter Prinz ist? Auf so eine Masche fällst du doch nicht rein, oder?« Ich deute auf Adams Po.

»Hast du übrigens gesehen? Dein verwunschener Prinz trägt eine *true religion* am Arsch. So viel zum Thema ›verarmt‹.«

Sie reckt ihren Hals. »Stimmt. Das zahlt er mir heim. Im wahrsten Sinne.«

»Was?«

»Ich habe ihm zwei Bier ausgegeben, weil er meinte, er könne sich das nicht leisten.«

»Der kann sich so ein Mädel wie dich definitiv nicht leisten, der Kaspar. Komm jetzt.«

Als wir um die Ecke zu unserer kleinen Straße biegen, erblicken wir Määäry-Äänn. Sie geht wenige Meter vor uns. Nein – sie geht eigentlich nicht. Sie stakst, als wäre der Bürgersteig voll mit unzähligen Hundehaufen und sie müsse sich irgendwie den Weg bahnen. Dabei hat sie die Hände irgendwie unnatürlich in die Seiten gestemmt. Vielleicht hat sie Seitenstechen. Als sie vor dem Haus der Clarks ankommt, bleibt sie völlig abrupt stehen, wirft ihre Hüfte nach links und dreht sich mit Karacho um.

Dann stakst sie auf uns zu.

Lisa und ich sind völlig erschrocken stehen geblieben. Sie stoppt ihren Marsch zwei Meter vor uns mit einem Gesichtsausdruck, der nach »Ich bin ein Todesengel« aussieht. Ich kriege echt ein bisschen Angst.

Plötzlich löst sie ihre Gesichtszüge und grinst uns verschmitzt an.

Wie sie war, will sie brüllend von uns wissen.

Ich sehe jetzt erst, dass sie natürlich die Kopfhörer trägt und total taub ist.

Ich zucke nur mit den Schultern. Was will sie denn nun wissen? Wie WAS war?

Sie verdreht die Augen und bequemt sich, die Musik abzustellen.

»Did you like the way I walked?«, fragt sie uns. »Like a model«, fügt sie hinzu und macht noch eine Extradrehung, als sie die Fragezeichen auf unserer Stirn wahrnimmt.

»Für mich sah das nicht nach Laufsteg, sondern nach Kriegspfad aus«, sage ich leise zu Lisa.

Laut sage ich, dass es sehr interessant ausgesehen hat. »Interesting« ist eines der Wörter, das ich immer benutze, wenn mir das Wort, das ich eigentlich suche, nicht einfällt.

Määäry-Äänn ist mit »interesting« offenbar zufrieden. Wortreich erklärt sie uns, dass sie sich jetzt erst mal für die Modelkarriere entschieden habe. Wenn sie dann für die großen Laufstege dieser Welt zu alt geworden sei, könne sie immer noch Schauspielerin oder auch Sängerin – oder auch beides – werden.

Ich frage mich, woher diese Göre ihr Selbstbewusstsein nimmt.

Ein paar Minuten später ahne ich, woher dieses Kind seine kreative Ader hat. Oder zumindest den Glauben an diese Ader. Linda steht ausnahmsweise mal nicht in der Küche, sondern mit einer Bürste in der Hand mitten im Wohnzimmer. Sie trägt eine langhaarige blonde Perücke, eine knallenge Jeans mit viel Schlag unten und eine Blumenbluse.

Neben ihr steht Michael in einem mintgrünen Anzug (ebenfalls mit Schlag) und einer geblümten Krawatte. Er hat einen Kochlöffel in der Hand und eine Fernbedienung. Die drückt er und ein Klavier ertönt. Määäry-Äänn steht mit uns in der Tür und klatscht aufgeregt in die Hände. Was kommt denn jetzt?

»Das Lied kenne ich«, sagt Lisa leise hinter mir. »Das ist Abba.«

»Das ist aber was? Aber lustig? Aber interesting?«

»Nein. Die Band heißt Abba. Meine Eltern haben eine CD von denen.«

Ich drehe mich zu Lisa um. Bis jetzt fand ich ihre Eltern immer ganz cool.

Mit theatralischem Gesichtsausdruck führt Linda nun die Bürste an ihre Lippen und fängt an zu singen: »I don't wanna talk ...«

»Dann lass es doch«, kichere ich.

»Shhh«, herrscht Määäry-Äänn mich an.

Die Falte auf Lindas Stirn wird immer tiefer. Sie leidet sehr in diesem Song und schüttelt zu dem Refrain *»The winner takes it all, the loser has to go«* traurig ihren Kopf.

»Das ist survival of the fittest«, flüstere ich Lisa zu, die die Lippen zusammenpresst, um nicht zu lachen.

Als das Clark-Duo endlich fertig ist mit seiner Vorführung, klatschen wir kurz.

»Did you like it? It's a new song in our repertoire«, strahlt uns Michael an.

Repertoire? Wird das jetzt hier zu einer regelmäßigen Veranstaltung?

»Do you like Abba?«, erkundigt sich Lisa vorsichtig.

Begeistert erklärt uns Linda, dass sie mit den Nachbarn, den Whites, als Abba-Coverband auftreten würden. In diesem Jahr wird ein großer Contest veranstaltet, hier in Brighton. Schließlich habe Abba hier den Eurovision Song Contest gewonnen. Danach gebe es eine landesweite Ausscheidung. Und die Siegerband bekommt einen Plattenvertrag.

Alle Abba-Bands? Wie viele gibt es davon wohl?

Hinter mir meldet sich jetzt Yakimi zu Wort. Er hätte ein

paar Abba-Songs auf seiner Karaoke-App. Wenn die Clarks damit mal üben wollten?

»Was ist denn eine Karaoke-App?«, erkundigt sich Lisa vorsichtig.

Yakimi grinst breit. »Eine App ist so etwas wie ein kleines Programm für den Computer. Das kann man in einem App-Store kaufen. Das ist wie ein Geschäft, wo die süßen kleinen Programme in den Regalen liegen.«

»Was eine App ist, weiß ich«, zischt Lisa.

»Und was Karaoke ist, weißt du auch. Da singen Leute, die es meist nicht können und oder betrunken sind, alte Kamellen«, füge ich an.

»Betrunken sind?« Yakimi zeigt mir einen Vogel. »In Japan ist Karaoke Volkssport. Es gibt mehr Karaoke-Bars als Parkplätze. Karaoke ist Kunst«, belehrt er mich jetzt.

Es stellt sich heraus, dass seine App in etwa wie SingStar funktioniert, nur dass man dafür keine Konsole benötigt, sondern nur einen Computer oder ein Tablet.

Was er für Lieder denn auf seiner App habe, mischt Linda sich jetzt ein.

Zehn Minuten später sitzt sie mit leuchtenden Augen vor Yakimis iPad. »Michael!«, kreischt Linda aufgeregt, »He's got *Fernando*, *Chiquitita* and *Super Trouper*.« Sie freut sich wie ein Kind.

»Perhaps you can try it out after dinner?«, melde ich mich. Ich habe Hunger!

»Dinner? Oh no«, mit diesem Aufschrei rennt Linda in die Küche, wo sie einen tiefschwarzen Auflauf aus dem Ofen holt.

Ich kann Überreste von Blumenkohl, Broccoli und Kohlrabi ausmachen und bin nicht soo traurig.

Michael wedelt mit einer Speisekarte, auf der eine riesige Pizza abgedruckt ist. Das ist doch mal eine gute Idee. Spontan verkünde ich, dass ich eine Salami-Pizza wolle.

»Thank you«, fällt Lisa mir ins Wort und erklärt den Clarks, dass ich immer für sie mitbestellen würde, das wäre so eine Angewohnheit von mir. Die Salami-Pizza sei natürlich für sie und ich würde wie immer eine mit Spinat nehmen.

Ich nicke nur blöd dazu. Immerhin hätte es mit Pilzen oder Artischocken noch schlimmer kommen können.

Während wir auf den Pizza-Flitzer warten, üben sich Linda und Michael im Karaoke. Auf dem Bildschirm erscheinen zwei Männer und zwei Frauen. Die Frauen sehen immer sehr dramatisch und tieftraurig aus. Außerdem reißen sie beim Singen den Mund extrem weit auf. Die Männer stehen meist nur in der Gegend rum. Manchmal hat einer von ihnen eine Gitarre umhängen.

»Ich bin Agnetha. Die mit den blonden Haaren«, erklärt Linda unnötigerweise. Schließlich trägt sie noch immer die Blondhaar-Perücke. Ganz konzentriert versucht sie den Text am unteren Rand passend zu den Mundbewegungen zu singen.

Während wir unsere Pizza futtern, sage ich leise zu Lisa, dass wir mit Abba ja eigentlich noch richtig Glück hatten.

»Stell dir vor, nicht Abba hätte seinerzeit diesen Song-Contest gewonnen, sondern Lady Gaga. Da würde Linda hier dauernd als Schnitzel oder so rumlaufen«, flüstere ich ihr zu. Sie verschluckt sich dabei so, dass sie mit hochrotem Kopf und hustend im Bad verschwindet. Ich nutze die Gelegenheit, um mir heimlich ein Stück Salami zu mopsen.

»Warum hast du eigentlich so eine Karaoke-App auf deinem

tablet? Singst du nachts heimlich in deinem Zimmer?«, wende ich mich an Yakimi.

»Mmh«, nickt er mit vollem Mund.

»Und was singst du dann so?«

Er schluckt und lächelt breit.

»Michael Jackson.«

Lisa ist wieder reingekommen und sagt sofort: »Das will ich hören.«

Und in der nächsten Abba-Pause singt dann Yakimi. Und mehr noch. Er tanzt dazu. Original wie Michael Jackson. Zum Schluss greift er sich tatsächlich noch fett zwischen die Beine.

»Damit kannst du auftreten«, findet Lisa ganz begeistert.

»Tue ich auch.«

»Echt? Wo?«

»Auf Partys und so.«

Ich fasse es nicht. Da sitzen wir hier zwischen Abba- und Michael-Jackson-Doubles. Ich habe ein bisschen Angst, dass ich in ein paar Wochen auch die Kopie von jemand anderem sein möchte. Aber von wem wohl? Ich finde es oft doch schon schwierig genug, ich selber zu sein.

Natürlich endet der Abend damit, dass auch noch Määäry-Äänn, Lisa und ich einen Song singen müssen. Lisa und ich singen zusammen von Juli *Die perfekte Welle*, da brauchen wir uns nur mit dem Gesang blamieren und nicht auch noch mit unserem schlechten Englisch. Die Tochter der Clarks wählt ausgerechnet *I will always love you* von Whitney Houston aus. Ich habe noch ein schrilles Pfeifen in den Ohren, als wir ins Bett gehen. Määäry-Äänn sollte über ihren Berufswunsch ganz dringend noch mal nachdenken.

4

Um vier Uhr morgens wache ich auf und weiß sofort, dass ich nicht wieder einschlafen kann. Habe ich manchmal. Neben mir schlummert Lisa tief und fest. Sie hat ihren Teddy im Arm, die langen braunen Haare liegen fächerartig auf dem Kopfkissen. Sie sieht so süß aus. Sie ist so ein richtiges Mädchen-Mädchen. Und obwohl wir oft so unterschiedlich sind, haben wir uns von der ersten Minute super verstanden. Sie zickt nie und hat fast immer gute Laune. Und ich weiß genau, sie wäre immer für mich da. Auch nachts um halb drei würde sie kommen, wenn ich sie bitten würde.

Von nebenan höre ich leise Stimmen. Telefoniert Yakimi um diese Uhrzeit? Ich schleiche raus und lausche an seiner Tür. Ich höre ihn, dann eine Frauenstimme, ein kleines Kind quatscht dazwischen. Ich schaue ganz vorsichtig durch das Schlüsselloch (so etwas mache ich sonst nie!) und sehe, dass er wohl mit seiner Familie skypt. Er scheint auch mehrere Geschwister zu haben, die sich abwechselnd vor die Kameralinse schieben und wieder wegschubsen. Klar, mit der Zeitverschiebung kann er die ja nur nachts erreichen.

Ich gehe wieder in unser Zimmer, schnappe mir meinen iPod und setze mich auf die Fensterbank ans offene Fenster. Mit dem Gesicht nach außen. Die Stadt schläft noch, ganz selten höre ich ein Auto, nur die Vögel zwitschern sich schon die Schnäbel wund. Ich finde den Song und schließe die Augen.

Wie soll ein Mensch das ertragen?

Dich alle Tage zu sehen

Ohne es einmal zu wagen

Dir in die Augen zu sehen«

Philipp Poisel ist mein Held. Weil er eben so gar kein Held sein will. Auch er hat auf dem Video die Augen fast immer geschlossen. Seine Stimme ist so brüchig, so rau.

Ich tanz für dich, wohin du willst.

Das ist Gänsehaut pur.

Der Song ist bei mir seit Monaten ganz oben auf meiner Playlist. Ich habe oft Tränen in den Augen, aber so warme gute Tränen.

Wird irgendwann jemand für mich so etwas singen?

Könnt ich einen einzigen Tag nur

In meinem Leben dir gefallen

Um dann ein einziges Mal nur

In deine Arme zu fallen

Die ersten Sonnenstrahlen kriechen zwischen den Wolken durch, und ich fühle mich, als sei ich der einzige Mensch auf diesem ganzen Planeten. Voller Energie und Neugierde und Kribbeln auf der Haut. Jetzt fällt mir Revolverheld ein:

Der Himmel wird schon morgenrot

Doch du willst noch nicht schlafen

Genau, denke ich. Genau so ist es.

Ich werde davon wach, dass Lisa ganz fest ihre Hand um meinen Oberarm legt.

»Nora! Was machst du da? Pennst du?«, höre ich ihre entsetzte Stimme. Ich mache die Augen auf und gucke direkt in den Abgrund. Ich bin am offenen Fenster im zweiten Stock eingeratzt. Mit den Beinen draußen baumelnd. Ganz vorsichtig klettere ich zurück ins Zimmer. Lisa starrt mich an.

»Was soll das denn? Stell dir mal vor, du wärst rausgefallen.«

»Das stelle ich mir lieber nicht vor.«

Sie schüttelt nur den Kopf.

»Ich gehe mal duschen«, sage ich schnell und bin raus. Vielleicht sollte ich echt ein bisschen mehr auf mich aufpassen.

Mein Energieschub von heute Nacht ist irgendwie aufgebraucht. In der Schule kann ich nur mühsam die Augen offen halten. Als Mrs Collins dann noch die Jalousien runterlässt, damit wir die Nachrichten im Fernsehen sehen können, geht nichts mehr. Ganz langsam fallen meine Lider runter. Ganz kurz, ehe ich richtig abgetaucht bin, höre ich ihre scharfe Stimme.

»Nora, are you asleep?«

»Yes. But I'm dreaming in English«, antworte ich spontan und mache sofort die Augen auf. Sie grinst kurz und hebt nur warnend den Finger.

Irgendwie schaffe ich es bis zur großen Pause und hole mir dann erst mal eine große Cola. Damit lassen Lisa und ich uns im Schatten eines großen Baumes nieder.

Schnell gesellen sich Xenia und Ella, die beiden Bayerinnen, zu uns.

»Was habt ihr denn für den Ball eingepackt?«, will Xenia wissen und beißt in ihr Sandwich.

»Ball?«, frage ich irritiert zurück.

»Den großen Schulball. Das Highlight schlechthin«, erläutert Xenia während sie mit viel Weißbrot und Mayonnaise im Mund kämpft.

Ich gucke zu Lisa. Die zuckt nur mit den Schultern. Ella lehnt sich vor.

»Ihr wisst nichts von dem Ball?«

Sie sagt das mit einem Tonfall, mit dem man auch »Ihr wisst nicht, dass die Erde rund ist?« fragen könnte. Langsam beschleicht mich ein ungutes Gefühl.

Xenias Mund ist mittlerweile leer und sie holt aus. Offenbar gibt es jedes Jahr am einunddreißigsten Juli einen riesigen Ball für alle Schüler und Schülerinnen. Man muss sich richtig festlich kleiden und mit einem Tanzpartner auflaufen. Im Rahmen dieser Bälle sollen schon die obskursten Dinge passiert sein. Man munkelt, im vergangenen Jahr seien Schüler mit wenig Kleidung und viel Alkohol im Blut durch die Innenstadt gelaufen.

»Und vorletztes Jahr haben irgendwelche Typen das Auto des Rektors an den Strand getragen«, kichert Ella. »Das ist das Fest der Feste. Ich freue mich schon seit Monaten darauf«, erklärt sie.

Lisa und ich gucken uns an.

»Wieso wissen wir nichts davon?«, fragt meine Freundin mich verzweifelt. »Und vor allem: Was sollen wir denn anziehen? Ich habe echt nichts mit, was man nur im Entferntesten auf einem Ball tragen kann.«

»Was zieht ihr denn an?«, wende ich mich an Ella und Xenia.

»In Bayern tragen wir auf großen Feiern Dirndl. Wir haben extra zwei neue für Brighton gekauft. Mit fettem Push-up«, antwortet Xenia und hebt dabei ihren Busen ein bisschen an. Dabei hat sie schon ungepusht mehr als ich.

»Ich glaube, wir haben ein kleines Problem«, stelle ich fest, auch wenn ich auf ein Dirndl gut verzichten könnte.

»Ein kleines?« Lisa klingt wirklich down.

»Wenn diese Party doch eh damit endet, dass die Mädels in Unterwäsche durch die Stadt rennen, warten wir einfach, bis es soweit ist, und mischen uns dann unter die Partygesellschaft«, schlage ich vor.

Sie knufft mich in den Oberarm. »Du bist so doof.«

Ich hätte hundert Euro darauf gewettet. Aber ich hätte wohl niemanden gefunden, der dagegen gehalten hätte.

»Ich gehe in die City«, verkündet Lisa sofort nach Schulschluss. »Vielleicht finde ich ja irgendwie einen tollen Fummel, für den meine paar Kröten reichen.«

»Und was, wenn wir gar keine Begleitung finden?«, erinnere ich sie an unser Problem Nummer zwei. »Dann hast du das ganze Geld umsonst ausgegeben.«

»Darum kümmern wir uns, wenn wir unser Outfit haben. Zur Not teilen wir uns Yakimi«, antwortet sie und schnappt sich ihre Tasche. »Kommst du mit?«

Ich weiß, sie kann überhaupt nicht verstehen, dass ich nicht mit will. Sie kann nicht begreifen, dass ich jetzt nicht in Sonderangeboten wühlen mag, bis ich wunde Finger habe. Aber sie sagt auch nichts, als ich nur den Kopf schüttele.

Wir geben uns ein Küsschen zum Abschied und schon ist sie weg. Ich bleibe erst noch ein bisschen unschlüssig vor der Schule stehen, dann gehen meine Füße automatisch Richtung Meer. Aber nicht zum Pier, wo es voll und laut ist. Ich suche mir eine Stelle, die einsamer ist. Nur ab und zu trägt der Wind Musik oder Gelächter zu mir.

Mir sitzt der Schrecken von heute Morgen irgendwo noch ganz hinten in meinem Kopf. Dieser Moment, als ich unter mir nur nichts sah. Es kann alles so schnell vorbei sein. Ich mache die Augen zu, höre die Wellen, ein paar Takte von einem James-Blunt-Song und merke, wie wichtig es ist, alles aufzusaugen. Jetzt zu leben. Keinen Moment zu verpassen. Zu verprassen.

»Sorry, kannst du mir mal helfen?«

Die Stimme gehört einem Typen, den ich nur als Umriss erkenne, weil er genau in der Sonne steht.

»Kannst du mir den Reißverschluss aufmachen?«

Er zeigt auf den Verschluss hinten an seinem Surfanzug.

»Wie bist du denn drauf? Hast du überhaupt was drunter?«, frage ich schlecht gelaunt. Der soll mir aus der Sonne gehen.

Er lacht trocken. »Ich bin gut drauf und ja, ich habe meine Badehose drunter.«

Er hockt sich neben mich, damit ich wohl besser an den Reißverschluss in seinem Nacken komme.

»Was ist das denn für eine dämliche Konstruktion? Wieso ist der denn überhaupt hinten? Das ist ja fast wie eine Zwangsjacke«, meckere ich während ich den Verschluss öffne. Gott sei Dank hat er wirklich eine Badehose drunter.

»Normalerweise ist da ein Band dran. Damit kann man den selber öffnen«, erklärt der Schatten und setzt sich neben mich.

»Und du hast das Band abgemacht, damit du irgendwelche Mädels bitten kannst, oder was?«

Er lacht leise.

»Genau. Und es ist doch schon ein ziemliches Kompliment, dass ich mich für dich entschieden habe, oder?«

Ich gucke mich um. Der Strand um mich herum ist ziemlich leer. Ehrlich gesagt, sitzt ein paar Meter weiter nur noch eine alte Frau, die die Möwen füttert.

»Vielen Dank auch.« Ich grinse gequält. »Woher weißt du überhaupt, dass ich Deutsche bin?«

Er zeigt auf die *Welt der Toten.* Das Buch ist halb aus meiner Tasche gerutscht.

»Kommst du auch aus Deutschland?«, frage ich eher höflich.

»Nee. Aus Schweden. Mein Vater ist aber Deutscher. Meine Mutter Schwedin.«

»Hört die Abba?«

»Wie bitte?«

»Schon gut.«

»Niemand hört mehr Abba. Selbst in Schweden nicht«, sagt der Typ mit Nachdruck.

»Meine Gasteltern hören nicht nur Abba. Sie denken, sie *wären* Abba.«

»Ups.« Er grinst.

»Genau.«

»Denken die auch, sie wären vier? Sind die auch noch schizo?«, fragt er nach einer Pause.

»Nein, so schlimm ist es nicht. Sie haben noch die Nachbarn mit ihrer Idee angesteckt.«

»Fast so ein schlimmer Virus wie bei der *Welt der Toten*, oder?« Er zeigt auf mein Buch. »Ich kenne kein Mädchen, das solche Horrorbücher liest.«

»Jetzt schon.«

»Wieso liest du keine Mädchenbücher?«

»Was sind denn Mädchenbücher?«

»So Mädchen trifft Jungen, Mädchen verliebt sich, Mädchen

und Junge streiten sich. Mädchen und Junge versöhnen sich wieder.«

»Das klingt eher nach Super-RTL. Da ist mir so ein hübsches kleines Massaker einfach lieber.«

»Vielleicht wäre eine Mischung der Clou. Mädchen trifft Jungen. Sie verlieben sich. Stellen beide fest, dass sie hinterhältige Killermaschinen sind, und versuchen, sich gegenseitig abzumurksen.«

»Genau«, falle ich ihm ins Wort. »Und dann vertragen sie sich doch. Und bei der Umarmung zücken beide heimlich ein Messer, um es sich in den Rücken zu rammen.«

Er lacht.

Ich muss auch kichern und wende mich mal vorsichtig nach links. Ich muss mir diesen Typen überhaupt erst mal ansehen. Außer seinem Umriss und seinem Surfanzug (von hinten) kenne ich noch nicht viel.

Als ich vorsichtig unter meinem Hut hervorlinse, sehe ich, dass er längere blonde Haare hat, die ihm nass ins Gesicht fallen. Er hält den Kopf leicht schräg. Ich glaube, er hat eine ziemliche Zahnlücke zwischen den Schneidezähnen. Mehr kann ich echt nicht erkennen.

»Machst du auch Sprachferien?«, frage ich schließlich, als das Schweigen mir ein, zwei Sekunden zu lange dauert.

»Wie man's nimmt«, sagt er. »Ich habe Ferien und ich spreche manchmal – sind das dann Sprachferien? Ich wohne jedenfalls nicht in einer Familie, sondern hier.« Er dreht sich um, zeigt auf einen kleinen Campingplatz hinter uns.

Ich tue so als hätte ich den alten VW-Bus mit dem aufgemalten Windsurfer nicht gesehen, der ganz vorne am Strand steht.

»In einem der niedlichen Wohnwagen mit den Geranien

wohnst du? Das ist ja wirklich sehr hübsch. Aber ich glaube, du müsstest mal wieder den Rasen mähen. Man kann die Gartenzwerge ja kaum noch sehen«, sage ich und zeige auf ein Spießermodell weiter hinten.

»Stimmt. Und saugen muss ich noch und die Gardinen waschen und das Silberbesteck putzen.«

»Ja, ja. Schon anstrengend so ein Leben als Surfer«, stimme ich mitleidig zu.

In meiner Tasche meldet sich mein Handy. *Mama* steht auf dem Display.

Ich gehe trotzdem ran.

»Nora? Endlich erreiche ich dich. Ich habe es schon bei den Clarks versucht, aber da ist niemand. Wie geht es dir denn? Du fehlst mir so. Im Netz habe ich übrigens gesehen, dass ihr einen strammen Westwind habt, also nimm bitte einen Schal, auch wenn die Sonne scheint. Du weißt, du bist da sehr empfindlich.«

»Hallo? Hallo? Mama, bist du das? Ich verstehe dich so schlecht. Der Empfang ist echt mies«, brülle ich in den Hörer.

Sie erhöht jetzt auch die Lautstärke. »Nora. Ich bin's Mama.«

Das wird jetzt sogar der Typ neben mir verstanden haben.

»Mama? Da ist so ein Rauschen, ich rufe dich später zurück.« Ich lege schnell auf.

Der Typ neben mir lacht und guckt aufs Meer. »Ja, dieses Rauschen hier ist ganz fürchterlich.«

Es klingelt schon wieder. Es ist nicht meine Mutter. Es ist Lisa.

»He, Süße. Bist du schon fündig geworden?«

Meine ABF ist von Anfang an so laut wie meine Mutter gerade: »Vergiss es. Ich habe megacoole Jeans gesehen und ganz tolle Tops. Aber NICHTS für so ein verdammtes Fest. Meine Laune ist unterirdisch. Ich gehe jetzt nach Hause und heule.«

»Alles klar, ich komme, um dir minütlich neue Tempos zu reichen.« Ich lache und tippe auf den roten Hörer.

»Ich gehe dann mal«, sage ich nach links und rücke meinen Hut gerade.

»Dann surfe ich noch mal eine Runde.«

»Mach das. Ist doch ein cooler Westwind heute.«

Er guckt mich überrascht an. »Nicht schlecht.«

»Tja«, sage ich nur und bin seit ewig langer Zeit mal wieder ein bisschen dankbar für die Sorgen meiner Mutter.

5

Am Gartentor der Clarks werde ich von Määäry-Äänn abgefangen. Sie hat offenbar den Plattenweg bis zur Haustür zu ihrem imaginären Laufsteg auserkoren.

»Nora, do you have a minute? Could you have a quick look and tell me which kind of walk you prefer? This one?«

Sie stiefelt auf mich los. Bleibt wenige Zentimeter vor mir stehen, schaut mich bitterböse an, leckt sich dann dämlich über die Lippen, dreht sich zackig um und stakst zurück.

»Or this one?«

Danach geht sie wieder auf mich zu. Guckt böse. Leckt sich die Lippen. Dreht sich um und stakst wieder.

Wo war denn jetzt der Unterschied?

Ich sage, dass ich beide Walks extrem professionell für ihr Alter finden würde, und gehe schnell an ihr vorbei ins Haus.

Lisa liegt mit einem wütenden Blick auf dem Bett und versucht offenbar Löcher in die Decke zu starren.

»He, komm. Wir finden eine Lösung.« Ich werfe mich neben sie aufs Bett.

»Und wie soll die aussehen?«

»Vielleicht hat Linda irgendwas in ihrem Kleiderschrank?«

Sie schnaubt.

»Hast du dir unsere Gast-Mom mal ein bisschen näher angesehen? In ihre Kleider passen wir beide zusammen.«

»Gut. Dann gehen wir als siamesische Zwillinge.«

»Siamesische Zwillinge sehen sich bekanntlich ähnlich.«

»Dann gehen wir als siamesische Freundinnen.«

»Ich habe jetzt gerade wirklich keine Lust auf deine Witze.«

»Ich meine ja, dass Linda vielleicht noch Kleider von früher hat, als sie noch nicht dieses Bäuchlein und Hinterteilchen hatte.«

»Das hast du jetzt aber süß gesagt.«

»Vielleicht hat sie ja auch noch Satin-Bettwäsche, die sie nicht braucht und aus der wir uns ratzfatz einen scharfen Fummel nähen können.«

»Ich kann nicht nähen. Und du auch nicht. Das wüsste ich.«

»YouTube kann alles.« Dann fällt mir noch was Besseres ein: »Vielleicht aber hat die gute Linda auch eine jüngere, schlanke Schwester, die eine Boutique hat oder kaufsüchtig ist und den ganzen Kleiderschrank voll mit den heißesten Klamotten hat. Wer weiß?«

Sie guckt mich an, als hätte ich gerade verkündet, dass ich mein Handy weggeschmissen hätte.

Das meldet sich schon wieder. Es ist natürlich meine Mutter: »Nora, du hattest gesagt, dass du mich zurückrufen würdest«, tönt sie beleidigt.

»Ja, aber ich hatte nicht gesagt, wann.«

»Wir möchten wissen, wie es dir geht. Papa hat übrigens die Küche neu gestrichen. Eine Wand haben wir in einem ganz leichten Gelb gemacht. Es sieht sehr hübsch aus. In Bremen ist eine junge Frau am Wochenende wieder nach solchen K.O.-Tropfen ins Krankenhaus gekommen. Ich bin wirklich froh, dass wir hierher gezogen sind.«

Ich halte Lisa das Telefon hin und lasse sie mal ein bisschen teilhaben am Redeschwall meiner Mutter. Sie verdreht die Augen und grinst. Immerhin hebt sich ihre Laune ein bisschen.

Irgendwann nehme ich mir wieder das Telefon ans Ohr und sage »Mmh. Schön.«

»Schön? Ich habe dir gerade erzählt, dass die in der Reinigung mein Leinenkleid absolut ruiniert haben.«

»Ich habe gesagt: ›Das schöne Kleid‹. Du hast mich falsch verstanden.«

»Ach so. Dann ist's ja gut. Du, ich muss jetzt aufhören. Wir müssen ein anderes Mal weiterreden.«

Ich finde, das müssen wir nicht.

Und ich finde auch, dafür, dass sie eigentlich wissen wollte, wie es mir geht, hat sie ein bisschen viel gequatscht.

Ich drücke auf den roten Hörer und schmeiße mein Handy auf mein Bett.

»Kann ich mal eben dein iPad haben?« Lisa nickt und ich schreibe schnell eine Mail an meinen imaginären Bruder.

Lieber Nick. Wenn ich mal Mutter bin und meine Kinder immer mit langweiligem Mist zuquatsche, schütte mir bitte einen Eimer Wasser über den Kopf. ICH MÖCHTE NIEMALS SO WIE MAMA WERDEN. Danke.

Deine Nora.

»Wem hast du geschrieben?«

»Nicht wichtig.«

Ein Lehrer hat uns mal gesagt, dass wir uns ruhig Spickzettel schreiben dürften. Denn alles, was man mal aufgeschrieben hat, würde sich besser einprägen. (Natürlich hat er uns strengstens untersagt, diese Spickzettel mitzunehmen. Danke für den Tipp!). Deshalb schreibe ich so wichtige Vorsätze an meinen Bruder – damit sie sich mir einprägen.

»Komm, wir gehen jetzt zu unserer Gast-Mom. Die kann uns bestimmt helfen«, behaupte ich.

Linda schlägt sich allerdings erst mal die Hand vor den Mund, wodurch wir uns nicht gerade besser fühlen.

»You don't have an outfit for the prom?«, fragt sie noch mal nach.

Wir schütteln beide unsere gesenkten Köpfe.

Dann will sie wissen, warum nicht. Alle anderen hätten immer ganz tolle Kleider und auch Schuhe angehabt. Und das sei doch das Fest schlechthin.

»Das haben wir ja jetzt verstanden«, falle ich ihr ins Wort. Ich habe Angst, dass Lisa gleich anfängt zu heulen.

»Wir wussten nichts davon. Was machen wir denn jetzt?«

In ihrem Kleiderschrank würden wir wohl kaum was Passendes finden, überlegt sie laut. »I wouldn't have anything in your size«, sagt sie mit traurigem Blick.

Das guess ich aber auch mal. Außerdem frage ich mich, ob sie das jetzt für uns oder für sich traurig findet.

Ich frage sie vorsichtig, ob sie eine Schwester oder Freundin mit ungefähr unserer Figur habe.

Wenn eine Freundin von ihr unsere Figur hätte, würde sie die wegen Magersucht einweisen lassen, lässt sie uns wissen.

Sie schaut uns plötzlich verschwörerisch an und flüstert: »Zalando.«

Lisa und ich gucken uns fragend an.

Ich räuspere mich.

»That's a great idea, but unfortunately we can't afford it«, erkläre ich ihr in meinem schönsten Englisch.

Ich dachte wirklich, dass das klar sei. Wenn wir genug Kohle hätten, stünden wir jetzt nicht vor ihr, sondern in einer Umkleidekabine in einer tollen Boutique.

Linda guckt von mir zu Lisa und wieder zurück und erklärt leise, dass man ja die Klamotten, die nicht passen oder doof sind, zurückschicken könne.

»Warum sollen wir was bestellen, das uns nicht passt?«, frage Lisa ungläubig.

Linda verdreht die Augen. »Dear me, what an innocent. I mean that you don't have to send it back immediately, you see?«

Langsam fällt der Groschen bei mir.

»Sie meinen, wir bestellen uns tolle Kleider, tragen die auf dem Fest und schicken sie danach zurück?«

»Bingo.«

»Darf man das?«, flüstert Lisa.

»Immerhin muss man ja ein Kleid anziehen, um zu gucken, ob es auch passt. Es steht bestimmt nirgends geschrieben, wie lange oder wo man das anprobieren muss, oder?«, überlege ich laut.

Unsere neue Mom rät uns, ärmellose Kleider zu bestellen, die würde man nicht so schnell durchschwitzen, und ich ahne: Die macht das bestimmt nicht zum ersten Mal.

»Und was ist mit Schuhen? Das sieht man doch sofort, wenn die schon mal getragen wurden«, räumt Lisa ein.

Linda erklärt uns, dass man einfach Tesafilm darunter

kleben müsste. Dann würde die Sohle nicht schmutzig. Leider wären die Sohlen dafür sehr glatt – wir müssten also sehr vorsichtig sein.

Wahrscheinlich macht die das jede Woche.

»Dann gehen wir jetzt mal shoppen«, sage ich nur und ziehe Lisa nach oben. Wir schmeißen uns aufs Bett und sehen uns nur staunend an.

»Die Frau ist ja der Hammer«, flüstert Lisa nur.

»Die Idee ist genial. Komm jetzt. iPad her.«

Den ganzen Abend verbringen wir vor dem Bildschirm. Online-Shopping ist genau mein Ding. Gegen halb elf gehen wir mit unseren Bestellwünschen runter, damit Linda unsere Abendroben mit ihrer Kreditkarte ordern kann.

Lisa hat sich für ein ganz enges lachsfarbenes Kleid mit goldenen Pailletten entschieden. Das wird zu ihren dunklen langen Haaren super aussehen. Dazu trägt sie goldene Sandalen mit ordentlich Absatz. Ich habe ein schlichtes graues Kleid mit einem grünen Schal ausgesucht. Dazu trage ich silberne Sandalen.

Wir sind schon längst wieder zurück in unserem Zimmer, und ich bin schon fast eingeschlafen, als Lisa plötzlich aufschreit: »Hier steht es. Ich habe es gefunden.«

Sie hat einen Zettel in der Hand. »Die Sache mit dem Ball und Abendgarderobe und Pipapo steht auf der Rückseite von unserer Packliste. Echt hinterhältig, das auf die Rückseite zu drucken!« Lisa kriegt sich gar nicht wieder ein.

»Und was steht da sonst noch?«, erkundige ich mich schläfrig.

»Dass wir auch Gummistiefel mitbringen sollten. Und eine Taschenlampe.«

»Für eine Überschwemmung samt Stromausfall, oder was?«

»Nein, für eine Nachtwanderung in einem Moor.«

»Ich bin hier, um Englisch zu lernen. Ich habe kein Survival-Training gebucht. In der Nacht mit der Nachtwanderung sind wir einfach krank«, bestimme ich und drehe mich um.

»Was trägst du eigentlich auf dem großen Schulball?«, fragt Lisa Yakimi am nächsten Morgen beim Frühstück, und zwar in einem Tonfall, als sei es ja wohl ABSOLUT selbstverständlich, dass man sich im Vorfeld ausreichend mit dem Thema befasst hat. Vielleicht will sie auch nur abchecken, ob er im Zweifelsfall als Begleitung infrage kommt.

»Mein Vater hat mir einen Anzug von sich mitgegeben«, erklärt der Japaner.

Ups. Ich weiß ja, dass Asiaten eher klein sind. Aber wenn Yakimis Vater die gleiche Größe wie sein Sohn hat, ist er ein Gnom.

»Und der passt dir?«, fragt auch Lisa überrascht.

»Weiß nicht. Habe ich noch nicht anprobiert.«

»Dann mach das doch mal«, verlangt Lisa.

Yakimi geht tatsächlich hoch und kommt fünf Minuten später wieder runter – und zwar verkleidet als Penner. Der Anzug ist viel zu groß und schon total abgetragen.

»Den Anzug kannst du gut anziehen, wenn du Geld brauchst. Dann setzt du dich in diesem Aufzug in die City und hältst die Hand auf«, stelle ich fest.

»So schlimm?« Yakimis Augen weiten sich kurz.

»Jap«, bestätigt Lisa.

»Würdet ihr mir helfen, einen anderen Anzug zu kaufen?«, fragt er vorsichtig.

»Natürlich«, antwortet Lisa sofort. »Hast du denn Geld dafür?«

Yakimi nickt.

»Das machen wir direkt heute Nachmittag«, bestimmt sie, und ich kann diesen Shopping-Glanz in ihren Augen sehen ...

6

Als wir um kurz nach zwölf aus der Schule kommen, steht da der blonde Windsurfer vom Strand. Ich erkenne ihn sofort an der Art, wie er den Kopf leicht schräg hält. Als er mich sieht, kommt er sofort auf mich zu.

»Hallo. Ich habe ein Buch für dich.«

Er hält mir ein Cover hin, auf dem ein blinkendes Messer einen scharfen Schnitt vollzieht.

»Wenn dir die *Welt der Toten* gefällt, wirst du das hier lieben. Aber du wirst nicht mehr schlafen können danach. Das garantiere ich dir.«

Lisa guckt das Cover, dann den Typen, dann mich an.

»Wer ist das?«, fragt sie leise.

»Das ist ein Buch und das ist – äh …?«

»Tim«, sagt der Surfer und Buchbesitzer.

»Und woher kennst du Tim?« Lisa ist das Misstrauen in Person. Ich finde es ein bisschen unhöflich, dass sie über ihn spricht, als wäre er gar nicht da.

»Wir haben uns vor ein paar Tagen am Strand kurz unterhalten.«

Lisa guckt mich an mit diesem Und-warum-hast-du-mir-das-nicht-gesagt-Blick.

Das nervt und ich entscheide mich spontan.

»Weißt du was? Ich habe eh nicht so große Lust auf Shopping. Du ziehst jetzt mit Yakimi durch die Herrenboutiquen Brightons und ich gehe ein bisschen an den Strand lesen.«

Lisa guckt von Tim zu mir und wieder zurück. Dann auf das Cover und das Messer.

Tim lacht laut.

»Keine Sorge. Ich bin kein Psycho. Ich leih deiner Freundin nur das Buch, dann schwinge ich mich auf mein Surfbrett.«

»Okay. Wenn was ist, rufst du mich an, ja, Nora?«

»Klar, Mama, mache ich.« Ich gebe ihr schnell ein Küsschen auf die Wange und drehe mich um. Ich spüre ihren Blick noch lange im Rücken.

Kurze Zeit später lasse ich mich gemütlich mit dem Buch am Strand nieder, es ist kurz nach drei. Um 15:37 Uhr ruft Lisa das erste Mal an.

»He, alles klar?«

»Ja. Ich habe gerade mit diesem neuen Thriller angefangen.«

»Und was macht dieser Tim?«

»Dieser Tim?« Ich muss über ihren Tonfall schmunzeln. »Der surft. Seid ihr schon fündig geworden?«

»Ja, du glaubst es nicht. Wir haben schon eine grüne Stoffhose gefunden. So ein Anzug ist ja total old fashioned. Die Hose sieht echt gut aus, ziemlich schmal geschnitten. Jetzt suchen wir ein Sakko.«

»Alles klar. Viel Glück.«

Ich tauche wieder in der Geschichte von diesem Martin ab.

Direkt auf der ersten Seite wird klar, wie brutal und sadistisch der ist. Echt gruselig. Im Film könnte ich mir so was niemals ansehen. Aber als Buch faszinieren mich solche Stories. Die Abgründe, die sich auftun. Diese Spannung, die kribbelig in der Luft liegt, sich zu einer schwarzen Wolke formiert.

15:55 Uhr. Lisa ruft mal wieder an. »He, alles klar?«

»Ja, es ist alles klar. Ich lebe noch. Tim surft noch. Er hat mich noch nicht hinterrücks mit einem Stiletto-Messer abgemurkst.«

»Hör auf mit dem Quatsch. Ich mache mir halt Sorgen.«

»Wie viel zahlt meine Mutter dir dafür, dass du mich überwachst?«

»Ist ja schon gut. Wir shoppen jetzt weiter.«

»Gute Idee. Ciao.«

Tim lässt sich irgendwann neben mich fallen und schnauft.

»So anstrengend?«

»Allerdings. Das bläst echt ganz gut da draußen.« Wir schauen gemeinsam auf die Wellen, die echt gigantisch sind, und schweigen. Aber es ist nicht unangenehm. Nach einer Weile springt Tim wieder auf die Füße, schüttelt sich und fragt im Gehen: »Hast du auch Hunger?«

»Ein bisschen«, behaupte ich. Eigentlich ist mein Magen ein riesiges Loch, das mich schon seit geraumer Zeit anknurrt.

Tim flitzt zu seinem VW-Bulli, der immer noch an der gleichen Stelle kurz vor dem Strand steht. Etwas abseits von dem eigentlichen Campingplatz, fast so, als wisse er nicht genau, ob er zu der Campinggesellschaft dazugehören will oder nicht.

Zehn Minuten später ist er mit einer zu einem Tablett umfunktionierten Obstkiste und einer Decke zurück. »Picknick«, verkündet er und stellt die Kiste in den Sand. Ich sehe eine Tüte Milch, ein Baguette, eine Tüte Lakritz, Käse, Kiwis, Marshmallows, Oliven, eine dicke Salami und Cracker. Ein Essen nach meinem Geschmack!

»Was meinst du eigentlich mit ›du wohnst hier‹?«, erkundige ich mich und schnappe mir gleich mal ein paar Cracker und Oliven.

Er nimmt einen langen Schluck aus der Milchtüte und antwortet mir original mit einem weißen Bart: »Ich wusste nach dem Abi überhaupt nicht, was ich machen sollte. Ich habe ein paar Praktika gemacht. In einem integrativen Kindergarten, in einer Werbeagentur und in einem Tonstudio. Es war alles nicht schlecht, aber ich konnte mich einfach nicht entscheiden.«

»Und jetzt willst du professioneller Windsurfer werden?« Es war eigentlich als Witz gemeint, aber er antwortet mir ganz ernst.

»Nein. Dafür bin ich nicht gut genug.« Er nimmt noch einen Schluck aus der Milchtüte. »Meine Eltern haben mir eine Deadline bis zum ersten Januar gesetzt. Dann muss ich wieder zu Hause sein und sagen, was ich wirklich machen möchte.«

»Und wenn du das dann immer noch nicht weißt?«

»Dann muss ich in der Baumschule meiner Eltern anfangen.«

»Als Schüler?«, lache ich.

»Nee, als Trauerweide«, kontert er.

Mein Handy macht *Pling!* und ein Foto ploppt auf. Vor mir erscheint Yakimi in der grünen Hose, dazu trägt er ein graues Sakko und ein enges schwarzes T-Shirt. Er sieht wirklich gut aus!

Ich schicke einen Daumen-Hoch mit ein paar Smileys zurück.

»Was machst *du* denn nach der Schule?« Jetzt werde *ich* also ausgequetscht.

»Geht mir wie dir. Ich weiß eigentlich nur, was ich auf gar keinen Fall will. Und das ist eine Menge. Keine Naturwissenschaften, kein Laberfach, kein BWL.«

»Sondern?«

Ich gucke aufs Meer.

»Vielleicht Reise-Journalistin. Da kommst du an die coolsten Locations, schreibst da was drüber und musst nichts bezahlen«, überlege ich laut.

»Ich glaube, ich wäre gerne ein Weltumsegler«, sagt Tim und zeigt auf ein Segelboot, das in ziemlicher Schräglage am Horizont vorbeifährt.

»Ich bin mir nicht sicher, ob das ein Beruf ist.«

»Das ist das Problem. Mit allen Dingen, die ich gerne mache, kann man kein Geld verdienen.«

Ich stecke mir noch zwei Scheiben Salami und Brot in den Mund. Wer weiß, was Linda sich für heute Abend ausgedacht hat.

»Ich fürchte, es ist nicht der Plan, dass man Spaß an seinem Job hat«, sage ich.

»Dann muss eine Planänderung her!« Tim nimmt noch einen Schluck Milch und sieht mit dem weißen Rand alles andere als ein Weltveränderer aus.

Lisa schickt ein neues Foto. Jetzt hat sie dem armen Yakimi noch einen bunten Schal umgehängt und einen Hut aufgesetzt. Ich muss laut lachen. Tim guckt mir über die Schulter.

»Wer ist das?«

»Yakimi. Das Shopping-Opfer meiner Freundin Lisa«, sage ich

»Jetzt noch eine Sonnenbrille und er könnte ein neuer asiatischer Popstar sein«, überlegt Tim.

Ich verrate mal nichts von Yakimis Karriere als Michael-Jackson-Imitator. Ich antworte Lisa mit einem Daumen-runter und stehe auf. Ich weiß nicht, wann der nächste Bus fährt und ich will nicht zu spät kommen.

»Bis irgendwann«, sage ich zu Tim. Der hebt nur die Hand, weil er gerade ungefähr vier Marshmallows im Mund hat.

Bei den Clarks treffe ich nicht nur auf die bestens gelaunten Lisa und Yakimi, sondern lerne auch die zweite Hälfte von ABBA kennen, die Whites von nebenan.

»Hi, I'm Björn. How do you do?«, sagt ein kahlköpfiger Mann. Heißt er jetzt wirklich so oder stellt er sich gleich mit Kampfnamen vor?

»And my name is Agnetha. Nice to meet you«, flötet eine Rothaarige neben ihm. Okay. Also Künstlernamen.

Linda erklärt uns, dass unser Essen auf dem Tisch in der Küche stünde und sie jetzt mit den Whites und Yakimis Karaoke-Programm üben würden.

»Ich weiß nicht, wovor ich mehr Angst habe«, flüstere ich Lisa zu. Vor dem Essen oder der Musik.

Das Essen entpuppt sich als Alles-drin-Suppe.

»Schön bunt«, kommentiert Yakimi und zückt die Stäbchen. Geschickt fischt er sich Kartoffeln, Möhren und weiße Bohnen heraus.

Lisa findet hinten im Schrank eine Flasche Maggi und schüttet es großflächig über ihren Teller.

»Damit schmeckt alles«, behauptet sie.

»Ich kann nicht glauben, dass es Maggi sogar in England gibt!«, sage ich und beschränke mich auf Brot, das ich in meine Suppe stippe.

»So.« Lisa guckt mich eindringlich an. »Und wie war es am Strand?«

»Spannend. Dieser Martin hat eine Frau gekillt und es ist klar, dass er nun auch deren Tochter um die Ecke bringen will.«

Lisa starrt mich an. »Wer ist Martin?«

»Na, der Mörder!« Ich lächle sie an. »In dem Buch, das Tim mir gegeben hat«, füge ich dann hinzu. »Es ist echt ein richtiger Psychothriller.« Ich schlürfe genüsslich die Suppe vom Löffel.

»Und was passiert dann?«, mischt Yakimi sich ein.

»Klappe«, raunt Lisa. »Das interessiert niemanden. Ich wollte wissen, wie es mit Tim am Strand war.«

Ihr Blick wird immer eindringlicher.

»Gut«, sage ich und schlürfe weiter.

»Ich hätte gerne ein bisschen mehr Informationen«, zischt sie mich an. Sie ist so neugierig, dass sie das Essen vergisst.

»Er ist ein bisschen gesurft. Ich habe gelesen. Dann haben wir ein bisschen gequatscht und ein Picknick gemacht.«

»Ein Picknick? Dann war das ein Date! Und? Kribbelt es?«

»Ja, tatsächlich kribbelt es schrecklich. Ich glaub, mich hat hier so ein blöder Sandfloh gebissen …«

»NORA. Du bist verliebt. Ich sehe es dir an. Ich fasse es nicht.«

Ich muss laut lachen. »Lisa. Es tut mir sehr leid. Aber ich bin definitiv nicht verliebt. Tim hatte während des Picknicks einen Milchbart. Alles klar?«

»Alles klar«, sagt sie nur und beißt in ihr Brot. »Schade« schiebt sie ein bisschen traurig mit vollem Mund hinterher.

Aus dem Wohnzimmer ertönt plötzlich lautstark der Song »Money, Money, Money«.

»Klingt gar nicht soo übel«, urteilt Lisa.

»Find ich auch. Es ist mehr die Optik von dieser Band, die einen irritiert«, füge ich an.

Lisa steht plötzlich auf, hält sich ihren Suppenlöffel wie ein Mikro affektiert vor den Mund, wirft ihre Mähne nach hinten und macht ein Gesicht, als hätte sie gerade erfahren, dass ihr Lieblingseinhorn eingeschläfert werden muss. Selbst Yakimi muss laut lachen.

Als die Küchentür aufgeht, setzt Lisa sich sofort wieder hin. Es ist allerdings kein Mitglied der All-Stars-Abba-Band. Es ist Määäry-Äänn und sie heult zum Steinerweichen. Mit einem riesigen Schluchzer lässt sie sich auf einen Stuhl fallen.

Der Hang zur Dramatik ist offenbar genetisch vererbbar.

»Everything allright?«, fragt Lisa überflüssigerweise. Es ist ja wohl offensichtlich, dass hier irgendwas zutiefst nicht allright ist. Jetzt erst sehe ich die aufgeschnittene Zwiebel in der Hand der Göre. Immer wieder hält sie sich die vor die Nase, um aufs Neue zu schluchzen.

Ich zeige mit meinem Löffel auf die Zwiebel und frage vorsichtig, warum sie das tut.

Schniefend erklärt sie uns, dass Models sich ja auch immer in ihre jeweilige Rolle einfinden müssten.

Für mich schlüpfen Models eigentlich immer nur in die Rolle eines Models und sehen meist übelst gelangweilt oder gar bösartig aus. Määäry-Äänn ist anderer Meinung. Für verschiedene Settings seien verschiedene Gesichtsausdrücke notwendig.

»Klar, und wenn du ein Model für ein Bestattungsunternehmen werden willst, musst du tränenverschmiert in die Kamera glotzen«, sage ich. Schade, dass sie kein Deutsch versteht.

Lisa erkundigt sich auf holprigem Englisch, wie Määäry-Ann sich das denn in der Praxis vorstellen würde. Sie könne ja schlecht mit einer Zwiebel ans Set kommen.

Das angehende Supermodel erläutert uns, dass das ein Prozess sei. Irgendwann müsse sie nur noch an eine Zwiebel denken und schon würden die Tränen kullern. Das habe sie irgendwo gelesen.

»Bestimmt bei den Brüdern Grimm«, lache ich. »Aber die Idee ist genial. Irgendwann muss man dann nur noch an eine Pizza denken und – schwupps! – schon ist man satt.«

Määäry-Äänn guckt skeptisch von mir zu Lisa und wieder zurück. Sie ahnt wohl schon, dass wir sie nicht so ganz ernst nehmen. Schweigend geht sie raus. Die Zwiebel wieder unter der Nase.

»So kriegt sie wenigstens mal die Nase frei«, kommentiert Yakimi nur trocken.

7

Für den Abend haben Lisa und ich uns Wellness vorgenommen. Beine rasieren, Packung auf die Haare, Fingernägel feilen und neu lackieren. Fußnägel lackieren. Gerade meinen Haaren tun der Wind, die Sonne und der Sand nicht gut, obwohl ich ja schon so oft wie möglich meinen neuen Hut trage. Trotzdem komme ich mit dem Kamm kaum durch meine Krissellocken. Ich kämpfe also gerade mit meiner roten Pracht, als Lisa, die an ihren Fußnägeln rumpinselt, sagt, dass sie am Nachmittag mit Yakimi noch bei Starbucks gewesen sei.

»Mmmh«, kommentiere ich diese Information.

»Adam war auch da.«

»Aha.«

»Und ich habe mich gerächt. Für die Drinks, die er mir aus der Tasche geleiert hat.« Lisa schraubt die Nagellackflasche zu.

Ich gucke hoch. »Und wie?«

»Als er fast dran war, habe ich mich schnell vorgedrängelt und einen Donut und eine Latte bestellt.«

Sie macht eine bedeutungsvolle Pause.

»Und?« Boah, das nervt.

»Dann habe ich so getan, als hätte ich mein Portemonnaie vergessen und ganz fürchterlich lieb zu Adam gesagt, dass er das ja mal eben übernehmen könne. Als kleine Revanche. Der war so perplex, dass er das gemacht hat.«

»Sehr gut«, lobe ich sie und kämpfe weiter.

»Hinter Adam stand Vincent«, erzählt sie weiter. »Und der hat plötzlich gemeint, dass er mich gerne das nächste Mal einladen würde.«

Diese Info schockt mich so, dass mir die Haarbürste aus der Hand fällt.

»Vincent? Dieser Österreicher? Mit dem komischen Akzent?« Ich angle nach der Bürste.

»Ich finde den süß.«

»Den Akzent?«

»Den auch.«

Sie grinst breit.

Alles klar, denke ich. Ab sofort ist Vincent wohl die Number One.

»Ich habe mich mit ihm für morgen Nachmittag verabredet«, gesteht Lisa nun.

»Wow. Was für ein Tempo.«

»Wir sind ja nicht ewig hier«, kontert Lisa. »Du bist doch nicht böse?«

»Warum sollte ich?«

»Weil ich dann nichts mit dir machen kann.«

»Ist schon okay. Geh nur. Ich werde halt den ganzen Nachmittag heulend auf dem Bett liegen und mich sehr einsam fühlen.«

Lisa guckt mich erschrocken an.

»Allerdings müsste mir dafür Määäry-Äänn verraten, wo die Zwiebeln sind«, lache ich.

Lisa ist sichtlich erleichtert.

Wir gehen um zehn ins Bett, und um zwanzig nach zehn ist mir klar, dass ich nicht schlafen kann. Ich knipse das kleine Licht an. Lisa neben mir atmet weiter tief und ich krame Tims Thriller aus meiner Tasche. Die Geschichte ist so brutal, so fesselnd, so verwirrend. Um fünf Uhr am Morgen bin ich fertig. Jetzt bin ich todmüde und kann auch wieder nicht einschlafen. Ich höre komische Geräusche im Haus. Ich habe Gänsehaut am ganzen Körper. Ganz vorsichtig kuschele ich mich an Lisa ran, vergrabe mein Gesicht in ihren langen Haaren und ziehe die Decke bis unter die Nase. Horrorbücher sollte man echt nicht nachts lesen. Als um sieben der Wecker klingelt, fühle ich mich, als sei eine Lawine über mich gerollt.

»Was ist denn mit dir passiert?« Lisa guckt mich prüfend an.

»Ich habe noch ein bisschen gelesen.«

»Wellnessprogramme kannst du dir sparen, wenn du die ganze Nacht liest. Du hast Augenringe wie Cro.«

»Vielen Dank. Dann ist wohl heute der Tag des Concealers.«

Den ganzen Vormittag kämpfe ich gegen den Schlaf und mit der Frage, ob es wohl aufdringlich aussieht, wenn ich Tim direkt heute Nachmittag sein Buch zurückbringe. Ich lasse schließlich das Schicksal entscheiden. Ich beschließe: Wenn Yakimi sich bis zum Ende der Stunde nicht mehr meldet, dann gehe ich.

Kurz vor Schluss geht sein Arm hoch. Er fragt, ob er mal eben auf die Toilette gehen dürfe.

Ich entscheide, dass das nicht gilt. Mit »melden« meinte ich natürlich, dass er was zum Unterricht sagen will. Also muss ich wohl gehen.

Tim ist nicht auf dem Wasser. Sein Brett liegt unter dem Bulli. Er selbst ist nirgendwo zu sehen. Mist, so hatte ich mir das nicht vorgestellt. Hatte gehofft, ihn am Strand zu treffen und das Buch mehr oder weniger beiläufig zurückzugeben. Soll ich da jetzt wirklich klopfen?

Ich weiß nicht so recht. Aber es wäre ja auch blöd, wenn ich das Buch jetzt wieder mit nach Hause nehme. Also gut, entscheide ich, ich trau mich. Ich habe gerade die Hand gehoben, um an die Tür zu klopfen, als sie aufgeht.

»He, Nora. Willst du mich besuchen? Super. Mir ist nämlich echt langweilig. Kein Wind da draußen.«

»Ich wollte dir dein Buch zurückgeben.«

»Hat es dir nicht gefallen? Tut mir leid.«

»Nein, nein. Es hat mir super gefallen. Ich habe es heute Nacht durchgelesen.«

Er guckt mir in die Augen.

»Das sieht man«, lacht er. »Komm rein. Magst du einen Kaffee?«

Nach einem wohltuenden Kaffee, der eher ein Espresso war, schnappt Tim sich sein Handy, einen Stift und einen kleinen Post-it-Block und guckt auf die Uhr.

»Alles klar. Wir dürfen nicht rumsitzen, sonst schläfst du ein. Also machen wir jetzt eine Schnitzeljagd. Du gibst mir eine Viertelstunde Vorsprung. Dann schließt du hier ab, gehst hoch zur Straße. Und dann geht es los.«

Ich starre ihn an.

»Eine Schnitzeljagd?«

»Ja. Hast du eine bessere Idee?«

»Noch besser?« Ich muss lachen. »Was noch Besseres kann ich mir echt nicht vorstellen.«

»Also.«

Und damit ist er raus. Ich gucke noch ein bisschen auf die Tür und rechne ein bisschen damit, dass sie jeden Moment aufgeht und Tim verkündet, dass das natürlich nur ein blöder Scherz war. Die Tür geht aber nicht auf. Ich gucke auf die Uhr. Noch zwölf Minuten. Ich schaue mich ein bisschen um. Es wirkt ziemlich aufgeräumt. Neben der kleinen Küchenzeile ist ein Schrank mit gefalteten T-Shirts (ein bisschen gucken darf man ja mal). Die Bettdecke liegt glatt über der Matratze oben unter dem ausklappbaren Dach. Er scheint wirklich kein Chaot zu sein.

Nur ein paar Bücher liegen rum. Im Kühlschrank sind zwei Dosen Bier neben Salami, Oliven, Käse und Butter.

Die fünfzehn Minuten sind rum. Ich schließe die Tür hinter mir, dreh den Schlüssel zweimal im Schloss und gehe die Auffahrt hoch zur Straße. Auf dem ersten Laternenpfahl klebt ein gelber Post-it-Zettel. *Rechts* steht da nur. Ich gehe los, gucke auf Masten, Parkbänke und den Boden. Keine weitere Nachricht. Auf einer Bank sitzt ein alter Mann. Als ich auf seiner Höhe bin, spricht er mich an.

»Excuse me, Miss, are you by any chance Nora from Germany?«

»Yes«, antworte ich misstrauisch.

»Let me give you some free advice ...« Der Alte raunt verschwörerisch: »Go straight to the church.«

»To the church?« Die Kirche?

Er nickt nur und ruft mir ein »Good luck!« hinterher.

Ein paar Minuten später stehe ich vor der Mary Magdalenen's Church.

Auf dem Kasten, in dem die Gottesdienste verkündet werden, leuchtet der nächste Zettel. *Beichtstuhl* steht drauf.

Spinnt der? Ich lege doch jetzt keine Beichte ab. Langsam betrete ich die düstere Kirche und nehme meinen Hut ab. Das macht man doch so, oder? Ein paar Touristen sitzen in den Bänken, einige laufen rum. Links sehe ich den Beichtstuhl. Gott sei Dank ist gerade keine Beichtstunde. Oder sitzt Tim etwa hinter dem Gitter? Vorsichtig schiebe ich den Vorhang zur Seite und sehe den Post-it sofort.

Nichts zu beichten? Glück gehabt. Geh zur Eisdiele um die Ecke.

Unschlüssig stehe ich kurz darauf vor der Eisdiele. Kein Zettel. Nichts. Als ich mir ratlos meinen Hut wieder aufsetze, spricht mich der Eis-Dealer sofort an.

»Hey, you must be Nora!« Der Mann ist richtig begeistert, mich zu sehen. Ich nicke nur. Schwungvoll holt er eine Kugel Stracciatella hervor, platziert die in einer Waffel und überreicht sie mir, zusammen mit einem weiteren Hinweiszettel.

Tim hat offenbar auch an meine Verpflegung gedacht. Langsam beginnt mir die Suche Spaß zu machen.

Am Fischereihafen ist es heute besonders schön, lautet der Text auf dem Zettel, und ich mache mich gleich eisschleckenderweise auf den Weg.

Im Hafen schaukeln nur ein paar Schiffe müde auf den Wellen. Ich gehe den Steg hinunter, schaue mir die Kähne an. Am allerletzten werde ich fündig. Der Post-it klebt auf dem Mast und zwar total weit oben. Wie soll ich da denn dran kommen?

Ich gucke mich um. Hier ist niemand weit und breit. Ich bücke mich langsam und nehme ein Brett, das da liegt. Ganz vorsichtig schiebe ich es von der Kai-Mauer auf die Spitze des Boots. Ich schaue hektisch in alle Richtungen. Niemand zu sehen. Jetzt muss es schnell gehen. Ich balanciere an Bord und schleiche rasch zum Mast. Und nun? Ich entdecke eine Kiste am hinteren Deck. Leider eine schwere Kiste. Fluchend zerre ich sie nach vorne. Wieso mache ich das hier? Was, wenn ich entdeckt werde? Soll ich dann sagen *Ach, wissen Sie, ich mache gerade eine Schnitzeljagd mit einem Windsurfer aus Schweden. Und da oben hängt mein nächster Hinweis?* Klingt nicht sehr überzeugend. Auf der Kiste muss ich mich auf die Zehenspitzen stellen, um den kleinen Zettel zu erwischen.

Wow. Und jetzt ganz schnell weg, und zwar zum Spielplatz am Strand.

Ich bin gerade wieder auf der Kai-Mauer, als ich eine Stimme höre. Eine ziemlich verärgerte Stimme von einem älteren Mann auf einem Boot schräg gegenüber. Ich hebe grüßend und ein bisschen entschuldigend die Hand und dann gebe ich Gas. Der Typ ist nämlich aufgestanden und will offenbar mit mir reden. Ich habe gerade keinen Bedarf an Small Talk.

Auf dem Spielplatz muss ich mich vor den Augen der dort buddelnden Kinder und ihrer tratschenden Mütter zum Affen machen. Nachdem ich alle Spielgeräte abgeklettert habe, finde ich den nächsten Hinweis in einem Baumhaus.

Bist du nicht zu alt für den Spielplatz? Schlendere mal lieber die Uferstraße weiter. Triffst du auf einen Straßenmusiker, sei großzügig.

Ich quetsche mich wieder nach unten und mache mich in Richtung Wasser auf. Die Möwen zeigen mir den Weg. Ich höre ihn schon von Weitem. Er spielt Passenger. Ich fass es nicht. *All the little stars.* Soo schön. Ich kriege Gänsehaut. Mit fettem Grinsen bleibe ich vor dem Mann mit der Gitarre stehen. Er hat ein paar Zähne zu wenig, Falten wie ein Gepäckträger im Himalaya und Augen wie der Ozean. Auch ohne Tims Auftrag hätte ich ihm Geld gegeben. Ich kratze alle Münzen aus meinem Portemonnaie zusammen. Ein bisschen mehr als drei Pfund. Fast fünf Euro immerhin. Ich lege das Geld in seinen aufgeklappten Gitarrenkoffer, er verbeugt sich vor mir und sagt: »Follow the route to the campsite.«

Wie bitte? Ich soll zurück zum Campingplatz? Alles wieder auf Anfang, oder was? Immerhin ist es nicht mehr weit, was meine Füße sehr begrüßen. So viel wie heute bin ich ewig nicht gelaufen. Ich sehe ihn schon von Weitem. Tim sitzt vor seinem Bulli, hat die Arme hinter dem Kopf verschränkt und erwartet mich. Ziemlich erschöpft lasse ich mich in den anderen Stuhl fallen.

»Du warst echt gut. Und schnell. Dann können wir ja jetzt essen.«

Ich streife meine Chucks ab. Mir egal, dass es jetzt vielleicht nicht so gut riecht. Tim klettert in den Bus und holt unter einem Berg von Decken zwei Pizzakartons hervor.

»Ich habe sie so warm gehalten. Wusste ja nicht, wann du kommst. Salami oder Tonno?«

»Beides«, sage ich, nehme meinen Hut ab und lehne mich zurück.

»Perfekt. Halbe-halbe.« Tim reicht mir ein Stück Tonno. Es schmeckt köstlich.

»Seit wann enden Schnitzeljagden da, wo sie begonnen haben?«, frage ich mit vollem Mund.

»Kennst du nicht *O wie schön ist Panama*? Der kleine Bär und der kleine Tiger landen auch wieder zu Hause und da ist es einfach am schönsten«, grinst Tim.

Ich sage ihm nicht, dass er ein Stück Spinat zwischen den Zähnen hängen hat. Und: Natürlich kenne ich die Janosch-Geschichte. Wir essen schweigend weiter. Öl läuft mir an den Händen runter.

Immer mal wieder gucke ich zu Tim rüber. Wer ist er eigentlich? Ich kenne ihn nicht, es fühlt sich aber so an, als ob ich ihn kennen würde. Und er selbst tut auch so, als würden wir uns schon ewig kennen. Er hat die Haare halb lang. Aber mit Pony, der über den Brauen endet. Ich HASSE diese Typen, die so einen langen Pony haben, der ihnen in die Augen hängt und die deswegen alle Sekunden den Kopf panisch nach hinten werfen, damit sie mal kurz was sehen können. Das sieht so anfallmäßig aus. Tims Augen sind grün, er ist ziemlich durchtrainiert und hat ziemlich kleine Füße. Ich gucke ein paar Mal unauffällig hin. Im Ernst, der hat allerhöchstens Größe vierzig. Wenn überhaupt.

Ein mittelalter Mann kommt plötzlich auf Tim zu. Er trägt einen knittrigen Overall und sagt irgendwas über »sport tomorrow«. Tim erwidert nur »of course«. Ich sehe ihn fragend an.

»Dave ist der Campingplatzbesitzer und ich helfe manchmal etwas aus.«

»Mit Sport? Bist du sein Personal Coach und fährst mit dem Rad neben ihm her, wenn er joggt, oder was?

Tim lacht. »Gute Idee. In Wirklichkeit mache ich Wassergymnastik.«

Ich lache laut. »Ja, klar. Mit Badekappe?«

»Ohne.« Er guckt mich ganz ruhig an.

»Du machst nicht wirklich Wassergymnastik, oder?«

»Doch. Bei den Gästen hier kommt es ganz gut an. Einmal in der Woche morgens um acht am Strand pfeife ich zur Aqua Gym. Vor zwei Wochen hatte ich einen superwitzigen Opa dabei. Der konnte sich nur mit dem Sonnenschirm als Gehstock bis zum Wasser schleppen. Da hat er sich so einen Kinderschwimmring um den Hals gelegt. Für den Bauch war der zu klein. Und dann hat er sich treiben lassen. Ich hatte echt ein bisschen Angst, dass ich die Stunde mit einer Wasserleiche beende.«

»Aber er hat überlebt«, vermute ich.

»Ja, hat er. Und nach der Stunde hat er sich wieder mit dem Sonnenschirm als Stock zur Bar geschleppt und erst mal ein Redbull bestellt.«

»Klar. Flügel konnte der ja gut gebrauchen.«

Wir müssen beide lachen. Ich nehme mir ein weiteres Stück Pizza, lehne mich zurück und beschließe, hier für immer und ewig sitzen zu bleiben. Mit den Füßen im Sand, der Sonne im Gesicht und einer Pizza in der Hand. Und mit Tims Geschichten im Ohr.

8

Als ich dann doch irgendwann nach Hause komme, liegt Lisa auf dem Bett und schmachtet eine Rose an. Ich lasse mich neben sie fallen. »Lass mich raten: Die ist von deinem Ösi-Verehrer. Er hat dir sein Herz zu Füßen gelegt und die Rose in die Hand gedrückt, und seitdem bist du sicher, dass er der Mann deines Lebens ist.«

»Ja, sie ist von Vincent – mach dich nur lustig. Nur weil du jedes männliche Wesen albern oder peinlich oder einfach doof findest, muss ich das nicht genauso sehen. Danke der Nachfrage. Ich hatte einen wundervollen Nachmittag.«

Ich atme tief ein und ganz langsam aus. Besser, ich bringe es gleich hinter mich.

»Okay. Wie war es?«

Das ist natürlich exakt die Frage, die Lisa hören wollte. Und sie schildert mir haargenau, was sie wann und wo gemacht haben. Wie Vincent sie dabei angeguckt hat, wie sie zurückgeguckt hat und so weiter. Kurz: Sie haben den ganzen Nachmittag am Pier abgehangen, Cola getrunken und Vincent hat offenbar einen Container voll mit Komplimenten über ihr ausgekippt. Es gibt offenbar nichts, das Vincent nicht toll an Lisa findet. Ihre Augen, ihre Beine, ihren Po, ihre Haare, ihren Mund, ihre Füße. Ihre kleinen Ohren!! Als hätte er sonst nur Mädchen mit Elefantenohren gesehen.

»Hat er sich gar nicht zu deinen süßen kleinen Zehen geäußert? Die sind doch soo niedlich«, mache ich mich lustig und kriege sofort ein Kissen über den Kopf.

Als sie sich beruhigt hat, fällt ihr ein, dass ich ja auch irgendwo meinen Nachmittag verbracht haben muss.

»Und?«, fragt sie. »Was hast du so gemacht?«

»Ich? Eine Schnitzeljagd.«

»Klar. Und mein Opa ist bei den Hells Angels. Außerdem: Für eine Vegetarierin sollte eine Schnitzeljagd wohl verboten sein.«

Sie grinst breit über ihren doofen Scherz.

Ich sage einfach nichts dazu. Mir wird klar, wenn ich wirklich erzähle, was ich heute Nachmittag gemacht habe, ist das eine Steilvorlage für wochenlange Lästereien. Dankenswerterweise ist meine liebste Freundin so mit ihrem eigenen Glück beschäftigt, dass sie gar nicht weiter nachbohrt.

Um kurz nach zehn macht es das erste Mal *Pling!* Lisa hat eine WhatsApp-Nachricht bekommen. Um halb elf geht ungefähr die zwanzigste ein. Natürlich antwortet Lisa auch immer brav. Mir ist schleierhaft, wie ich so schlafen soll.

»Kannst du nicht den Ton ausstellen?«

»Dann schlafe ich doch ein«, antwortet Lisa sofort. Die ist ja lustig. Es ist ja auch SCHLAFENSZEIT. Kurzerhand schnappe ich mir ihr Handy und sende eine Nachricht an Vincent mit den Worten: *Schreib dir einfach alles auf, was du Lisa mitteilen möchtest und texte es ihr MORGEN. Ich will schlafen. Nora.*

Natürlich schmollt Lisa erst ein bisschen. Nach ungefähr dreißig Sekunden höre ich aber sehr gleichmäßiges Atmen von nebenan.

Peinlicherweise werden wir von meinem Handy geweckt. Um Viertel nach sieben. Am Samstag! Mit den Blicken, die Lisa mir zuwirft, könnte man Löcher in Blech brennen.

»Ich bin's. Mama. Nora, hör mir mal zu.« Als ich ihren Namen auf dem Display gesehen hatte, war mir der Schreck in die Glieder gefahren. Welchen Grund sollte meine Mutter haben, mich um diese Zeit an einem Samstag anzurufen??? Bestimmt keinen guten. An ihre Stimme höre ich aber sofort, dass es sich offenbar nicht um eine Katastrophe handelt.

»Mama, natürlich höre ich zu. So funktioniert das Prinzip Telefon. Der eine spricht, der andere hört zu. Am besten abwechselnd«, sagte ich genervt.

»Nora, hör auf damit. Ich wollte dir nur eben sagen, dass Papa und ich kurzfristig beschlossen haben, ein paar Tage nach Wangerooge zu fahren. Das Wetter ist herrlich und Papa konnte sich bis Mittwoch frei nehmen.«

»Und?«

»Ich wollte dir das natürlich sagen, damit du dir keine Sorgen machst, wenn du uns nicht erreichst.«

»Ich schätze, dass sogar Wangerooge mittlerweile über ein solides Netz für mobile Telefone verfügt«, werfe ich ein.

»Ja, aber stell dir vor, du hättest uns zu Hause nicht erreicht.«

»Dann hätte ich es auf dem Handy versucht?«

Das ignoriert meine Mutter einfach. »Wir wollen es jetzt einfach ausnutzen, dass wir ganz spontan ein paar Tage wegfahren können.«

»Wieso ausnutzen? Ihr könntet doch jederzeit spontan wegfahren.«

»Können wir nicht, das weißt du genau. Wir finden eben, du bist noch zu jung, um dich alleine zu versorgen. Ich habe dabei einfach kein gutes Gefühl.«

Alleine versorgen – wie sie das schon sagt. Das klingt so, als müsste ich mir Wasser aus dem Brunnen holen, mühsam das Feuer anfachen und dann ein Huhn rupfen. Wie oft haben wir diese Diskussion schon geführt? Ich glaube, wir feiern bald die fünfhundertste Wiederholung. Selbst, wenn ich mal bei Lisa – oder einer anderen Freundin – schlafen will, werde ich da mit dem Auto hingefahren und persönlich übergeben. Als wäre ich eine verdammte Geisel oder in einem Zeugenschutzprogramm oder so.

»Mama, weißt du was? Ich fände es sehr schön, wenn du dich schon mal erkundigen könntest, an welcher Universität es Studentenheime gibt, in denen die Eltern mit einziehen können. Vielleicht so Kombinationen aus Studenten- und Seniorenwohnheim. Ich würde mich einfach sicherer fühlen, wenn ihr immer in meiner Nähe wärt. Und ich müsste auch gar nicht diesen fürchterlichen Fraß in der Mensa essen. Du würdest einfach für mich kochen. Und bügeln. Und aufräumen. Ich freue mich schon sehr auf unsere gemeinsame Studentenzeit.«

»Witzig, dass du das sagst. Ich habe jetzt gelesen, dass es an vielen Unis inzwischen so etwas wie Elternabende gibt. Ich finde, das ist eine sehr gute Idee.«

Ich fasse es echt nicht und verabschiede mich schnell.

Warum ich? Warum bin ich ein Einzelkind? Warum ist meine Mutter so eine Helicopter-Mum? Könnte ich nicht so coole Eltern haben wir Lisa, die es toll finden, wenn ihre Tochter ihr eigenes Ding macht und sie sich nicht kümmern müssen?

Meine Mutter hatte den Sprachferien auch nur zugestimmt, unter der Bedingung, dass ich bei einer Familie wohne. Familie bedeutet für sie, dass da eine Mutter ist, die immer alles regelt, immer aufpasst, alles weiß und sich sorgt. Rund um die Uhr. Wenn meine Ma wüsste, dass die Clarks uns am ersten Tag einen Stadtplan, einen Hausschlüssel und die Regeln »a.) in der Woche gibt es um sieben Uhr Abendessen und b.) am Freitag und Samstag seid ihr um elf Uhr zu Hause« überreicht haben, hätte sie schon Interpol und Unicef und weiß ich nicht wen alles informiert.

Wir frühstücken lang und ausgiebig, staunen, wie geschickt Yakimi sogar das wabbelige Rührei mit Stäbchen isst, und dann verziehen wir uns auf unser Zimmer. Lisa hat sich mit ihren Schwestern zum Facetimen verabredet. Das Videogespräch beginnt gleich lautstark, weil Luise – die zweitälteste Schwester – ein T-Shirt von Lisa trägt.

»Du ziehst das sofort aus und legst es in meinen Schrank und dann betrittst du mein Zimmer die nächsten Wochen nicht mehr«, fordert Lisa lautstark. Darauf schiebt sich die kleine Lotta ins Bild. Sie verrät, dass Luise sich andauernd Klamotten aus Lisas Schrank nehmen würde. Eine umgezogene Luise kommt wieder dazu und dementiert das natürlich. Als nächstes schiebt sich Lara vor die Kamera.

»Guckt mal, ich habe ein Erdbeereis von Mama bekommen, weil ich so Halsweh hatte«, erklärt sie und schiebt das Eis leider zu nah an die Linse. Das weitere Gespräch sehen wir nur durch einen rosafarbenen Schleier. Lisas Mutter fragt so Sachen, die meine Mutter niemals fragen würde, wie »Na, habt ihr schon nette Leute kennengelernt? – Habt ihr genug Zeit für Strand und Schwimmen oder müsst ihr viel lernen? – Sind süße Jungs in eurer Klasse?« Aber Lisa findet die Fragen neugierig und sagt ihrer Mutter das auch. Sie verlangt, dass ihr Zimmer abgeschlossen wird und ihre Schwestern die Pfoten von ihren Dingen lassen.

»Sonst köpfe ich alle eure Kuscheltiere, wenn ich wieder da bin«, warnt sie eindringlich, worauf Lotta schon mal prophylaktisch in Tränen ausbricht. Ich bin ein bisschen erleichtert, als das Gespräch endlich beendet wird. Vielleicht ist es doch nicht so schlecht, ein Einzelkind zu sein.

Weil es wirklich, wirklich notwendig ist, fangen wir an aufzuräumen. Überall liegen Klamotten rum. Wir stopfen sie in den kleinen Schrank. Was nicht mehr reinpasst, hängen wir wieder über die Querstangen vom Himmelbett. Lisa ist allerdings nicht ganz bei der Sache – ständig textet sie mit jemandem und ich kann mir auch schon denken, mit wem.

»Was machen wir denn eigentlich heute Nachmittag?«, frage ich unschuldig.

Sie zuckt mit den Schultern.

Ich lege los. »Brighton soll ja hervorragende Galerien haben. Und auch den *Royal Pavillion* müssen wir uns unbedingt ansehen. Vielleicht können wir ja bei einer Führung mitgehen.« Ich schaffe es, dabei nicht zu grinsen.

»Klingt spannend«, lügt Lisa.

»Ach ja, und ganz tolle Kirchen gibt es, habe ich gelesen. Mit interessanter Architektur und schönen Fenstern«, setze ich noch drauf.

Sie zieht die Stirn kraus und starrt aus dem Fenster.

»Oder wir gehen noch mal den Stoff der vergangenen Woche durch.«

Ganz langsam wandert ihr Blick zu mir. »Bist du nicht mehr ganz dicht?«

»Ich frage mich nur, wann du mir endlich sagst, dass du mit Vincent heiße Nachrichten schreibst und ihn heute Nachmittag unbedingt treffen möchtest.«

»Woher weißt du das?«

»Süße, ich bin deine beste Freundin. Ich kenne dich besser als dir lieb ist.«

»Und? Gehen wir zum Pier? Er will sich da gerne um drei mit mir treffen.«

Sie hat diesen Welpen-Bettel-Blick, mit dem sie auch immer ihrer Mama ein paar Euros aus dem Portemonnaie leiert.

»Ob *wir* dahin gehen? Meinst du, ich will daneben sitzen, wenn Vincent dir mal wieder erzählt, wie süß deine gesamten Körperteile seien? Ehrlich gesagt: nein. Und ich glaube, deine Nummer eins wäre davon auch nicht so begeistert.«

»Ich soll alleine gehen?«

Ich muss laut lachen. »Du klingst, als wärst du Rotkäppchen und müsstest mutterseelenallein durch den dunklen, dunklen Wald.«

»Und was machst du dann heute Nachmittag?«

»Keine Ahnung. Vielleicht schreibe ich mal Ella und Xenia an und unternehme was mit denen«, beruhige ich Lisa. Ich werde das nicht machen, aber ich möchte einfach nicht, dass Lisa ein schlechtes Gewissen hat.

Doch vor dem Nachmittag wartet noch eine harte Prüfung auf mich: das Mittagessen. Es gibt Spaghetti carbonara. Ich liebe es!!!!

Der Speck darin sei gar kein Problem für mich, beteuere ich Linda sofort. Ich würde den einfach an den Rand schieben. Dann kommt der Hammer: In der Carbonara-Sauce seien aber doch Eier. Das könne ich ja dann auf gar keinen Fall essen. Schlecht gelaunt ziehe ich mir Spaghetti mit Ketchup rein und versuche nicht auf die Teller der anderen zu gucken. Ich beschließe, mir dafür am Nachmittag eine große Pommes zu gönnen.

Nachdem Lisa sich für das Date mit Vincent fertig gemacht hat, sieht unser Zimmer wieder aus wie vor unserer großen Aufräum-Aktion. Nach Tausenden von Anproben hatte sich eigentlich *endlich* für Hotpants mit Top und Bluse entschieden, als sie schlecht gelaunt aus dem Bad kommt.

»Wieso sagst du mir nicht, dass man hinten fast meinen Slip sehen kann«, meckert sie.

»Man kann deinen Slip nicht sehen. Wie kommst du auf so was?«

»Ich habe mich auf einen Stuhl und vor den Spiegel gestellt. Und wenn ich mich leicht nach vorne beuge, kann man ihn sehen«, erklärt sie.

»Du stellst dich auf einen Stuhl vor den Spiegel, um dich von hinten zu sehen?« Ich fasse es nicht.

»Natürlich. Machst du das nie?«

»Nein. Nie. Außerdem könntest du es ja eigentlich unterlassen, dich zu bücken, wenn Vincent gerade hinter dir hockt.«

Aber sie hat die Shorts schon ausgezogen und auf den Boden geknüllt. Sie entscheidet sich für ein Blümchenkleid mit Jeansjacke, das sie vor einer halben Stunde mit dem Kommentar »zu süß« in die Ecke geworfen hatte. Daran erinnere ich sie natürlich nicht.

»Du bist mir wirklich nicht böse, dass ich dich allein lasse?« Sie steht mit skeptischem Blick in der Tür.

»Nein. Jetzt hau ab. Und wenn er dir blöd kommt, rufst du mich an, ja? Dann komme ich sofort und schubse ihn ins Meer.«

Wir küssen uns auf die Wangen und sie ist weg. Lustlos räume ich die Klamotten vom Boden und lege sie zumindest auf ihren Stuhl. Und jetzt?

Erst mal gucke ich in der Küche vorbei. Vielleicht finde ich noch Carbonara-Reste. Da sitzt aber leider Linda und telefoniert. Ich schnappe mir also Jacke, Hut und Tasche und gehe los. Ich lasse mich einfach treiben. Die Stadt ist wirklich wunderschön. Weil ich nicht den Bus in die City nehme, sondern laufe, sehe ich ganz neue Ecken. Plötzlich wird es laut. Offenbar stehe ich vor einer Grundschule und auf dem Pausenplatz findet ein Kinderflohmarkt statt. Witzig, was die Kids alles anbieten. Spontan kaufe ich eine Meerjungfrau-Barbie für Lotta, die kleinste Schwester von Lisa. Die kitschige Puppe kostet nur ein Pfund und Lotta wird ausrasten vor Freude.

Daneben liegt ein riesiger Fotoapparat in Türkis. Ich nehme ihn und gucke ihn mir genauer an. Wieso ist der so groß, so klobig? Ich gucke durch die Linse und drücke ab. Und plötzlich summt es in dem Teil und vorne wird ein Foto rausgeschoben. Das Teil ist eine Sofortbildkamera, eine echte Polaroid. Genial! Vorsichtig frage ich den kleinen Jungen hinter dem Tisch, was die wohl kosten soll.

»Twenty«, sagt er mit Pokerface.

»Fifteen«, kontere ich.

Wir einigen uns auf eighteen, wenn ich noch den Doppelpack Filme für drei Pfund dazunehme.

Natürlich kann ich mit meinem Handy auch Fotos machen. Aber das hier ist was ganz anderes. Ich habe wirklich ein Bild in der Hand. Das fühlt sich viel besser an. Das ist einfach echter. Bis ich an der Uferpromenade ankomme, habe ich schon drei Fotos geschossen. Einen Mann, der mit vier Pudeln spazieren ging, den knallblauen Himmel und – klar – ein Selfie, auf dem man sehr viel Hut und dann nur meinen Mund sieht. Irgendwie lustig. Langsam bummele ich an den Cafés vorbei. Eigentlich hätte ich ja schon Lust, Tim einen kleinen Besuch abzustatten. Aber das würde ja wirklich ziemlich aufdringlich aussehen. Hinterher denkt er noch, ich hätte mich ihn in verknallt. Also setze ich mich auch vor ein Café, bestelle einen Earl-Grey-Tee und lasse meine Gedanken ziehen.

Ich muss meinen Eltern unbedingt klar machen, dass ich ein ganzes Schüler-Austausch-Jahr machen will. Und zwar richtig weit weg. Ich weiß auch, wie es vielleicht klappen könnte. Sie müssen mir einfach glauben, dass man ohne Auslandsaufenthalt keine Chance auf dem Arbeitsmarkt hat. Das ist das oberste Ziel meiner Mutter: Aus mir soll mal was werden. Was genau, verrät sie nicht. Aber darüber kann sie stundenlang dozieren. Wie wichtig die Ausbildung sei. Dass ich es später ganz bitterlich bereuen würde, wenn ich jetzt faul wäre. Ich würde mir die gesamte Zukunft vermasseln, wenn ich mich jetzt nicht auf den »Hosenboden setzen würde«. Solche Formulierungen benutzt die wirklich. Ich habe ihr mal geantwortet, dass ich wohl kaum schlauer davon werden würde, wenn ich jetzt in den Sitzstreik träte. Hat sie natürlich nicht gerafft.

9

Ich schließe die Augen und halte mein Gesicht in die Sonne. Es ist einfach nur schön. Bis sich irgendwas zwischen mich und die Sonne schiebt. Ich blinzle und erkenne einen vertrauten Umriss.

»Wenn das mal nicht meine Schnitzeljägerin ist«, lacht Tim und setzt sich neben mich.

»Was machst du denn hier?«, frage ich nicht sehr geistvoll.

»Erstens war ich einkaufen, zweitens habe ich mich gefragt, was deutsche Gastschülerinnen wohl an einem sonnigen Samstagnachmittag machen und ich bin zu dem Schluss gekommen, dass die wohl bestimmt vor irgendeinem Café chillen.«

»Du hast mich gesucht?«

»Nein. Ich habe nur überprüft, ob meine These stimmt. Und wie du siehst: Ich hatte recht. Hach, ich bin einfach so schlau«, grinst er.

Als die Kellnerin vorbeikommt, bestellt er einen Kakao. Er hat offenbar einen Hang zu Milchprodukten.

»Und was steht heute noch auf deinem Programm? Wo ist eigentlich deine Freundin? Schon wieder shoppen?«

»Lisa trifft sich mit einem Jungen aus unserer Klasse, der ihr die Welt vor ihre wunderschönen kleinen Füße legen will. Und ich überlege, wie ich meine Eltern davon überzeuge, dass ich ein Austauschjahr da machen kann, wo sie mich nicht mal kurz besuchen könnten. Also richtig weit weg.«

»Wie lange dauert es wohl, bis du mit deinem Plan fertig bist?« Er nimmt einen Schluck und hat einen braunen Schnäuzer.

»Warum?«

»Wenn du damit fertig bist, könnten wir Schokoladenfondue machen. Ich habe gerade dafür eingekauft.«

Tim zeigt auf den Beutel vor seinen Füßen.

»Fondue? Ist das nicht mit Käse?«

»Kann man auch mit Käse machen. Ich mache es lieber mit geschmolzener Schokolade.«

»Du tunkst Brot in Schoki?«

»Nein. Obst. Erdbeeren, Bananenstücke, Mandarinen. Also ist es sogar gesund«, behauptet er.

»Super. Meine Mutter wird begeistert sein, wenn sie hört, dass ich darauf achte, genug Vitamine zu essen. Perfekt.«

Zwei Stunden später kann ich mich nicht mehr bewegen. Ich musste schon heimlich den Knopf meiner Jeans aufmachen. Tim kratzt mit einem Stück Apfel den letzten Rest flüssiger Schokolade aus dem Topf. Wir haben ungefähr zwei Kilo Obst mit einer Gabel durch die braune Sauce gezogen und gefuttert.

»Das war gut, oder?«, erkundigt er sich.

»Ich kann nicht antworten. In meinem Kopf ist kein Blut. In meinen Adern fließt Schokolade«, stöhne ich.

Plötzlich fällt es mir ein.

»Ich muss dir was zeigen, ich habe mir heute was Megacooles gekauft.«

Ich wühle in meiner Tasche und als erstes fällt die Meerjungfrau raus.

»Die ist aber wirklich hübsch. Mit der hast du bestimmt ganz viel Spaß«, grinst Tim.

»Blödmann. Die ist nicht für mich. Die schenke ich der kleinen Schwester von Lisa.«

»Warum?«

»Weil die erstens Barbies und zweitens Meerjungfrauen toll findet. Damit ist das Geschenk also doppelt gut.«

»Nein. Warum schenkst du ihr was?«

Ich überlege. Es ist eigentlich zu einfach, um es zu erklären.

»Weil sie sich halt so darüber freut. Die hat fast nichts gekostet, aber für Lotta ist die wertvoller als Gold. Ich freue mich eben, wenn die Kleine sich freut.«

»Das ist total nett von dir«, findet Tim und guckt mich so anders an.

»Ich habe halt selber keine Geschwister«, sage ich fast entschuldigend.

Ich gucke vorsichtig zu Tim, der hat aber schon wieder die Augen zugemacht und den Kopf in den Nacken gelegt.

Ich weiß auch nicht wieso, aber ich traue mich plötzlich, ihm zu erzählen, dass ich einen Internetbruder habe, der Nick heißt und dem ich eine E-Mail-Adresse eingerichtet habe. »Manchmal schreibe ich ihm.«

»Ich habe wirklich einen großen Bruder, der Niklas heißt.«

Tim sagt das, ohne die Augen zu öffnen.

»Echt? Niklas?« Ich glaube es nicht. »Fast wie Nick. Das ist ja lustig.«

»Von mir aus kannst du ihn als großen Bruder mit mir teilen.«

»Wie ist Niklas denn so? Ich nehme nämlich nicht jeden als großen Bruder.«

»Anders als ich. Er wusste schon immer genau, was er will. Er wusste, dass Rudern sein Sport ist, dass Jazz die einzige wahre Musikform ist und dass er Programmierer werden wird. Der geht immer geradeaus, der macht keine Umwege.«

»Wenn man Umwege macht, sieht man aber viel mehr«, stelle ich fest.

»Eben. Genau deswegen bin ich ja jetzt hier. Das ist mein Umweg, ehe ich als extrem erfolgreicher Weiß-ich-nicht-was Karriere mache.«

»Wenn Niklas jetzt mein Nick-Bruder ist, dann wärst du aber auch mein Bruder«, überlege ich laut.

Tim blinzelt mich kurz an, er mustert mich von oben bis unten.

»Hätte mich schlimmer treffen können«, urteilt er nur.

War das jetzt ein Kompliment?

»Wolltest du mir nicht eigentlich zeigen, was du dir Megacooles gekauft hast?«

Stimmt. Das habe ich über diese Großer-Bruder-Diskussion ganz vergessen. Ich wühle wieder in meiner Tasche und fördere die Sofortbildkamera ans Licht.

»Wow.« Tim ist aufgesprungen und reißt sie mir aus der Hand. »So eine Polaroidkamera hatte ich früher auch. Also nicht in Türkis. Aber ich habe sie geliebt.«

Er dreht die Kamera fast ehrfurchtsvoll in den Händen.

»Ich war zwölf oder so. Eine Zeit lang habe ich jeden Morgen den Ausblick aus meinem Fenster fotografiert und dann habe ich alle Bilder rund um den Fensterrahmen an die Wand gepinnt. Rund um den Blick aus dem Fenster wuchsen ganz viele Blicke aus dem Fenster. Das sah toll aus.«

Er ist richtig aufgeregt. Ich zeige ihm die drei Fotos, die ich schon gemacht habe. Er hält das komische Selfie von mir etwas länger in den Händen.

»Darf ich das haben?«

»Warum?«

»Damit ich nicht vergesse, wie meine kleine Schwester aussieht.«

»Du meinst wohl, wie der Hut deiner Schwester aussieht.«

»Stimmt. Du bist gut behütet.«

Er gibt mir nur zwei Fotos zurück.

Es ist okay.

Als ich später die Tür zu unserem Zimmer öffne, guckt Lisa sich auch gerade ein Foto an. Allerdings auf ihrem Handy. Ich lasse mich neben sie auf das Bett fallen und habe ein bisschen Angst, dass der Lattenrost unter mir zerbricht. Ich bin immer noch soo voll von dem Schoko-Fondue und könnte schwören, dass ich die nächsten drei Tage nichts essen kann.

»Lass mich raten. Du guckst dir gerade Vincent auf dem Handy an.«

»Mmh. Vince ist einfach so süß.«

Vince? Wie nennt sie ihn morgen? Nur noch »Vi«?

»Ist dir eigentlich schon mal aufgefallen, was für schöne Hände er hat?«

Wenn ich die Augen nicht geschlossen hätte, würde ich sie jetzt verdrehen. Fängt Lisa jetzt auch an, irgendwelche Körperteile an ihrer Nummer eins zu loben. Hat Vince vielleicht auch sehr schön geschwungene Augenbrauen? Oder so wahnsinnig runde Nasenlöcher? Wie stramm sind wohl seine Waden?

»Was hat er denn heute Nachmittag mit seinen wunderschönen Händen so gemacht?«, erkundige ich mich.

Sie guckt mich böse an.

»So weit sind wir noch nicht. Wir haben geredet.«

»Und über was redet ihr so, außer über deine vielen wunderschönen Körperteile?«

»Er hat mir zum Beispiel vorgeschwärmt, wie schön Wien ist.«

»Will der mal Reiseleiter werden, oder was?«

»Mach dich ruhig lustig. Du bist nur neidisch.« Endlich kann sie mal ihren Blick von ihrem Handy lösen und guckt mich forschend an. »Was hast du denn gemacht? War es sehr langweilig? Hast du dich mit den Mädels getroffen?«

Ich setze mein traurigstes Gesicht auf und knabbere leidend an meine Unterlippe.

»Nora? Was ist?« Sie klingt echt beunruhigt.

»Schon gut. Ich bin einfach einsam durch die Straßen gezogen. Es ist schon okay.«

Sie hat natürlich sofort ein megaschlechtes Gewissen. Sie krabbelt zu mir rüber und nimmt mich in den Arm. »Du Arme. Wieso hast du mich nicht angerufen?«

»Ich wollte euch doch nicht stören.«

»Du störst nie, das weißt du doch«, beteuert sie.

Ich kann nicht mehr. Ich muss sie erlösen und lache sie an.

»Ich war noch nicht ganz fertig. Erst bin ich durch die Straßen gezogen – allein, aber nicht einsam, falls du den Unterschied verstehst –, dann habe ich zufällig Tim getroffen und guck mal, was ich für Lotta gekauft habe.«

Ich hole die Meerjungfrau aus der Tasche. »Ist die nicht super? Sie wird sie lieben. Und schau mal, für mich habe ich eine Sofortbildkamera gekauft. Die ist der Hammer.« Ich versuche einfach, ganz viel Text zwischen den Part »Tim getroffen« und Lisas Reaktion zu packen. Vielleicht lässt sie sich ja ablenken. Sie nimmt die Barbie, dreht sie in der Hand.

»Die ist wirklich süß. Aber was genau meinst du mit *du hast zufällig Tim getroffen*?«

»Ich saß mit einem Tee vor einem Café und er kam halt zufällig vorbei. Mach mal ein lustiges Gesicht. Ich mache ein Foto von dir.«

Lisa schmeißt sich in Pose und ich denke: Uff, dieses Ablenkungsmanöver kam gerade noch rechtzeitig ...

Beim Abendessen muss ich dann leider passen – mein Bauch ist einfach noch zu voll. Ich winke mit gespieltem Bedauern ab und murmle was von Bauchschmerzen. Aber als Lisa später beim Chillen in unserem Zimmer eine XXL-Tüte Chips unter dem Bett hervorzaubert, geht es schon wieder.

»Are you ill?«, frage ich Linda am nächsten Morgen mitleidig. Sie sitzt am Frühstückstisch und isst eine graue Matschpampe. Ihr Frühstück sieht nach einer Antwort auf eine üble Magen-Darm-Verstimmung aus. Sie lacht mich an und erklärt wortreich, dass es ihr hervorragend gehe. Aber wer in England zu Besuch sei, müsse unbedingt »Porridge« probieren. Sie zeigt auf die große Schüssel mit Brei. Das sei ein britisches Nationalgericht und sehr gesund.

Wenn Sachen schon als »gesund« bezeichnet werden, weiß ich, dass das gleichbedeutend ist mit »nicht lecker«.

Lisa lässt sich neben mich auf den Stuhl fallen, grüßt alle

freundlich mit »good morning« und schaufelt sich gleich dieses Porridge in eine Schüssel. Sie verteilt großzügig Zucker darüber und fängt an zu essen. Ehe ich irgendeine Haferflocken-Allergie verkünden kann, füllt Linda mir auch ein Schüsselchen. Beim ersten Löffel denke ich sofort »Durchfall«. Meine Mutter hat mir mal so was gekocht, als ich ganz üblen Durchfall hatte. Ich kriege dieses Wort einfach nicht aus meinem Kopf. Ich versuche es auch mit viel Zucker. Doch bei jedem Löffel tönt »Durchfall« in meinem Schädel. Es ist schrecklich.

Erst jetzt fällt mir auf, dass die Clarks noch gar nicht angezogen sind. Sie sitzen hier am Sonntagmorgen um zehn Uhr noch im Schlafanzug. Gut, dass meine Mutter das nicht sieht. Sie hätte jetzt schon ihren Sonntagmorgenspaziergang hinter sich und würde bei einem Diät-Müsli das Kulturprogramm für den Nachmittag zusammenstellen. Rumhängen gibt es bei ihr nicht. Ich habe meine Mutter ein einziges Mal im Nachthemd am Frühstückstisch gesehen. Das war am Morgen nach Papas vierzigstem Geburtstag gewesen. Ich glaube ja, mein Vater hat sie damals vorsätzlich abgefüllt, damit sie mal endlich nicht so fürchterlich vorbildlich ist.

Meine Mutter ist normalerweise einfach Fleisch gewordenes Pflichtgefühl, gepaart mit ständiger Sorge. Egal, worum es geht, meine Mutter hat ständig Sorgen oder Bedenken. Sie ist Bibliothekarin und ich habe allen Ernstes mal erlebt, wie sie einem Jungen – der war vielleicht neun oder zehn – ein Buch nicht gegeben hat, weil der Titel zu blutrünstig klang. »Such dir doch was Nettes aus«, hat sie ihm damals gesagt. »Es gibt von Erich Kästner so schöne Sachen. Schau mal, da steht *Das fliegende Klassenzimmer*. Das wäre doch was für dich.« Der Junge war so perplex, dass er einfach gegangen ist. Wahrscheinlich hat er sich zu Hause erst mal *Das Kettensägenmassaker* geschnappt. Meine Mutter regt sich auch gerne über Neuerscheinungen auf, die nach ihrer Meinung einfach zu gewalttätig sind.

Mein Vater ist Bauingenieur. Allerdings sieht man nicht, was er so baut. Er ist im Tiefbau beschäftigt und vergräbt seine Konstruktionen unter der Erde. Vielleicht auch besser so. Wenn er Häuser bauen würde, würde meine Mutter wahrscheinlich immer nur meckern. »Ulrich, sind die Geländer am Balkon auch wirklich hoch genug? Ulrich, so eine Dachterrasse ist doch viel zu gefährlich.«

Nachdem ich das Frühstück irgendwie geschafft habe, putze ich mir noch mal ausgiebig die Zähne. Ich muss einfach diesen Geschmack und diesen Durchfallgedanken loswerden. Für den Nachmittag haben sich Grandma und Grandpa Clark angekündigt. Ich hatte noch überlegt, ob das wohl heißt, dass wir zuhause bleiben müssen, als Linda verkündete, dass die beiden Oldies sich schon so auf die Gastschüler freuen würden. Also: ja.

Als es am Nachmittag klingelt und wir nach unten kommen, bin ich echt geflasht: Die Großeltern sehen so was von typisch britisch aus, fast wie Queen Elizabeth und ihr Gemahl. Grandma Clark hat winzige silberne kleine Löckchen, einen rosafarbenen Hut und eine rosafarbene Handtasche. Grandpa Clark trägt eine braune Breitcordhose und ein kariertes Hemd. Sie sind total witzig und herzlich, begrüßen uns überschwänglich und wollen genau wissen, wo wir herkommen. Grandpa legt mir sogar die Hand auf die Schulter und erklärt mir, dass er ja fände, Jan Böhmermann wäre der beste nächste Bundeskanzler. Irgendwie skurril, der Opi. Irgendwann beendet Linda das quirlige Geplapper im Flur, scheucht uns ins Wohnzimmer und nimmt ihrem Vater eine große Pappschachtel aus der Hand. Mir läuft das Wasser im Mund zusammen, als Linda daraus viele kleine Obsttörtchen hervorzaubert. Mit Erdbeeren, Mandarinen, Himbeeren. Köstlich. Und mit viel Zuckerguss und Marzipanverzierungen. Und Sahne natürlich. Wir sitzen alle erwartungsvoll am Tisch und warten darauf, dass die kleinen Küchlein endlich verteilt werden, als Linda sich erschrocken die Hand vor den Mund hält. Sie schaut mich traurig an und redet dann auf mich ein. Ich verstehe nichts. Aber offenbar bekomme ich keinen Kuchen. Verzweifelt schaue ich Yakimi an. Versteht der, was Linda da faselt? Offenbar.

»Da ist Gelatine drauf. Und die wird aus Schweineknochen gemacht«, erklärt er mir. »Aber als Vegetarierin weißt du das ja wahrscheinlich längst.« Fassungslos gucke ich erst Yakimi, dann meine Gast-Mom an. Ich darf keinen Kuchen essen? Ich höre Lisa neben mir leise glucksen. Und was sagt Linda? Ihr fällt ein, dass im Kühlschrank noch etwas von dem Porridge sei. Ob ich das vielleicht stattdessen essen wolle. NEIN. Denke ich. Ich hole mir einen Naturjoghurt und halte mich an dem Gedanken fest, dass ich mir gerade ganz viele Kalorien erspare.

Wirklich helfen tut es nicht.

10

Später am Abend, kurz bevor wir ins Bett gehen (wir waren noch mit Xenia und Ella in einem echten Pub und sind todmüde), überlege ich, ob ich Lisa nicht doch von dem Schoko-Fondue mit Tim erzählen soll. Wir erzählen uns schließlich sonst alles – vom abgebrochenen Fingernagel bis zu neuen Lieblingssongs –, aber das hier ist was anderes. Ich weiß, dass Lisa mir sofort unterstellen würde, ich hätte mich in Tim verliebt. Aber das stimmt nicht. Es fühlt sich wirklich so an, als sei er mein großer Bruder. Ich habe zum Beispiel auch gar keine Lust, mich aufzubrezeln, bevor ich zum Strand gehe.

Obwohl, das Bedürfnis hatte ich auch nicht, als ich vergangenes Jahr kurzfristig meinte, in Roman verliebt zu sein. Er war neu in unsere Stufe gekommen und irgendwie süß. Er hatte die Haare immer lustig zerzauselt, tiefblaue Augen und ganz tolle weiße Zähne. Was ihn für mich so besonders machte, war aber seine Verträumtheit. Er wirkte immer so ein bisschen traurig entrückt, als wäre er in seiner eigenen Welt. Das faszinierte mich. Er war einfach nicht so kindisch wie die anderen Jungs, er hatte einfach so eine Aura. Fand ich zumindest. Auf einer Klassenparty bequatschte Lisa mich dann, ihn bei einem langsamen Song zum Tanzen aufzufordern. Komischerweise fühlte es sich an, also ob ich eine riesige Puppe im Arm hätte. Er war irgendwie ziemlich passiv. Kurz dachte ich, er sei schon eingeschlafen. Vielleicht wegen dem Tanz oder weshalb auch immer, lud er mich am nächsten Tag in die Eisdiele ein. Wir saßen vor unseren Shakes und schwiegen. Er hatte wieder diesen verträumten Blick.

»Was denkst du gerade?«, fragte ich schließlich neugierig.

Er sah mich überrascht an. »Ich denke an nichts. Wieso?«

Und plötzlich wusste ich es: Dieser Roman war eine einzige Schlaftablette. Der konnte sich kaum aufrecht halten und starrte einfach stundenlang in die Luft und wartete auf das Pausenklingeln oder aufs Abendessen oder auf die Landung von Außerirdischen. Hinter diesen schönen Augen war einfach nur grenzenloses Nichts. Und das hatte mich kurzfristig fasziniert.

»Und was denkst du?«, fragte er mich schließlich.

Ich hatte meinen Shake ausgetrunken und antwortete: »Ich denke, dass ich jetzt gehe.«

Der gute Roman war selbst in dieser Situation zu keiner Reaktion fähig gewesen. Ich wittere seitdem hinter jedem verträumt aussehenden Jungen die große Leere und habe irgendwie insgesamt an dieser Spezies Mensch das Interesse verloren.

Wenn ich Lisa jetzt von Tim und dem Fondue und allem erzähle, wird sie das total falsch verstehen. Sie wird mir in den Ohren liegen, dass ich verknallt sei. Im schlimmsten Fall würde Tim das irgendwann mitbekommen und das auch glauben und dann wäre alles aus. Er ist mein großer Bruder. Basta.

Am nächsten Morgen wartet die liebe Mrs Collins auf uns mit der Aufgabe, innerhalb eines kurzen Referats unsere jeweiligen Heimatstädte vorzustellen. Ich kriege spontan einen Lachflash und raune Lisa zu, dass das bei uns ja wirklich ein sehr kurzes Referat wird.

Unser Ort hat noch nicht mal eine eigene Homepage. Das sagt alles, oder? Jedes Kaff in Deutschland hat eine eigene Seite. Wir haben eine Sammeladresse für uns und die umliegenden Dörfer. Das ist doch peinlich! So peinlich wie der Name: Lisa und ich kommen aus Horst. So. Fertig gelacht? Wenn mich auf Facebook oder wo auch immer jemand fragt, woher ich komme, sage ich meist »Elmshorn«. Immerhin gehen Lisa und ich da aufs Gymi. Denn natürlich hat Horst kein eigenes Gymnasium. Auf der Sammelhomepage der Region wird dagegen lobend der Autobahnanschluss Richtung Hamburg erwähnt. Ist das nicht traurig, dass das als positives Markenzeichen eines Dorfs gesehen wird? Meine Eltern haben sich damals in Bremen kennengelernt. Das ist wenigstens eine Stadt! Wären sie da doch bloß wohnen geblieben! Aber nein, sie wollten, dass ich behütet aufwachse. Vielen Dank dafür! Behüteter als in Horst (Lisa und ich nennen es in der Öffentlichkeit nur *H.*) kann man nirgends leben. Jeder kennt jeden. Und wenn ich den Bus verpasse und erst den um 8:22 Uhr erwische, kann ich sicher sein, meine Mutter weiß es am Mittag schon. Für mich ist das nicht »behüten«, für mich ist das »überwachen«.

Ohne Lisa wäre ich wahrscheinlich schon verrückt geworden. Ich wäre vermutlich auch Mitglied in der freiwilligen Feuerwehr, im CVJM und im Schützenverein.

Nein. Im Schützenverein wäre ich nie.

Alle haben nun neunzig Minuten Zeit, um alles Mögliche über ihre Heimatstädte zusammenzutragen. Lisa guckt mich verzweifelt an. »Was sollen wir aus H. denn zeigen?«, fragt sie mich ratlos. »Wir kommen dann doch voll wie die Dorftrottel rüber.«

»Woher kommt dieser Vincent genau?«, erkundige ich mich.

»Aus Wien. Weißt du doch.«

»Kommt er wirklich direkt aus Wien?«

»Keine Ahnung. Vielleicht auch aus einem Vorort. Wer wohnt schon direkt in Wien? Das Zentrum ist ja wahrscheinlich voller Geschäfte und Opern oder so«, meint Lisa.

»Und Yakimi? Kommt der ganz direkt aus dem Zentrum von Tokyo?«

»Nora, was soll das? Ich habe keine Ahnung. Frag ihn selber.«

Ich beuge mich zu Yakimi vor.

»Du, kommst du direkt aus der City von Tokyo?«

Er schüttelt den Kopf. »Natürlich nicht.«

»Aber du wohnst in Tokyo?«

»Ja.«

»Wie lange brauchst du mit öffentlichen Verkehrsmitteln in die City?«, nerve ich weiter.

»Fünfunddreißig Minuten. Warum?«

»Schon gut.«

Ich grinse Lisa breit an.

»Wir kommen aus Hamburg.«

»Was?«

»Pass mal auf, wenn Yakimi in Tokyo wohnt, aber länger als eine halbe Stunde in die Stadt braucht, dann können wir auch sagen, dass wir Hamburger sind. Schließlich brauchen wir auch nur eine gute halbe Stunde in die Hamburger City.«

Im Internet studieren wir die Hamburger Homepage. Alles ist superübersichtlich aufgelistet. Stadt, Tourismus, Kultur, Freizeit. Perfekt. Und dann sehe ich die kleine britische Flagge oben links. Und – *schwupps!* – wird uns alles auf Englisch präsentiert. Mit *Markieren, Kopieren, Einfügen* haben wir nach einer Viertelstunde den perfekten Vortrag über unsere Heimatstadt erstellt.

»Hamburg has a wide selection of museums and galleries you can explore. The Reeperbahn and the Alster are just a few of many facets of Hamburg«, referiere ich kurz darauf.

Und so weiter.

Ich habe in meinem Leben noch nie so gut Englisch gesprochen. Als ich fertig bin, klatschen einige Mitschüler sogar.

»Ich habe dich gefilmt«, flüstert Lisa mir zu, als ich mich wieder setze. »Das glaubt sonst zu Hause kein Mensch.«

Auch irgendwie gemein.

Nach der Schule schlägt Yakimi spontan vor, zum Strand zu gehen. Er erwähnt sogar, dass wir doch mal meinen »Surferfreund« besuchen könnten. Ich hab nichts dagegen, erst recht nicht, als sich auch noch Ella und Xenia anschließen. Wenn wir im Pulk auftauchen, sieht es wenigstens nicht nach »Verliebtsein« aus und keiner kommt auf blöde Gedanken.

Als wir ankommen, ist Tim gerade damit beschäftigt, zwei wackelige Fußballtore mit einem Karren vom Strand zu ziehen. Der Strandabschnitt vorm Campingplatz ist ein richtiger Sandstrand. Das macht es Tim natürlich nicht leichter.

»Ihr kommt im richtigen Moment«, stöhnt er als wir sofort mit anfassen.

Als Dankeschön holt er für jeden eine Cola aus dem Laden.

»Habt ihr gestern gekickt?«, will Xenia wissen. Was für eine herrlich intelligente Frage.

»Wir hatten gestern den ganzen Tag ein Fußballturnier«, erklärt Tim.

»Und? Warst du wenigstens in der Siegermannschaft?«, erkundigt sich Lisa.

»Ich spiele doch da nicht mit. Bist du wahnsinnig?«, Tim lacht. »Gerade die Mädchen spielen so brutal. Das glaubst du nicht. Die grätschen dir einfach so in die Knochen. Gnadenlos.«

»Und warum bietest du so was dann überhaupt an?«, erkundigt sich Yakimi.

»Das war eine Idee vom Campingplatzbesitzer. Irgendwie läuft der Laden nicht mehr so gut. Camping ist ein bisschen out. Er will da mit ein paar Freizeitaktivitäten Schwung reinbringen.«

»Wie mit Wassergymnastik«, lache ich.

»Genau.« Er zwinkert mir zu.

»Dann sollten wir hier mal eine Karaoke-Party machen«, findet Yakimi. »In Japan ist das der Renner. Das reißt wirklich jeden mit.«

»Karaoke-Party?«, wiederholt Tim.

»Yakimi hat die umfangreichste Karaoke-Musiksammlung der zivilisierten Welt«, erkläre ich. »Und ein cooles Karaoke-Programm auf seinem Rechner.«

»Du bräuchtest nur noch einen Beamer und eine Leinwand besorgen und ab geht's ...«, fügt Yakimi hinzu.

»Hey, was für eine gute Idee! Wir machen nächsten Samstag eine Karaoke-Night«, freut Tim sich. »Aber ihr müsst unbedingt kommen und mir helfen, die Party in Schwung zu bringen ...«

Klar, wir alle beteuern, dass wir dabei sind.

Ich freue mich auch irgendwie. Ist der Samstagabend schon mal gerettet.

Wir spielen noch ein bisschen Boule am Strand und ich bilde zufällig mit Tim ein Team. Wir sind in Hochstimmung, als wir gegen die Teams Lisa-Yakimi und Ella-Xenia gewinnen und klatschen uns johlend ab. Die Verlierer müssen allen Fish-'n'-Chips ausgeben und so sitzen wir irgendwann futternd im Sand und beobachten die Kitesurfer, die eine irre Show abziehen. Immer wieder werden sie von dem Drachen samt Board in die Luft gehoben, drehen sich. Manche springen wirklich meterhoch, einige landen sogar wieder mit dem Brett an den Füßen. Es sieht irre aus.

»Kannst du das auch – Kitesurfen?«, frage ich Tim. »Sieht cool aus!«

Er schüttelt den Kopf. »Das ist nicht mein Ding. Ich brauche diesen Kick nicht. Und ich muss auch nicht abends am Lagerfeuer mit meinen blauen Flecken prahlen.« Er malt mit einem Stöckchen im Sand rum. »Außerdem ist ein guter Freund von mir beim Kiten verunglückt. Er sitzt seitdem im Rollstuhl. Ich musste ihm versprechen, es nie zu versuchen.«

Uff. Ich weiß gar nicht, was ich sagen soll. Ich würde am liebsten einen Arm um ihn legen. Tue ich natürlich nicht. Und jetzt ärgere ich mich über meine Frage. Ich möchte nicht, dass er denkt, ich fände Windsurfen uncool. Finde ich nämlich gar nicht.

Aber da wechselt Tim schon das Thema: »Hattest du auch so Bauchschmerzen am Samstag? Ich hatte schon ein ganz schlechtes Gewissen, auf was ich dich da eingeladen habe.«

»Bauchschmerzen? Nö.« Ich überlege. Samstagabend? »Ach ja, ich habe mit einer Tüte Chips gegengearbeitet.«

Er starrt mich an. »Das ist tough«, findet er.
Ist das jetzt gut oder schlecht?

»Was genau meinte Tim damit, ob du am Samstag auch Bauschmerzen hattest???«

Natürlich hat Lisa diese Frage mit ihren Wüstenfuchsohren gehört (im Ernst – die hört in der Küche, wenn eine ihrer Schwestern im Wohnzimmer heimlich an den Süßigkeitenschrank geht. Bei geschlossenen Türen!).

»Ich hatte dir doch erzählt, dass ich Tim noch zufällig getroffen habe«, weiche ich aus.

»Ja. Aber was hat ihm nach eurem Treffen Bauchschmerzen bereitet? Was um alles in der Welt habt ihr gemacht!?«

»Fondue.«

»Das mit Brot und Käse?«

»Genau. Nur halt mit Obst und Schokolade.«

»Was?«

»Obst. Kennst du doch – Kiwis, Bananen und so. Das mit den vielen Vitaminen. Und Schokolade ist so eine braune Masse. Ganz lecker. Und wenn man die erhitzt, wird die flüssig. Das heißt, sie nimmt dann einen anderen Aggregatzustand ein. Ich weiß allerdings nicht, ob man auch Schokoladenluft herstellen kann. Das wäre bestimmt witzig.«

»NORA. Willst du mich veräppeln?«

»Veräppeln? Genau. Äpfel sind auch Obst.«

Sie bleibt abrupt stehen.

»Ich will jetzt die ganze Geschichte.«

»Das ist die ganze Geschichte. Wir haben uns zufällig getroffen, haben bei ihm Obst in Schokolade getunkt, dann bin ich nach Hause. That's it.«

»Und warum hast du mir das nicht erzählt?«

Ich überlege. Warum habe ich das eigentlich nicht erzählt? »Äh, vermutlich habe ich es nicht erzählt, weil du dann davon angefangen hättest, dass ich in Tim verliebt wäre und so ein Mist.«

»Und das bist du nicht?«

»Nein. Definitiv nicht. Er ist eher wie mein großer Bruder.«

»Großer Bruder?«

»Bist du ein Papagei? Ja, großer Bruder. Und weil Tim einen großen Bruder namens Niklas hat, habe ich jetzt sogar zwei.«

Ich gehe einfach weiter.

»Und das soll ich jetzt wirklich glauben?« Lisa hat wieder aufgeholt.

»Ja. Ich finde Tim nett. Und witzig. Er ist zufällig männlich. Und? Ist das jetzt ein Problem?«

»Nein, nein«, sagt Lisa schnell. Aber natürlich spüre ich ihren merkwürdigen Blick von der Seite.

11

»Was ist eigentlich mit deiner aktuellen Nummer eins«, frage ich nach einer stillen Weile.

»Du meinst mit Vincent?«

»Ja, ich glaube so war sein Name«, necke ich sie.

»Ich mache mich mal ein bisschen rar. Das steigert den Wert«, behauptet Lisa.

Ich muss sofort schmunzeln. Wenn Lisa sagt, dass sie sich »rar« macht, bedeutet das, dass sie eigentlich schon keinen Bock mehr auf den Typen hat. Wahrscheinlich hat er ihr zu oft etwas von ihren niedlichen Ohrwindungen, ihren butterweichen Fingerkuppen oder ihren fesselnden Fußfesseln vorgeschwärmt. Bei zu vielen zuckersüßen Komplimenten bekommt selbst Lisa Karies im Ohr.

Yakimi sieht furchtbar aus. Eigentlich habe ich nach dem Essen nur kurz bei ihm geklopft, um ihn zu fragen, ob er noch ein bisschen mit uns daddelt, und gucke jetzt auf eine fürchterliche Yakimi-Fratze auf seinem Monitor.

»Das sieht ekelig aus«, sage ich spontan.

»Ja, superfies, oder? Einfach genial«, antwortet er begeistert.

»Was ist das?«

Auf dem Foto sieht unser japanischer Gastbruder aus als hätte er Schizophrenie im Endstadium gepaart mit einer ansteckenden und nässenden Hautkrankheit. Sein Blick ist wahnsinnig, ich glaube ihm fehlen auch ein paar Zähne, links über dem Mund ist ein eitriges Ekzem.

»Das ist ein irres Programm mit dem Titel *Monster Face*. Du machst einfach ein Foto von dir und kannst es übelst verändern. Ein Kumpel und ich haben einen Wettbewerb, wer mehr Likes für die schlimmsten Fotos von sich bekommt«, erklärt er mir.

»So was machen nur Jungs. Sich darüber freuen, dass einen möglichst viele abgrundtief hässlich finden.«

»Mach das auch mal. Danach kann dich kein Pickel mehr aufregen«, schlägt er vor.

»Warte, ich hole Lisa.«

Eine knappe Stunde später haben Lisa und ich Fotos von uns, mit denen wir eine Spendenhotline ins Leben rufen könnten.

Lisa hat ein runterhängendes Augenlid, stark schuppende Haut, einen verfaulten Schneidezahn und strähnige graue Haare.

Ich habe ein entzündetes Auge mit starkem Eiterfluss, eine Herpesblase auf der Oberlippe und eine Frisur als hätten Mäuse die abgeknabbert. Dazu habe ich eine extrem ungesunde Gesichtsfarbe zwischen grau und nikotingelb.

»Wenn wir das jetzt Noras Eltern schicken, stehen die innerhalb von acht Stunden auf der Matte«, lacht Lisa sich kaputt.

»Acht Stunden? Das schaffen die nie im Leben«, kontert Yakimi.

Weil ich ausgerechnet in dem Moment eine WhatsApp von Vanessa bekomme, die mich fragt, ob ich nach den Ferien mit ihr Poledance lernen wolle, bekomme ich nicht mit, was Lisa und Yakimi tuscheln.

Drei Minuten später weiß ich es. Meine Mutter ruft mich an und beginnt gleich ohne Einleitung: »Mäuschen, was ist denn da los? Du Arme. Das sieht ja schlimm aus. Warst du schon beim Arzt? Papa sucht schon nach einer Bahnverbindung.«

Schon bei »Mäuschen« stehen alle meine Alarmlampen auf feuerrot. Wir hatten SCHRIFTLICH vereinbart, dass sie mich nicht mehr so nennen darf. Es dauert zwei, drei Sekunden, bis ich verstehe. Ich starre Lisa und Yakimi an und stelle das Telefon auf stumm.

»Ihr habt das nicht wirklich verschickt, oder?«

Lisa macht sich klein. »Es war Yakimis Idee!«

»Du wolltest mit mir wetten«, rechtfertigt sich Yakimi. »Ich glaube nicht, dass ihre Eltern das in acht Stunden schaffen.«

Ich bin fassungslos und drücke wieder auf die Stummtaste.

»Mama? Das sieht so witzig schlimm aus, was? Als würde es mir echt schlecht gehen. Das war so ein Fotobearbeitungsprojekt in der Schule.«

»Was sagst du, Mäuschen? Ich verstehe dich so schlecht. Papa telefoniert parallel mit dem Info-Schalter von der Bahn. Vielleicht sollten wir doch den Flieger nehmen.«

»Dann geh in ein anderes Zimmer. Du hast ein Handy. Damit kann man sich bewegen«, fauche ich sie an.

»Wie konnte das denn mit deinen Haaren passieren? Aber ist ja egal. Die wachsen ja wieder. Aber das Auge sieht so schlimm aus. Damit müssen wir auf jeden Fall in eine Spezialklinik.«

»Mama? Kannst du mich hören? Mir geht es super. Ich mache jetzt sofort ein Foto von mir und schicke es dir per SMS, okay? Danach telefonieren wir noch mal. Kurz.«

Ich gehe wortlos raus, mache ein Selfie und schicke es meiner Mutter per SMS.

Die meldet sich natürlich prompt.

»Mäuschen. Ich mache mir Sorgen. Woher weiß ich denn, dass das Foto von jetzt gerade ist? Vielleicht willst du ja was vor uns verbergen. Hast du Sorgen? Fühlst du dich einsam?«

»Mama ...«

»Warte mal, Papa gibt mir ein Zeichen. Ich glaube, er hat eine Verbindung.«

Gemurmel im Hintergrund.

»Du, wir landen morgen um elf Uhr in Heathrow.«

Ich atme ganz tief ein. Dann sage ich sehr laut: »Buch das auf gar keinen Fall. Lisa wird euch das jetzt ganz genau erklären.«

Ich gehe wieder in Yakimis Zimmer, wo eine ziemlich kleinlaute Lisa sitzt.

»So, Süße. Du erklärst jetzt meinen Eltern, dass das nur ein Spaß war. Wenn du nicht überzeugend bist, sind die morgen um elf Uhr hier. Und deine Wette hättest du dann trotzdem verloren.«

Ich gehe in unser Zimmer und werfe mich aufs Bett. Und ich hoffe.

Ein paar Minuten später kommt Lisa leise rein.

»Alles okay. Ich habe ihnen noch das Foto von mir geschickt. Da haben sie es geglaubt.«

»Das Bild will ich auch haben«, antworte ich.

»Warum?«

»Das stelle ich auf FB mit dem Kommentar: Meine beste Freundin.«

Drei Uhr. Und ich kann mal wieder nicht schlafen. Ich knipse die Nachttischlampe an und gucke neidisch auf Lisa, die tief neben mir schlummert und im Schlaf leicht sabbert. Ich mache schnell ein Foto davon. Wer weiß, ob ich das nicht noch mal gebrauchen kann. Müder bin ich davon natürlich nicht geworden. Ich knipse die Lampe wieder aus, stelle mich ans offene Fenster und starre in die Nacht. Auf der Hauptstraße sehe ich einen Bus vorbeifahren. Wer fährt wohl nachts um drei mit dem Bus? Und das an einem Montag? Vielleicht irgendjemand, der heute ganz früh einen Flug ab London nimmt. Vielleicht zwei junge Frauen, die für sechs Monate durch Amerika cruisen. Sie werden ganz aufgeregt sein, noch müde Augen haben und sich dauernd fragen, ob sie auch alles dabei haben. Für sie ist das Leben hier total normal. Langweilig. Und deswegen freuen sie sich so auf das Fremde, Neue. Für mich ist das hier das Fremde, Neue. Ich kann mir nicht vorstellen, in ein paar Wochen wieder zu Hause zu sein. Ich möchte es mir auch gar nicht vorstellen. Seitdem ich hier bin, scheint mein Zuhause immer weiter wegzurücken. Es wird immer kleiner, blasser, unwichtiger.

Das Leben hier ist wie eine scharfe Tomatensuppe, die man kalt auf den Herd gestellt und dann auf zwölf gestellt hat. Ganz schnell gibt es blubbernde Blasen. Alles ein bisschen unkontrolliert. Spannend. Mein Leben zu Hause schmeckt nach Tortellini, die man einfach nur in bloß-nicht-mehr-kochendes Wasser schüttet und zuschaut, wie sie langsam und langweilig warm werden. Und zerfallen.

Ich höre, wie der Bus wieder anfährt. Vielleicht sitzt auch eine junge Frau drin. Ihr Freund hat sich gerade von ihr getrennnt.

Ist jetzt mit ihrer besten Freundin zusammen.

Sie hat also niemanden zum Reden. Ganz still kullern die Tränen.

Ich seufze. Boah, bin ich kitschig manchmal. Aber ich denke mir gerne solche Geschichten aus.

Manchmal sehe ich Menschen und weiß sofort eine super Lebensgeschichte für die. Außerdem habe ich eine besondere Beziehung zu Bussen. Ich weiß, das klingt komisch. Eigentlich hasse ich Busfahren. Man ist so eng zusammen mit Menschen, die komisch riechen, die blöde Unterhaltungen führen oder einen anglotzen.

Auf der anderen Seite ist der Bus für mich die einzige Möglichkeit, aus unserem Dorf zu kommen. Deshalb kann ich den Busfahrplan von der Haltestelle Horst auch auswendig. Ein Bus ist für mich so was wie ein Stück Freiheit.

Da fällt mir ein, dass Tim in einem Bus wohnt. Cool.

Es ist jetzt halb vier und am Fenster wird es mir langsam zu kühl. Ich hole meine Ohrstöpsel raus und gehe auf mein Lieblingslied.

»Wie soll ein Mensch das ertragen, dich alle Tag zu sehen.
Ohne es einmal zu wagen, dir in die Augen zu sehen.«

Meine Gedanken driften ab. Ich überlege, welchen Traum ich mir aussuchen soll. Nachtträume kann man sich nicht aussuchen, aber die Einschlafträume. Ich habe verschiedene Szenen, in die ich vorm Einschlafen gerne abtauche. Manchmal bin ich am nächsten Morgen richtig enttäuscht, dass ich zu schnell eingeschlafen bin.

Einer meiner Einschlafträume sieht so aus, dass ich auf einer Bühne stehe und singe. Das weiß noch nicht mal Lisa. In der Realität würde ich mich niemals so ins Rampenlicht stellen und schon gar nicht singen. Aber ich stelle mir vor, dass ich auf einer kleinen Bühne in einem Club stehe. Ich trage eine coole Boyfriend-Jeans, ein weißes Top und ein kariertes Männerhemd darüber. Ich achte wirklich auf jedes Detail. Hinter mir sitzt ein Typ an einer Gitarre. Er beginnt zu spielen, manche Leute quatschen noch. Dann fange ich an zu singen und es ist schlagartig still. Ich habe eine tiefe und etwas brüchige Stimme. Ich sehe ganz verletzlich und trotzdem stark aus. Ganz langsam hebe ich den Blick und gucke einem Typen an der Bar direkt in die Augen. Er zieht nur ganz langsam eine Augenbraue hoch. Beim letzten Song steht er auf und geht raus. Ich lasse mir meine Enttäuschung nicht anmerken. Als mein Gitarrist und ich beim Abbauen sind, steht er plötzlich mit einer Blume vor mir.

Wie es weitergeht, weiß ich nicht. Spätestens an der Stelle schlafe ich immer ein.

12

Lisa weckt mich, indem sie mir die Ohrstöpsel rauszieht.

»Aufstehen, du Schlafmütze.«

Ich rieche es sofort. Im ganzen Haus duftet es nach gebratenem Speck. Ich kann die Spucke kaum so schnell runterschlucken, wie sie mir im Mund zusammenläuft.

Linda steht tatsächlich am Herd und schiebt Rührei und Speck in der Pfanne rum. Sie guckt mich gleich entschuldigend an. Määäry-Äänn hätte soo einen Appetit darauf gehabt. Ich könne mir ja ein leckeres Sandwich machen. Ich nicke traurig. Wieso musste ich gleich so übertreiben und mich als Vegetarierin outen? Und dann noch die Geschichte mit der Eier-Unverträglichkeit. Hätte ich nicht einfach sagen können, dass ich fingerdick gestrichene Mayonnaise auf meinem Brot nicht mag? Hätte das nicht auch gereicht? Hätte ich an dem Fieser-Braten-Abend nicht auch einfach sagen können, dass ich mir leicht den Magen verdorben hätte und an DIESEM EINEN ABEND auf Fleisch verzichten würde? Muss ich immer gleich so übertreiben?

Und als ob es noch nicht blöd genug wäre, frage ich Linda

jetzt nach »marmalade«. Beim ersten Bissen fällt es mir ein. Ich glaube, das habe ich schon in der dritten Klasse gelernt. Süße, leckere Marmelade heißt »jam«. Und ganz bittere Marmelade, die einem die Geschmacksnerven betäubt, heißt »marmalade«.

Unauffällig werfe ich mein Sandwich in den Müll und trinke zwei große Gläser Wasser. Ich habe mal gelesen, dass das gegen Hunger helfen soll. Als wir zum Bus rennen, gluckst es total in meinem Bauch. Hunger habe ich immer noch.

Mrs Collins hat offenbar gut gefrühstückt. Sie hat beste Laune und teilt uns mit, dass wir uns erst gar nicht setzen müssten, wir würden gleich an den Strand gehen. Mit der Parallelklasse würden wir einen Action Day am Beach erleben.

Das Wort »Action Day« lässt mich an Kindergeburtstag denken. Und tatsächlich: Die erste Action besteht tatsächlich aus Sackhüpfen. Vincent verkündet daraufhin, das würde er jeden Tag machen, und zeigt so dämlich auf seine Hose. Damit ist er direkt von der Nummer eins abgestürzt ins Tal der Vollprolls. Ich sehe, wie Lisa angewidert ihr Gesicht verzieht. Ich schlendere zu Mrs Collins und frage sie, warum wir jetzt eigentlich so einen Quatsch machen müssen. Ich übersetze Quatsch dabei mit »funny things«. Sie erklärt mir, das sei unheimlich gut für die Gruppendynamik. Ich sehe wie ein Mädel aus der Nachbarklasse gerade ganz dynamisch auf die Fresse fliegt und sich dabei offenbar das Handgelenk verstaucht. Immerhin flucht sie danach sehr laut auf Englisch. Meine Eltern werden sich wundern, was ich hier für lustige Vokabeln lerne. Ich nuschle etwas von wegen Bauchweh und Toilette und verschwinde. Auf die Toilette muss ich gar nicht, aber Bauchweh habe ich wirklich: vor Hunger.

Ich renne los. Bis zum Campingplatz sind es nur knapp zweihundert Meter. Ich stoppe abrupt, als ich Tim mit ein paar Kids auf dem Spielplatz sehe. Offenbar macht er heute Kinderbetreuung. »Hast du irgendwas Essbares für mich?«, rufe ich ihm zu.

Er wirft mir den Bullischlüssel zu. »Auf dem Tisch liegen noch frische Croissants.«

Mmh. Croissants stehen auf meiner Best-of-Breakfast-Liste ganz weit oben. In seinem Bulli, der mal wieder ziemlich aufgeräumt ist, schnappe ich mir ein Croissant und will gerade wieder gehen, als mein Blick an einer CD-Hülle hängen bleibt. Es ist das Album *Bis nach Toulouse* – also genau die CD, auf der *Wie kann ein Mensch das ertragen?* ist. Ich bin völlig irritiert. Hört Tim auch Philipp Poisel? Ich kenne niemanden auf der ganzen Welt, der diesen seltsamen Typen auch mag. Also niemanden in meinem realen Leben. Im Netz habe ich natürlich schon einige Fans kennen gelernt. Ich beiße ein Stück von dem Croissant ab, krümle natürlich sofort alles voll und greife nach der Hülle. Ich weiß nicht, warum, aber ich öffne sie. Sie ist leer. Hat Tim heute Nacht genau wie ich diese Musik gehört? Ich bekomme eine leichte Gänsehaut. Die Tür geht auf, Tim guckt mich erstaunt an.

»Hast du geglaubt, dass ich da noch Salami drin habe?« Er zeigt auf die leere CD-Hülle.

»Du hörst Philipp Poisel«, sage ich nur total dämlich.

Er legt den Kopf leicht schief. »Das klingt so, als würdest du sagen: ›Du trägst heimlich Frauenkleider‹. Was ist daran so komisch?«

»Ich höre ihn auch. Das letzte Mal heute Morgen um halb vier.«

»Echt?« Er überlegt. »So ein Zufall …«

Wir schauen beide auf das Cover, diese Straße im Sonnenlicht. Das Bild ist einfach zweidimensionales Fernweh.

»Ich muss dann mal«, sage ich schließlich. Was ich muss, weiß ich auch nicht, aber plötzlich ist es so eng in dem Bulli.

Als ich schon bestimmt zwanzig Meter weg bin, streckt Tim den Kopf aus der Tür.

»Komm doch heute Nachmittag zum Beach. Ich baue mit den Kids die weltbeste Sandburg.«

Ich winke nur zurück. Ich muss Abstand gewinnen.

Mrs Collins hat unsere beiden Klassen mittlerweile dazu animiert, menschliche Pyramiden zu bauen. Lisa steht in der zweiten Reihe. Ihre Füße ruhen auf Adam und Vincent, auf ihrer linken Schulter steht Xenia. Meine Freundin sieht so aus, als würde sie jeden Moment unter der drallen Bayerin zusammenbrechen. Ich mache schnell ein Foto. »Ist es nicht schön, wenn man mal eine tragende Rolle hat?«, rufe ich zu ihr hoch, da bricht das Kunstwerk auch schon mit viel Gebrüll zusammen. Lisas Fuß landet bei Vincent da, wo es ganz besonders wehtut. Er brüllt wie am Spieß und schaut Lisa blutrünstig an.

»Ich denke auch, dass uns dieser Action Day so richtig zusammenschweißen wird. Wir sind quasi die neuen Musketiere: Alle für einen, einer für alle«, raune ich Lisa zu. Zum Abschluss ist es unserer offenbar leicht durchgeknallten Lehrerin nicht zu blöd, mit uns *Ich packe meinen Koffer* (natürlich auf Englisch) zu spielen. Lisa und ich bereichern das Spiel dadurch, dass wir eher exotische Dinge wie Hundefutter, Hammer, Schnuller und einen Orang-Utan mit einpacken. Ich finde, das kann man sich viel besser merken als Handtuch, Sonnencreme und Kappe.

Und immerhin bringt es uns bewundernde Blicke, was unseren Wortschatz betrifft.

Als eine Kirchturmuhr verkündet, dass es zwölf Uhr ist, stehe ich sofort auf. Mrs Collins schaut mich richtig traurig an und meint allen Ernstes, es wäre doch gerade so lustig. Ich schüttele den Kopf. Was bitte muss die für ein trauriges Leben führen, wenn sie es amüsant findet, mit Jugendlichen, die durch eine latente Englischschwäche brillieren, am Strand Kinderspiele zu spielen?

»Wir haben leider eine Verabredung«, erkläre ich ihr und nicke Lisa und Yakimi auffordernd zu. Bloß weg hier.

Tim hat mit den Kids am Strand eine Wahnsinnsstrandburg gebaut. Eigentlich ist es keine Burg, sondern ein riesiges Loch und bestimmt zwei Meter tief. Es führt sogar eine Treppe aus Sand runter und unten gibt es rundum eine Sitzbank. In der Mitte thront eine Liege aus Sand.

»Wow, da wart ihr aber fleißig«, staune ich. »Aber wo sind denn die Kinder?«

»Ich habe denen ein Eis versprochen, nur so waren sie zu motivieren, ordentlich mitzugraben«, grinst er. »Jetzt stürmen sie gerade den Kiosk.«

Ich steige vorsichtig die kleine Treppe in das Sandloch hinunter und lege mich auf die Liege. Meinen Hut ziehe ich über die Augen. Weil der Wind über dieses Sandloch hinweggeht, ist es irre warm. Lisa und Yakimi haben sich auf die Bank gesetzt und spielen mit ihren Handys ein diffuses Spiel. Offenbar jagen sie sich gegenseitig.

»Gleich habe ich dich. Dann geht es dir an den Kragen«, japst Lisa. Ich wusste gar nicht, dass die auf solche Ballerspiele steht. Von Yakimi ist nur ab und zu ein »Peng. Paff« zu hören. Ich verschränke die Arme hinter dem Kopf. So könnte es immer bleiben.

Bleibt es aber nur ein paar Sekunden, da verdunkelt es sich hinter meinen Lidern. Tim ist auch in das Loch hinabgestiegen und setzt sich im Schneidersitz neben die Sandliege. Er nimmt mir meinen Hut vom Gesicht und hält mir sein Tablet hin.

»Kennst du das Video?«, fragt er und drückt auf Start.

Natürlich kenne ich das. Es gehört zu Poisels Song *Eiserner Steg*. Eigentlich passiert in dem Film nicht viel. Poisel und Schweighöfer fahren einfach durch die Gegend, essen Chips, starren aus dem Fenster. Aber diese Stimmung zwischen ihnen, dieses einvernehmliche Schweigen mit dem alles gesagt wird, ist einfach Gänsehaut. Der Text auch.

»Dir einmal noch nah sein
Bevor ich dich für immer verlier«

Das ist so traurig. So tief und schön und wehmütig.

Schweigend gucken Tim und ich das Video zu Ende.

Als er das Tablet zurück zu seinem Bus bringt, mache ich wieder die Augen zu und spüre dem Gefühl nach.

Ich werde aus meinen Gedanken gerissen, als Tim mit den Händen in den Hüften von oben auf mich herabschaut und sagt: »Komisch. Ich habe euch drei noch nie im Wasser gesehen. Kann es wirklich sein, dass ihr noch gar nicht im Meer wart?«

»Das ist salzig«, höre ich Lisa antworten. Und dann schreit sie auf: »Ich habe dich umzingelt. Komm raus, du Monster.«

»Du hast mich ganz alleine umzingelt?«, höre ich Yakimi lachen. »Ich wusste gar nicht, dass du eine multiple Persönlichkeit bist.«

Lisa brüllt: »Ich bin überall und knall dich jetzt ab.«

Ich springe auf: »Lisa! Du klingst wie RTL 2.«

Sie guckt hoch und grinst. »Endlich hast du mein wahres Ich erkannt. Jeden Mittag gucke ich sinnlose Talkshows, trinke dabei Dosenbier und stopfe Aldi-Chips in mich rein.«

Ich tippe mir nur kurz an die Stirn. »Du hast einen Sonnenstich.«

»Ich sage es ja, ihr braucht eine Abkühlung«, mischt Tim sich ein.

»Wir haben kein Schwimmzeug mit«, stellt Yakimi fest.

»Das ist kein Problem. Ihr glaubt nicht, was die Leute hier alles vergessen. Campingstühle, Luftmatratzen und jede Menge Bikinis und Badehosen.«

»Ich ziehe keinen Bikini an, den irgendjemand hier in der Dusche liegen gelassen hat«, stellt Lisa fest.

Ich finde die Vorstellung auch fies.

»Keine Sorge. Die Sachen sind alle gewaschen. Es gibt nämlich auch genug Leute, die ihre Schwimmsachen vergessen haben und an die verkaufen wir das Zeug dann günstig weiter.«

Ein paar Minuten später ist Tim mit einem geblümten Badeanzug für Lisa, einem Hello-Kitty-Bikini für mich und einer Boller-Badehose für Yakimi zurück.

»Ich will tauschen«, sagen Lisa und ich aus einem Mund. Als wir allerdings sehen, was die andere in den Händen hält, gucken wir uns nur verzweifelt an.

Das Wasser ist kälter als ich gedacht habe. Trotzdem gehe ich einfach weiter. Lisa treibt schon auf einer Luftmatratze, die Tim ihr besorgt hat, auf den Wellen. Ich atme tief ein und umgehe den kritischen Moment, wenn das Wasser kalt am Bauch aufsteigt und springe einfach rein. Eigentlich ist es herrlich erfrischend. Ich schwimme ein paar Züge und drehe mich auf den Rücken. Vom Wasser aus sieht die Stadt noch schöner aus. Tim kommt auf seinem Surfbrett vorbei.

Ich spritze ihn nass. »Wieso schwimmst du eigentlich nicht?«

»Schwimmen ist nur was für Leute, die nicht surfen können«, ruft er mir zu und dreht. Yakimi versucht mittlerweile, Lisa von der Luftmatratze zu stoßen. Sie quietscht total. Ich drehe mich wieder um und kraule zu einer kleinen Plattform. Das Holz ist herrlich warm. Ich strecke mich aus und genieße das leichte Schaukeln auf den Wellen. Tim surft ganz nah heran und lässt das Segel ins Wasser fallen. Er setzt sich auf sein Board und schaut auch auf die Stadt.

»Manchmal denke ich, dass ich hier nie wieder weg will. Aber wenn das Leben hier Alltag wäre, würde es sich wohl ganz anders anfühlen.«

Vom Strand her werden ein paar Fetzen von Passengers *Let her go* herübergeweht.

Das Lied ist so wahr. »Was man gehabt hat, weiß man immer erst, wenn man es nicht mehr hat. Und dann ist es oft zu spät«, sage ich leise.

Tim guckt mich mit einem Blick an, den ich nicht kenne. Nicht, dass ich ihn nur an ihm nicht kenne. Diesen Blick habe ich noch nie gesehen.

»Komm mit«, sagt er urplötzlich. Er zeigt auf sein Surfbrett.

Kurz darauf sitze ich wie eine Kühlerfigur vorne auf dem Brett und gleite über das Wasser. Es ist der Wahnsinn! Ich verschränke die Arme vor der Brust. Mir ist sichtbar kalt. Außen. In mir drin fühlt sich alles ganz heiß an.

Weil wir keine Handtücher haben, lassen wir uns später am Strand einfach so in den warmen Sand fallen. Natürlich sehen wir sofort aus wie panierte Schnitzel. Egal. Yakimi und Lisa fangen plötzlich an zu tuscheln, dann springen sie auf, gehen runter in das Sandloch und fangen an zu buddeln. Wie zwei Hunde, die nach einem Knochen graben.

»Was genau macht ihr da unten?«, erkundigt sich Tim irritiert.

»Na, wir wollen auch eine Belohnung«, lacht Lisa ihn feist an.

»Alles klar. Ich gucke mal, ob sich da was machen lässt.«

Kurz darauf ist er zurück. Mit vier Magnum-Eis und einer Flasche Sonnencreme. Er wirft mir ein Eis und die Flasche zu. »Creme dich besser mal ein.«

»Ja, großer Bruder«, lache ich zurück.

Und dann gibt es eine kleine Explosion in meinem Kopf. Diese Geruchsmischung aus Sonne, Salz auf der Haut, Sonnencreme und Eis breitet sich schlagartig aus und erinnert mich so an all die Urlaube früher. All die Ferien an der Nordsee, wo genau das – Sonne, Salz, Eis und Sonnencreme – schon ausreichte, um eine tolle Zeit zu haben. Ich sehe mich sofort wieder in meinem lilafarbenen Badeanzug mit einem riesigen Sonnenhut (danke, Mama!). Jeder Tag war ein einziges Lachen und selbst all die Sandkörner im Bett störten nicht. Sie kitzelten eher. Das ist Ewigkeiten her. Nicht erst zehn Jahre. Zehn Lichtjahre vielleicht.

Nein, ich möchte eigentlich nicht wirklich in die Zukunft gucken können. Aber jetzt wünsche ich mir, das Gegenteil zu können. Mal kurz wieder sechs Jahre alt sein. Unbeschwert und glücklich.

Und dann frage ich mich, ob ich mich in zehn Jahren – also mit sechsundzwanzig – wohl nach diesem Augenblick hier sehnen werde. Könnte sein. Vielleicht ist das so, dass man erst hinterher begreift, was man hatte. Wie in dem Passenger-Song …

13

Als Lisa und ich später bei den Clarks reinkommen, merkt Linda Gott sei Dank nicht, dass es überall aus uns rieselt. Sie sitzt neben Mrs White auf der Couch und ist hörbar aufgeregt.

»Hi, girls«, ruft sie aufgekratzt, als wir den Kopf zur Tür reinstecken, und erzählt dann, dass sie noch gar nichts gekocht habe, weil sie gerade eine wundervolle Homepage entdeckt hätte. Auf der gebe es Bühnenoutfits – sogar original Outfits von Abba. Es sei so »amazing« und »wonderful«. Ich werfe einen Blick auf das Display. Hammerhart. Mrs White schaut sich gerade eine knielange Pumphose in Gelb an. Dazu gibt es knatsch-gelbe Stiefel und ein silbernes Pailletten-Oberteil. Das ist mal ein Hingucker. Wir beteuern, dass wir noch gar keinen richtigen Hunger hätten und gehen schnell auf unser Zimmer.

Als Lisas Handy klingelt, höre ich sofort, dass ihre kleinste Schwester Lotta dran ist. Ihre Stimme ist sehr laut und sehr hysterisch. Sie redet total schnell auf Lisa ein, die nur verständnislos den Kopf schüttelt.

Ich habe im ersten Moment die Befürchtung, dass jetzt endlich die nächste Schwester angekündigt wird. Lisa ist sechzehn, Luise ist zwölf Jahre, Lara ist acht und Lotta vier. Meinem Vater ist mal aufgefallen, dass alle Schwestern in einem Jahr nach einer Fußballweltmeisterschaft zur Welt gekommen seien. Er hatte damals komische Mutmaßungen darüber angestellt, wie Lisas Eltern Fußball feiern. Aber offenbar gibt es kein neues Familienmitglied.

»Lotta, du musst dich jetzt erst mal beruhigen. Ich verstehe dich kaum. Putz dir mal bitte die Nase«, beschwichtig Lisa ihre Schwester. Sie verdreht die Augen.

»Also, du hast gehört, dass Mama und Papa sich gestritten haben. Und jetzt glaubst du, dass sie sich trennen und wir vier Schwestern auf irgendwelche Familien aufgeteilt werden?«, fasst sie schließlich zusammen.

Ich muss grinsen. Die arme Lotta. Glaubt sie wirklich, ihre Eltern würden sie zur Adoption freigeben?

»Süße, glaub mir, Mama und Papa trennen sich nicht und sie stecken dich ganz bestimmt nicht in eine andere Familie.«

Sie hält die Hand vor den Hörer und flüstert mir zu: »Die würde eh keiner nehmen.«

»Lotta-Herzchen, das verspreche ich dir. Ja, und ich komme auch wieder nach Hause. Ich muss nicht hier bei den Clarks bleiben.«

Das Schniefen auf der anderen Seite der Leitung wird offenbar ruhiger.

Lisa versucht, ihre Schwester abzulenken und erzählt von unserem Nachmittag am Strand. Dann fragt sie, was sie ihr eigentlich aus England mitbringen soll. Das bringt Lotta natürlich auf ganz andere Gedanken. Endlich darf Lisa sich verabschieden und drückt auf den roten Hörer.

»Die Arme. Sie dachte wirklich, dass sie abgeschoben werden soll«, stöhnt sie.

»Meine Eltern streiten irgendwie nie«, stelle ich fest. Ich überlege. Lange. Mir fällt wirklich nicht ein, wann meine Eltern das letzte Mal nicht einer Meinung waren.

Seit wann eigentlich ist meine Mutter so misstrauisch dem Leben gegenüber? Ich habe Fotos von ihr gesehen, da war sie vielleicht dreiundzwanzig oder fünfundzwanzig Jahre alt. Sie hatte lange Haare mit einem fransigen Pony, eine enge Jeans und ein nettes Lachen. Ich kann mir schon vorstellen, warum mein Vater sich in sie verliebt hat. Jetzt trägt sie Filzröcke, eine so genannte sportliche Frisur und eine Falte zwischen den Augen. Während mein Vater mindestens die Hälfte des Wochenendes mittlerweile auf dem Golfplatz verbringt, wühlt sie sich durch Bücher wie »Herausforderung Pubertät« oder auch »Lernmethoden, die wirklich helfen«.

Wie viele Falten hätte sie wohl, wenn ich Drogen nehmen würde oder fiese Piercings hätte oder auf schlecht tätowierte ältere Männer stehen würde? Eigentlich hat sie doch wirklich Glück mit mir. Ich bin nicht magersüchtig oder irgendwie verhaltensauffällig. Ich bin nicht die Schlechteste in meiner Klasse, ich habe Freundinnen und neige nicht zu Alkoholausfällen.

Vielleicht sollte ich mir mal kurzfristig Suchtverhalten oder Ähnliches zulegen. Damit sie danach wieder ganz beruhig sein kann, wenn ich wieder normal bin.

Vielleicht geht es Mama ähnlich wie mir und Passenger. Erst wenn etwas vorbeigezogen ist, wird sie merken, wie schön es eigentlich gewesen ist.

»LINDAAAA.« Die Stimme von Michael schrillt durchs ganze Haus. Wir zucken richtig zusammen.

Hat Linda ihm gerade mitgeteilt, dass sie noch nichts gekocht hat und er rastet deswegen so aus? Hat sie ihm die gelbe Pumphose gezeigt?

Im Untergeschoss startet ein Wirrwarr aus Stimmen – laut, aufgeregt, aufgewühlt und auch irgendwie fröhlich. Natürlich sind wir neugierig und gehen runter. Michael und Linda Clark, Mrs White und Määäry-Äänn stehen im Wohnzimmer und reden alle durcheinander.

Ich verstehe nur ein paar Fetzen. Offenbar geht es um die Band, um new songs und so weiter.

Määäry-Äänn sagt immer nur, wie fürchterlich aufgeregt sie ist.

Irgendwann schaut Linda mich, Lisa und Yamiki an und schlägt die Hand vor den Mund. Sie glaubt offenbar, wir stünden hier nur rum, weil wir auf das Essen warten würden.

Sie redet hastig auf uns ein und ohne Yamikis Übersetzung hätte ich nichts verstanden. Dann aber kapiere ich: Die Clark-White-Abba-Band hat die nächste Hürde genommen und darf sich bei einem Konzert präsentieren. Während Yakimi das alles erklärt, tänzeln Linda und Mrs White durch das Wohnzimmer und singen mit entrücktem Blick *Dancing Queen*. Michael ist ein bisschen alltagstauglicher. Er hat mal wieder die Speisekarte eines Pizza-Boten rausgekramt und wir können unsere Bestellungen aufgeben.

Als wir mit später am Abend immer noch mit voll gefuttertem Bauch auf unseren Betten liegen, stupst Lisa mich von der Seite an.

»Hast du eigentlich schon mal die Arme von Leo gesehen?«, fragt sie fast flüsternd.

Ich muss grinsen. Hier ist sie also, die neue Number One.

Ich flüstere zurück. »Ja. Ich glaube, er hat zwei.«

»Stimmt genau. Und was für welche. Hast du das heute am Strand gesehen?«

»Ehrlich gesagt, ist mir an Leos Armen nichts aufgefallen. Ganz ehrlich gesagt, ist mir Leo selber noch nie großartig aufgefallen.«

»Mir bis heute ja eigentlich auch nicht. Aber als er da plötzlich oben ohne stand, habe ich diese beinharten Arme gesehen.«

»Beinharte Arme?«, pruste ich kurz.

»Klappe. Du weißt schon, was ich meine. Der ist echt supertrainiert. Auch sonst. Der hat ein super Sixpack«, schwärmt sie weiter.

»Lass mich raten. Nachdem du Arme und Bauch ausreichend betrachtet hattest, hast du dir auch das Gesicht angesehen und findest, dass er irgendwie was Besonderes hat.«

»Stimmt. Woher weißt du das?« Sie scheint wirklich, wirklich erstaunt zu sein.

»Süße, weil es immer das Gleiche ist bei dir«, sage ich mit einem Seufzen.

»Nein. Nein. Das ist jetzt was ganz anderes. Wir haben uns zwischen zwei von diesen blöden Spielen echt gut unterhalten. Also, so richtig gut unterhalten.«

»In welcher Sprache?«

»Auf Englisch natürlich. Ich spreche ja leider kein Spanisch.«

»Und über was genau habt ihr da so intensiv gesprochen?«

»Über Brighton und das Wetter und Musik und so.«

Ich grinse sie an und lege den Kopf schief.

Sie kneift die Augen zu ganz schmalen Schlitzen zusammen. »Du bist nur neidisch weil du dich nie verliebst.«

»Erklär mir mal eben, was genau für dich verlieben heißt«, fordere ich sie auf.

Sie stöhnt.

»Man weiß einfach, wann man verliebt ist. Das spürt man. Das ist so eine ganz aufregende Ungeduld. So ein Kribbeln überall.«

»Dann bist du in jedes Finale von GNTM verliebt«, stelle ich fest.

Sie setzt sich auf. »Ich glaube ja übrigens, dass du in Tim verliebt bist und es einfach nicht zugeben willst.«

Nicht die Nummer schon wieder. »Ja, ich mag Tim. Ich mag aber auch weiße Schokolade, meine neue Jeans, Frühstück im Bett und große Hunde. In all das bin ich aber auch nicht verliebt.«

»Du vergleichst Tim jetzt allen Ernstes mit einem großen Hund?«

»Du kannst dir einfach nicht vorstellen, dass man sich mit einem Typen trifft, ohne dabei vor Herzrasen fast zu kollabieren«, entgegne ich.

Lisa holt Luft, um mir zu widersprechen. In dem Moment geht bei ihr eine Nachricht ein. Sie liest, zieht grinsend die Augenbrauen hoch und hält mir dann ihr Handy hin.

»Beachparty. Now. Venga pronto! Please come!«, lese ich laut.

»Venga pronto? – Leo!«, rate ich.

Sie nickt und grinst noch fetter. Ihre Mundwinkel erreichen fast ihre Ohrläppchen. Ich gucke auf die Uhr: 22:24.

Lisa ist aufgestanden, guckt mich auffordernd an.

»Du willst da nicht wirklich hin, oder? Es ist fast halb elf«, teile ich ihr mit.

»Genau, es ist noch nicht mal elf Uhr. Wir sind jung. Wir haben ein Recht auf ein bisschen Abenteuer. Außerdem wollen wir nur eine kleine Beachparty veranstalten und nicht zum U-Bahn-Surfen nach London.«

Sie klingt sehr vehement.

Ich seufze wieder. »Gut, dann gehst du jetzt runter zu den Clarks und teilst denen mit, dass wir kurzfristig noch mal weg müssten.«

»Vielleicht gibt es ja eine Möglichkeit, dass die Clarks unseren kleinen Ausflug nicht mitbekommen«, überlegt sie laut.

»Wir könnten die Bettlaken aneinanderknoten und uns abseilen«, schlage ich vor. »Ich weiß nur nicht, wie wir dann wieder reinkommen.«

»Ich gehe mal die Lage checken«, sagt Lisa nur und ist schon raus. Zwei Minuten später ist sie zurück. »Also, die Clark-Tochter ist in ihrem Zimmer und hört Musik, die Clark-Eltern sind im Wohnzimmer und gucken Fernsehen«, berichtet sie. »Ich habe noch mal ›Gute Nacht‹ gesagt und die Tür zugemacht. Und ich weiß auch schon, wie wir raus und wieder reinkommen.«

Sie macht eine kurze Pause.

»Nämlich?«

»Durch den Keller. Da ist eine Tür in den Garten. Der Schlüssel steckt. Los!«

Lisa beginnt Bikini und Handtuch in ihre Tasche zu stopfen. Plötzlich guckt sie hoch.

»Was ist? Willst du nicht mit?«

»Selbst wenn. Ich kann dich ja schlecht alleine gehen lassen«, stöhne ich und packe auch meine Sachen zusammen.

Ganz leise schleichen wir in den Keller und stehen vor der Metalltür. Der Schlüssel dreht sich nur schwer und macht einen fürchterlichen Lärm, zum Glück haben die Clarks den Fernseher ziemlich laut. Wir schleichen durch den Garten unter dem Wohnzimmerfenster entlang, bis auf die Straße.

»Um die Zeit fährt überhaupt kein Bus mehr«, stelle ich fest.

»Scheiße«, kommentiert Lisa das neue Problem. Sie guckt sich suchend um.

»Määäry-Äänns Rad«, sagt sie plötzlich. Sie schleicht zurück in den Garten und kommt mit dem alten Fahrrad zurück. Es ist ein Kinderrad der Marke »Barbie« und hat zwischen den Speichen reflektierende Herzchen.

»Steig auf«, flüstert sie aufgeregt.

Als wir uns ohne Unfall durch den Linksverkehr gefädelt haben und am Strand ankommen, spüre ich meinen Po schon fast nicht mehr. Auf dem Rückweg muss Lisa auf dem Gepäckträger sitzen, beschließe ich. Wegen meinem Po und auch, weil ich das mit dem Linksfahren ausprobieren will.

Wir finden Leo und die anderen Jungs sofort. Leo begrüßt Lisa stürmisch auf Spanisch. Keine Ahnung, was er gesagt hat, doch es klingt sehr begeistert – und vor allem viel schöner, als wenn er sein schlechtes Englisch spricht. Dann wandert sein Blick zu mir und dieser Blick sagt: »Was will die denn hier?«

Ich ignoriere das einfach und sage höflich »Hola«. Wir ziehen uns schnell hinter einer Hütte um und rennen dann zusammen mit den anderen ins Meer, das schwarz und irgendwie geheimnisvoll aussieht.

Die Jungs fangen an, sich gegenseitig zu döppen und umzuwerfen – ich sehe, wie Leo sich ausklinkt und mit Lisa in eine der großen warmen Wasserpfützen am Strand verschwindet. Die beiden albern rum, ich höre Lisa kichern. Ich schwimme ein Stück die Küste hoch. Kann man von hier wohl den Campingplatz sehen? Eigentlich dürfte es nicht mehr weit sein. Ich schwimme noch ein bisschen. Ist das da hinten nicht Tims Bulli? Plötzlich höre ich Schreie hinter mir. Das ist doch Lisa, oder? Ich schwimme zögernd zurück. War sie das? Nein! Doch? Dann höre ich sie wieder. Das ist Lisa und sie klingt nicht fröhlich. Ich kraule so schnell ich kann zurück. Völlig aus der Puste komme ich bei den Jungs an. »Wo ist Lisa?«, schreie ich.

Alle zucken nur die Schultern. Da sehe ich sie am Strand sitzen. Ganz klein hockt sie da unter ihrem Handtuch. Ich laufe zu ihr.

»Was ist los?«

»Ich hab Panik gekriegt«, sagt sie leise.

»Wovor?«, frage ich. In dem kleinem Pool kann es ja unmöglich Panik vor dem Ertrinken gewesen sein.

»Er wollte mich küssen und anfassen«, stammelt sie. »Seine Hände waren plötzlich überall. Und seine Zunge …«

Ich schlüpfe mit unter ihr Handtuch. »Macht man das nicht, wenn man verliebt ist?«

»Irgendwann vielleicht. Aber wir kennen uns doch noch gar nicht.«

Ich glaube, das ist Lisas Problem. Sie will einfach nur ein bisschen verliebt sein, ein bisschen schwärmen. Das reicht ihr völlig. Sie will nicht anfassen. Nur gucken.

Ich schaue sie an. »Du bist mitten in der Nacht hier zum dunklen Strand geeilt, als er dir die Nachricht geschickt hat. Das hat er vielleicht falsch interpretiert.«

»Jetzt nimm diesen Macho-Spanier nicht auch noch in Schutz«, giftet sie mich an.

»Das tue ich nicht. Keiner hat das Recht, dich zu überrumpeln und Dinge zu tun, zu denen du noch nicht bereit bist, das ist doch klar. Aber vielleicht müsstest du ein bisschen aufpassen, dass du nicht die falschen Zeichen gibst …« Ich streichle ihr über den Rücken. »Komm, Abfahrt. Du sitzt übrigens hinten.«

Immerhin schaffen wir es, uns wieder klammheimlich in unser Zimmer zu schleichen. Lisa ist gleichzeitig so müde und down, dass sie sich einfach in ihrem nassen Bikini unter die Decke legt.

»Zieh das nasse Zeug aus«, fordere ich sie auf, doch sie zerrt sich einfach das Kissen über den Kopf.

Am nächsten Morgen hat sie schlechte Laune und einen fiesen Husten. Ich schlucke ein »Das hätte ich dir gleich sagen können« runter (ich bin schließlich nicht meine Mutter) und bringe ihr einen Tee und ein Toastbrot ans Bett.

Yakimi ist ganz mitleidig, als er hört, dass Lisa krank ist und beschließt, auch zu Hause zu bleiben. Er würde ihr ein bisschen Gesellschaft leisten, sonst sei es ja total langweilig für sie. Ich bin irritiert und teile das Lisa auch mit.

»Ist doch total nett«, freut sie sich. »Dann können wir noch ein bisschen daddeln. Yakimi hat coole Spiele.«

Ich verschränke die Arme vor der Brust. »Weil ich gerne mit Tim zusammen bin, glaubst du gleich, dass ich verliebt sei. Aber du hängst andauernd mit Yakimi ab. Vielleicht bist du ja in unseren Gastbruder verliebt«, mutmaße ich.

Lisa verschluckt sich dabei total an ihrem Tee. »Spinnst du?

Yakimi ist einen Kopf kleiner als ich und trägt die merkwürdigsten Klamotten.«

»Wenn Tim also kleiner wäre und immer selbst gestrickte Pullunder anhätte, würdest du mich mit deinen Verdächtigungen in Ruhe lassen?«

»Definitiv. Ich weiß ja, dass du manchmal einen komischen Geschmack hast, aber das würde ich dir dann doch nicht zutrauen«, kontert sie.

Ich schüttele nur den Kopf. Wenn man als Mädchen mit einem Jungen befreundet sein will, muss dieser also hässlich oder sonst wie auffällig sein. Toll.

14

Ich starre aus dem Busfenster. Blöd so alleine. Yakimi hätte ruhig auch mir Gesellschaft leisten können. Plötzlich höre ich die ersten Worte und bin wie elektrisiert. Woher kommt das? Hat jemand sein iPhone laut gestellt? Warum dieser Song? Ich höre die Worte ganz genau.

»Mit dir chilln
Das ist, was ich will
Heut Abend ist nichts wichtig
Nur dass ich mit dir chill
Lass die Zeit einfach mal stillstehen
Und die Leute ohne uns durchdrehen«

Ich kenne jede Silbe von dem Lied. Woher verdammt noch mal kommt das? Ich drehe mich um, kann nichts erkennen. Der Bus ist ziemlich voll. Jetzt kommt die schönste Stelle:

»Komm, wir wandern aus
Und ziehen in dieses Lied«

Ich kann nicht mehr sitzenbleiben. Ich muss wissen, woher das kommt. Langsam schiebe ich mich durch die Menschen im Gang, und plötzlich sehe ich ihn. Er sitzt ganz hinten, hat seinen iPod in der Hand. Beim Refrain guckt er plötzlich hoch und mir direkt in die Augen. Ruckartig stellt sich jedes einzelne Haar auf meinen Armen und im Nacken auf. Ich gehe nicht weiter auf ihn zu, stehe da nur und sehe ihn an. Wie früh muss Tim aufgestanden sein, um hier extra in meinen Bus einzusteigen? Und das nur, um mir den Morgen zu versüßen. Er ist echt einfach so verdammt nett.

An der Schule steigt er mit mir aus.

»Wo ist Lisa?«

»Die ist krank und gamed mit Yakimi. Gestern Abend gab es noch eine spontane Beachparty. Sie hat statt Schlafanzug anzuziehen den nassen Bikini angelassen. Ist nicht so gut gekommen. Jetzt bin ich halt alleine unterwegs. Ich muss auch los. Die Schule fängt gleich an.«

Seit wann rede ich so viel? Das muss Tim doch alles gar nicht wissen. Ich spüre, wie ich rot werde, und ich weiß, dass dieses Rot zu dem Rot meiner Haare total blöd aussieht. Ich werde also noch röter. Mist. Wahrscheinlich denkt jetzt sogar Tim selber, ich sei in ihn verknallt.

»Und? Was sagst du zu meinem Vorschlag?«

»Vorschlag?«

»Hast du heute Zeit zum Chillen?«

Ich nicke. »Ich denke schon.«

»Alles klar. Nach der Schule bei mir. Ich koche auch was.«

Und damit dreht er sich um und ist weg.

Ich habe echt Mühe, mich auf den Unterricht zu konzentrieren. Also, ich habe noch mehr Mühe als sonst, mich auf den Unterricht zu konzentrieren. Ist das jetzt ein richtiges Date? QUATSCH, denke ich wirklich in Großbuchstaben. Tim hat sich selber als großer Bruder angeboten. Wahrscheinlich hat er einfach keine Lust, alleine zu essen. Direkt nach der Schule rufe ich Lisa an.

»He, Süße, wie geht's?«

»Der Husten wird besser. Dafür habe ich jetzt Halsschmerzen«, antwortet Lisa schlecht gelaunt.

»Und was hast du den ganzen Vormittag gemacht?«

»Yakimi und ich haben erst ein bisschen gedaddelt, dann habe ich noch ne Runde gepennt und gerade gucken wir uns auf YouTube bescheuerte Tier-Videos an. Kommst du jetzt?«

»Ich wollte eigentlich noch mit ein paar anderen zum Strand runter.«

Warum lüge ich Lisa an?

»Außerdem wollte ich noch kurz bei Tim vorbei. Und ich möchte jetzt kein zweideutiges *Soso* hören.«

»Wann kommst du denn nach Hause?« Sie klingt echt ein bisschen traurig.

»Weiß noch nicht genau, aber es wird nicht allzu spät. Soll ich dir ein Eis mitbringen? Das hilft am besten gegen Halsschmerzen.«

»Das wäre super«, freut sie sich ein bisschen.

Tim hat einen bunten Sonnenschirm vor seinen Bulli gestellt. Auf dem Tisch stehen schon zwei Teller, zwei Gläser und jede Menge Muscheln liegen drumherum. Die Stühle stehen sich gegenüber. Das sieht mir definitiv zu sehr nach Date aus. Ich stelle einen Stuhl an die schmale Tischseite und setze mich. Als Tim aus dem Auto kommt, runzelt er kurz die Stirn.

»Was gibt es denn?«, frage ich schnell.

»Salat und Hühnchen vom Grill.«

»Cool. Fleisch«, freue ich mich.

»Gibt es in eurer Gastfamilie kein Fleisch? Sind das Vegetarier?«

»Ich habe mich dort blöderweise als Vegetarierin vorgestellt«, räume ich ein und erzähle ihm die Bratengeschichte.

Er grinst breit. »Stell dir vor, du hättest dich als Fruktarierin geoutet. Dann wärest du womöglich schon verhungert.«

»Was soll das denn sein?«

»Das sind Leute, die nur Früchte essen, die freiwillig vom Baum fallen.«

»Das ist nicht dein Ernst.«

»Allerdings. Aber du hast ja jetzt Glück, hier gibt es saftiges Fleisch.«

Es schmeckt köstlich. Der Salat ist frisch und knackig und das Fleisch hat Tim mit Honig bestrichen. Ich esse original drei Stücke. Danach habe ich das Gefühl, nie wieder aufstehen zu können. Muss ich aber auch erst mal nicht. Wir sitzen einfach nur da, schauen aufs Meer und schweigen. Es ist ein total entspanntes Schweigen. Weil ich ein bisschen hinter ihm sitze, kann ich Tim in Ruhe mustern. Seine blonden Haare sind an manchen Stellen fast weiß von der Sonne. Im Ganzen sieht er wie ein Zitrone-Nuss-Eis aus. Ich wahrscheinlich eher so nach Erdbeer-Himbeer.

Lisa und ihre Halsschmerzen fallen mir ein. Ich schiebe das schlechte Gewissen noch ein bisschen zur Seite.

Es ist gerade so schaurig-schön-fernwehig.

»Tee?«, fragt Tim irgendwann in die Stille.

»Ist schon teatime?«, erkundige ich mich, ohne die Augen zu öffnen.

»Hier ist immer teatime. Mit Zitrone oder Sahne?«

»Mit ganz viel Zucker.«

»Pardon?«

»Zucker. Das ist so süßes Zeug.«

»Very Unbritish«, kommentiert Tim mit hochnäsigem Tonfall.

»Eistee?«, frage ich vorsichtig.

»Auf gar keinen Fall. Ich mache uns jetzt einen schönen englischen Schwarztee.«

»Von mir aus«, gebe ich mich geschlagen und grinse. Ich liebe schließlich englischen Tee.

Er kommt mit zwei Bechern und einer Knistertüte zurück.

»Was ist das?«

»Auch very British. Etwas zum Knabbern.«

»Ich kann keinen Millimeter mehr essen.«

»Das ist nicht zum Essen. Das ist zum Knabbern.«

Zögernd greife ich in die Tüte.»Das sind Chips«, stelle ich fest und stecke sie in den Mund. Natürlich. Chips kann man schließlich immer essen.

Im nächsten Moment zieht sich in meinem Mund alles zusammen. Als hätte ich in eine Zitrone gebissen. Ich greife sofort zum Tee und verbrenne mir fast die Lippen. Mit Mühe schlucke ich das Zeug runter.

»Was ist das???«

»Vinegar Chips. Englische Spezialität.«

»Was genau ist Vinegar? Gift, das aus gekochten Kreuzspinnen gewonnen wird? Möchtest du mich vielleicht umbringen?«

Er prustet los. »Vinegar ist Essig.«

»Essigchips? Ess ich nicht. Das ist fies.«

»Wart nur ab. Du wirst sie lieben. Du wirst sie in Deutschland fürchterlich vermissen. Beim ersten Probieren muss man sich überwinden, aber danach vergisst du den Geschmack für den Rest deines Lebens nicht.«

Der Rest meines Lebens? Fängt der jetzt gerade an? Langsam schlürfe ich den Tee. Und plötzlich sehe ich wie meine Hände wieder in die Tüte greifen. Ich probiere vorsichtig zwei, drei Chips. So schlecht sind die wirklich nicht. Sehr speziell. Und ich weiß, ich werde diesen Geschmack für den Rest meines Lebens nicht vergessen. Und diesen Moment auch nicht.

Wir sitzen da, grinsen und futtern Chips.

Bis mein Handy klingelt. Mist. Bestimmt Lisa, die fragt, wann ich endlich komme.

Es ist schlimmer. Es ist meine Mutter. Ich habe leider schon auf den grünen Hörer gedrückt.

»Endlich erreiche ich dich, Kleine. Wie geht es dir?«, ertönt gleich ihre latent besorgte Stimme.

»Mama, es geht mir super. Gestern Abend sind wir noch in einem Club versackt. Eigentlich wollten wir gerade gehen, weil ich echt müde war. Aber da hat mir jemand so eine kleine Tablette gegeben und seitdem schwebe ich. Die Welt ist soo bunt«, flöte ich.

»Nora. Das waren Drogen.« Sie klingt echt entsetzt.

Ich lache kurz. »Mama, das war nur ein Scherz. Mach Dir keine Sorgen. Wir waren gestern Abend ganz brav zu Hause. Wir haben nett mit den Clarks zusammengesessen. Die haben so ein lustiges Spiel gespielt, bei dem man immer, wenn man verloren hat, einen Whisky kippen musste. Wir haben mitgespielt, bis Lisa gebrochen hat. Dann nicht mehr.«

»Nora. Hör auf damit. Ich will jetzt wirklich wissen, wie es dir geht.«

»Okay. Mir geht es gut. Ich bin gerade von einem Surfer aus Schweden zum Essen eingeladen worden. Er hat vor seinem Bulli für mich gegrillt und jetzt machen wir teatime.«

»Nora, ich weiß wirklich nicht, woher du deinen komischen Humor hast. Aber zumindest scheint es dir gut genug zu gehen, um dir solche Geschichten ausdenken zu können. Uns geht es auch gut. Papa hat nur seit gestern so ein Kratzen im Hals. Das wird bestimmt noch schlimmer.«

»Denke ich auch. Ist bestimmt der Beginn einer doppelseitigen Lungenentzündung. Packt besser schon mal den Koffer fürs Krankenhaus.«

Jetzt ist sie natürlich total beleidigt.

Ich gucke verzweifelt zu Tim rüber, der nur breit grinst. Zum Glück schaffe ich es möglichst zügig, das Gespräch zu beenden.

»Wieso wirst du eigentlich nie von deiner überbesorgten Mutter genervt?«, frage ich ihn.

»Wir haben feste Telefonzeiten vereinbart. Außer der Reihe darf sie sich nur melden, wenn etwas wirklich Wichtiges anliegt.«

Wenn ich das meiner Mutter vorschlagen würde, käme sie wahrscheinlich auf die Idee, dass jeden Morgen um sieben und jeden Abend um neunzehn Uhr gute Telefontermine seien.

Irgendwie kann ich mich heute nur schwer von Tim verabschieden, aber ich weiß ja, wie sehnlich Lisa auf ihr Eis wartet.

Immerhin verkündet sie später nach einer halben Familienpackung, dass es ihrem Hals schon viel besser ginge.

15

Die WhatsApp kommt spät am Abend, als ich eine Armlänge vom Schlaf entfernt bin.

Die Sonne geht morgen um 5:17 Uhr auf. Am schönsten sieht das vom Strand aus. T. steht da nur.

Ich lese die Nachricht vier Mal und bin mir immer noch nicht sicher, was Tim mir sagen will. Ich setze mich auf.

»Lisa, bist du noch wach?«, frage ich vorsichtig.

»Was ist denn«, raunzt sie, klingt aber noch ziemlich munter.

Ich zeige ihr die WhatsApp-Nachricht.

»Genau so habe ich mir immer eine Nachricht vom großen Bruder vorgestellt«, kommentiert sie nur knapp.

»Was will Tim mir damit sagen?«

Sie knipst ihre Nachttischlampe an. »Das weißt du wirklich nicht?« Ihre Augen weiten sich.

»Ehrlich gesagt, nein. Soll ich mich etwa um kurz vor fünf auf den Weg machen, um dann um 5:17 Uhr am Strand zu sein?«

»Ich könnte mir vorstellen, dass Tim durchaus schon vorher mit dir rechnet.«

»Soll ich etwa jetzt direkt los?«

Die Vorstellung erschreckt mich ein ganz klein bisschen. Und sie kribbelt irgendwo zwischen Bauchnabel und Rückgrat.

Soll ich etwa bei ihm in seinem Bus schlafen bis die Sonne aufgeht?

Will ich überhaupt schlafen?

»Ob du jetzt direkt los sollst? Die Frage ist wohl eher, ob du los *willst*. Jetzt oder überhaupt«, mischt Lisa sich in meine Gedanken.

Ich überlege kurz. Möchte ich jetzt neben Tim am Strand liegen, die Wellen und ein bisschen Musik hören, quatschen, vielleicht noch ein paar von den fies-leckeren Chips essen und die Sonne aufgehen sehen?

JA. KLAR.

Ich stehe auf und wühle in meinem Schrank.

»Du hast dich offenbar entschieden«, kommentiert Lisa.

Ich entscheide mich für den Jeansrock, ein Shirt, Sweatyjacke und die schwarzen Sandalen. Ich will mich nicht aufbrezeln, aber ich kann ja durchaus mal was anderes als Jeanshose und Sneakers tragen.

»Meinst du nicht, dass das ein bisschen zu gefährlich ist?«, mischt Lisa sich leise ein.

»Was genau soll an einem Sonnenaufgang gefährlich sein?«

»Wie gut kennst du Tim? Vielleicht ist der schon total besoffen und wird gleich komisch oder so.« Sie spricht aus Erfahrung.

Ich muss laut lachen.

»Glaub mir, Tim würde einer Spinne ein gebrochenes Bein schienen. Am gefährlichsten an dieser Aktion ist definitiv, dass ich mit dem Rad zum Strand muss. Dieser Linksverkehr macht mich fertig.«

»Am besten bleibst du auf dem Bürgersteig«, rät Lisa mir.

Ich umarme sie fest zum Abschied. »Ich bin rechtzeitig zurück, bevor der Wecker geht«, verspreche ich ihr und angle nach meinem Hut.

Weil alle anderen offenbar schon schlafen, ist es im Haus unheimlich still. Das Knarren der Kellertür kommt mir grässlich laut vor. Aber es passiert nichts. Leise schiebe ich Määäry-Äänns Rad auf den Bürgersteig.

Mir fällt ein Aufkleber ein, den ich irgendwo mal gesehen habe. »Lebe wild und gefährlich« stand darauf. Genauso komme ich mir vor.

Ich radle durch das Dunkel, durch die leere Fußgängerzone, das Rauschen des Meeres kommt immer näher. Ich frage mich nicht, ob das hier ein bisschen zu verrückt ist. Stattdessen stelle ich mir vor, was passieren würde, wenn meine Mutter das jetzt wüsste. Ich muss grinsen. Sie würde wahrscheinlich bei der NATO oder der GSG 9 oder so anrufen und dafür sorgen, dass mich ein Sondereinsatzkommando SOFORT nach Hause bringt, wo sie die nächsten fünf Jahre vierundzwanzig Stunden am Tag auf mich aufpassen könnte. Ich dürfte mich später dann wahrscheinlich höchstens bei einer Fern-Uni einschreiben.

Als ich mit dem Rad über den Campingplatz rolle und vor Tims Bulli stehen bleibe, guckt der von einem Buch auf.

»Das ging ja schnell«, stellt er fest.

»Soll ich noch eine Runde drehen?«

»Quatsch. Setz dich. Willst du auch einen Tee?«

Ich nicke, lasse mich auf dem Klappstuhl neben ihm nieder und greife nach dem Buch. *Arbeitsbereiche Motivationstrainer* ist der Titel.

»Auch ein Horror-Schinken?«, frage ich Richtung Bulli.

»Gar nicht. Vielleicht der Anfang meiner steilen beruflichen Karriere.«

Tim stellt mir einen dampfenden Becher hin.

»Du möchtest Motivationstrainer werden?«

»Vielleicht. Mir macht es einfach hier auf dem Campingplatz Spaß, Leute zu irgendwas zu motivieren. Ob Sandburg bauen oder Aqua Gym oder was-weiß-ich. Einfach Menschen dazu bekommen, dass sie etwas machen, das sie vorher noch nie gemacht haben – oder auf das sie eigentlich keine Lust haben.«

»Weil du nicht weißt, was du mal werden willst, sollen andere was machen, was sie nicht wollen? Klingt nicht so sehr logisch.«

Er lacht. »So, wie du das sagst, natürlich nicht. Aber im Ernst: Mir macht es Spaß, andere für eine Sache zu begeistern. Die Sache dabei ist eigentlich egal.«

»Du würdest also gerne solche Seminare entwickeln, in denen piekfeine Manager im Schlamm robben und sich richtig dreckig machen.«

»Genau. Es geht um ganz neue Erfahrungen.«

»Dann könntest du auch Wochenendkurse für Hausfrauen anbieten, die ganz in Leder gekleidet als Hells-Angel-Bitches hinten auf dem Moped sitzen«, lache ich.

»Du hast es raus. Ich mache dich zu meiner Partnerin.« Er hält die Hand hoch. Ich zögere kurz, dann gebe ich ihm highfive. Es hat sich schon komisch angehört: Ich mache dich zu meiner Partnerin.

Es ist mittlerweile nach Mitternacht und hinter uns auf dem Campingplatz schläft alles. Aus Tims Bulli kommt leise

Passenger mit *All the little lights.* Wir reden schon länger nicht mehr. Tim hat auch Gott sei Dank keine Windlichter mit Kerzen aufgestellt. Das wäre mir zu romantisch vorgekommen.

»Gut, dass wir keine Kerzen an haben. Sonst würde man die Sterne gar nicht richtig sehen«, sagt er in diesem Moment. Genau. All the little lights.

Mein Blick muss sich in dem Sternenhimmel verloren haben, ich bin eingeschlafen. Ich werde wach, weil Tim mir ganz sacht über den Unterarm streicht. Ich habe sofort Gänsehaut und zwar nicht nur am Arm. Ich liege auf zwei Stühlen unter einer sehr weichen Decke.

»Gleich geht die Sonne auf. Das wolltest du doch nicht etwa verpassen«, sagt Tim ganz leise. Er hält mir eine Tasse mit Kaffee hin. Köstlich. Noch ist die Nacht dunkel, aber am Horizont wird es schon heller. Ein paar Möwen drehen schon hungrig ihre Runden. Mit jeder Minute verfärbt sich der Himmel mehr. Die Farbe wird wärmer, von einem dunklen Grau geht es in ein leichtes Lila. Ich stehe auf, gehe mit der Wolldecke über den Schultern und der Tasse in der Hand runter zum Strand. Ich höre nicht, dass mir Tim folgt. Ich spüre es. Er bleibt ganz dicht hinter mir stehen. Ganz leicht spüre ich sein Ausatmen an meinem Ohr. Wir sind beide still. Ich habe die Textzeilen im Kopf.

Jetzt stehe ich am Ufer
Die Flut unter mir
Das Wasser zum Hals
Warum bist du nicht hier?

Warum denke ich jetzt so etwas Trauriges?
Weil es in ein paar Wochen zu Ende sein wird?
Was genau wird zu Ende sein?
Nicht denken, nicht denken.

Ich atme tief ein und lege den Kopf in den Nacken. Die Haare fallen mir lang auf den Rücken. Im Schlaf hat sich das Haargummi gelöst und meinen Hut habe ich auch nicht mehr auf.

Der Himmel brennt mittlerweile, die Nacht wird vertrieben, an die Wand gedrückt. Dieser Moment ist so voll, er könnte für Tage reichen. Alles in mir ist ein einziges Sehnen, nur wonach, weiß ich nicht. So wie ich oft Hunger habe, aber nicht weiß, worauf. Jetzt hat meine Seele Hunger. Ich muss über meine kitschigen Gedanken selber leicht lächeln.

Und plötzlich habe ich Tränen in den Augen. Ganz warme Tränen. Ich lasse sie einfach kullern. Und wenn ich das ganze Meer vollheule, ist mir egal. Doch langsam verebben sie, in mir wird alles ganz ruhig. Die Sonne lacht mich an. Tim legt mir ganz leicht eine Hand auf die Schulter. »Komm.«

Wir gehen zusammen zum Bus zurück. Hand in Hand. Ganz selbstverständlich.

»Das war schön«, sage ich leise und gebe ihm die Wolldecke.

»Du bist schön«, antwortet er und fährt mit der Hand durch meine Haare.

Ich spüre, dass ich knallrot werde, und schnappe mir schnell meine Jacke.

»Ich muss los.«

»Ich weiß.«

Ich lächle ihn schief an und hebe das Rad auf. Er hebt die Hand zum Abschied. Ich bin so glücklich. So unfassbar glücklich, dass er nicht versucht, mich zu küssen. Das hätte alles kaputt gemacht. Und er weiß das. Das ist das Beste daran. Ich pfeife ein Lied, als ich nach Hause radle, dabei kann ich überhaupt nicht pfeifen.

Ganz leise schiebe ich das Rad hinters Haus. Vorsichtig drehe ich den Schlüssel. Nichts zu hören. Jetzt muss ich es nur noch durchs Treppenhaus in unser Zimmer schaffen. Ich schaffe es bis ins Erdgeschoss. Linda steht in der Küche und liest die Zeitung. Sie starrt mich an und fragt völlig verblüfft, wo ich herkomme.

»I just went for a quick jog«, antworte ich schnell.

Sie guckt an mir runter und wieder hoch. Ich folge ihrem Blick. Mit Jeansrock, Hut und Sandalen sehe ich nicht wirklich aus als käme ich von einer Joggingrunde.

»You went jogging in this outfit«, sagt meine Gast-Mom mit einem Fragezeichen in den Augen.

Ich hole tief Luft und erkläre ihr, dass es an unserer Schule demnächst einen sehr besonderen Wettlauf geben würde. Den würden wir Schülerinnen organisieren, sozusagen als Statement gegen die weit verbreitete Jogginghosenkultur. Und zwar laufen wir in High Heels und Rock. Und ich hätte schon mal mit Sandalen geübt. Ich wolle mich langsam steigern. Ich tue so, als würde ich mir den Schweiß von der Stirn wischen und erkläre mit fester Stimme, dass ich jetzt aber erst mal duschen müsse. Ich drehe mich um und spüre ihren Blick auf meinem Rücken.

Ich meine, wenn jemand mit gelben Pumphosen und knatsch-gelben Stiefeln auf einer Bühne stehen will, muss er doch eine Vorliebe für skurrile Situationen haben.

16

Lisa ist schon wach.

»Wie war's?«, fragt sie gleich mit hundert Fragezeichen im Blick.

Ich schmeiße meinen Hut auf die Kommode und lasse mich aufs Bett fallen.

»Ganz schön«, sage ich nur.

Sie wirft sich auf mich.

»So lasse ich mich nicht abspeisen. So nicht! Ich will alles wissen.«

Ich gucke sie an. »Ich würde es dir auch alles erzählen. Aber es war einfach wortlos schön.«

Sie zieht die Augenbrauen hoch. »Ach du Scheiße.«

Als Yakimi am Mittag nach der Schule vorschlägt, am Campingplatz das Equipment für den Karaoke-Abend auszuprobieren, schlägt mein Herz ein bisschen schneller. Yakimi erklärt, er wolle schauen, ob alles zusammenpasst und die richtigen Kabel da sind. Um den Rest würde sich ja Tim kümmern. Schließlich soll am Samstag die große Party steigen.

»Du willst da wahrscheinlich mit, oder?«, fragt Lisa mich sofort.

»Eigentlich schon«, gebe ich zu.

Sie nickt. Irgendwie hat sie einen komischen Gesichtsausdruck.

»Was ist denn los?«, hake ich nach.

»Ich dachte, *wir* könnten mal wieder was machen. Wir zwei«, bringt sie zögernd raus.

»Ich kann das auch alleine organisieren«, schlägt Yakimi sofort vor und sieht dabei ganz fürchterlich traurig aus. Obwohl, ein bisschen traurig sieht er immer aus.

»Ach, Quatsch«, lenkt Lisa sofort ein, die offenbar auch Yakimis traurigen Blick bemerkt hat. »Ich habe Nora ja das ganze Jahr. Wir machen das alle zusammen. Los. Ab zum Beach!«

Wir treffen Tim an seinem Bulli. Er ist gerade damit beschäftigt, eine feist grinsende Sonne auf die Tür zu sprayen. Mein Herz verschlägt sich kurz, kommt dann wieder in den Rhythmus.

»Ja, die Sonne ist schon was Schönes«, sagt Lisa nur grinsend.

Tim nickt nur und macht konzentriert weiter.

»Wir wollten mal gucken, ob das mit der Anlage klappt«, erklärt Yakimi unseren Besuch. »Für die Karaoke-Party.«

»Stimmt. Unsere Karaoke-Party. Ich muss noch dringend ein bisschen Werbung machen.«

Tim legt die Spraydose weg.

»Kommt.«

Auf dem Weg zum Partyzelt berührt er kurz meinen Arm. »Sehr müde?«

»Gar nicht«, lüge ich.

Schnell hat Yakimi seinen Laptop angeschlossen und schon flackern die ersten Bilder über den Monitor. Es ist natürlich Michael Jackson und zwar mit *Dirty Diana*. Nach den ersten Tönen ist klar, dass Yakimi absoluter Profi ist. Tim bleibt der Mund offen stehen.

»Ich denke, damit steht fest, wer unseren Contest am Samstag gewinnt«, meint er am Ende.

»Das wird ein Wettbewerb?«, frage ich.

»Klar. Die Kids kriegst du nur, wenn sie irgendwas gewinnen können.«

»Und was kann man gewinnen?«, erkundigt sich Lisa neugierig.

»Weiß ich noch gar nicht. Vielleicht eine Runde Tretbootfahren mit mir«, antwortet Tim.

»Ich will nicht wissen, was der Verlierer bekommt. Was ist die Sieg-Prämie?«, kontert Lisa sofort.

»Eine Runde Tretbootfahren mir Nora.« Tim lächelt mich an.

Lisa verdreht die Augen.

Yakimi hat mittlerweile noch *Beat it* performed und kommt zu uns.

»Wer will jetzt?«, fragt er ein bisschen atemlos.

»Tim«, antworten Lisa und ich zusammen.

Tim winkt ab. »Auf gar keinen Fall.«

»Ich dachte, du willst Motivator werden. Dann musst du die Leute mitreißen. Dafür muss man auch schon mal aus sich rausgehen, was vormachen«, gebe ich zu Bedenken. Er kneift kurz die Augen zusammen und tut so, als wäre er wütend auf mich, dann bespricht er sich mit Yakimi. Und schon ertönt *Sexbomb* von Tom Jones. Tim macht es super. Er wackelt mit dem

Hintern, fährt sich albern durchs Haar und setzt den totalen Schlafzimmerblick auf. Superwitzig. Danach setzt er noch einen drauf und zwar mit *Atemlos* von Helene Fischer. Seine Augen schmachten und sein Blick könnte Steine zum Heulen bringen. Einfach genial.

Jetzt können Lisa und ich uns natürlich nicht lange bitten lassen. Wir beratschlagen uns kurz und entscheiden uns dann für *Ich war noch niemals in New York*. Ich kann hinterher nicht sagen, dass wir besonders gut gesungen haben, aber laut und mit Inbrunst. Tim im Zuschauerraum hält zumindest beide Daumen hoch.

»Und jetzt alle zusammen«, brüllt Yakimi und kommt mit Tim auf die improvisierte Bühne. Und was lässt der kleine Japaner laufen? Natürlich *We are the world* – und zwar das Original aus den Achtzigern.

»Das ist super, das kennt wirklich jeder«, ruft mir Lisa zu. »Das könnte die Abschlusshymne der Party werden.«

»Das wird wirklich eine Riesen-Show«, sagt Tim, nachdem wir uns fast heiser gegrölt haben. »Das wird ein Highlight in der Geschichte des Sunnyside-Campingplatzes.«

Während Yakimi seinen Kram wieder einpackt, nimmt mich Tim zur Seite. »Komm mal eben mit. Ich muss dir was zeigen.«

»Bin gleich wieder da«, sage ich zu Lisa – die nicht begeistert aussieht – und folge Tim zu seinem Bus. Auf seinem Laptop startet er ein Video. Ich bin nach ein paar Momenten begeistert. Es ist ein Musikclip von einer Band namens CSS, der Song heißt *Move*, doch das ist unwichtig. Die Bilder zählen: Ein paar junge Leute fahren mit einem alten VW-Bulli durch die Weltgeschichte und machen mit einer Sofortbildkamera skurrile und witzige Fotos. So als hätten sie die untergehende Sonne in der Hand oder als würden sie sich gegen den Turm von Pisa lehnen, der sich nur deswegen neigt. Sie jonglieren mit Obst, sie tanzen und springen und all die Fotos pinnen sie dann von außen an den Bus. Der ist schon übersät mit Bildern, man kann fast nicht mehr durch die Windschutzscheibe schauen.

»Das wär's, oder?«, strahlt Tim mich an.

»Das wär's«, nicke ich. Allein die ganz, ganz kurze Vorstellung, mit Tim durch die Welt zu fahren, immer der Straße nach, löst bei mir eine akute Ganzkörper-Gänsehaut-Attacke aus.

»Da bist du ja endlich«, nölt Lisa als ich zurückkomme. »Können wir jetzt endlich gehen?«

Schweigend trabt sie dann neben mir her.

»Wenn du dich das nächste Mal noch stundenlang mit Tim alleine vergnügen willst, kannst du mir rechtzeitig Bescheid geben. Dann kann ich schon mal gehen und muss da nicht dumm rumsitzen«, teilt sie mir irgendwann schnippisch mit.

»So lang war das doch gar nicht«, sage ich kleinlaut.

»Nein, klar. Mit Timmy vergeht die Zeit ja immer wie im Flug, was?«

Ich sage besser nichts mehr.

Zum Abendessen gibt es mal wieder Chickenwings. Dieses Mal schmuggelt Lisa mir keine ins Zimmer. Sie isst einfach mit gesenktem Blick und verkrümelt sich dann ins Badezimmer. Ich glaube, so lange war sie noch nie sauer auf mich. Ich überlege kurz, ob ich auch sauer werden soll, entscheide mich dann aber dagegen und schicke ihre eine WhatsApp-Nachricht: *Liebe Lisa, ich bin auf der Suche nach meiner besten Freundin. Hat sie sich bei dir versteckt? Deine Nora.*

Ich warte über eine Viertelstunde. Dabei habe ich das Piepen gehört und weiß, dass sie es gelesen hat. Lisa liest sogar auf dem Klo oder in der Badewanne ihre Nachrichten. Keine Antwort. Schließlich schnappe ich mir einen Zettel und schreibe drauf: *Willst du meine Freundin sein. Kreuze an bei Ja, Nein, Vielleicht.* Das Blatt schiebe ich unter der Tür ins Badezimmer. Ich höre, wie sie ihn aufhebt. Dann, wie der Badezimmerschrank geöffnet wird. Dann passiert lange nichts. Endlich wird das Blatt zurück geschoben. In Ermangelung eines Stiftes hat sie mit Nagellack geschrieben. Sie hat *Ja* angekreuzt und dazu geschmiert: Aber morgen Tim-freier-Tag.

Ich stutze. Ist das jetzt Erpressung? Ist sie eifersüchtig? Findet sie Tim total doof? Ich finde es ein bisschen strange, dass sie so etwas von mir verlangt, aber okay. Wenn es ihr so wichtig ist. Ich notiere *O.K.* und schiebe das Blatt zurück. Endlich öffnet sie die Tür und grinst mich mit einer fetten Maske im Gesicht an.

»Heißt das, dass wir shoppen gehen?«, frage ich etwas ängstlich.

»Na klar und wir essen Eis und flanieren am Strand und sehen mal was anderes, als den Sunnyside-Campingplatz.«

Ich nicke und gebe mich geschlagen. Vielleicht eine gute Gelegenheit, um mir einen neuen Film für die Poloraid zu kaufen und ein paar witzige Fotos zu schießen. Und vielleicht kann ich die ja irgendwann an Tims Bulli kleben. Ich weiß, das würde ihm gefallen. Das sage ich Lisa natürlich nicht. Ich glaube, sie möchte den Namen heute nicht mehr hören.

17

Der Freitag verläuft allerdings nicht ganz nach Lisas Plan. Als wir mittags nach Hause kommen, um uns für den Nachmittag umzustylen, tragen Linda und Michael gerade das Sofa in die Küche.

»Solche Wohnküchen sind ja auch viel gemütlicher«, unke ich. Lisa fragt, ob das Wohnzimmer gestrichen werden solle.

»No, we need more space for our rehearsal«, antwortet Michael nur knapp.

Linda erklärt uns dann, dass heute Nachmittag die Generalprobe für den Contest am Wochenende stattfinden solle, und zwar hier in diesem Wohnzimmer. Die Whites würden gleich rüberkommen und dann könne der Testlauf starten.

Plötzlich hat Linda eine Idee. Sie legt den Kopf etwas schief und guckt uns an. Dann fragt sie, ob wir nicht das Testpublikum sein könnten, um die »stage presence« zu beurteilen. Lisa und ich schauen uns an.

»Ich gehe morgen mit dir shoppen und Eis essen und das alles«, verspreche ich meiner Freundin schnell. »Aber ich möchte die ›stage presence‹ wirklich gerne sehen.«

Anderthalb Stunden später ist es so weit. Der Auftritt beginnt schon dramatisch. Linda Clark und Sarah White stehen Rücken an Rücken in ihren gelben Pumphosen in der Mitte und haben die Hände zu Pistolen geformt. Wow. Wirklich, die beiden Ladys singen nicht schlecht, aber ihre Choreo ist der Hammer. Sie neigen zu großen Gesten. Außerdem sind sie geschminkt wie ich es aus Magazinen nur von *Der ganz große Silvester-Look* kenne – Glitzer-Lidschatten in Gold und Grüntönen, Mega-Wimpern und ein Lidstrich, der sich sehen lassen kann! Jimmy und Michael haben eher statische Rollen. Immerhin benutzen die beiden Frauen ihre Männer mal, um sich dahinter kurz zu verstecken, um dann wieder mit raumgreifenden Schritten nach vorne zu eilen. Sogar in den Pausen zwischen den Songs nehmen sie einstudierte Posen ein. Mir bleibt echt der Mund offen stehen.

Höhepunkt des Gigs ist *Dancing Queen*. Die beiden Frauen wirbeln durch den Raum, machen Pirouetten und singen dabei ja immerhin auch noch. Michael und Jimmy müssen ja nur so tun als würden sie die Gitarre oder auch mal das Keyboard spielen. Die Musik kommt ja vom Band. Als der Song vorbei ist, sind Linda und Sarah total erschöpft und superhappy. Sie fallen sich in die Arme, quatschen durcheinander.

Und genau in dem Moment fällt es mir auf: Es ist doch eigentlich megaklasse, was die machen. Ja, sie sehen ein bisschen merkwürdig aus. Und? Sie haben ein Hobby, in dem sie total aufgehen.

Meine Eltern gehen jeden Samstag zum Golf. Hinterher trinken sie mit ihren Golfpartnern noch ein alkoholfreies Bier oder einen Rotwein.

Da finde ich die Clarks ein bisschen lebenslustiger.

Ich frage Määäry-Äänn, die natürlich auch da ist, wie eigentlich die Cover-Band ihrer Eltern heißt.

The Living Legends erklärt sie mir.

Oh ja – und wie *living* die sind.

Dann erklärt sie mir weiter, dass am Sonntag mehrere Abba-Revival-Bands in der Rennpause auftreten würden, und die Entscheidung, wer weiterkäme, läge bei den Zuschauern.

Als ich sie frage, was für eine »Rennpause« bzw. was für ein Rennen sie denn meint, starrt sie mich an, als hätte ich gefragt »Welcher Prince William?«

Sie holt ganz, ganz tief Luft und erklärt mir, dass am Sonntag DAS Pferderennen stattfinden würde. Immerhin sei Brighton ja bekannt für den Pferderennsport.

Mir war das bislang nicht bekannt, schließlich interessiere ich mich null für Pferdesport, aber gut. Ich wende mich zu Lisa. »Hey, wir sollten die Clarks unbedingt unterstützen!« Ich bin auf einmal Feuer uns Flamme von meiner Idee. »Lass uns alle mobilisieren, die wir kennen! Was meinst du – das wird ein Spaß, oder?«

Lisa nickt. Ihr persönlich scheint das jetzt nicht wirklich ein Herzensanliegen zu sein, aber das muss es ja auch nicht. Hauptsache, sie ist dabei. Wir schreiben sofort in unsere Klassen-WhatsApp-Gruppe, dass alle am Sonntag UNBEDINGT zur Pferderennbahn kommen müssten, um lautstark die Living Legends anzufeuern und jeder solle mindestens noch fünf andere Leute informieren. Als letzten Satz schreibe ich dazu: Das ist eine Art Flashmob! Kommt!!!

Natürlich würde ich auch gerne Tim einladen. Aber ich traue mich irgendwie nicht. Gott sei Dank kommt Lisa auf den glorreichen Gedanken.

»Wir müssen auch Tim Bescheid sagen, der kann den ganzen Campingplatz mitbringen.«

Sehr gute Idee.

Den Abend hocken wir mit Yakimi vor dessen Laptop. Der hat nämlich den neuen James Bond und zwar auf Japanisch. Superlustig. Daniel Craig Japanisch reden zu hören, ist soo witzig. Die beste Komödie ever.

Lisa und Yakimi spielen dann noch ein paar Runden *Dump ways to die*, ein Spiel, in dem man kleine Monster retten muss. Ich verdrücke mich ins Bett. Ich habe nämlich einen schönen neuen Einschlaftraum. Darin kommt ein Fotoapparat vor. Und ein VW-Bulli.

18

Samstagabend acht Uhr. Vor unserer Karaoke-Bühne sitzen drei ältere Männer in beigen Shorts und Unterhemden und spielen Skat. Weiter hinten löst eine Omi ein Kreuzworträtsel. Neben ihr parkt ihr Rollator.

»Ich dachte, du hättest groß Werbung gemacht?«, fragt Yakimi in Tims Richtung.

»Habe ich auch. Ich habe Plakate aufgehängt und es fast allen persönlich gesagt«, rechtfertigt der sich. Vorhin beim Beachvolleyball habe ich noch dran erinnert, da waren hauptsächlich Jugendliche.

Yakimi schüttelt fassungslos den Kopf. »Ich raffe das nicht. In Japan müsstest du jetzt noch zusätzliche Stühle herbeischleppen.«

»Du hast dich überreizt«, tönt einer der Opas dazwischen.

»Ich bin auch überreizt«, antwortet Yakimi laut.

Ich muss mir echt ein Grinsen verkneifen. Plötzlich steht der Japaner auf, tippt auf seinem Tablet rum, geht zur Bühne und im nächsten Moment ertönt in voller Lautstärke *Beat it* von Michael Jackson. Die Oma greift sich sofort zum Ohr. Ich glaube, sie stellt ihr Hörgerät aus. Die Opis starren Yakimi an, der wild über die Bühne fegt. Ihre Blicke sagen so etwas wie: »Kann man denn nirgends seine Ruhe haben?«

Immerhin kommen drei Jugendliche und bleiben im Türrahmen stehen. Die werden allerdings von einer resoluten Dame zur Seite geschoben. Sie geht direkt auf einen der Skatspieler zu und ich kann von ihren Lippen den Satz HIER BIST DU ALSO lesen. Sie scheint not amused zu sein und der überreizte Mann sieht ziemlich zerknirscht aus.

Plötzlich steht Yakimi, der mittlerweile fertig ist, neben ihm und flüstert ihm was ins Ohr. Der Alte nickt, steht ganz langsam auf und schleppt sich zur Bühne. Er nimmt sich das Mikro und singt allen Ernstes im Scheinwerferlicht *Für dich soll's rote Rosen regnen* für seine angesäuerte Ehefrau. Die ist sichtlich gerührt.

Leider hat die Einlage aber auch die verzagten Jugendlichen vor der Tür wieder vertrieben. Dafür erscheinen die anderen beiden Gattinnen auf der Bildfläche. Sie fordern lautstark ihre Männer auf, auch ein Lied für sie zu singen. Doch die Oma mit dem Rollator kommt denen zuvor. Sie entscheidet sich für *Ich will keine Schokolade, ich will lieber einen Mann*. Lisa bekommt daraufhin einen absoluten Lachflash und rennt vor die Tür. Tim sieht fassungslos aus. So hatte er sich die große Karaoke-Campingplatz-Party wohl nicht vorgestellt. Ich gehe zu ihm.

»Vielleicht solltest du dich als Motivator auf Senioren spezialisieren. Es gibt ja immer mehr alte Leute. Und die brauchen ja auch jemanden, der ihnen zeigt, was sie in ihrer ganzen Zeit so anfangen können«, erkläre ich ihm.

Er guckt mich zweifelnd an. »Ich weiß nicht. Ich glaube, es deprimiert mich, wenn ich immer nur mit Menschen zusammen bin, die nur beige und braun tragen und denen Haare aus den Ohren und Nasen wachsen«, meint er schließlich.

»Willst du wirklich lieber mit Jugendlichen zusammen sein, die nur abhängen wollen? Und die, wenn sie mit abhängen fertig sind, chillen gehen? Auch frustrierend, oder?«

»Das will ich jetzt auch. Abhängen. Mit dir. Am Strand. Komm.«

Er nimmt mich tatsächlich an die Hand und zieht mich raus.

Es ist inzwischen dunkel geworden und die Laternen des Campingplatzes tauchen alles in ein mildes Licht. Um die Ecke treffen wir auf Lisa, die sich langsam wieder von ihrem Lachflash beruhigt hat.

»Wir gehen noch ein bisschen an den Strand. Willst du mit?«, frage ich sie.

Sie guckt mich komisch an. »Nee, lass mal.«

»Echt?«

»Echt.«

Wir gehen an ihr vorbei. Ist es wirklich in Ordnung für sie? Der Gedanke wird allerdings verdrängt von der Frage: Was machen wir jetzt? Was hat Tim vor? Mir ist plötzlich schlecht. Nicht kotzschlecht. Eher so kettenkarussellig schlecht

Ein paar Meter vor den auslaufenden schwarzen Wellen setzt Tim sich in den Sand. Ich setze mich auch. Allerdings andersrum und direkt hinter ihn. Ich kann mich nicht neben ihn setzen. Keine Ahnung, warum. Das wäre mir irgendwie zu kinomäßig. Ich lege meinen Hut in den Sand und lehne mich mit dem Rücken an ihn. Das tut gut.

»Das ist echt Nora-typisch«, höre ich Tim leise sagen und ich weiß, dass er leicht lächelt.

Wir haben beide die Hände neben uns liegen, seine Finger sind ganz leicht auf meinen. Auch das fühlt sich sehr gut an. Ich spüre wie er den Kopf auf meine Schulter legt.

»Je länger man in den Himmel schaut, umso mehr Sterne sieht man. Immer mehr und mehr«, sagt er.

Ich gucke auch nach oben, vom Campingplatz ertönt eine ziemlich schiefe Version von *Aber bitte mit Sahne.*

»Was ich mir nicht vorstellen kann«, sage ich, »dass hinter dem Himmel einfach weiter nichts ist. Endloses Nichts. Und wenn das Nichts aufhört, fängt ein anderes Nichts an. Immer weiter. Wenn ich daran denke, fühle ich mich so klein. Als würde ich mich fast auflösen.«

»Das fände ich aber echt doof, wenn du dich jetzt auflösen würdest«, antwortet Tim.

»Klar, dann würdest du auch rückwärts in den Sand fallen.«

Ich weiß nicht, warum ich das sage. Aber es wird mir alles gerade fast zu kribbelig. Als hätte sich der Ameisenstamm in meinem Bauch mal eben geklont und verdoppelt.

Still lauschen wir den Wellen. Ich würde jetzt so gerne ein Foto machen. Einfach ins Dunkle. Natürlich könnte man darauf nichts erkennen, aber ich würde mich immer an diesen besonderen Moment erinnern.

Ich glaube fast, dass es der vollste Moment in meinem ganzen Leben ist. Ich möchte ihn festhalten. In ein Einmachglas tun und immer wieder rausholen können. Mich an ihm reiben, ihn umarmen. Ihn immer wieder betrachten und träumen.

»Mit dir zu schweigen, ist so viel besser als all die Gespräche. Viele Leute reden so viel und sagen nichts.« Tims Stimme ist leise.

Ich glaube, dass ich sogar im Ohr Gänsehaut bekomme, als er das sagt. Ich spüre seine Haare an meinem Hals. So nah waren wir uns noch nie.

Ein lautes *Pling!* fährt wie ein Schwert durch den Augenblick. Ich habe eine Nachricht bekommen und setze mich auf, um mein Handy hervorzukramen.

Du denkst daran, dass gleich der letzte Bus fährt, oder?, fragt Lisa mich. Mist. Wieso wohnen wir auch am anderen Ende der Stadt?

»Ich muss los«, sage ich leise.

»Schade.«

Tim steht auf und läuft um mich herum. Er geht vor mir in die Hocke und setzt mir vorsichtig den Hut auf. Dann zieht er mich hoch, schiebt meinen Hut leicht nach hinten. Einen kurzen Moment stehen wir voreinander und sehen uns in die Augen.

»Kommst du?« Lisas Stimme zerschneidet den Augenblick. Sie steht oben neben den aufgetürmten Sonnenliegen. »Ich habe echt keinen Bock, den Bus zu verpassen.« Sie klingt sehr kühl.

»Sehen wir uns morgen auf der Rennbahn beim Abba-Konzert?«, frage ich Tim noch.

»Klar, antwortet er und seine Stimme ist leicht rau.

Das Gespräch auf dem Heimweg bestreitet Yakimi alleine. Einerseits ist er natürlich ziemlich enttäuscht, dass nur so wenige zu unserer großen Karaoke-Party gekommen sind. Auf der anderen Seite lacht er sich schlapp über die Senioren, die plötzlich so einen riesigen Spaß hatten. Immer wieder singt er aus voller Kehle *Ich will keine Schokolade, ich will lieber einen*

Mann. Die anderen Leute im Bus schauen sich schon nach uns um.

»Ist bei dir alles in Ordnung«, frage ich zwischendurch eine ziemlich stille Lisa.

Sie nickt und guckt mich direkt an. »Und bei dir?«

Ich schaue aus dem Fenster in den Nachthimmel.

»Ich glaube, bei mir auch«, sage ich schließlich.

19

Am nächsten Vormittag liegt Lampenfieber in der Luft. Unsere Gast-Mom rennt alle zwanzig Minuten aufs Klo. Dabei ist der Auftritt der Living Legends erst um drei Uhr heute Nachmittag. Um zwölf Uhr kommen die Whites. Die beiden Paare wollen noch ein letztes Mal die Choreographie durchgehen. Direkt danach ziehen sich die Frauen zurück, um sich anzumalen.

Als sie einer gefühlten Ewigkeit endlich wieder das Bad freigeben, erschrecke ich richtig. Die beiden haben noch mal eins draufgelegt. Sie haben wirklich sehr großflächig gearbeitet. Wenn sie sich damit besser fühlen, okay.

Wir winken den vier angehenden Popstars samt Tochter fröhlich zu, ehe wir zur Bushaltestelle schlendern. Da wir nicht alle ins Auto passen, reisen wir getrennt an.

Ich hab immer wieder den Spaß vor Augen, den die Clarks und die Whites bei ihrer Singerei haben. Eigentlich egal, wie weit sei heute kommen. Freude haben die allemal.

»Haben deine Eltern eigentlich irgendein Hobby?«, frage ich Lisa.

»Meine Eltern haben vier Töchter. Ich glaube, das reicht denen total.«

»Was möchtest du mal so als Hobby machen, wenn du vierzig bist?«, hake ich weiter nach.

Sie bleibt abrupt stehen.

»Süße, wir beide wissen doch noch nicht mal, was wir beruflich machen wollen. Lass uns über die Freizeit besser später nachdenken.«

Wahrscheinlich hat sie recht.

Tim hat wirklich die Beachvolleyballer animiert. Sie haben sogar Blätter bemalt. Auf jedes Blatt einen Buchstaben. So süß. Ich suche seinen Blick und halte beide Daumen hoch. Ich spüre, wie er noch lange weiter in meine Richtung guckt. Määäry-Äänn steht inmitten einer funkelnden und glitzernden Mädchenschar auch schon direkt vor der Bühne. Yakimi und die Jungs aus unserer Klasse sind auch im Anflug, wie Yakimi schreibt.

Die erste Band, die auftritt, nennt sich Abba Imagination. Das Quartett ist nicht so schlecht und die Männer spielen zudem die Instrumente auch selber. Das Benny-Double ist ein bisschen zu aktiv mit seiner E-Gitarre. Er fegt mal rechtsrum, mal linksrum über die Bühne und merkt nicht, dass er damit die beiden Sängerinnen quasi fesselt. Andauernd haben die sein Kabel zwischen den Beinen. Es sieht ein bisschen wie Slapstick aus. Der Applaus ist mäßig. Dann kommen die Living Legends. Unsere Gasteltern machen es super. Mit ganz großen Gesten und dramatischer Mimik. Andauernd wirft Linda ihre langen Haare schwungvoll nach hinten. Einmal verrutscht dabei leider leicht die Perücke. Drei Songs darf jede Band abliefern – nach dem dritten will der Beifall gar nicht mehr aufhören. Tims Jungs reißen ihre Blätter hoch. Da steht zwar in großen Buchstaben LEVENG LIGINDS, aber egal. Weiß wohl jeder, wer hier gemeint ist.

Als Nächstes folgt die Abba Family. Und ich fürchte, der Name ist Programm. Ich glaube, da stehen echt Mama, Papa, Tochter und Sohn auf der Bühne. Wie traumatisierend ist das denn? Mit den eigenen Eltern als ABBA auftreten? Der Sohn alias Björn sieht auch wirklich unglücklich aus. Das kann man doch nicht machen! Da kriegt man doch besser keine Kinder, ehe man sie mit so etwas tyrannisiert. Der Beifall klingt auch eher nach Mitleid.

Ich strahle Lisa an. »Ich glaube echt, sie haben es geschafft. Sie sind eine Runde weiter«, freue ich mich.

Um vier Uhr ist es amtlich. Eine extrem fröhliche Moderatorin kommt auf die Bühne und erklärt die Living Legends zur Siegerband. Lisa und ich rasen natürlich sofort hinter die Bühne, wo Michael gerade wie ein Formel-eins-Fahrer eine Sektflasche übersprudeln lässt. Wir fallen Linda um den Hals und klatschen die anderen ab. Die Stimmung ist gigantisch. Trotzdem zieht mich Lisa irgendwann raus. Gleich beginnen die Pferderennen und sie will unbedingt wetten.

»Lisa, du hast null Ahnung von Pferden und Pferderennen. Dann gib dein Geld lieber mir, wenn du es nicht mehr brauchst«, versuche ich sie abzuhalten.

»Wetten ist in England ein Volkssport. Das muss man einfach mal gemacht haben«, widerspricht sie.

»Und wenn du mal in Japan bist, wickelst du dich in ein Tischtuch und machst Sumo-Ringen?«

Sie grinst. »Nee, da mache ich dann Karaoke.«

Wir stehen in einer langen Schlange vor einem Wettschalter. Lisa hält mir einen Zettel hin. Offenbar sind das die Pferde, die heute an den Start gehen. Mir springt sofort der Name Funny Bird ins Auge. Wieso nennt man sein Pferd wohl »lustiger Vogel«? Da kann man es gleich auf »komischer Kauz« taufen, oder? Für ein Pony auf einem lustigen Bauernhof ist das ja vielleicht noch tragbar. Aber für ein Rennpferd? Lisa ist an der Reihe. Sie wettet, dass ein Gaul mit dem Namen Blizzard unter die ersten drei kommt. Ich schiebe fünf Pfund rüber und wette, dass Funny Bird auch unter den ersten drei Siegern ist.

Warum tue ich das? Lisa hat manchmal echt kranke Ideen. Ich seufze.

Auf der Tribüne suche ich die Sitzreihen ab, aber ich kann Tim leider nirgends ausmachen. Lisa schiebt sich so weit wie möglich nach vorne.

»Ich will doch mein Pferd anfeuern«, erklärt sie mir lachend.

Ich stolpere hinter ihr her und plötzlich sehe ich Tim. Er steht mit dem Rücken zu mir ganz oben auf der Tribüne und unterhält sich mit einem Mädchen. Gehört die auch zu seinen Beachvolleyballern? Ich sehe, wie Tim lacht und sich die Haare aus dem Gesicht schiebt. Dieses Mädel wird sich jetzt bestimmt auch fragen, ob Tims Augen grün oder blau sind. Ich habe schon oft in diese Augen geguckt und weiß es immer noch nicht. Ich glaube, sie wechseln je nach seiner Stimmung.

»Es geht los«, brüllt Lisa mich an und hüpft ganz aufgeregt. Die Pferde sind gestartet und preschen die gegenüber liegende Gerade entlang. Ich weiß gar nicht, welche Nummer mein »komischer Vogel« hat. Ist mir auch gerade gar nicht so wichtig. Ich drehe mich vorsichtig um. Das Mädchen redet weiter auf Tim ein. Ich kann nicht viel von ihr sehen, nur ziemlich viele blonde Haare.

»Blizzard GOOO!«, schreit Lisa neben mir. »Ich fasse es nicht, mein Blizzard ist Letzter. Der soll jetzt mal Gas geben.«

Ich gucke kurz auf die Pferde, die an uns vorbeifliegen und drehe mich wieder um. Jetzt sind sie weg. Ich kann weder Tim noch dieses Mädchen sehen. Sind die jetzt zusammen gegangen? Wieso kommt Tim nicht mal eben zu mir? Er könnte uns ja ruhig mal eben zu unseren phänomenalen Gasteltern gratulieren.

»Du hast gewonnen!«, brüllt Lisa mir jetzt ins Ohr.

»Hä?«

»Dein komischer Vogel ist Zweiter geworden. Du hast beim Wetten gewonnen.« Sie ist total aufgeregt.

»Und wie viel?«

»Weiß ich doch nicht. Du musst jetzt mit deinem Schein zum Wettbüro gehen.«

»Mit welchem Schein?«

Sie schlägt sich die Hand vor die Stirn. »Den du gerade an dem Schalter bekommen hast. Du hast den doch noch, oder? Sag mir jetzt bitte nicht, dass du den weggeworfen hast.«

Sie guckt richtig panisch.

Ich wühle in meinen Jeanstaschen und finde ihn Gott sei Dank völlig zerknittert bei den Kaugummis.

Brav stellen wir uns wieder in der Schlange an.

»Wenn jetzt ganz wenige auf deinen lustigen Vogel gesetzt haben, weil der vielleicht sonst jedes Rennen verliert, bekommst du megaviel«, erklärt Lisa mir.

Offenbar war Funny Bird wohl wirklich eher als Loser bekannt. Der Mann an dem Wettschalter zahlt mir allen Ernstes fünfundachtzig Pfund aus. Das sind rund hundertzwanzig Euro! Lisa und ich fallen uns in die Arme.

»Was machen wir damit?«, fragt Lisa ganz aufgeregt.

»Ich weiß genau, was ich damit mache«, erkläre ich ihr. »Zuerst kaufe ich mir ein gebrauchtes Fahrrad und mit dem Rest können wir von mir aus Shoppen gehen.«

»Ein Fahrrad?«

»Ja, so ein Gerät mit zwei Reifen, Sattel und so.«

»Wir sind nur noch zwei Wochen hier. Was willst du verdammt noch mal mit einem Fahrrad?« Sie fühlt meine Stirn. »Ich glaube, du hast einen Sonnenstich oder Fieber oder ein unbekanntes Virus.«

»Ich möchte einfach unabhängig sein.«

Ihr Mund, der gerade noch weit offen stand, verzieht sich zu einem säuerlichen Grinsen. »Du meinst, du möchtest einfach jederzeit an den Strand oder eventuell auch auf den Campingplatz fahren können – und zwar nicht mehr mit einem klapprigen Kinderrad?«

Ich spare mir die Antwort und fühle, wie ich rot werde.

Bei uns zu Hause ist eine riesige Spontanparty im Gange. Die Clarks haben offenbar kurzfristig ihren gesamten Bekanntenkreis eingeladen, um den Erfolg zu feiern. Wir stoßen auch erst mal mit dem Quartett an. Linda hat schon leichte Schieflage. Ich fürchte, ihr wird es morgen gar nicht gut gehen.

Später spreche ich Yakimi auf die Fahrradsache an. Vielleicht hat er eine Idee, wie man hier in Brigthon ein gebrauchtes Rad auftreibt.

Das Schöne an Yakimi ist, dass er sich nie wundert. Er zieht nicht fragend die Augenbrauen hoch oder so etwas. Er widmet sich lieber gleich dem Problem und vor allem der Lösung. Nach fünf Minuten kommt er mit dem aufgeklappten Laptop zu mir. Er hat eine Seite gefunden, die Kleinanzeigen für Brighton zeigt. Unter »Bikes« gibt es echt einige Modelle. Exklusive Rennräder, top Mountainbikes, alles viel zu teuer. Auf der vierten Seite finde ich ein Exemplar, das passen könnte. Leider ohne Foto. Aber für nur vierzig Pfund, und fast um die Ecke, wie google-maps verrät.

»Schreib denen mal, dass ich ein Bild von dem Bike haben möchte«, weise ich Yakimi an.

Die Antwort lässt nicht lange auf sich warten.

Come and see, steht da nur und dann die genaue Adresse.

»Kommst du mit?«, frage ich Lisa und gehe direkt zur Tür.

»Meine Güte, hast du es eilig.« Sie klingt genervt. »Natürlich komme ich mit, muss ich ja wohl. Wer weiß, wo du da klingelst.«

Das Rad ist okay. Leider ist es gelb. Quietschegelb.

»Du könntest schwarze Streifen draufmalen, dann hast du ein Tiger-Enten-Rad«, schlägt Lisa vor, die jetzt langsam auch Spaß an der Sache bekommt.

Ich ignoriere sie einfach und drehe noch mal eine Runde vor dem Haus. Von der Größe ist es perfekt. Auch die Bremsen sind okay. Das Modell hat sogar achtzehn Gänge. Aber es ist gelb.

»Ich komme mir vor wie eine Briefträgerin«, maule ich. So ein Mist.

»Du fährst doch bestimmt nur spätabends oder früh am Morgen. Da sieht doch eh keiner die Farbe«, hält Lisa dagegen.

Der Besitzer lehnt an der Hauswand und guckt von Lisa zu mir.

Ich will jetzt verdammt noch mal ein Fahrrad. Jetzt.

»Thirty pounds«, sage ich Richtung Verkäufer.

Er guckt mich prüfend an. Ich stehe vor ihm und halte ihm die ausgestreckte Hand hin. Er muss nur noch einschlagen.

»Thirty-five«, meint er schließlich und hält mir jetzt die Hand hin. Ich schlage ein und strahle Lisa an.

»Ich habe ein Fahrrad.«

Wir radeln nach Hause – ich auf meinem neuen Bike und Lisa auf dem Gepäckträger. Und das alles im Linksverkehr ... Gegen die schrille Farbe habe ich schon eine Idee entwickelt.

Zuhause stellt sich raus, dass Linda wohl die weltweit größte Nagellack-Sammlung hat. Von den extremsten Rottönen über blau und grün bis zu schwarz – alles ist vorhanden. Perfekt. Meine Idee nimmt Farbe an. Und wie gut, dass Linda immer noch ausgelassen feiert und die Großzügigkeit in Person ist. Wir dürfen uns bedienen.

Als wir spät am Abend fertig sind, kann man die Grundfarbe des Rads nur noch erahnen. Das Teil sieht einfach nur crazy aus. Natürlich würde ich mich jetzt am liebsten aufs Bike schwingen und losdüsen. Leider ist die Farbe noch nicht ganz trocken. Wir haben im wahrsten Sinne des Wortes ziemlich dick aufgetragen.

Als wir wieder reinkommen, hängt Linda mittlerweile ziemlich windschief in einem Sessel. Ihre gesamte Schminke ist irgendwie ins Rutschen gekommen. Sie sieht fast ein bisschen so aus wie mein Rad. Michael und Jimmy White halten sich an zwei Bierdosen fest, Sarah White finden wir schlafend auf der Küchenbank.

»So feiern also Popstars«, stellt Lisa fest und beginnt, ein paar Gläser in die Spülmaschine zu räumen. Yakimi kommt dazu und pickt eine Frikadelle mit einem Stäbchen auf.

Er lacht und sagt: »Wenn wir das jetzt fotografieren und Noras Eltern schicken, ist in zehn Minuten James Bond hier, um sie hier rauszuhauen.«

20

Leider haben meine Eltern ja wirklich ein Gespür für unangenehme Situationen. Zumindest meine Mutter ist da ganz weit vorne. Wir schieben gerade am nächsten Morgen die Bierdosen auf dem Küchentisch zur Seite, als mein Handy klingelt. Ich will meiner Mutter just erklären, dass es mir hervorragend geht, als Michael mit einem extrem lauten »Oooooh Fuck« in die Küche kommt und sich den Schädel reibt.

»Wer war das?«, will meine Mutter natürlich sofort wissen.

»Das war nur die Katze«, sage ich schnell.

»Die Clarks haben eine Katze? Davon wusste ich ja gar nichts.«

»Das ist nicht wirklich die Katze der Clarks. Die gehört der Grandma. Und die musste plötzlich ins Krankenhaus. Deswegen wohnt die Katze jetzt nur ganz kurz hier«, stammle ich.

»Warum ist denn die Großmutter im Krankenhaus?«

Nur um sie zu ärgern, würde ich jetzt gerne sagen: Ich glaube, ich habe irgendwas mit Noro-Virus verstanden. Sage ich natürlich nicht. Ich glaube, meine Mutter wäre in der Lage, sich zu atomisieren und durch die Telefonleitung zu kommen.

»Nein, nein. Die muss am Auge operiert werden«, behaupte ich stattdessen. Dann hecheln wir noch kurz die allgemeine Situation durch. In der Schule bin ich sehr erfolgreich, ich habe keinen Sonnenbrand, ich ernähre mich ausgewogen, bin höflich zu meinen Gasteltern und freue mich schon sehr, wieder nach Hause zu kommen. Ich bin echt kurz davor zu behaupten, dass wir mit gefalteten Händen über der Bettdecke einschlafen und von Blumenwiesen träumen. Schließlich behaupte ich irgendwann, dass ich jetzt auflegen müsse, weil ich sonst den Bus verpassen würde. In Wirklichkeit fahre ich natürlich mit meinem kunterbunten Rad zur Schule.

Mrs Collins scheint auch ein ganz besonderes Talent zu haben. Sie schafft es, dass sich die Zeit ausdehnt. Dass Stunden länger werden und Minuten nicht mehr verrinnen, sondern tröpfeln. Ich starre auf die Uhr hinter ihr an der Wand. Offenbar hat sie die Zeiger hypnotisiert. Sie kriechen nur mühsam vorwärts. Und in mir raunt jede einzelnen Zelle: Ich will zum Strand, ich will zum Strand, ich will zum Strand.

»Kannst du mal aufhören, rumzuzappeln. Das macht mich ganz nervös«, zischt Lisa mir irgendwann zu. Ich setze mich also auf meine Hände und warte einfach. Nach gefühlten zwei Monaten klingelt es endlich.

»Ich wollte noch kurz auf den Campingplatz«, sage ich so beiläufig wie möglich zu Lisa.

»Ach, echt? Wieso überrascht mich das jetzt nicht«, sagt sie mit beißendem Spott.

»Auf meinem Gepäckträger ist noch ein Platz frei«, lade ich sie ein.

»Lass mal.« Als sie meinen besorgten Blick sieht, fügt sie

hinzu: »Gleich ist wieder so ein Basketballturnier und ich suche mir irgendjemanden zum Anfeuern.«.

Ich schwinge mich also auf mein United-Colors-Bike und gebe ordentlich Gas.

Kurz vor Tims Bus stoppe ich. Direkt neben dem Bulli steht ein Zelt. Das ist neu. Gehört das auch Tim? Oder hat er Besuch bekommen? Ich steige ab und schiebe langsam weiter. Genau in dem Moment wird mit einem schwungvollen »SSSSS« der Reißverschluss von dem Zelt geöffnet und erst kommen Füße, dann ganz lange Beine, ein kleiner pinker Po und dann viele, viele blonde Haare zum Vorschein. Vor mir steht Barbie. In groß. Ich starre sie einfach nur an.

»Hi«, sagt sie schließlich und wirft die eine Hälfte ihrer Haare nach hinten.

Die wären super für eine neue Agnetha-Perücke, denke ich nur. Und plötzlich erinnere ich mich. Diese Haare habe ich schon mal gesehen. Gestern auf der Pferderennbahn. Hinter Barbie schält sich nun Ken aus dem Zelt – blond, braun gebrannt und womöglich Model für Zahnpasta. Auf jeden Fall hat er schneeweiße Zähne, was nicht zu übersehen ist, weil er ungeniert gähnt. Ich habe mittlerweile mein Rad an Tims Bulli gelehnt und will gerade klopfen, als Barbie mich anspricht und mir in einem englischen Redeschwall erklärt, dass Tim nicht da ist, ich aber gerne auf ihn warten könnte, es würde nicht so lange dauern. Sie zeigt auf einen von Tims Stühlen.

Wieso kennt sie Tim?

Wieso weiß sie, dass er nicht da ist?

Wieso glaubt sie, dass sie mir einen von seinen Stühlen anbieten kann?

Wieso würde ich ihr jetzt gerne ins Gesicht springen?

Ich spüre eine Hand auf meiner Schulter.

»Hi, du hast also Jessica und Sam schon kennengelernt«, grinst Tim mich an. Er hat nasse Haare und riecht nach Nivea.

»Kennengelernt wäre wohl etwas übertrieben«, murmele ich.

»He«, quietscht Jessica. »Du sprichst Deutsch! Wir können üben unser Deutsch an dir.« Sie strahlt Sam an.

»Wieso sprecht ihr Deutsch?«, frage ich argwöhnisch.

»Wir kommen aus Kanada und hatten deutsche Nanny. Ihr Englisch so furchtbar, da mussten wir lernen Deutsch«, erklärt mir Blondy.

»Ihr hattet eine gemeinsame Nanny?«

»Klar. Sam is my brother«, erläutert mir Jessica.

Aha. »Und was macht ihr hier?«, frage ich. Am liebsten würde ich natürlich fragen: Und wann reist ihr endlich weiter?

»Wir sind auf Europatour. Wir waren schon in Rom, in Athen, in Berlin. Jetzt hier wir sind«, erklärt mir Sam.

Ich würde sie gerne fragen, ob sie auch schon irgendwo in der Türkei waren, weil da nämlich der Pfeffer wachsen würde.

»Gehen wir jetzt endlich?«, fragt diese Jessica in Richtung Tim.

Der verdreht die Augen. »Du lässt echt keine Ruhe, was? Okay, ich gebe dir einen Anzug.«

Sie quietscht komisch.

»Ich bin wohl angezogen genug«, antwortet sie und guckt an sich runter. Alle gucken jetzt an ihr runter. Auf diesen winzigen pinken Bikini, ihr C-Körbchen, ihre ewiglangen braunen Beine, das kleine silberne Fußkettchen.

Tim zuckt die Schultern. »Wenn du meinst. Ich ziehe mir einen Anzug an.«

»Geht ihr surfen?«, erkundige ich mich vorsichtig.

»Ich muss. Seit die beiden gestern angekommen sind, liegt Jessica mir in den Ohren, dass ich ihr Surfen beibringe.«

Er sagt leise zu mir. »Ich denke, ich bin schnell zurück.«

Heute hat Tim ein Bändchen an seinem Reißverschluss. Er braucht mich nicht. Sam und ich sehen den beiden nach, wie sie zum Strand runtergehen. Ich bin sicher, diese Jessica hat stundenlang Heidi-Klum-Videos geguckt, um diesen Gang drauf zu bekommen.

Zwei Mal fällt sie ins Wasser, beim dritten Mal bekommt sie den Mast mit dem Segel hoch. Sie macht es leider gut.

Tim steht hüfttief im Wasser und ruft ihr Anweisungen zu. Sie fährt die ersten Meter.

»Fine. Und was wir beiden machen jetzt?«, fragt Sam mich plötzlich. Er hat sich auf einen von Tims Stühlen ausgestreckt. Ich glaube, er hat wirklich ein fettes Sixpack. Ich will gar nicht hinsehen. Aus welchem Katalog sind diese Geschwister gesprungen? Auf einmal fühle ich mich minderwertig.

Ich gucke wieder aufs Wasser. Dieser kleine pinke Popo, das tiefblaue Meer, das Glitzern der Wellen, Jessicas Meterhaare auf ihrem Rücken. Das Ganze sieht aus wie ein Werbespot. Für alkoholfreies Bier oder Sonnenmilch oder Ferien oder was-weiß-ich.

»An unserer Schule ist ein Basketballturnier«, sage ich unvermittelt. Keine Ahnung, warum.

Sam springt so schnell auf, dass sein Stuhl umfällt.

»Perfekt. Ich liebe Basketball. Er schlüpft in sein Zelt, kommt wieder zurück und streift sich vor meinen Augen ein T-Shirt über. Jetzt bin ich sicher. Er hat ein Sixpack. Ganz cool streicht er sich danach die Haare zurück.

Ich bin unentschlossen. Will ich jetzt wirklich hier weg? Tim hat noch gar nichts zu meinem Rad gesagt. Hat er es überhaupt gesehen?

Ich höre ihn lachen. Damit ist meine Entscheidung gefallen. Ich hänge mir meine Tasche um und schnappe mir mein Fahrrad.

»Das ist deins? Very sweet«, sagt Sam grinsend und nimmt den Lenker. »Come on, steig auf.«

Also sitze ich mal wieder hinten auf dem Gepäckträger. Der bohrt sich fies in meinen Po, außerdem falle ich zwei Mal fast runter. Aber wo soll ich mich bitte schön auch festhalten? An dem Sixpack? Sicher nicht.

»Johnny, go! Johnny, go!«

Lisa brüllt sich fast die Lunge raus.

»Wer ist denn jetzt schon wieder Johnny?«, frage ich sie und reibe mir mein Hinterteil.

»Johnny ist Jonathan – der ist auch auf unserer Schule, aber in einem anderen Level. Kennst du den nicht?« Ihr Blick geht von mir plötzlich zu Sam. Sie scheint zu registrieren, dass der in meiner Begleitung da ist.

»Und wer ist das?«

»Sorry. Das ist Sam. Er zeltet mit seiner Schwester auf dem Campingplatz.«

Sie nickt ganz langsam. Ihre Gedanken scheinen sich nur millimeterweise in die richtige Richtung zu bewegen.

»Und wo ist seine Schwester?«, fragt sie endlich.

»Jess übt Surfen mit Tim«, antwortet Sam für mich.

»Mit Tim. Surfen«, wiederholt Lisa und ihr Blick geht ganz langsam zu mir.

»Ja, surfen. Mit Tim. Das macht man mit einem großen Segel. Und einem Brett. Und Wasser«, sage ich genervt.

»Alles klar.«

Lisas Hand tastet nach meiner, drückt sie leicht.

»Schon gut«, fauche ich sie an und habe sofort ein schlechtes Gewissen. Was stelle ich mich hier eigentlich so an? Hinterher denkt Lisa noch, dass ich doch in Tim verknallt sei. Jetzt habe ich ihr so lange vorgebetet, dass Tim eher so etwas wie mein großer Bruder sei, da darf ich jetzt nicht rumzicken.

Sam legt seine Hand auf meine Schulter. »Ich gucke mal, vielleicht kann ich spielen mit in one of the teams.« Schon ist er weg.

Lisa schaut ihm hinterher.

»Nicht übel«, urteilt sie schließlich.

»Kannst du haben.«

»Nee, lass mal. Der ist einfach zu schön. Solche sind mir zu anstrengend«, lacht sie.

Ein ziemlich verschwitzter Typ taucht neben ihr auf.

»Den letzten Korb habe ich für dich geworfen«, hechelt er.

»Super! Endlich bekomme ich mal wieder einen Korb«, grinst Lisa ihn an. Sie hat schon wieder diesen anhimmelnden Blick. Sie schafft es echt mit ihren Augen zu sagen *Du bist der Beste und Größte.* Stehen die Typen natürlich drauf. Sie wissen ja nicht, wie schnelllebig Lisas Innenleben ist. Manchmal brennt ein Streichholz länger als ihre Verliebtheit.

Als das nächste Match beginnt, läuft Sam mit auf. Plötzlich habe ich ein schlechtes Gewissen. Wir haben Tim und Jessica gar nicht Bescheid gesagt. Eigentlich nicht nett. Vor allem, weil

Tims Bulli offen stand. Wenn da jetzt was geklaut wird, bin ich irgendwie schuld.

Vielleicht sollte ich doch eben zurückfahren und ihm sagen, wo wir sind. Ich stelle mir vor, wie ich am Strand stehe und Tim und Jess zubrülle, dass ich jetzt weg bin. Ich stelle mir vor, dass ich zum Beach komme und die beiden liegen da im Sand. Soll ich dann sagen, dass ich zurückgekommen bin, um zu sagen, dass ich weg bin? Wie blöd ist das denn?

Es war schließlich Tim, der den Wagen offen stehen lassen hat, als er mit Jessica zum Surfen gegangen ist.

Selber schuld.

Ich dränge mich an den Spielfeldrand und feuere Sam ein bisschen an. Obwohl er das nicht wirklich nötig hat. Er dribbelt sich quer durch die Gegenspieler und wirft einen Dreier.

Mir sind ja solche Sportskanonen suspekt.

Natürlich biete ich ihm später an, ihn zum Campingplatz zurückzufahren. Doch er lehnt ab. Offenbar will er mit seinem Team noch was Trinken gehen.

»Hinterher findest du den Campingplatz nicht wieder«, gebe ich zu bedenken. »Das ist wirklich gar kein Umweg für mich«, beteuere ich.

Er bedankt sich sehr lieb, bleibt aber dabei.

»Don't worry. Ich bin schon groß«, lacht er nur.

Natürlich könnte ich auch einfach so bei Tim vorbeifahren. Aber natürlich mache ich das nicht.

Schweigend fahren Lisa und ich nach Hause. Lisa hat gerade mitbekommen, wie Jonathan offenbar einen Anruf von seiner Freundin bekommen hat. Sie hat also auch keinen Bock auf Reden.

Den Abend verbringe ich mit Passenger im Ohr.

»Only miss the sun, when it starts to snow

Only know you love her, when you let her go«

Immer und immer wieder drücke ich auf Repeat.

»Dreams come slow and they go so fast ...«

Das ist so schön. Ich seufze. Als ich mich zu Lisa umdrehe, um noch ein bisschen mit ihr zu quatschen, ist sie eingeschlafen.

Am Dienstag nach der Schule erkläre ich, dass ich heute den Royal Pavilon besichtigen würde. Das ist schließlich eines der Highlight in Brighton und absolut sehenswert – wie der Stadtführer behauptet. Lisa starrt mich nur an, fühlt dann mit ihrer Hand an meiner Stirn und tut so, als würde sie sich verbrennen.

»Du hast hohes Fieber. Du gehörst ins Bett«, sagt sie.

»Komm doch mit. Das ist der exotischste Palast in ganz Europa. Ein Prunkgebäude mit indischem Flair«, zitiere ich wieder den Stadtführer.

»Ich finde *dich* gerade ein bisschen exotisch. Ich wusste noch gar nicht, dass du dich für indische Architektur interessierst«, kontert meine beste Freundin.

»Wir können ja schließlich nicht unsere ganzen Ferien auf diesem drittklassigen Campingplatz abhängen.«

»Nicht?« Sie zieht die Augenbrauen hoch. »Fahr du ruhig zu deinem Palast, ich gehe lieber ein bisschen in die City. Wir können uns ja später treffen.«

»Alles klar.« Ich schnappe mir meine Tasche und mein Rad.

Mit dem Palast bin ich schnell fertig. Ja, er ist ganz hübsch und wirklich außergewöhnlich. Aber ich habe heute einfach keinen Sinn dafür, das zu würdigen. Ich wäre jetzt so viel lieber am Strand. An einem bestimmten Strand. Irgendwas in mir zieht sich zusammen. So wie man einen Turnbeutel zusammenzieht.

Ich muss was tun, ich halte mich nicht aus. Also schwinge ich mich aufs Rad und fahre drauflos. Völlig ziellos. Ich trample und trample, als könnte ich so meine Gedanken hinter mir lassen.

Ich lande schließlich auf dem Pier und setze mich auf eine Bank genau gegenüber des Passenger-Imitators. Leider schmeißen nur wenige Leute Geld in seinen Gitarrenkoffer. Ich höre mit geschlossenen Augen zu. Der Himmel ist wieder strahlend blau heute. Ich will das nicht sehen. In meinem Kopf sind Wolken. Sie werden minütlich größer und dunkler.

Plötzlich habe ich einen fürchterlichen Gedanken. Ich bin gestern vom Campingplatz abgehauen, als Tim mit Jessica surfen gegangen ist. Seitdem habe ich mich da nicht blicken lassen. Ich habe keine Nachricht geschrieben. Nichts. Denkt Tim jetzt, dass ich eifersüchtig bin? Das wäre total bescheuert. Das will ich auf gar keinen Fall.

Ich stehe abrupt auf und krame in meinem Portemonnaie. Als ich dem Gitarristen ein paar Münzen in den Koffer werfen will, hebt er abwehrend die Hand. Er erklärt mir, dass ich ihm schon genug gegeben hätte, indem ich ihm so aufmerksam zugehört hätte. Wie nett!!

21

Als ich auf dem Campingplatz ankomme, schraubt Tim gerade an seiner Vespa herum.

»He, da bist du ja. Gestern warst du so plötzlich weg, da konnte ich dir das gar nicht geben.«

Er putzt sich die öligen Hände ab und nimmt ein Buch vom Tisch. Von dem Cover fixiert mich ein Mädchen.

»Das wird dir gefallen. Hat ein Urlauber hier vergessen.«

Tim steht so nah neben mir, dass die Haare an meinem Arm sich aufstellen und ihn fast berühren. Ich spüre seinen Atem auf meiner Schulter. Wir starren beide nur auf das Cover und das geheimnisvolle Mädchen. Keiner sagt etwas. Und ich weiß, wenn ich jetzt was sage, zittert meine Stimme.

»Hallo, du Schöne«, ertönt es plötzlich hinter mir. Eine Hand legt sich um meine Taille. Sam steht neben mir und lacht mich breit an. Seine weißen Zähne blenden mich fast.

»Danke für deinen Support gestern. Du weißt ja, ich habe nur für dich gespielt«, verkündet er.

Was soll das denn jetzt?

»Und was unternehmen wir heute?«, fragt er weiter.

Ich gehe sofort einen Schritt zur Seite, damit seine Hand endlich von mir verschwindet.

Tim hat sich abgewandt. »Also ich habe zu tun ...«, sagt er schroff.

»Und was machen the two of us?«, will Sam von mir wissen.

Ich würde ihm sehr gerne vorschlagen, dass er sich verdammt noch mal einfach nur seine Schwester schnappen und weiterziehen soll. Mache ich natürlich nicht.

»Ich treffe mich gleich mit Lisa. Wir wollen noch shoppen. Ich glaube, das ist nichts für dich«, sage ich lahm.

»Shoppen? Oh no. Lieber ich geh schwimmen.«

Weg ist er.

»Ich verschwinde dann mal«, sage ich leise in Richtung Tims Rücken.

»Alles klar.« Er guckt noch nicht mal hoch.

Ich bin schon fast weg, als ihm doch noch was einfällt.

»Du bringst mir das Buch aber zurück, ja? Ich kann es dir nur leihen, vielleicht sucht der Besitzer es ja und kommt noch mal zurück ...«

»Klar.« Was soll das? Wird irgendjemand nach zig Kilometern umdrehen, weil er ein Buch vergessen hat? So ein Scheiß.

Ich texte Lisa an und treffe mich mit ihr und ein paar anderen vor Starbucks. Zur Erheiterung aller – außer mir – legt Yakimi da in aller Öffentlichkeit einen perfekten Moonwalk hin.

Mir ist nicht nach Lachen.

Plötzlich bringt jemand das Gespräch auf Samstag. Auf den Ball.

»Der ist am kommenden Samstag?«, frage ich Lisa erstaunt. Das hatte ich gar nicht auf dem Schirm.

»Ja, klar! Hattest du das vergessen?«

»Irgendwie schon. Sind unsere Klamotten überhaupt schon da?«

Sie hebt den Daumen. »Das Paket ist längst angekommen. Ich habe Linda gefragt, ob wir die Kleider nicht schon mal anziehen dürfen, aber sie war steinhart. Schließlich würden wir sie ja wieder unbeschadet umtauschen wollen.«

Sie zieht einen Flunsch. Genau in dem Moment geht Yakimi vor Lisa auf die Knie. In der Hand hält er ein schlappes Löwenzähnchen, das er offenbar gerade irgendwo gepflückt hat.

»Verehrte Lisa, erweisen Sie mir die Gunst und begleiten mich auf den Ball?«, fragt er mit quäkender Stimme und hält Lisa das Unkraut hin. Die bekommt erst mal einen Lachflash und schafft es irgendwann zu nicken. Ich gucke die beiden an. Und was ist mit mir? Mit wem soll ich auf diesen blöden Ball gehen?

»Hast du Tim schon gefragt?«, will Lisa plötzlich von mir wissen.

»Was habe ich ihn gefragt?«

»Ob er dich auf den Ball begleitet natürlich.«

»Will ich denn, dass er mit mir dahin geht?«, frage ich sie schlecht gelaunt.

»Ich dachte, dass das klar sei.« Sie sieht echt erstaunt aus. »Du hast ihn also noch nicht gefragt«, stellt sie schließlich fest.

Ich schüttle nur den Kopf und ziehe den Hut tiefer in die Stirn. Auf das Gespräch habe ich jetzt echt keine Lust.

Als ich in meiner Tasche nach einer Wasserflasche krame, fühlen meine Finger das Buch, das Tim mit gerade gegeben hat. Was hat er gesagt? Ich soll es auf jeden Fall zurückbringen?

Kann er haben. Ich fange sofort an zu lesen. Schon nach den ersten Seiten tun sich Abgründe auf. Ein gerade mal sechsjähriges Mädchen wird entführt. Offenbar geht es aber nicht um Geld, sondern um ein Experiment. Ich sage Lisa, dass ich mich nicht gut fühle und schon mal nach Hause fahre. Ihr Blick darauf sagt: Willst du mit mir reden?

Ich tue so als würde ich es nicht sehen.

Auch Linda sage ich, dass mir nicht gut sei und verziehe mich auf unser Zimmer. Komisch eigentlich. Im richtigen Leben bin ich nicht gerade für meinen übermäßigen Mut bekannt. Schon eine behaarte Spinne bringt mich an den Rand der Hysterie. Doch bei Büchern bin ich mutig. Ich hole mir schnell zwei Schokoriegel aus Lisas Süßigkeitenversteck und lege mich ins Bett.

Zwei Stunden später kauere ich an der Wand und habe Ganzkörpergänsehaut. Die Story ist düster. Extrem düster. Sie macht mir Angst, aber ich kann nicht aufhören. Ich muss das Buch fertigkriegen.

Als die Tür aufgeht, schreie ich kurz auf. Lisa guckt mich erstaunt an.

»Sorry, ich habe mich nur so erschrocken«, sage ich schnell.

»Sehe ich so furchtbar aus?«

»Nein. Hier ist nur gerade so eine gruselige Stelle.«

Lisa guckt mir über die Schulter, liest ein paar Zeilen.

»Ach du Scheiße. Wieso liest du so was?«

»Ich mag das.«

»Du bist mir echt unheimlich.« Sie grinst mich an. »Meinst du wirklich, ich kann mich neben dich legen oder gehe ich damit ein Risiko ein?«

»Keine Sorge. Freundinnen tue ich nichts«, beteuere ich ihr.

Eine halbe Stunde später ist sie eingeschlafen.

Mein Herz rast. Wie kann sich jemand so eine Geschichte ausdenken? Ich sehe fast die kleine verzweifelte Amy, um die sich alles dreht, vor mir. Ich bin richtig erschöpft, als ich die letzte Seite hinter mir habe. Und natürlich bin ich hellwach und gleichzeitig todmüde.

Ich mache das Licht aus und kuschle mich ein bisschen an Lisas Rücken. Sie strahlt so eine schwere Wärme ab. Aber es hilft nicht. Ich habe ein Kino im Kopf. Grrrr. Und dann sehe ich wieder Tim vor mir. Ich denke an unsere lustige Schnitzeljagd. An das Schokoladenfondue. Plötzlich taucht Jessica in den Bildern auf. Hat er vielleicht heute Abend mit ihr Obst in Schoki getaucht?

Er findet es bestimmt supergut, dass sie surfen lernen will.

Ich war ja nur schwimmen.

Was hatte er gesagt? *Wer nicht surfen kann, muss eben schwimmen.* Wieso habe ich ihn nie mal gefragt, ob er mir das Surfen beibringt? Jetzt ist es zu spät. Das würde ja völlig albern aussehen, wenn ich jetzt ankäme und ihn fragen würde.

Ich mache mich ganz klein unter der Decke, ziehe sie bis zur Nase hoch. Mir ist von innen eiskalt.

Irgendwann muss ich doch eingedöst sein. Der Kinofilm ging aber weiter. Ich schrecke hoch, weil ich gerade die tote Amy vor mir gesehen habe. Lisa guckt mich mit großen Augen an.

»Alles in Ordnung?«

»Hatte einen Alptraum«, stammele ich.

»Kein Wunder.«

Sie schwingt sich aus dem Bett, schiebt den Vorhang zur Seite, und macht das Fenster weit auf – es ist Morgen.

»Uuuh, ist das hell. Lass das«, jammere ich.

»Man könnte echt meinen, du wärst ein lichtscheuer Vampir. Blass genug dafür bist du heute Morgen auf jeden Fall«, lacht Lisa nur und streift ihr Nachthemd ab. Ich kuschele mich in die Decke und ändere meinen Plan. Eigentlich hatte ich vorgehabt, Tim nach der Schule das Buch zu bringen. Aber schließlich ging es mir gestern Abend schon nicht gut. Da kann Linda ja wohl mal kurz für mich in der Schule anrufen und Bescheid geben, dass ich krank bin.

Als ich Lisa mitteile, dass ich nicht mit in die Schule komme, guckt sie mich streng an. »Du bist nicht krank. Du bist nur müde, weil du die ganze Nacht gelesen hast«, stellt sie fest.

»Schlafentzug ist eine anerkannte Foltermethode. Also ist Schlafmangel auch eine anerkannte Krankheit«, entgegne ich.

»Dann hast du dich also heute Nacht selber gefoltert?«

»So ähnlich.«

»Ich finde das aber doof, alleine in die Schule zu gehen. Ich sehe dich fast kaum noch«, sagt Lisa leise.

»Pass auf, ich penne jetzt ein bisschen und heute Nachmittag bin ich wieder fit«, verspreche ich ihr. »Sagst du Linda Bescheid?«

Sie nickt, gibt mir ein Küsschen und ist schon auf dem Flur.

Ich bleibe noch im Bett liegen, bis alle aus dem Haus sind, dann dusche ich heiß-kalt-heiß, ziehe mich an und mache mir in der Küche ein fettes Salamibrot. Als ich am Campingplatz ankomme, läuft gerade Tims Aqua-Kursus. Ich lasse mich in den Sand fallen und schaue ihm zu. In meinem Magen dreht sich das Salamibrot um die eigene Achse. Als hätte er meinen Blick auf seinem braunen Rücken gespürt, dreht Tim sich zu mir um.

»He, komm, mach mit. Deine Badesachen liegen noch in meinem Bus.«

Eigentlich würde ich gerne weiter hier im warmen Sand sitzen und ihn einfach nur angucken, aber wenn Sportskanone Jessica hier direkt aufs Surfbrett steigt, kann ich ja nicht schon bei Aqua Gym kneifen. Ich ziehe mich um und wate ins Wasser – zu drei Omis und zwei älteren Männern. Die Oma neben mir ist extrem engagiert. Mit ihrer Plastikblumenbadekappe und ihrem wogenden Monsterbusen befolgt sie ganz artig, was Tim da so vorturnt. Wir müssen auf der Stelle laufen, uns drehen, die Fingerspitzen über das Wasser laufen lassen. Die Oma neben mir, die zugegeben ziemlich klein und zierlich ist, wird dabei ein paar Mal durch die Wellen von den Füßen geholt und taucht immer mal ab. Einer der Opas steht mit seinem Handy im Wasser und telefoniert die ganze Zeit. Alibimäßig geht er immer mal ein paar Schritte. Der andere Opa wird von seiner Frau die ganze Zeit angefeuert. »Los, Karl-Otto, ein bisschen schneller. Höher die Beine. Und streck deinen Bauch nicht so raus. Gerader Rücken. Komm, Karl-Otto, du schaffst das.«

Ich habe irgendwie nicht mitbekommen, dass der Kursus schon vorbei ist. Die Omis und Opis schleppen sich an Land. Ich lasse mich einfach rückwärts in die Wellen fallen und schwimme los bis zu der floßartigen Schwimminsel weiter draußen. Ich ziehe mich hoch, lege mich hin, habe die Augen geschlossen und genieße das Schaukeln.

»Schön, dass ich eine neue Aqua-Prinzessin habe«, höre ich Tim plötzlich neben mir. Ich habe gar nicht bemerkt, dass er auch auf die Plattform geklettert ist.

Prinzessin?

»Ich wollte dir das Buch zurückbringen«, erkläre ich, warum ich überhaupt hier bin.

»Schon durch?«

»Mmmh. Ich war die ganze Nacht mit dieser Amy unterwegs«, sage ich und gähne.

»Mir wäre lieber, du wärst mal die ganze Nacht am Strand«, sagt Tim leise.

Ich spüre, wie ich rot werde und zwinge mich, die Augen nicht zu öffnen.

»Und? Wie ist der Roman? Echt Horror?«

Ich überlege. »Stell dir das gruseligste Horrorbuch vor, das du kennst. Gegen das hier ist das ein Kindergeburtstag.«

»Und du hast es ausgelesen?«, erkundigt Tim sich erstaunt.

»Mmmh. Alpträume hinterher inklusive.«

»Du bist wirklich ganz anders. Ganz besonders.«

Ich kann nicht anders. Ich blinzle. Ich hatte gedacht, dass Tim sitzt und mich ansieht. Tut er gar nicht. Er liegt auf dem Rücken neben mir und hat auch die Augen geschlossen.

So liegen wir da und schaukeln auf den Wellen.

Ich wünschte mir so sehr, dass ich einen Fotoapparat hätte, der Momente festhält. Nicht nur Bilder.

Die Stimme fährt wie ein Messer durch warme Butter. »Hi«, tönt es zu uns rüber. »Timmy, take a look!« Und dann kreischend: »Looooook!«

TIMMY.

Ich setze mich auf, direkt vor uns fährt Jessica mit dem Surfbrett vorbei.

»Look now«, schreit sie wieder.

Sie lässt den Mast irgendwie runterhängen, geht dann ganz

vorsichtig vorne um den Mast rum und fährt plötzlich in die andere Richtung.

»Ich kann es«, juchzt sie richtig. »Ich bin nicht gefallen.«

»Wow«, sagt Tim neben mir.

Ich kann sie nur anstarren. Jessica trägt einen weißen Bikini und es sieht leider gut aus. Ich kenne kein Mädchen auf der ganzen Welt, das in einem weißen Bikini nicht käsig aussieht. Ihre langen blonden Haare liegen ihr nass auf dem Rücken, an ihrem Fußgelenk blitzt ein Kettchen mit Stein. Sie hatte sich ein paar Meter entfernt, wendet wieder und kommt wieder auf uns zu.

»Du bist guter Lehrer, Timmy«, schreit sie, lässt den Mast einfach ins Wasser fallen und setzt sich auf das Board. Sie sieht aus wie eine verdammte Nixe oder Seejungfrau oder so was.

»Ich will danke sagen und habe Uberraschung für dich«, strahlt sie Richtung Tim. Ihre Augen blitzen. In mir wird alles hart, als hätte ich einen Eimer Beton geschluckt. Ich lege mich wieder auf den Rücken, mache einfach die Augen zu und denke mir Rechenaufgaben aus. Beim Zahnarzt klappt das manchmal als Ablenkung.

Heute klappt es nicht. Wenn ich Jessica wenigstens richtig doof finden könnte. Kann ich aber nicht. Sie sieht schlicht umwerfend aus, ist total offen und nett und unkompliziert.

Und an Tim interessiert.

Entschuldigung: an Timmy.

»Eine Überraschung?«, erkundigt der sich nun.

»Right. At three o'clock an meinem Zelt. Okay?«

»Okay«, höre ich und es fühlt sich wie eine Wurzelbehandlung an.

»He, Nora, hast du gecremt dich? Du hast so helle Haut. Du kriegst sonst sunburn«, erklärt Jessica mir noch.

Ich beiße die Zähne aufeinander. Muss sie das jetzt sagen? Muss sie auf meinen Makeln rumhacken? Aber ich weiß, dass sie es wahrscheinlich gar nicht böse meint.

»Danke. Habe Sunblocker drauf«, antworte ich mit krächzender Stimme.

»See you later«, ruft sie uns noch zu, ehe sie einfach wieder auf das Brett steigt und losfährt.

Die Stille zwischen uns ist anders.

Es ist ein Schweigen.

Ich halte es nur ein paar Minuten aus. Dann stehe ich auf.

»Ich glaube, ich muss mal wieder los«, sage ich leise.

»Warum?«

»Bin noch verabredet«, sage ich vage.

»Jemanden, den ich kenne?«

»Glaube nicht«, weiche ich aus. Soll er doch ruhig denken, ich hätte ein Date.

»Dann hast du auch noch Zeit, dich für deine Überraschung um drei noch fein zu machen«, sage ich plötzlich.

Was soll das? Was rede ich? Soll Tim etwa denken, dass ich eifersüchtig bin? »Ich wünsche dir auf jeden Fall viel Spaß«, schiebe ich so nett wie möglich schnell hinterher.

Als ich bei meinem Rad ankomme, muss ich feststellen, dass es hinten einen Platten hat. So ein Mist.

Natürlich wäre es am schlausten auf Tim zu warten, damit der mir helfen kann. Ich will ihn jetzt gerade aber um nichts bitten. Also schiebe ich das Bike den ganzen Weg bis nach Hause.

Ich bin noch nicht ganz in unserem Zimmer angekommen, als die Tränen schon kullern.

In unserer Straße hat mal ein großes Straßenfest stattgefunden. Ich war fünf oder sechs Jahre alt und hatte Windpocken. Den ganzen Nachmittag und Abend habe ich am Fenster gestanden und den anderen zugesehen. Es gab Kinderschminken, einen Eis-Stand, Luftballons mit Postkarten dran, Ponyreiten und am späten Abend ein Feuerwerk. Die ganze Zeit über hörte ich das Lachen, das Juchzen. Ich sah meine Freundinnen. Und ich war nicht dabei.

Genau so fühle ich mich jetzt. Ausgeschlossen. Isoliert.

Alle haben Spaß.

Ich habe Tempos.

22

Als die allerletzten Tränen gekullert sind, gehe ich ins Bad, um mich zu waschen. Da treffe ich leider auf Määäry-Äänn. Hat die keine Schule? Was macht die um diese Uhrzeit hier? Was sie macht, zeigt sie mir auch sofort, nämlich sich die Beine gelb anmalen. In der Badewanne. Mit einem breiten Anstreicherpinsel. Ich will sofort den Rückzug antreten, so wichtig ist mir ein gewaschenes Gesicht jetzt doch gerade nicht, aber das Girlie hat mich schon gesehen und – schlimmer noch – freut sich offenbar total. In ihrem fröhlichen Sing-Sang erklärt sie mir, dass sie just Body-Painting für sich entdeckt habe. So wie die sich schminkt, hatte ich eigentlich den Eindruck, dass sie schon sehr lange aktive Face-Painterin ist, aber egal. Und ihr sei klar geworden, dass sie als Sängerin oder als Model sofort in eine Schublade gesteckt würde.

Ich habe plötzlich ein Bild vor mir, wie irgendjemand Määäry-Äänn in eine riesige Schublade schiebt, die schließt und sagt: *Hoffentlich bleibt sie auch drin.* Ich wische das Bild schnell zur Seite. Die Tochter des Hauses erklärt mir nämlich, dass sie sich als besonders vielseitiges Supertalent – mit ganz vielen Begabungen – präsentieren wolle. Sie sei quasi ein Gesamtpaket mit unzähligen Facetten.

Und wieder frage ich mich, wie ein einziges Wesen so viel Selbstbewusstsein haben kann!

Sie werde sich jetzt die Arme, Beine und Hals ganz gelb anmalen, dann ihren schwarzen Badeanzug anziehen, erklärt Määäry-Äänn weiter. Und dann müsse ich sie vor dem Haus fotografieren. Jetzt wird mir auch schlagartig klar, was das für ein Farbton ist, mit dem sie sich da gerade anpinselt. Kam mir gleich so bekannt vor! Es ist genau der Ton der Hausfassade. Da war wohl noch etwas an Farbe übrig, wie man sieht. Die Kleine erklärt mir weiter ihre Idee: Auf den Fotos solle man nur ihren Badeanzug und ihr Gesicht sehen. Das sähe bestimmt voll künstlerisch aus!

Ich sage nicht, dass sie auf den Fotos womöglich wie nach einem schlimmen Zugunglück aussehen wird. Ich wüsste auch gar nicht, wie ich das auf Englisch ausdrücken sollte.

Ich füge mich. Wenn sie das glücklich macht, knipse ich ihren Rumpf und ihr Gesicht.

Und ich bin überrascht. Als die gelbe Määäry-Äänn schließlich vor der Hauswand posiert, hat es wirklich einen lustigen Effekt. Ich mache gleich ein ganze Reihe von Bildern.

Am liebsten würde ich sie fragen, ob ich mich ganz grau anmalen darf, damit sie mich vor dem Stromkasten fotografiert. Ich würde ganz in dem Grau verschwinden und das entspricht absolut meiner Stimmung.

Ich frage sie nicht.

Weil sie sich hinterher die ganze Farbe wieder abwaschen muss, kann ich immer noch nicht ins Bad. Toll. Dafür klingelt mein Telefon. Einen ganz kurzen Moment hoffe ich – ach, ich weiß selber nicht ganz genau, was –, dann höre ich meine Mutter. Kann es sein, dass Mütter bei der Geburt ihres Kindes ein Zusatzgen entwickeln, womit sie ganz genau spüren, wann es SEHR ungünstig ist, anzurufen? Ich bin sicher.

Ich will nicht mit ihr reden. Eigentlich nie. Aber jetzt besonders nie-nicht.

»He, Süße, wo bist du gerade?«, will sie wissen.

»Auf unserem Zimmer. Ich arbeite an einem Referat«, behaupte ich.

»Ihr habt doch so schönes Wetter, habe ich gesehen. Warum bist du dann drinnen? Schließlich haben wir ja Brighton ausgewählt, weil es da auch so viel Kultur zu sehen gibt. Du musst mal rausgehen und dich auch unterhalten. Eine Sprache lernt man nur, wenn man sie auch anwendet«, doziert sie.

Ich schwöre: Wenn ich gesagt hätte, dass ich gerade mit allen anderen in der Stadt wäre, hätte sie mir einen Vortrag gehalten, dass das keine Vergnügungsreise sei. Dass ich da sei, um Englisch zu lernen und ob ich denn auch genug für die Schule machen würde.

»Mama, ich war heute schon draußen. Ich bin mit dem Fahrrad, das ich mir von dem Gewinn beim Pferderennen gekauft habe, an den Strand gefahren. Das Rad habe ich übrigens mit Nagellack superschön angemalt. Leider hat es gerade einen Platten.«

»Nora, du weißt, ich mag deine Phantasiegeschichten nicht«, stöhnt sie.

Ich sag es doch: Die will belogen werden.

Ich beruhige sie mit ein paar nichtssagenden Fakten und lege auf. Als es direkt danach wieder läutet, melde ich mich mit einem genervten »Was denn noch?«

Es ist aber gar nicht meine Mutter, die mich noch mal eben daran erinnern will, dass ich mich immer gut mit Sonnenfaktor hundertsiebzig eincremen soll. Es ist Lisa.

»Wo bist du? Alles gut?«, will sie wissen.

»Bin zu Hause. Alles gut«, lüge ich.

»Wieso bist du zu Hause? Bei dem schönen Wetter.«

Hat die sich mit meiner Mutter abgesprochen, oder was?

»Mir ist einfach danach, zu Hause zu sein.«

»Wir wollen spontan eine Schiffstour machen. Komm doch mit. Mit so einem großen Schlauchboot – das wird total lustig.«

»Ich glaube nicht, dass es lustig wird, wenn ich dabei bin.«

»Was ist los? Du klingst total traurig.«

»Nein, alles gut! Mach dir keine Sorgen, ich glaube, ich krieg nur meine Tage.«

»Dann muss ich also wieder alleine mit?«, fragt Lisa.

»Du bist doch nicht alleine. Die anderen sind doch dabei«, widerspreche ich.

»Du weißt genau, was ich meine«, kontert sie und hat natürlich recht.

»Morgen bin ich wieder fit«, verspreche ich und schiebe noch schnell ein »Viel Spaß« hinterher. Ich lege auf.

Ich will jetzt keinen Spaß haben.

Ich könnte jetzt gar keinen Spaß haben.

Aber ich will auch nicht so verdammt melancholisch sein.

Aus Langeweile fange ich an, Selfies mit der Sofortbildkamera zu machen. Zuerst zerwuschel ich meine Haare total, ziehe sie mir wie ein Vorhang vor das Gesicht, setze die Brille auf (über die Haare natürlich), setz den Hut auf und drücke ab. Ich muss fast grinsen. Ich sehe original wie ein Freak aus.

Dann schnappe ich mir Lisas Handspiegel und einen Fineliner und male mir ganz vorsichtig einen dicken Mund unter meinen Bauchnabel und dann zwei große Augen darüber – richtig mit Wimpern und Augenbrauen.

Auch sehr witzig.

Mit unzähligen Feuchttüchern verwische ich mein Bauchgesicht wieder.

Und jetzt? Ich lege mich aufs Bett. Ich höre fast die anderen lachen. Sie werden sich gegenseitig über Bord werfen. Arschbomben ins Meer machen. Sie johlen und kichern. Ich schiebe mir schnell die Ohrstöpsel rein und lasse Philipp Poisel wieder leiden. Dabei gucke ich mir die Fotos an. Das bin also ich. Ein lachender Bauch und ein verstecktes Gesicht.

Natürlich habe ich das Klopfen nicht gehört und erschrecke mich total, als Määäry-Äänn UND Tim plötzlich in der Tür stehen.

Ich reiße mir die Stöpsel raus.

»Was machst du denn hier?«, frage ich und merke selber, dass das nicht sehr nett klingt.

»There's someone here to see you«, sagt die Nervensäge unnötigerweise und fügt auch noch an, dass ihre Mutter das nicht so gerne sähe. Was genau – ob Besuch im Allgemeinen oder Jungs im Besonderen – sagt sie nicht. Ist mir auch egal.

Immerhin trollt Määäry-Äänn sich jetzt.

Tim guckt sich um. Meine Augen folgen seinem Blick. Tja, so sieht ein Zimmer eben aus, in dem es zu wenig Schränke für zwei Mädchen gibt. Sein Grinsen wird breiter, dann bleiben seine Augen an den neuen Fotos hängen.

»Die sind ja superlustig«, kommentiert er.

Das bin ich eben. Das lustige Mädchen. Haha. Ein toller

Kumpel. Das Mädchen zum Pferdestehlen. Nur, dass ich kein Pferd will.

»Was machst du hier?«, frage ich noch mal. Was Besseres fällt mir irgendwie nicht ein.

»Ich war gerade in der Gegend«, behauptet Tim.

Ich gucke ihn kritisch an. In unserer Gegend gibt es nichts, nichts außer Wohnhäusern. Kein Geschäft, kein Restaurant, keine Bar, vielleicht eine Apotheke. Was kann er hier in der Gegend gewollt haben?

»Woher weißt du überhaupt, wo ich wohne?«

»Yakimi hat mir mal gesagt, wo er wohnt. Und damit wusste ich zufälligerweise auch, wo du wohnst.«

Aha. Nicht, dass ich denke, er hätte sich nach meiner Adresse erkundigt. Warum sollte er auch?

»Und weil du zufällig in der Gegend warst, dachtest du, du besuchst mich mal?« Warum bin ich so skeptisch?

Tim guckt sich plötzlich hektisch um und flüstert: »Ist das verboten? Bist du inkognito hier? Bist du vielleicht eine Spionin im Auftrag des Geheimdienstes?«

Ich muss kichern und zeige auf das Foto, auf dem ich die Haare vor dem Gesicht habe.

»Genau, ich bin eine Agentin und das ist meine Tarnung.«

»Sehr unauffällig«, bestätigt er. »Und jetzt komm.«

»Wohin?«

»Ich will dir was zeigen. Und wenn du lange wartest, ist es vielleicht schon kaputt.«

Mein Magen knurrt leise.

»Kann man deine Überraschung essen?«, erkundige ich mich vorsichtig.

»Teilweise. Los, jetzt.«

Nach einer coolen Vespafahrt (er hat extra einen Helm für mich ausgeliehen und mitgebracht), sind wir am Strand angekommen, und ich stehe vor einem Tisch, zwei Stühlen und einer Liege. Aus Sand. Es sieht wunderschön und irgendwie skurril aus.

»Setz dich«, befiehlt Tim. »It's teatime.«

Ganz vorsichtig lasse ich mich auf einem Stuhl nieder. Das Möbel hält tatsächlich, obwohl an einigen Stellen der Sand schon trocken wird und bröselt.

Tim kommt mit einem großen Teller raus und stellt ihn auf den Tisch. Darauf liegen Vanillekipferl.

Ich gucke ihn mit großen Augen an.

»Lisa hat irgendwann mal erwähnt, dass du eine kleine Schwäche für Vanillekipferl hast. Und da habe ich dir ein paar gebacken.« Er zuckt fast entschuldigend die Schultern.

»Du bist so lieb«, rutscht es mir raus.

»Aber wer will schon einen Lieben, oder?«, fragt er. Er hält den Kopf wieder leicht schräg. So typisch für ihn. Die Frage implodiert in meinem Kopf.

Soll ich jetzt »ICH« schreien? Meine Zunge ist so groß in meinem Mund, ich kann nichts sagen. Also stopfe ich mir gleich drei Kipferl auf einmal rein. Köstlich. Sehr vanillig. So wie ich sie am liebsten habe.

»Hast du überhaupt einen Backofen?«, erkundige ich mich.

»Natürlich nicht. Aber ganz vorne steht gerade so ein Luxusmobil. Ich habe für die den Wagen gewaschen und durfte dafür den Ofen benutzen.«

Natürlich brennt die Frage auf meiner Zunge, kratzt an meinen Zähnen. Was für eine Überraschung hatte Jessica um drei für Tim? Ich schlucke die zähe Frage immer wieder aufs Neue runter. Ich will nicht zu neugierig wirken. Außerdem: So toll kann es ja nicht gewesen sein.

Ich nehme mir noch mal drei Kipferl. Ich kann nicht verstehen, warum die immer nur Weihnachten gebacken werden. Ich lehne mich genüsslich an und liege plötzlich auf dem Rücken. Die Stuhllehne war dann doch nicht mehr so stabil.

»He, du ruinierst mein Mobiliar.« Tim droht mir lachend mit dem Zeigefinger.

»Du spinnst wohl. Das ist einfach typisch schwedische Bauweise. Wie hieß denn das Ensemble? Smörebröd?«, lache ich zurück.

Tim stürzt sich auf mich und dreht mir die Arme auf den Rücken. »Du beleidigst mein Vaterland. Ich werde dich knebeln und fesseln und in einer Ikea-Filiale einsperren.«

Ich winde mich aus seinem Griff und versuche wegzukrabbeln. »Muss ich dann auch diese fiesen kleinen Frikadellen essen?«, frage ich. »Die aussehen wie ganz große Meerschweinchenköttel?«

Er stürzt sich wieder auf mich. »Das ist unser Nationalgericht. Wie kannst du nur.« Er brüllt wie ein Wikinger. Oder wie ich mir einen Wikinger brüllend so vorstelle.

Wir kugeln zusammen den Strand runter. Wir sind uns so nah. So kribbelig nah. Und dann berührt plötzlich sein Mund ganz leicht meinen. Es ist, als ob ein Schmetterling meine Lippen gestreift hätte. Ich könnte sterben. Jetzt. Hier. Es wäre okay.

Das Lachen ist plötzlich weg. Auf der Spannung zwischen uns könnte man Seillaufen. Wir liegen jetzt dicht nebeneinander auf dem Rücken, und ich spüre wie Tims Hand ganz vorsichtig nach meiner tastet. Seine Haut fühlt sich trocken an.

Fast ein bisschen spröde. Ich mag das. Mein Herz übt sich die ganze Zeit in einer Art Wettrennen mit Hüpfen und ein paar Salti zwischendurch. Nur gaaaaanz langsam beruhigt es sich etwas. Und jetzt? Was kommt jetzt? Muss ich was machen? Erwartet Tim jetzt irgendwas? Muss ich ihn zurückküssen? Die Fragen schießen mir wie Maschinengewehrkugeln durch den Kopf.

Gott sei Dank streichelt seine Hand meine nicht. Sie liegt nur auf meiner.

Ich möchte Tim küssen. Glaube ich. Aber nicht jetzt. Irgendwann. Vielleicht. Ich möchte jetzt einfach nur hier liegen, seine Hand auf meiner spüren, seine Nähe atmen und in den Himmel blinzeln.

Und genau das tun wir auch. Wir liegen einfach nur da und es ist alles andere als langweilig. Der Sand unter mir ist warm und passt sich langsam meinem Körper an. So müsste es doch eigentlich immer sein. Das Leben sollte sich uns anpassen. Nicht wir uns den Umständen.

Ganz kurz flackert mein Leben hinter meinen Augenlidern auf. Mein richtiges Leben bei meinen Eltern, in meinem Zimmer im ersten Stock, in meinem Alltag.

Alles voller Imperative.

Beeil dich, der Bus wartet nicht.

Zieh dir was Warmes an.

Räum dein Zimmer auf.

Mach deine Hausaufgaben.

Immer nur Befehle. Dazwischen vielleicht mal ein Lachen, ein kurzes.

Das hier ist so anders.

Und es ist bald vorbei.

Der Gedanke trifft mich wie ein Ball an den Kopf, den ich nicht habe kommen sehen.

Weg, weg, weg. Ganz schnell schiebe ich den schlimmen Gedanken weg.

Tim neben mir atmet ganz ruhig. Ist er etwa eingeschlafen? Ganz vorsichtig drehe ich den Kopf und gucke ihn an. Nein, er schläft nicht. Ganz ruhig blickt er mir in die Augen. Hat er mich die ganze Zeit angeschaut?

Ich bin wie gebannt und schaue noch tiefer in seine Augen und kann mich fast selber erkennen. Und dann klingelt mein Handy.

Wie wäre es jetzt wohl vor fünfzig Jahren weitergegangen, als es noch keine Handys gab?

Ich weiß nicht, warum ich rangehe.

»Linda fragt, ob du zum Essen runterkommst«, sagt Lisa ohne Umschweife.

Oh Schreck, ist es schon sieben? »Ich glaube nicht. Ich fürchte, mir ist immer noch übel«, sage ich schnell.

»Aber ansonsten ist alles okay?« Ihre Stimme ist sehr eindringlich.

»Sehr«, sage ich nur und schiebe schnell ein »Bis später« hinterher.

Tim hat sich auch aufgesetzt. »Du bleibst noch ein bisschen, oder?«

Es klingt so schön wie eine Bitte. Ich nicke nur.

»Dann warte kurz.«

Ein paar Minuten später ist er mit einer Decke, seinem Schlafsack und einer Flasche Wasser zurück.

Noch viel später holt er noch zwei Äpfel, eine Packung Salzstangen und ein Glas Oliven.

Wir reden nicht viel. Die meiste Zeit liegen wir nur da. Seine raue Hand auf meiner.

Die Sonne versinkt im Meer und es wird dunkel. Immer mal wieder denke ich kurz: Jetzt muss ich aber echt gehen.

Aber mein Körper widerspricht. Er flüstert immer: Gleich. Nur noch ein paar Minuten.

Es ist so wohlig-kribbelig, so unwiderstehlich. Tim ist mir so vertraut und doch ist alles neu. Jeder Moment eine Premiere.

Wir schauen in die Sterne und spüren die Luft, die langsam kälter wird.

Irgendwann holt Tim einen iPod aus seiner Jeans und hält mir einen Ohrstöpsel hin. Und da liegen wir ganz nah beieinander und hören dieselbe Musik. Lieder, die ich kenne, Songs, die mir fremd sind. Und ich weiß, ich werde jeden von ihnen für den Rest meines Lebens mit diesem Moment verbinden.

23

Ich blinzle. Das Licht tut weh. Ich gucke mich um. Die Sonne steht schon voll am Horizont. Ich liege auf der Decke, tief in Tims Schlafsack gemuckelt. Tim ist nicht da. Dafür schon ein paar Frühschwimmer. Ich setze mich auf und von hinten wird mir ein Glas Orangensaft hingehalten. Tim trinkt wie immer Milch. Er hockt sich hinter mich. Ich spüre seinen Atem in meinem Nacken. Ich glaube, ich habe sogar im Gesicht Gänsehaut.

»Guten Morgen«, sagt er leise.

»Wie spät ist es?«, frage ich hektisch.

»Kurz vor sieben. Ich konnte dich einfach nicht wecken. Du hast so süß geschlafen.«

»Mist. Ich muss nach Hause.«

Ich kippe den O-Saft runter und gucke auf mein Handy, das ich gestern Abend auf lautlos gestellt hatte. Fünf Anrufe und sieben WhatsApp-Nachrichten. Alle von Lisa.

Meld dich bitte. Das war um 22:01 Uhr.

Wo bist du???? 22:30 Uhr.

Der Ton wird immer dringender.

Ich wähle sofort ihre Nummer.

»NORA. Ich werde hier wahnsinnig. Du kannst nicht einfach die ganze Nacht wegbleiben. Ich bin fast durchgedreht. Fast hätte ich heute Nacht Linda geweckt. Wenn Tim Yakimi nicht irgendwann geschrieben hätte, dass du bei ihm einfach eingepennt bist, würden die Bullen schon seit Stunden nach dir suchen«, schreit sie mich an. »Ich muss gleich zum Frühstück runter. Was soll ich denn sagen, wo du bist?«, fragt sie wütend.

»Es tut mir leid«, gebe ich zerknirscht zu. »Süße, ich bin gleich da.«

Ich gucke Tim an. »Fährst du mich?«

»Klar.«

Zehn Minuten später stehe ich vor der Tür der Clarks. Gerade will ich Lisa anrufen, damit sie mir unauffällig die Tür aufmacht, da hat mich Linda schon aus dem Küchenfenster entdeckt. Sie öffnet mir im Bademantel mit einem sehr verwirrten Blick.

»Good morning«, flöte ich ihr entgegen und erzähle ihr schnell die Geschichte mit dem Training für das High Heel-Race.

Sie guckt auf meine Sandalen, mir dann ins Gesicht. »These aren't High Heels«, urteilt sie schließlich.

»Jeder fängt ja mal klein an. Ich gehe dann mal duschen.«

Ich schlängele mich an ihr vorbei und stürme die Treppe hoch. Lisa sitzt auf unserem Bett und sieht echt nicht gut aus.

»Ich hab die ganze Nacht nicht geschlafen vor Sorge. Bist du wirklich einfach so am Strand eingepennt?«

»Ja.«

»Und das soll ich dir glauben?«

»Ja. Sollst du.«

Am Strand unten gibt es so ein Becken, in dem können Kinder in großen Kugeln – wie in Seifenblasen – über das Wasser laufen und herumpurzeln.

Genau so fühle ich mich den ganzen Vormittag. Ich bin in einer Blase. Alles ist so irreal, verzerrt. Manchmal lege ich die rechte Hand auf die linke. So wie Tims Hand gestern auf meiner linken Hand lag. Es kommt der Hauch einer Erinnerung.

Natürlich musste ich Lisa schon alles drei Mal erzählen. Sie wollte ein Minutenprotokoll meines Abends. Zufrieden ist sie irgendwie nicht.

»Ihr habt euch echt nicht geküsst?«

Den Schmetterlingskuss habe ich mal weggelassen.

»Nein. Wir haben da einfach nur gelegen und Musik gehört.«

»Vielleicht ist Tim ja schwul und steht in Wirklichkeit mehr auf Yakimi«, überlegt Lisa laut.

Ich muss grinsen. Ganz sicher nicht.

»Wo ihr schon die ganze Nacht miteinander verbracht habt, hattest du ja wohl ausreichend Gelegenheit, ihn zu fragen, ob er dich am Samstag begleitet«, stellt Lisa plötzlich fest. »Hat er überhaupt was zum Anziehen? Er kann ja schlecht im Neopren-Anzug auf den Ball mitbekommen«, fügt sie an.

Mist. Der Ball. Den hatte ich irgendwie überhaupt nicht auf dem Schirm.

»Du hast ihn gefragt, oder?« Ihre Stimme ist eindringlicher geworden. Ihr Blick hält mich fest.

»Das habe ich irgendwie vergessen«, gebe ich kleinlaut zu.

»Süße, dieser Ball ist die Nacht der Nächte. Wir haben dank Linda ein supergeniales Outfit UMSONST. Und du vergisst deinen Märchenprinzen – Entschuldigung! –, deinen großen Bruder zu fragen, ob er mit dir hingeht?«

Sie ist wirklich fassungslos.

»Ich mache es heute direkt nach der Schule.«

»Am besten begleite ich dich für den Fall, dass du mal wieder einen Gedächtnisverlust hast. Dieser Ball ist übermorgen. Nur noch achtundvierzig Stunden.«

»Der Ball ist abends, jetzt ist es morgens. Damit sind es mehr als achtundvierzig Stunden«, widerspreche ich trotzig.

Nach drei Ewigkeiten und fünf Zeitlöchern ist die Schule endlich vorbei. Allein bei dem Gedanken, gleich Tim wieder zu sehen, habe ich feuchte Hände. Ich rieche unauffällig an meinen Achseln. Alles gut. Das Deo hält.

Lisa entscheidet sich kurzfristig doch um und schließt sich ein paar Mädels an, die einen Outlet-Laden entdeckt haben. Ist mir auch lieber so.

Ich möchte Tim lieber alleine treffen. Auf dem Campingplatz gehe ich erst in das Waschhaus. Ich trage heute meinen Hut nicht, sondern einen Dutt, den ich jetzt löse. Hat Tim nicht mal gesagt, dass er meine Locken mag? Ich habe extra heute Morgen noch einen Lipgloss eingesteckt. Den trage ich auf. Ich muss zum hundertsten Mal aufs Klo heute und dann schlendere ich Richtung Tims Bus.

Die Schiebetür ist geschlossen, ich scanne den Strand ab.

Und dann sehe ich sie.

Jessica breitet Tims Decke aus und reibt auf ihr rum. Was verdammt tut sie da? Ganz langsam gehe ich auf sie zu.

Auf Tims schöner Kuscheldecke ist ein großer roter Fleck. Es sieht aus wie Blut. Ich gucke Jessica entsetzt an.

»Hi«, flötet sie, wirft ihre Haare nach hinten und hört kurz auf, an dem Fleck rumzurubbeln.

»Was ist das?«, frage ich und meine Stimme ist nur ein Kratzen. Hat sie Tim abgemurkst oder ist sie auf dieser Decke entjungfert worden?

»Shit. Tim und ich haben hier breakfast gemacht, und da is the Kirschsaft umgekippt. I hope, das geht wieder raus.«

Ich habe mit meiner kleinen Nichte mal so einen albernen Lillifee-Film geguckt. Da kam ein Prinz Eis drin vor. Und alles, was dieser fiese Prinz anfasste, wurde zu Eis. Ich fühle mich so, als hätte genau der mich gerade berührt.

Tim und Jessica haben also heute Morgen auf dieser Decke gefrühstückt.

Heute Morgen, kurz nachdem ich weg war.

Hat sie sich in die Kuhle gelegt, die mein Körper geformt hatte?

War die Stelle noch warm?

Hat er ihr auch einen Ohrstöpsel hingehalten?

Haben sie die gleichen Songs gehört?

Ist vielleicht etwas geschehen, was mit mir nicht geschehen ist?

Etwas, was Tim die ganze Nacht vermisst hat?

»Alles okay, Nora? Bist du so blass geworden.« Jessica guckt mich prüfend an. Ich schaue nur auf die Decke, auf den Fleck. Alles ist jetzt befleckt.

»Hi, girls.« Sam hat sich aus dem Zelt geschält und steht in Boxershorts und mit verwuschelten Haaren vor uns.

Er nimmt einen langen Schluck aus einer Wasserflasche. Die Szene könnte schon wieder ein Werbeclip sein. Für Mineralwasser, für Sport, für Shampoo. Egal.

»Hast du am Samstagabend eigentlich schon was vor?«, frage ich ihn ganz direkt. Die Frage war überhaupt nicht in meinem Kopf. Die ist auf der Zunge geboren worden.

»Saturday night? Nein. Noch nicht.«

Er guckt mich neugierig an.

»Ich bräuchte noch eine Begleitung zu unserem Schulball. Wenn du Interesse hast, nehme ich dich mit«, sage ich ein bisschen zu kühl. Ich schiebe noch ein Lächeln hinterher.

»Guten Morgen«, höre ich leise hinter mir.

Tim steht da, ganz nass. Offenbar war er duschen.

»Guten Morgen«, antworte ich und dreh mich gleich wieder zu Sam um.

»Schulball?«, fragt er begeistert. »Ja klar. Da bin ich dabei. I love parties.« Sam grinst mich breit an.

»Was denn für ein Schulball?«, fragt Tim nach und hüpft ein bisschen auf einem Bein. Offenbar hat er Wasser im Ohr.

Ich schaffe es nicht, ihn anzusehen. Ich schaue auf die Kuscheldecke. Auf den Fleck. Er ist wie ein Fleck auf Tim und mir. Tim und ich. Als ob es das nicht gegeben hätte. Es fühlt sich nicht mehr so an.

»Am Samstag ist so ein Fest an unserer Sprachschule. Sam will mich begleiten«, sage ich ausweichend.

Ich spüre Tims Blick. Ganz kurz nur drehe ich mich halb zu ihm rum. In seinen Augen ist sehr viel Überraschung. Auch Enttäuschung? Das bilde ich mir sicherlich nur ein.

Sam ist ins Zelt zurückgekrochen und kommt mit einer zerknitterten Stoffhose wieder raus. »Wenn ich die bügle, kann ich die anziehen, oder?«

»Klar.« Mir ist das so etwas von egal, was Sam anzieht. Von mir aus kann er im Bademantel gehen.

»Ich will auch auf den Ball«, mischt Jessica sich plötzlich ein. »Ich möchte auch tanzen und alles.«

»Dann müsstest du dir einen Schüler suchen, der noch keine Partnerin hat«, erkläre ich ihr.

»Soll ich mich vor Schule stellen mit Plakat: ›Wer nimmt mich mit?‹ Das ist zu doof for me.«

Plötzlich dreht sie sich zu Tim um.

»Wir gehen auch aus. In einen Club. Die Clubs sind hier bestimmt mega-hot.« Sie schaut mich an. »Ach ja, schade. Du kannst ja noch nicht in Club, bist ja noch nicht achtzehn.«

Sie hätte mir auch einfach ihre Faust in den Magen rammen können. Es hätte sich nicht anders angefühlt.

»Ja, es gibt richtig gute Clubs hier«, antwortet Tim nach einer langen Pause.

»Dann gehe ich shoppen jetzt – Party-Outfit «, verkündet Jessica und kriecht in ihr Zelt.

»Ich komme mit«, fügt Sam schnell hinzu. »Neues Hemd für Ball.«

Er streicht mir kurz über den Oberarm und verschwindet. Was soll das? Er soll mich am Samstag begleiten. Mehr nicht. Außerdem ist seine Hand ganz weich. Der cremt sich bestimmt dauernd ein, damit er keine Hornhaut bekommt. Und bestimmt feilt er sich dann auch die Fingernägel. So Beckham-mäßig.

Bah.

Tim und ich stehen voreinander.

Zwischen uns die zerknüllte Decke. Sie ist wie eine durchsichtige Wand für mich. Wie ein metertiefer Abgrund. Der Fleck grinst mich an. Hämisch.

»Ich muss dann mal«, sagt mein Mund.

»Was musst du?« Tims Stimme ist rau und belegt.

Ich gucke aufs Meer. Was muss ich? Außer heulen und schreien? Einfach nur hier weg. Ganz schnell. Ich hebe nur die Hand. Tim sieht ziemlich verschwommen aus als ich mich umdrehe.

Ich schließe mich auf der Toilette von der nächsten Strandbar ein. Ich lehne an der vollgekritzelten Tür und es läuft einfach nur. Es hört nicht auf. Mein Shirt ist schon ganz nass. Ich kann nichts tun. Tim und Jessica. Tim und Jessica. Mehr als diese drei Worte sind nicht in meinem Kopf. Und dann spüre ich wieder seine Hand auf meiner. Ich fühle seinen Atem. Ich höre sein trockenes Lachen. Ich spüre seinen Blick, der mich streichelt.

Und dann wieder: Tim und Jessica.

Wie haben sie wohl gefrühstückt? Die restlichen Vanillekipferl?

Haben sie nebeneinander gesessen? Hat Tim seinen Arm um sie gelegt? Haben sie sich dann hingelegt und Jessica hat sich frierend in ihn reingekuschelt? Haben sie gelacht?

Komisch: Diese Vorstellung tut mir fast am meisten weh.

Die Tränen werden kleiner. Ganz langsam hört es auf. Es ist nicht so, dass ich nicht mehr weinen muss. Es sind einfach keine Tränen mehr da. So wie bei einer ganz schlimmen Magenverstimmung. Dann kotzt man und kotzt und irgendwann ist nichts mehr drin. Es kommt dann nichts mehr, obwohl man immer noch das Bedürfnis hat zu brechen. So wie sich der Magen dann ganz leer zusammenkrümmt, so krümmt sich gerade mein Herz. Es ist nicht gebrochen. Nur ein harter fester Klumpen.

Ich gehe an die Bar und bestelle mir einen Tee. Auf der Theke steht eine große Schüssel mit Chips. Ohne darüber nachzudenken, stopfe ich mir ein paar in den Mund. Es sind natürlich Vinegar-Chips. Der Essiggeschmack löst den nächsten Film in meinem Kopf aus. Tim und ich am Strand, unser Obst-Schoko-Fondue, die Schnitzeljagd. Die Kellnerin guckt mich erschrocken an, als sie mir die Tasse Tee serviert. Ist mir egal. Soll sie doch denken, was sie will. Als mein Telefon *Pling!* macht und eine Nachricht ankündigt, hoffe ich ganz kurz, dass sie von Tim ist. Dass da jetzt steht: *Was soll das? Natürlich begleite ICH dich auf den Schulball. Ich habe das Sam schon gesagt, hole dich am Samstag um sieben ab. Kein Widerwort.*

Oder so was.

Die Nachricht ist aber von Lisa.

Hast du Tim gefragt? Wo bist du? Sind am Pier. Gamen. Ist lustig.

Das heißt, sie hängen wieder in dem Game-Center ab. Ich weiß gar nicht, was da alle dran finden. Kicker, Billard und so'n Kram ist nicht mein Ding. Lisas eigentlich auch nicht. Der Tee schmeckt bitter. Ich habe den Beutel viel zu lang drin gelassen. Auch egal. Ich trinke ihn trotzdem in kleinen Schlucken und stelle mir vor, dass es Medizin ist.

Tim-Vergess-Tropfen.

Als die Tasse leer ist, schreibe ich Lisa kurz *Ich komme.*

Die Alternative wäre hier an der Theke weiter sitzen zu bleiben und auf die Essig-Chips zu starren.

24

Sie sieht es mir natürlich sofort an.

»Was ist denn mit dir los?«

»Keine Ahnung. Vielleicht Bindehautentzündung oder Heuschnupfen«, sage ich, um meine knallroten Augen zu erklären.

»Heuschnupfen? Am Meer?«

»Dann eben Bindehautentzündung«, entgegne ich trotzig.

Weil sie eben meine ABF ist, sagt sie darauf nichts. Sie weiß, dass ich lüge. Ich weiß, dass sie es weiß. Alles gut.

»Bevor du fragst: Ich gehe mit Sam zum Ball«, sage ich schnell.

»Wie bitte?«

»Was ist daran so kompliziert? Ich habe Sam gefragt, ob er mich zu dem Ball begleitet und er tut es. Fertig.«

»Wieso genau hast du Sam gefragt?«

Sie lässt natürlich nicht locker.

»Weil ich mir sicher bin, dass Tim nicht das richtige Outfit für so einen Anlass hat. Und ich wollte nicht an der Seite einer bunten Surfer-Boxer-Badehose da auflaufen. Schließlich ist Schickmachen angesagt.«

»Miss Jeans-und-weißes-T-Shirt legt jetzt plötzlich Wert auf den perfekt gestylten Mann?« Sie klingt ein bisschen höhnisch.

»Du warst doch selber mit Yakimi shoppen, damit er nicht in Papas Oversize-Anzug aufläuft.«

»Da wusste ich ja noch nicht mal, dass er mich begleiten wird. Außerdem ist das was anderes. Ich wundere mich halt, dass du plötzlich so einen Wert auf das richtige Outfit legst.«

»Laufe ich sonst rum wie der letzte Penner, oder was?«

»Nora. Jetzt hör auf. Du weißt genau, was ich meine. Hast du dich mit Tim gestritten?«

»Nein, ich habe ihn nur ganz kurz gesehen.«

Lisa wird von irgendeinem Typen angesprochen. »Komm, unser Team ist wieder dran.« Der Typ zieht sie zum Kicker. Im Gehen wirft sie mir einen prüfenden Blick zu. Ich gucke weg. Und wäre es am liebsten auch. Ganz weit weg.

Am Abend gibt es mal wieder Chickenwings. Ich sehe, wie Nora sich ihre Serviette auf den Schoß legt und ein paar für mich einpacken will. Ich stupse sie an, schüttle den Kopf und esse brav das Tofu-Würstchen, das Linda für mich gebraten hat.

Ich bin mir sicher, mit Tofu kann man super Fenster und Duschen abdichten. Aber es wird wohl nicht reichen, um dieses riesige schwarze Loch in mir zu stopfen.

Mit einem *Pling!* meldet sich Lisas Handy während des Abendessens. Sie guckt kurz drauf, grinst und hält es mir dann hin. Die Nachricht ist von Xenia und Ella, den bayrischen Cowgirls. *Gleich Bingo-Party im Cat-Pub.* Dahinter fünf Smileys. Lisa guckt mich auffordernd an. Offenbar will sie da wirklich gerne hingehen. Ich nicke. Ich hätte auch genickt, wenn Xenia und Ella uns zur Zahnwurzelbehandlung im Cat-Pub oder zur öffentlichen Darmspiegelung auf dem Pier eingeladen hätten. Mir ist alles egal. Ich würde wahrscheinlich sogar mit zum Musikantenstadel gehen.

Lisa macht ihren allerliebsten Pling-Pling-Augenaufschlag und erklärt den Clarks, dass wir dringend noch mal weg müssten. Die Klasse würde sich spontan treffen, um über das Abschiedsgeschenk für unsere Lehrerin zu diskutieren. Yakimi zückt sein Handy und guckt es prüfend an.

»Warum habe ich dann keine Nachricht?«, fragt er erstaunt.

Lisas Augen wechseln von ihrem Welpen-Blick auf *Du bist gleich tot.*

»Wir hatten uns doch schon auf einen Buchgutschein geeinigt«, schiebt unser süßer Japaner noch hinterher.

Lisas Augen werden ganz schmal und sagen: *Du wirst dir gleich wünschen, tot zu sein.*

»Wir wollen da noch mal drüber reden, weil ein Gutschein so unpersönlich ist«, erklärt sie nun.

Linda winkt uns hinterher und sagt noch, dass wir aber nicht zu spät nach Hause kommen sollen. Was ist »zu spät«? Zu spät für was? Solche Sätze verstehe ich nicht.

Xenia und Ella sitzen mit sechs anderen aus unserer Klasse – natürlich auch Vincent und Adam – an einem großen Tisch. Lisa ignoriert ihre ehemaligen Nummer Einsen und schiebt sich auf die Bank. Xenia gibt uns Zettel und Stifte und erklärt uns, wie Bingo geht. Es werden Nummern gezogen und jeder muss die, die er auf seinem Zettel findet, abstreichen. Wer als Erster alle Nummern durchgestrichen hat, gewinnt.

»Das ist ja so spannend wie Mau-Mau und Mensch-ärgere-dich-nicht zusammen«, maule ich.

»Ihr könnt auch bei jeder Zahl, die ihr richtig habt, etwas ausziehen. Dann wird es vielleicht spannender«, mischt Vincent sich ein.

Der Typ ist echt ekelig.

»Klar, dass du dir das wünscht. Eine andere Möglichkeit, dass ein Mädchen sich für dich auszieht, wirst du wohl leider nie bekommen«, teile ich ihm kühl mit.

Lisa guckt mich überrascht an. Ja, normalerweise spare ich mir solche Sprüche. Aber meine Laune ist gerade unterirdisch, da wird das wohl mal erlaubt sein.

Ich bin irgendwie nicht bei der Sache. Lisa übernimmt den Part, auch meine Nummern durchzustreichen. Ich kritzle nur abwesend auf meinem Bierdeckel rum.

»BINGO«, schreit Lisa plötzlich. »Nora, du hast Bingo. Du hast gewonnen.« Sie ist aufgesprungen und wedelt mit meinem Zettel.

»Echt?«, frage ich höflich. Eigentlich ist mir das ziemlich schnurz. Alle klatschen und der peinliche Moderator mit dem fiesen Schnurrbart kommt auf mich zu. Feierlich überreicht er mir einen riesigen Schinken. Lisa bekommt vor Lachen kein Wort mehr raus.

Super, ich als angebliche Vegetarierin, habe jetzt ein paar Kilo Fleisch in der Hand. Was, bitte schön, soll ich damit tun?

Ich starre auf den Fleischklops vor mir.

»Soll ich den Clarks jetzt erklären, ich hätte mir das noch mal überlegt und würde doch wieder Fleisch essen und hätte mir zum Auftakt eine Kleinigkeit zum Eingewöhnen gekauft, oder was?«, frage ich Lisa.

Sie prustet immer noch.

»Bring es doch Tim. Dann kann er auf dem Campingplatz

die nächsten zehn Wochen Schinken-Sandwiches anbieten«, schlägt Yakimi vor.

Klar. Ich sehe schon, wie Tim seiner Jessica zärtlich Schinkenstücke in den Mund schiebt.

Ich spüre zwei Blicke auf mir und drehe mich um. Hinter mir sitzt ein älteres Ehepaar. Beide schauen fast verliebt auf den Schinkenklops vor mir. Ich habe ein bisschen Angst, dass ihnen gleich Speichelfäden aus dem Mund hängen. Kurz entschlossen schnappe ich mir den Brocken und halte ihn dem Paar hin. Sollen sie doch glücklich damit werden.

Die beiden überschütten mich mit einem Redeschwall, von dem ich rein gar nichts verstehe. Ich vermute aber mal, dass das danke hieß.

Nach der Schinkenepisode verlasse ich den Pub. Ich weiß einfach nicht, was ich mit meiner schlechten Laune dort soll. Lisa entscheidet sich, noch etwas zu bleiben, nicht ohne mir einen besorgten Blick zuzuwerfen.

Jetzt gucke ich mich im Spiegel an, nachdem ich den Clarks nur schnell eine gute Nacht gewünscht und mich dann im Bad eingeschlossen habe.

»Was ist los?«, frage ich mein trauriges Gesicht. Ich gucke mir ganz geradeaus in die Augen.

»Warum bist du so down?«, hake ich weiter nach.

Es kommt keine Antwort.

»Er ist dein großer Bruder«, flüstere ich meinem Spiegelbild zu. »Also was soll das Theater?«

Ich sehe wie meine Pupillen hinter einer Wasserwand ganz glasig werden und schaue schnell weg.

Als Lisa ins Zimmer kommt, stelle ich mich schlafend. Ganz langsam atme ich ein und aus.

»Nora, ich weiß, dass du nicht schläfst«, flüstert sie mir ganz nah an meinem Ohr zu.

»Woher?«, flüstere ich zurück.

»Weil du im Schlaf immer so leise schmatzt.«

»Das tue ich nicht.«

»Doch. Wenn du willst, nehme ich das mal auf.«

»Ich glaube, das will ich nicht.«

Ich setze mich auf. »War es noch schön?«

»Geht so.«

Sie zieht sich mit Schwung das Shirt aus und schleudert ihre Jeans in eine Ecke. »Willst du darüber reden?«, fragt sie fast beiläufig als sie sich das Schlaf-Shirt überzieht.

»Worüber?«, frage ich zurück.

Sie tut so, als müsste sie überlegen. »Vielleicht über die Erderwärmung, über die Homo-Ehe, die Nebenwirkungen von Schmerzmitteln oder über Tim.«

»Okay. Über die Homo-Ehe«, antworte ich schnell.

Sie geht überhaupt nicht darauf ein.

»Warum hast du Sam gefragt, ob er dich zum Ball begleitet? Was ist der echte Grund?«

Ich lege mich auf den Rücken und überlege.

»Ich habe einfach das Gefühl, dass Tim seine Zeit gerne mit Jessica verbringen möchte. Ist ja auch klar. So wie die aussieht. Außerdem ist sie fast so alt wie er. Dagegen bin ich ja ein kleines Mädchen. Und Sam ist genau der Typ für eine gute Party. Der ist doch einfach gute Laune pur.«

»Und für dich ist das völlig in Ordnung, dass Tim sich dann mit Jessica amüsiert?«

»Ich habe dir von Anfang an gesagt, dass Tim und ich so etwas wie Geschwister sind. Wer weiß, vielleicht waren wir das in einem früheren Leben ja wirklich. Warum sollte ich ihm dann im Weg stehen?«

»Nee, klar. Warum solltest du?«

Lisa macht das Licht aus und legt sich unter ihre Decke.

»Willst du meine Hand halten?«, fragt sie leise.

Ich nehme sie schnell, halte sie ganz fest. Damit geht es mir ein bisschen besser.

25

Ich wache um vier Uhr auf und weiß, dass ich jetzt sofort zum Campingplatz muss. Ich muss wissen, ob Tim alleine in seinem Bus schläft. Oder ob er mit Jessica am Strand schläft. Ich muss es mit eigenen Augen sehen.

Ich stehe sofort auf.

Ich fahre da jetzt hin. Ich werde Lisa einen Zettel schreiben, dass wir uns um acht an der Schule treffen und sie sich keine Sorgen machen soll. Ich hätte einfach ein bisschen frische Luft gebraucht.

Mist.

Mein Fahrrad hat ja einen Platten. Es steht da hinterm Haus immer noch auf der Felge. Wie war das? Man muss den Schlauch nur aufpumpen, unter Wasser halten, dann sieht man das Loch und pappt einen Flicken drauf. Fertig.

Ich schlüpfe in Jeans und Top und gehe leise runter. Zwei abgebrochene Fingernägel später habe ich den Schlauch aus dem Reifen gezogen und mit einer Luftpumpe aufgepumpt. Ich nehme ihn mit ins Badezimmer und lasse das Becken volllaufen. Auf dem Schlauch tauchen Luftblasen auf. Allerdings überall. Was mache ich falsch? Doch plötzlich sehe ich an einer Stelle eine Reihe von Bläschen aufsteigen. Super. Und wo bekomme ich jetzt einen Flicken her? Im Badezimmerschrank finde ich Heftpflaster. Ich versuche es damit und es hält für ungefähr fünf Sekunden.

Ich bin echt ein Profi. Haha.

Offenbar ist das Geräusch von laufendem Wasser Yakimi auf die Blase geschlagen. Schlaftrunken kommt er rein und will Pipi machen. Ich warte ungeduldig vor der Tür.

Es ist schon halb fünf.

»Kannst du einen Reifen flicken?«, frage ich vorsichtig als er wieder rauskommt.

»Klar.«

»Könntest du das jetzt mal eben machen?«

»Jetzt?« Für seine Verhältnisse reißt er seine Augen ganz schön weit auf.

»Ja. Ist dringend.«

Er macht eine Grimasse, guckt kurz sehnsüchtig zu seiner Zimmertür, hinter der sein warmes Bett auf ihn wartet und lächelt mich dann an.

»Okay.«

Yakimi kommt auf die Idee, mal in der kleinen Tasche unter meinem Fahrradsattel zu gucken. Da wäre normalerweise das Flickzeug. Und er hat recht. Kleber, Flicken, alles da.

Um kurz nach fünf steht mein Rad mit prallen Reifen vor der Tür. Ich renne noch mal kurz hoch, schnappe mir meine Jacke und meine Schultasche und treffe auf dem Rückweg leider auf Linda. Seit wann steht die so früh auf?

»Good morning, my dear. Where are you off to so early?«

»I have to train for a bicycle race«, sage ich schnell.

»A High-Heels-race. A bicycle-race. What an athletic girl you are«, meint sie mit sehr festem Blick.

»Yeah, I'm very keen on sports«, sage ich rasch. Der Satz klingt so verdammt falsch in meinen Ohren, aber Linda schluckt ihn.

Ich winke ihr noch rasch zu, murmele etwas wie »See you later« und bin raus.

Es tut gut, unterwegs zu sein. Ich habe wieder dieses »Alleine-auf-der-Straße-Gefühl.« Aus einer Bäckerei duftet es verführerisch. Ich kaufe zwei Croissants, frage mich nicht, warum ich zwei genommen habe, und fahre weiter.

Mein Rad lasse ich an der Schranke zum Campingplatz stehen und gehe zu Fuß weiter. Ich setze mich erst mal abseits von dem Bulli in den Sand. Meine Augen suchen den Strand ab. Ich bin erleichtert, dass ich niemanden hier liegen sehe. Mein Blick geht zurück zu Tims Wagen. Und zu dem Zelt von Jessica und Sam daneben.

Ich breche mir ein kleines Stück von einem Croissant ab. Warum bin ich hier? Weil ich es wissen wollte. Unbedingt. Weil ich es wissen musste.

Und jetzt traue ich mich nicht. Ich schaffe es nicht, mich aufzurappeln, zu dem Bulli zu gehen und nachzusehen, ob Jessicas Flip flops davor stehen. Oder sogar einen Mini-Blick in das Zelt zu werfen. Dabei ist der Reißverschluss vom Zelteingang gar nicht geschlossen. Nur das Moskitonetz hängt davor. Es wäre ein Leichtes.

Aber ich habe Angst. Angst davor, etwas zu sehen, was ich NICHT, NICHT, NICHT sehen möchte.

Kurz entschlossen reiße ich die Croissants auseinander und

werfe sie den Möwen hin. Als ich aufstehe und gehe, bewegt sich etwas in dem kleinen Fenster des Bullis.

Ich kann nicht wirklich sehen, wer oder was es ist. Ich beschleunige meinen Schritt und stelle mir vor, wie eine feist grinsende Jessica mich flüchten sieht.

»Unsere liebe Gastmutter hat mich gefragt, ob ich eigentlich auch bei dem High-Heels-Race und dem Bicycle-Race mitmache«, empfängt mich Lisa vor der Schule.

»Und machst du?«, frage ich schlecht gelaunt zurück.

»Würde ich ja sehr gerne. Ich weiß nur noch nicht, wo man sich da anmelden kann.« Lisa ist echt sauer.

Die ersten beiden Stunden perlen an mir ab. Natürlich bemerke ich die Blicke von Mrs Collins. Immer wieder schaut unsere Lehrerin skeptisch in meine Richtung. Nichts könnte mir egaler sein. Und wenn sie jetzt sagen würde: »Nora, das hat keinen Sinn mit dir. So lernst du nie Englisch, du fährst jetzt sofort nach Hause«, wäre es okay.

Ich würde meinen Koffer packen und abfahren.

Vielleicht wäre das eh die beste Lösung.

Zurück in mein kleines Leben in das kleine Dorf ohne Homepage und ohne Hoffnung.

In der Pause verkrümle ich mich in die letzte Ecke vom Schulhof und stecke mir die Ohrstöpsel rein.

»Ich will dich einmal noch lieben
Wie beim allerersten Mal
Will dich einmal noch küssen
In deinen offenen Haaren

Ich will einmal noch schlafen
Schlafen bei dir
Dir einmal noch nah sein
Bevor ich dich für immer verlier«

Woher weiß Philipp Poisel wie ich mich fühle?

Ich kann mich nicht entscheiden, ob ich heulen oder schreien oder umfallen möchte. Also sitze ich einfach da, starre ins Nichts und löse mich langsam auf.

Lisa macht mir irgendwelche Zeichen. Nur zögernd ziehe ich die Stöpsel raus.

»Es hat geklingelt. Hast du das nicht gehört?«, schreit sie mir zu. Sie ist richtig wütend.

Wortlos stehe ich auf setze mich in Bewegung.

»Weißt du, was mich echt ankotzt?«, brüllt sie mir hinterher. »In der letzten Zeit warst du nie für mich da. Immer nur Tim, Tim, Tim. Und jetzt ist Tim Geschichte und du bist immer noch irgendwo ganz weit weg. Ich erreiche dich überhaupt nicht mehr. Ich habe plötzlich keine Freundin mehr. Ich bin wegen dir hier – denk mal dran. *Meine* Eltern hätten mich in die USA fliegen lassen. Nur wegen dir sitze ich jetzt in diesem Fischerdorf.«

Ich starre Lisa an.

Hat sie das jetzt echt gesagt?

Wie kann sie jetzt nur an *sich* denken?

Ich gehe einfach an ihr vorbei und setze mich auf meinen Platz.

Oder hat sie recht? Habe ich sie alleine gelassen? Das sollte ja schließlich *unser* Urlaub werden. Unser erster Urlaub weg von zu Hause ohne Eltern und Anhang.

Aber: Sollte sie jetzt nicht für *mich* da sein? Mich trösten?

Wer ist jetzt die schlechte Freundin?

Die ganzen Fragen machen mir Kopfschmerzen. Als hätte ich eine Gedanken-Wurzelentzündung.

Ein Satz quält mich besonders. *Jetzt ist Tim Geschichte* hat Lisa gesagt. Stimmt das wirklich? Ist das wirklich wahr? Das kann nicht sein. Das lässt mein Herz nicht zu. Tim und ich waren der größte gemeinsame Nenner, den man sich nur vorstellen kann.

Was genau hat Jessica, was ich nicht habe? Ja, sie ist schön. So verdammt schön. Und so sportlich. Und immer gut gelaunt. Und?

Ist es das, was Tim sucht? Sucht er überhaupt?

Weitere zwei Stunden, von denen ich nichts mitkriege. Mein Gehirn ist ein Labyrinth, in dem Gedanken vor die Wand laufen, sich jagen, überholen, fressen. Und plötzlich die Erkenntnis: Tim ist Geschichte. So oder so. In zwei Wochen fahren wir nach Hause.

Irgendwann wird Jessica abreisen.

Irgendwann wird Tim wieder nach Schweden fahren.

Niemand wird sich erinnern. Wenn, nur flüchtig. Wir werden irgendwann auf ein Foto stoßen, kurz zurückdenken. Mehr nicht.

Es wird eh vorbei sein. Dann kann es auch jetzt vorbei sein.

Als es klingelt, atme ich ganz tief ein und sage laut »So.«

Lisa guckt mich überrascht an.

»Ich bin wieder da«, verkünde ich. »Was geht?«

Sie grinst breit und nimmt mich in die Arme. »Welcome back!«

Wir verabreden uns mit ein paar anderen für heute Nachmittag zum Tretbootfahren am Strand. Damit ich es nicht vergesse, schreibe ich mir mit Edding *Ich habe jetzt Spaß* auf den Unterarm. Nur zur Sicherheit.

Ich lache laut, quietsche, lass mich prustend ins Wasser fallen. Wir sind mit mehreren Tretbooten unterwegs und überholen uns gegenseitig, rammen uns, entern die Boote, probieren aus, wie viele von uns auf ein Bötchen passen.

Es ist anstrengend, so lustig zu sein. Aber wenn ich nur lang genug so tue, als ginge es mir blendend, vielleicht glaube ich mir dann irgendwann. Vielleicht fühlt es sich dann irgendwann echt an. Wenn ich den Gedanken an Tim immer wieder verscheuche wie einen räudigen Hund, vielleicht bleibt er dann irgendwann in seiner Ecke und traut sich nicht mehr raus.

Noch ist es nicht so weit.

Noch ist alles eine Maskerade, ein schlechtes Theater. Immerhin, Lisa scheint mir zu glauben. Sie schaut mich glücklich an.

Wenigstens ihr geht es gut.

Als Yakimi, der mit Vincent in einem Boot sitzt, plötzlich ruft: »Los, wer zuerst am Campingplatz ist«, bleibt mir für eine Dreiviertelsekunde das Herz stehen. Dann galoppiert es los.

Lisa guckt mich fragend an.

Ich versuche ein Grinsen, das wahrscheinlich eher so aussieht als hätte ich einen Gesichtskrampf und sage: »Klar. Los.« Lisa und ich treten in die Pedalen, was das Zeug hält. Trotzdem verlieren wir das Rennen. Yakimi und Vincent sitzen schon am Strand, als wir ankommen und unser Boot an Land ziehen. Ich sehe, wie Tim auf sie zugeht.

Mein Herz entwickelt einen ganz neuen Schlagrhythmus,

der sich nach Zufallsprinzip anfühlt. Lisa, ich und Tim kommen zeitgleich bei Yakimi und Vincent an. Tim starrt auf meinen Arm.

Ich habe jetzt Spaß, liest er und guckt mich fragend an.

Lisa lacht glucksend und singt dann laut: *»Girls, just wanna have fun.«*

Sie hätte Tim auch – wie bei der Ice-Bucket-Challenge – einen Eimer Eiswasser über den Kopf kippen können. Es hätte wohl eine ähnliche Wirkung gehabt.

Auf mich übrigens auch.

Auf jeden Fall ist Tims Blick eisig als er mir in die Augen guckt. Wortlos dreht er sich um.

Ich würde am liebsten ... egal, ich tue es ja doch nicht.

Ganz langsam lasse ich mich in den warmen Sand fallen, schließe die Augen. Natürlich erschrecke ich mich total, als mich Yakimi und Vincent plötzlich an Armen und Beinen hochheben und mich in ein Loch fallen lassen, das sie wohl gerade geschaufelt haben. Ehe ich mich versehe, haben sie mich total im Sand eingebuddelt. Nur mein Kopf guckt noch raus.

»Lisa! Hilf mir doch«, brülle ich.

»Sofort. Ich muss erst noch ein Foto machen«, kichert sie.

Aus den Augenwinkeln sehe ich, wie Jessica aus ihrem Zelt kommt und auf Tims Bulli zusteuert. Ich habe mich noch nie in meinem ganzen Leben so hilflos gefühlt. Ich kann im wahrsten Sinne des Wortes nichts machen.

Als Lisa mich endlich befreit hat, renne ich ins Meer und tauche sofort unter. Keinen Bock, dass hier irgendjemand meine Tränen sieht.

»Kommt, wir fahren zurück. Ist doch langweilig hier«, verkünde ich als ich wieder rauskomme.

Die anderen drei nicken und wir machen uns auf den Weg zum Bootsverleih. Und plötzlich weiß ich es: Ich muss Tim einen Brief schreiben. Ich muss ihm erklären, dass ich nicht sauer bin auf ihn oder so. Und: Ich muss das jetzt sofort schreiben. Später fehlt mir vielleicht der Mut. Nur, wie mache ich das Lisa klar?

Als wir aus unserem Tretboot klettern, krümme ich mich leicht und halte mir den Bauch.

»Was ist los?«, fragt sie natürlich gleich.

»Keine Ahnung. Ich glaube, ich kriege meine Tage.«

Sie runzelt die Stirn. »Schon wieder? Hattest du sie nicht erst?«

Mist, die ist ja schlimmer als unsere Sportlehrerin. Die schreibt sich das sogar extra auf.

»Ich weiß auch nicht. In letzter Zeit kommen die total unregelmäßig«, behaupte ich einfach. Lisa wühlt in ihrer Tasche und hält mir ein Tampon hin.

»Danke. Ich habe welche. Aber das Ziehen im Bauch wird immer schlimmer. Ich glaube, ich fahre nach Hause und leg mich ins Bett.«

Wir nehmen uns kurz in den Arm und dann lässt Lisa mich gehen.

Lieber Tim. Ich glaube, du denkst, dass ich sauer bin auf dich. Stimmt nicht. Ich gönne dir auch total dein Glück mit Jessica. Ihr passt echt gut zusammen.

Die letzten Buchstaben verschwimmen leider, weil ich wie eine kitschige Kuh auf das Papier tropfe. Ich hab mich in den

Garten gesetzt, damit ich vor Määäry-Äann meine Ruhe habe, die ist nämlich heute schon eher aus der Schule gekommen.

Nächster Zettel.

Hi Tim. Wollte dir nur kurz sagen, dass ich nicht sauer auf dich bin. Aber vielleicht könnten wir ja wieder mal was unternehmen? Hatte lange kein Schoko-Fondue mehr.

Ich zerfetze das Blatt. Was für ein Scheiß. Warum sollte ich ihm schreiben, dass ich NICHT sauer bin? Ich schreibe ihm ja auch nicht, dass ich NICHT erkältet bin. Oder NICHT gut im Tennis. Oder NICHT wieder nach Hause will.

Vielleicht sollte ich ihm schreiben, *was los ist.*

Tim, du fehlst mir so, dass es wehtut. Mir fehlt deine Stimme. Dein Blick. Und mir fehlt das Lachen mit dir so unendlich. Mit dir muss ich nicht reden, du schaust direkt auf meine Seele. Ich kannte das Gefühl vorher nicht. Es ist so schaurig-schön, so abgrundtief. Wir haben uns nicht gesucht und trotzdem gefunden. Alles in mir flüstert deinen Namen. Ich schließe die Augen und sehe uns am Strand liegen. Ich schaue auf meine Hand, auf der deine gelegen hat. Sie ist einsam.

Ich lehne mich zurück.

Ja, das würde ich ihm eigentlich gerne schreiben. Natürlich tue ich es nicht.

Ich zerreiße das Blatt in tausend kleine Fetzen.

Das traurigste Konfetti, das es je gab.

Ich will nur, dass du weißt
Wie oft ich Briefe an dich schreib
Und sie wieder zerreiß
Und dass ich dich lieb und so'n Scheiß

Ganz plötzlich habe ich die Textzeile von SDP im Ohr.

Es stimmt. So einfach ist das. Und so kompliziert. Das muss Liebe sein.

Mir fällt ein anderer Song von dem Duo ein, auf das ich im letzten Jahr gestoßen bin. Er heißt *Kurz für immer bleiben*. Genau das Gefühl habe ich bei Tim. Ich will ganz kurz für immer bei ihm bleiben.

Es stinkt. Ich schnuppere. Es stinkt total verbrannt. Fies verkokelt. Im Haus singt Määäry-Äänn laut in den furchtbarsten Tönen. Oder schreit sie jetzt? Das kann man wirklich nicht gut auseinanderhalten. Ein Blick ins Wohnzimmer reicht. Sie schreit. Und versucht, eine kokelnde Decke zu ersticken. Mit einer anderen Decke. Beide sind offenbar zu hundert Prozent aus Nylon und es stinkt bestialisch. Überall im Zimmer brennen Teelichter. Auf dem Tisch, im Regal, auf dem Boden. Ich renne in die Küche, fülle einen Kochtopf mit Wasser und kippe ihn auf die glimmenden Klumpen. Das wiederhole ich drei Mal. Määäry-Äänn schreit immer noch.

»Shut up«, brülle ich sie an. Soll keiner sagen, dass ich nicht doch ein paar englische Begriffe gelernt habe.

Ich reiße alle Fenster auf, damit der Gestank verschwindet und lösche die Teelichter, die die Wohnzimmerflutung überstanden haben.

»What are you doing here?«, herrsche ich die heulende Määäry-Äänn an.

Schniefend erklärt sie mir, dass sie offenbar einen großen Auftritt geübt hat. Für die richtige »mood« hat sie die Kerzen aufgestellt und sich dann ein Negligé von Mama umgehängt. Ups. Das war keine Decke? Das war ein Negligé? Wann bitte trägt Linda solche hauchdünne Nylonfetzen? Ich möchte es eigentlich gar nicht wissen. Aus der Küche hole ich einen Müllsack und stopfe den geschmolzenen Klumpen rein. Dann erkläre ich Määäry-Äänn, dass sie einen Föhn holen soll, um den nassen Teppichboden zu trocknen. Natürlich ist auch der Boden etwas angekokelt. Wenn man aber den Sessel ein bisschen verschiebt, sieht man das gar nicht.

Ich weiß nicht, warum ich der Tochter der Clarks helfe.

Doch. Ich weiß es.

Weil ich nie eine Schwester oder Bruder hatte, der mir mal geholfen hätte, wenn ich Mist gebaut habe.

Es war niemand da, als ich damals auf Papas Auto mit Edding Blümchen gemalt habe.

Es war niemand da, als ich einen Straßenflohmarkt mit dem *guten Geschirr* gemacht habe.

Und auch nicht, als ich Oma gefragt habe, warum Mama sie am liebsten von hinten sehen würde. Sie hätte doch ein hübsches Gesicht.

Ich musste das alles alleine durchstehen.

Määäry-Äänn ist so dankbar, dass sie mir einen Kettenanhänger schenken will, ein pinkfarbenes Pling-Pling-Herz. Ich lehne dankend ab. Hinterher erwartet sie noch, dass ich es auch trage.

26

Mitten in unseren Aufräumarbeiten meldet sich mein Telefon.

Was macht der Bauch? Besser? Wir machen spontan Karaoke-Party am Zeltplatz. Neue Gruppe angereist. Die haben da Bock drauf. Yakimi holt Anlage. Ich habe ihm gesagt, er soll dich auch mitbringen lese ich.

Mir wird übel.

Kann ich da hingehen? Schaffe ich das?

Andere Frage: Schaffe ich es, da NICHT hinzugehen?

Wohl kaum.

Geht mir schon besser. CU gleich, antworte ich schnell und stürme unser Zimmer, das immer mehr zu einem begehbaren Kleiderschrank mutiert ist.

Was soll ich anziehen?

Ich könnte einfach wie immer in Jeans und weißem Shirt plus Tuch auflaufen. Will ich aber nicht. Ich will mich heute aufbrezeln. Ich will anders aussehen. Mein Klamottenhaufen gibt da leider nicht viel her. Ich schiele zu Lisas Berg rüber. Der Blümchenrock ist doch eigentlich süß. Aber er ist etwas zu lang, geht bis übers Knie, was ein bisschen trutschig aussieht. Ich probiere Lisas Plateau-Sandalen dazu – ja, das geht! Dazu noch mein Top mit Goldpunkten. Perfekt. Ich texte an Lisa kurz, ob ich mir die Sachen ausleihen darf und bekomme die prompte Antwort *Klar :) Heute mal in Schick?*.

Ich ziehe einen Flunsch. Als ob ich sonst im Müllsack rumrennen würde.

Müllsack. Ich muss Määäry-Äänn noch daran erinnern, dass sie den Stinke-Beutel ganz weit weg irgendwo in eine Tonne stopfen muss.

Yakimi stutzt, als er mich sieht. Ich habe ein bisschen Schminke aufgelegt und drei Armbänder angezogen.

»Bist du fertig?«, fragt er vorsichtig.

»Ich denke schon«, behaupte ich und strecke das Kinn hoch. Eigentlich fühle ich mich wirklich ziemlich fertig. Aber das muss ja keiner wissen.

Wir nehmen mein Rad, weil ich aber mit dem Rock nicht so gut fahren kann, muss Yakimi radeln. Ich bekomme dafür seinen schweren Rucksack mit dem ganzen Equipment.

Als wir am Campingplatz ankommen, habe ich Schweißränder unter den Achseln und auch auf dem Rücken. Na toll. Da mache ich ja einen ganz verführerischen Eindruck.

Natürlich kann ich mit den hohen Schuhen im Sand nicht gut laufen. Kurzerhand ziehe ich die Sandalen aus. Jetzt sieht der Rock wieder omamäßig aus. Also rolle ich oben das Bündchen einfach hoch und mache mir einen Mini. Jetzt habe ich natürlich eine totale Wulst auf den Hüften.

»Was ist? Kommst du?«, Yakimi ist schon vorgegangen und hat sich zu mir umgedreht.

»Geh schon. Ich komme gleich. Muss nur noch eben aufs Klo.«

Im Waschhaus steht Jessica vorm Spiegel. Sie hat einfach nur eine abgeschnittene Jeans an (die allerdings sehr hoch abgeschnitten ist) und ein weißes Rippen-Unterhemd.

Sie sieht umwerfend aus.

Ich sehe aus, als käme ich gerade von einer Bad-Taste-Party.

Jessica begrüßt mich einfach nur mit »Ups«.

Wie *Ups – die Pannenshow*.

In den drei Buchstaben liegt alles. Ich nicke ihr nur kurz zu und schließe mich in eine Kabine ein. Dort werde ich Europa- und Weltmeisterin im lautlos heulen.

Den Triumph, mich weinen zu sehen, will ich ihr nicht gönnen.

Ich höre, wie sie rausgeht und atme tief ein.

Allerdings öffnet sich ein paar Minuten später wieder die Tür.

»Nora?«, ruft Lisa. »Bist du hier? Jessica sagt, du hättest dich hier eingeschlossen und würdest heulen.«

Ich schließe die Augen und denke immer wieder: Das ist nur ein Traum. Ein schlimmer Traum.

»Nora?«

Es ist offenbar kein Traum. Ich strecke mich und öffne langsam die Tür.

Lisa guckt mir ins Gesicht, dann langsam an mir runter. Dann wieder in meine Augen.

»Was ist los?«, fragt sie endlich.

»Ich wollte mal anders aussehen«, murmele ich.

»Das ist dir definitiv gelungen.«

»Ich kann da nicht rausgehen«, erkläre ich.

»Natürlich gehst du mit raus. Du ziehst jetzt die Schuhe an, den Rock gerade, wäschst dir deine Waschbäraugen. Und dann machen wir Party«, bestimmt Lisa.

Waschbäraugen? Ich gehe zum Spiegel. Super. Die Wimperntusche ist total verschmiert.

»Jessica wird gerade Tim erzählen, wie ich hier aufgelaufen bin und die beiden lachen sich kaputt.« Ich kann es fast hören.

»Los. Keine Ausreden mehr«, fordert mich Lisa auf.

Ich nicke nur und drehe den Wasserhahn auf.

Vorsichtig stakse ich auf den hohen Absätzen und mit sauberem Gesicht an Lisas Hand hinaus und lasse mich erleichtert auf einem Stuhl mit Blick auf die Bühne sinken, als Sam freudestrahlend auf mich zukommt.

»Heute schon so schick? Ich bin gespannt auf tomorrow«, grinst er mich an und zeigt mir mindestens zwanzig strahlend weiße Zähne.

Der könnte echt fast mit jedem Körperteil modeln.

Mir ist das eigentlich zu perfekt.

»Wann soll ich dich eigentlich abholen?«, will er nun wissen.

»Du musst mich nicht abholen«, bremse ich. »Wir treffen uns einfach um sieben vor der Schule.«

»No way! Ich hole ab mein Mädchen zu Hause«, widerspricht er.

Und zwar sehr laut und direkt in eine Musikpause. Alle haben das gehört. Auch Tim, der ein paar Meter vor uns an der Bar steht.

Ist er gerade zusammengezuckt?

»Schon gut. Dann holst du mich eben um sieben ab«, gebe

ich nach. Ich habe jetzt echt keinen Bock auf ein längeres Gespräch mit Sam-Boy.

Die Karaoke-Party geht unterdessen weiter.

Jessica hat sich das Mikrofon geschnappt. Sie singt ausgerechnet *Sexbomb* von Tom Jones. Und wen guckt sie dabei an? Klar. Tim.

Mir reicht es.

Das ziehe ich mir nicht rein. Lisa steht nur ein paar Meter von mir. Aber ich habe auch kein Bock auf eine Diskussion mit ihr. Ganz langsam gehe ich rückwärts raus und schicke ihr eine Nachricht: *Bin nach Hause.*

Dann mache ich das Handy aus.

Als ich es im Bett wieder anschalte, habe ich drei Sprach- und vier Textnachrichten. Alle von Lisa. Sie will wissen, was eigentlich mit mir los ist. Warum ich plötzlich so blöd bin. Die Party wäre auf jeden Fall mega.

Vielen Dank.

Genau das wollte ich hören.

»Was ist eigentlich los mit dir?«

Woher weiß Lisa, dass ich schon wach bin? Ich habe noch nicht mal die Augen offen.

»Nichts«, antworte ich und drehe mich auf die Seite.

»Das merke ich. Deswegen frage ich ja.«

Ich spüre, wie sie mich anguckt und drehe mich wieder um.

»Weißt du, was ich mir gestern Abend noch überlegt habe?«, frage ich sie und rede gleich weiter. »Ich mache eine Ausbildung zur Fleischfachverkäuferin und dann heirate ich Harry Hack. Ich trete in den Schützenverein ein und in den Kegelklub. Wir werden jedes Jahr Urlaub im Schwarzwald machen und in eine Doppelhaushälfte direkt neben Harrys Eltern ziehen. Jeden Sonntag backe ich einen Frankfurter Kranz. Wenn unsere Kinder Shanaia und Harry junior da sind, arbeite ich natürlich nur noch halbtags in unserer Metzgerei.«

Lisa starrt mich mit offenem Mund an.

»Harry Hack?«, fragt sie schließlich.

»Klar. Warum nicht. Ist doch eh alles scheißegal.«

Harry Hack ist der Sohn unserer Dorf-Metzgerei. Natürlich heißt er nicht wirklich so. Aber er sieht aus wie »Harry Hack«. So ein richtiges Fleischwurstgesicht.

»Wenn du jemals deine Kinder Shanaia und Harry junior nennst, sorge ich dafür, dass dir das Sorgerecht entzogen wird«, grinst Lisa. Sie nimmt mich in den Arm. »Ist es so schlimm?«, fragt sie leise.

»Schlimm?«

Ich wiederhole das Wort ganz langsam. Eigentlich ein lustiges Wort. Wenn man es oft genug denkt, klingt es richtig komisch.

»Weißt du noch, als du Weihnachten diese Magen-Darm-Grippe hattest und praktisch auf dem Klo gewohnt hast? So fühle ich mich«, erkläre ich schließlich.

»Hä?«

»Nur halt nicht, dass es meinem Bauch schlecht geht. Sondern meinen Gefühlen.«

»Du hast Gefühls-Durchfall?«, fragt sie nach.

»Ja. So ungefähr.«

»Kannst du trotzdem was essen?«

»Ich kann es versuchen.«

»Dann lass uns mal frühstücken. Du machst mir echt Angst.«

»Lädst du mich eigentlich dann sonntags ein, wenn es Frankfurter Kranz gibt?«, fragt sie mich später, während wir unsere Cornflakes löffeln.

»Klar. Du heiratest ja Marvin Großmann. Und unsere Männer sind abwechselnd Schützenkönig.«

»Marvin Großmann? Den Gas-Wasser-Scheiße-Junior?« Lisa ist wirklich empört.

»Ich weiß gar nicht, was du hast. Meine Mutter sagt immer: Handwerk hat goldenen Boden. Da kriegst du jedes Jahr zum Geburtstag einen Brilli.«

Lisa lacht laut los. »Mensch, Nora. Du hast echt eine üble Fantasie. Schützenkönig. Kegelclub. Das sind ja Horroraussichten. Hatten wir nicht vor, uns direkt nach dem Abi eine Uni ganz weit weg zu suchen?«

»Ich will nichts mehr suchen. Ich finde eh das Falsche.«

Sie guckt mich mitleidig an. »Hat Tim dir so wehgetan?«

Ich gucke aus dem Fenster, presse meine Lippen aufeinander. Bloß nicht wieder losheulen.

»Hör einfach auf, an ihn zu denken.«

Ich gucke Lisa verblüfft an. Versteht sie denn nichts?

»Okay. Dann hör du mit dem Shoppen auf«, sage ich.

Sie starrt mich an. Und begreift vielleicht ganz langsam.

27

Linda kommt singend in die Küche. Sie trällert *Waterloo* von ABBA.

»Hoffentlich ist das nicht das Motto für heute Abend«, grinst Lisa mich an. Feierlich überreicht uns Linda endlich unser Zalando-Outfit und ermahnt uns noch mal, gut auf die Kleider aufzupassen.

Wir versprechen es brav und gehen auf unser Zimmer. Ganz vorsichtig schlüpfen wir in die feinen Kleider. Lisa sieht umwerfend aus mit den goldenen Pailletten und den hohen Schuhen. Die Lachsfarbe von ihrem Fummel passt echt super zu ihren dunklen Haaren. Aber ich finde mein Dress auch sehr elegant. Das Kleid ist ganz schmal geschnitten und schlicht grau. Dazu sieht der giftgrüne Seidenschal perfekt aus und auch die silbernen Riemchen-Sandalen.

»Ist das echt okay für dich, mit Yakimi auf den Ball zu gehen?«, frage ich Lisa vorsichtig.

»Klar. Absolut. Ich finde ihn echt witzig. Und stell dir vor, ich würde mit jemanden gehen, den ich so richtig klasse fände. Das würde mich total stressen. Dann müsste ich charmant sein und witzig und mich immer fragen, ob er mich auch gut findet und das alles. Das ist doch total anstrengend.«

So kann man es natürlich auch sehen.

Wir hängen unsere Outfits auf Bügel und beginnen mit dem ultimativen Schönheitsprogramm. Fuß- und Fingernägel feilen und anmalen. Beine und Achseln enthaaren. Packung auf die Haare. Maske ins Gesicht.

Ich dokumentiere alles mit meiner Sofortbildkamera.

»Damit kann ich eine Ausstellung machen«, finde ich. »Titel: *Ich mache mich mal eben frisch. In fünf Stunden.*«

Lisa versucht, nicht zu grinsen, damit ihre Maske nicht bröckelt.

Ein Superfoto.

Den Nachmittag verbringen wir vor der Glotze.

»Sollen wir nicht noch was machen?«, nörgele ich. Mir ist irgendwie langweilig.

»Auf gar keinen Fall. Wir sparen uns unsere Energie für später auf.«

Ich schaue raus. Es ist trüb heute. Ein total grauer Tag mit Wolkenbergen aus Beton. Es geht kein Wind. Tim wird nicht draußen sein auf dem Wasser. Er wird in seinem Bulli sitzen, wahrscheinlich mit einem warmen Kakao, und lesen. Eingemuckelt in seine Kuscheldecke. Die mit dem fetten Fleck.

Vom Kuschelfrühstück mit Jessica.

»Ich habe lange nichts von meinen Eltern gehört«, sage ich zu Lisa. »Ich rufe die mal an.«

»Du rufst freiwillig deine Eltern an?«, staunt sie.

»Ich habe eh schon grottenschlechte Laune. Das muss ich

ausnutzen. Sonst melden die sich, wenn es mir gerade wieder gut geht, und machen alles wieder zunichte«, argumentiere ich.

Sie sind nicht da. Es ist Samstagnachmittag. Da sind die immer da. Samstagvormittags gehen sie einkaufen. Am Samstagnachmittag backt meine Mutter einen Kuchen für Sonntag. Am Sonntag geht mein Dad auf den Golfplatz und meine Mutter liest schlaue Ratgeber.

Der Anrufbeantworter geht ran und ich sage kurz, dass es mir gut geht und sie sich keine Sorgen machen sollen und wünsche einen schönen Sonntag.

Lisa guckt mich an. »Deine Stimme klang eher nach: ›Ich wollte nur kurz Tschüss sagen, ehe ich mich vor den Zug werfe.‹«

»Hör auf. Wenn das stimmt, steht meine Mutter hier morgen auf der Matte«, stöhne ich. Zu diesem Zeitpunkt wusste ich noch nicht, dass genau das passieren würde.

Pünktlich um sieben Uhr fährt eine Limousine vor. Eine Stretch-Limousine in Weiß. Wie peinlich ist das denn? Lisa und ich sind natürlich schon seit halb sieben fertig gestylt und lackiert. Ich habe drei Mal mein Deo erneuert, damit ich das Zalando-Kleid nicht vollschwitze. Yakimi hat den Schlitten wohl auch vorfahren sehen und kommt die Treppe runtergeschlendert. Er sieht gut aus in dem Outfit, das Lisa für ihn zusammengestellt hat. Doch das ist nichts gegen Sam, der sich jetzt gerade aus dem XXL-Wagen schält. Er trägt einen engen grauen Anzug, ein noch engeres weißes Shirt und Lackschuhe. Ich greife noch mal schnell zum Deo-Roller.

Mit einer riesigen roten Puff-Rose kommt er auf die Haustür

zu. Ich reiße schnell die Tür auf, bevor er klingelt, denn ich brauche keine Versammlung der whole Clark-family.

»Hi. Du hast doch nichts dagegen, wenn Lisa und Yakimi auch mitfahren, oder?«, sage ich schnell.

Er lächelt mich mit seinem schneeweißen Gebiss an. »No problem, Baby. Der Wagen ist ja groß genug.«

Baby?? Ich strecke die Hand aus. »Ist die für mich?« Ich zeige auf die Rose.

»Natürlich. Eine Rose für meine Rose.«

Ach du scheiße, was guckt der denn für Fernsehserien? Übt der schon für den Bachelor? Ich nehme die kitschige Blume und lege sie einfach irgendwo ab. Immerhin schaffe ich es auf diese Weise, dass Smart-Sam mal kurz irritiert ist.

»Wie kommst du denn an so ein Auto?«, frage ich fast ein bisschen streng.

»Ich habe einfach mal bei dem Mietwagen-Dings nachgefragt, ob sie nicht eine Limo hätten, die heute Abend mal zu Werbezwecken durch die Stadt cruisen könnte. Und ob sie mich und meine reizende Begleitung nicht mitnehmen würden.«

Er grinst wieder und seine Augen sagen: Habe ich das nicht toll gemacht? Bin ich nicht ein ganz toller Typ?

Lisa gluckst. »Wahrscheinlich hast du denen noch erzählt, dass deine reizende Begleitung todkrank ist, die nächsten achtundvierzig Stunden nicht überlebt und eine Fahrt in einer Stretchlimo ihr letzter Wunsch ist.«

Sam ist sichtlich überrascht. »Gute Idee fürs nächste Mal. Können wir jetzt los?«

Er hält mir seinen Arm hin und leider muss ich den nehmen. Diese blöden Schuhe sind mit dem Tesafilm drunter einfach so glatt, dass ich mehr zum Auto schlittere als laufe.

»Wieso haben wir kein Kreppband genommen?«, frage ich nach hinten zu Lisa, die sich von Yakimi lotsen lässt.

»Weil wir gleich über die Tanzfläche schweben wollen«, erinnert sie mich.

Natürlich gucken uns alle an, als wir mit dem fetten Wagen vorfahren und dann Richtung Schul-Aula schreiten. Ich hasse es. Ich stehe nicht gerne im Mittelpunkt. Ich spüre die Blicke von allen Seiten und lege einen Zahn zu.

»Ho-ho. Das ist hier kein Sprint«, bremst Sam mich aus. Er genießt die Aufmerksamkeit sichtlich. Ich glaube, er hat seine Bauchmuskeln angespannt, damit alle sein Sixpack bewundern können, was sich durchs T-Shirt abzeichnet. Witzigerweise bleibt er an der Garderobe mit mir stehen. Ich sage nichts und stehe brav neben ihm. Als wir an der Reihe sind, gucke ich ihn fragend an. Ich trage Slip, BH, Kleid, Schal.

»Was genau soll ich jetzt ausziehen und abgeben?«, erkundige ich mich mit ganz freundlicher Stimme.

»Ups. Okay. Come on.« Er zieht mich schnell weg.

Wenigstens für eine Millisekunde hatte ich heute Abend Spaß.

Wir betreten durch die große Tür den Saal und schlendern herum. An einem Stehtisch bleiben wir stehen. Alle haben sich so schön gemacht. Manche Mädels müssen stundenlang beim Friseur gehockt haben für ihre Turmfrisuren. Aber auch die Jungs haben sich mächtig ins Zeug gelegt. Einer hat echt einen Smoking an. Alle reden leiser als sonst. Ein Kribbeln liegt in der kühlen Luft. Hinter der Tanzfläche stehen schon die Instrumente für die Band bereit.

»Schau mal, als hätte ich es gewusst.« Er zeigt auf sein Einsteck-Tuch in dem Sakko. Es ist wirklich derselbe Grünton wie mein Schal.

»Hübsch. Wo hast du den Fummel überhaupt her?«

»Aus dem Theater-Verleih.«

»Lass mich raten. Ich weiß auch, in welchem Stück der mal auf der Bühne war. Mit Sicherheit ›Casanova‹. Oder?«

Er lacht und sagt allen Ernstes: »That's why I like young chicks like you. You are so much fun.«

Und genau in dem Moment fällt der Groschen bei mir: Er macht sich die ganze Zeit über mich lustig. Ich bin für ihn das kleine Mädchen, dem er mal die große aufregende Welt zeigt. Als würde ich sonst meine Nachmittage damit verbringen, mit Lisa UNO zu spielen oder Mandalas auszumalen.

Mir wird ganz heiß vor Wut.

Und dann zuckt es noch mal heiß durch mein Hirn: Und genau so sieht mich Tim. Bei seinem Gesülze von der »kleinen Schwester« habe ich immer nur auf das Wort »Schwester« geachtet. Aber das Wort »klein« war womöglich das Wichtigere.

Er hat mich gar nicht ernst genommen.

»Ich muss mal aufs Klo«, murmele ich und stakse Richtung Toiletten.

Was habe ich mir die ganze Zeit eingebildet? In was habe ich mich da reingesteigert? Tim findet mich wahrscheinlich »knuffig« oder »lustig« oder so etwas. Genau wie Sam.

Vor dem Spiegel lege ich dramatisch viel Lippenstift auf. Wieder am Tisch angekommen, strahle ich Sam an und sage: »Willst du mir nicht mal was Richtiges zu trinken holen?« Sam hat am Eingang ein grünes Bändchen fürs Handgelenk bekommen, das anzeigt, dass er über achtzehn ist und Alkohol trinken darf.

Natürlich sehe ich, wie Lisa, die neben Sam getreten ist, die Augenbrauen hochzieht.

»Was? Wir wollen uns doch amüsieren«, erkläre ich ihr.

Der Cocktail, den Sam mir holt, sieht toll aus. Mit Ananas am Rand, buntem Schirmchen und Strohhalm. Er schmeckt wie Hustensaft gemischt mit Erdbeer-Wassereis. Ziemlich fies. Ich schaffe es aber, ihn zu trinken, ohne das Gesicht zu verziehen.

»Ich finde, die Bowle sieht auch ganz verführerisch aus«, verkünde ich und deute auf ein Getränk, das mit einer Kugel Vanilleeis serviert wird. Ich versuche, Sam auch ganz verführerisch anzusehen.

»Was ist mit dir los?«, flüstert Lisa mir zu. »Es ist noch nicht acht und du bist gleich besoffen.«

»Von zwei Drinks doch nicht«, wehre ich ab. »Ich trinke mir nur ein ganz klein bisschen gute Laune an.«

Ihr Blick ist eine Mischung aus Irritation, Angst, Zweifel und Mitleid.

Das brauche ich jetzt echt nicht.

Sam kommt mit einem Glas Bowle zurück. Das ist mein Geschmack. Sehr süß und cremig. Ich glaube gar nicht, dass da Alkohol drin ist. Wenn, dann total wenig.

Der Leiter der Schule hält jetzt eine Ansprache. Wie schön es sei, so viele Nationalitäten begrüßen zu dürfen und bla und blubb. Ich würde es begrüßen, wenn jetzt die Party mal richtig losgehen könnte. Weil mein Glas schon wieder leer ist und ich nach der süßen Bowle einen Riesendurst habe, schnappe ich mir einfach Sams Bierflasche.

Bäh. Nicht lecker. Aber es hilft gegen Durst.

Direkt nach der Rede, als alle brav applaudieren, zieht Lisa mich vor die Tür.

»Was wird das hier? Die schnellste Alkoholvergiftung in der Geschichte dieser Schule?«

»Wenn ich solche Sprüche hören möchte, rufe ich meine Mutter an«, gifte ich zurück.

»Ich frage mich einfach nur, was mit dir los ist. Wo ist meine witzige Nora?«

»Die witzige Nora? Die lustige Nora? Die gibt es nicht mehr. Kindergeburtstag war gestern. Ich habe keinen Bock mehr von oben herab behandelt zu werden. Ich brauche auch keinen großen Bruder mehr. Ich bin selber groß«, teile ich ihr mit.

Ich merke, wie sie zögert. Lisa holt Luft, sagt dann aber nichts.

»Ist noch was?«, frage ich brüsk.

»Du solltest ihn endlich vergessen. Er ist es nicht wert, dass du dich wegen ihm so fertig machst. Womöglich hat er dich von Anfang an nicht wirklich ernst genommen«, sagt sie endlich leise.

»Wer?«

»Tim.«

»Wie kommst du darauf?«

Ich weiß gar nicht, ob ich die Antwort hören will. Was kommt jetzt noch. Die Wutkugel in meinem Bauch ist schon groß genug.

»Er hat mal so etwas zu Yakimi gesagt«, sagt Lisa endlich.

»WAS hat er zu Yakimi gesagt?«

»Dass Mädchen in der Pubertät irgendwie anstrengend wären. Wie Wundertüten. Man wüsste nie, was einen erwartet.«

Wundertüte? Der kann sein blaues Wunder erleben. Kein Problem. Und was bitte meint er mit »Mädchen in der Pubertät«?

Habe ich jemals eine Szene gemacht, weil ich mich nicht entscheiden konnte zwischen Hello Kitty und Taylor Swift?

Möchte ich Tierärztin im Senegal werden, weil ich kleine Löwenbabys so süß finde?

Benutze ich Lipgloss mit Cola-Geschmack?

Mache ich kleine Herzchen statt i-Punkte?

28

»Danke für die Information«, sage ich nur kühl zu Lisa. »Können wir jetzt bitte wieder reingehen. Das soll immerhin die Party des Jahres werden. Die möchte ich ungern verpassen.«

Sam hat mir noch ein Glas Bowle mitgebracht. Da kann ich ja jetzt wohl nicht kneifen. Ich muss nur gleich dringend mal was essen, es schwappt schon ziemlich in meinem Bauch. Xenia und Ella kommen lachend auf uns zu. Sie tragen wirklich beide ein Dirndl und beachtliche Dekolletees. Natürlich himmeln beide Sam an. Erst finde ich es ganz lustig. Dann fällt mir ein, dass es ja meine Begleitung ist, die sie hier anflirten. Wie dreist. So etwas lasse ich mir ab sofort nicht mehr gefallen.

»Come on, sweetheart. Gehen wir tanzen?«, flöte ich in Richtung Sam.

Der nickt brav und führt mich Richtung Tanzfläche. Ich spüre neidische Blicke auf meinem Rücken. Tja.

Neid muss man sich erarbeiten. Mitleid kriegt man geschenkt.

Ich will nichts mehr geschenkt bekommen.

Leider stellt sich heraus, dass ich mit den Schuhen nicht

tanzen kann. Nur rutschen. Kurzerhand ziehe ich sie aus und tanze barfuß.

»Fängst du an zu strippen?«, lacht Sam und mir wird leicht schlecht. Was denkt der sich? Direkt nach dem Song lasse ich ihn stehen. Ich will jetzt ans Buffet. Auf dem Weg dahin treffe ich Yakimi, der mir anscheinend eine Cola hinhält.

»Magst du den? Lisa will ihn nicht.«

»Klar. Gib her. Lisa ist heute einfach eine Stimmungskillerin.«

Ich schlürfe den dunklen Drink, er schmeckt irgendwie scharf. Das Zeug brennt ziemlich in meiner Kehle. Ich gucke Yakimi fragend an. Der grinst breit und zieht ganz kurz einen Flachmann aus seiner Sakko-Tasche. Offenbar hat er die Cola mit irgendwas gestreckt. Als ich am Buffet ankomme, stoße ich auf Lisa.

»Hallo Süße«, begrüße ich sie und umarme sie ziemlich wackelig. Ich zeige auf meine nackten Füße. »Schau, ich bin Aschenputtel. Ich habe meine gläsernen Schuhe verloren.« Ich muss dabei kichern.

»Aber leider ist kein Prinz da«, schmolle ich und bekomme irgendwie Schlagseite. Lisa kann mich gerade noch stützen. Sie guckt mir ganz geradeaus in die Augen und sagt nur »Ach du Scheiße.«

Ist meine Wimperntusche verschmiert, oder was?

Mit festem Griff führt sie mich zu Sam, der sich mal wieder von Xenia und Ella anstrahlen lässt.

»Du bringst Nora jetzt nach Hause. Sofort«, verkündet meine Ex-ABF.

»Hause-will-ich-nicht«, höre ich mich sagen und muss aufstoßen.

»Die Limo ist aber schon weg«, widerspricht Sam.

»Ichwillkeinelimo«, kichere ich. »Limo ist Kindergarten.«

»Ich meinte die Limousine«, stöhnt Sam.

»Dann nimmst du ein Taxi oder trägst sie oder was weiß ich. Die muss ins Bett«, behauptet Lisa.

Irgendwie kann ich mich nicht wehren. Sam schiebt mich in ein Taxi, kurz darauf halten wir vor unserem bunten Haus, er schließt mir dann die Haustür auf, drückt mir meine Schuhe in die Hand und sagt nur: »Am besten schläfst du dich aus.«

Was gar nicht so leicht ist. Die Treppe in unser Zimmer bewegt sich nämlich. Und auch das Kleid zappelt irgendwie, als ich es ausziehen will. »Halt doch mal still«, zische ich es an.

Als ich endlich unter der Decke liege, beginnt eine lustige Achterbahnfahrt.

Ich werde von dem *Pling!* wach. Eine Textnachricht. Ich öffne die Augen und merke, dass es mir viel zu hell ist. Ich angle blind nach meinem Handy, öffne dann blinzelnd die Augen und entziffere den Text. *ACHTUNG* steht da nur. Genau im selben Moment fliegt die Tür zu unserem Zimmer auf und meine Eltern stürmen rein. Lisa folgt ihnen und guckt mich panisch an.

Ich mache kurz die Augen wieder zu und sage mir, dass das nur ein Traum ist. Ein unschöner zwar, aber nur ein Traum.

»Habt ihr keinen Schrank?«, höre ich meine Mutter fragen. Offenbar erlebe ich gerade einen Albtraum.

»Schätzchen, warum liegst du denn noch im Bett? Wir haben schon zehn Uhr morgens. Freust du dich nicht, uns zu sehen? Da staunst aber ganz schön, was?«

Die Fragen prasseln wie Hagelkörner auf mich nieder. Plötzlich beugt meine Mutter sich näher zu mir.

»Hast du getrunken? Ulrich, komm mal. Die riecht doch nach Alkohol.«

Entsetzt guckt sie von mir zu meinem Vater.

»Das kann von dem Hustensaft sein«, mischt Lisa sich plötzlich ein.

»Was denn für ein Hustensaft? Bist du krank? Warst du schon beim Arzt? Hast du Fieber?«

Prüfend legt sie ihre Hand auf meine Stirn. »Das könnte eine Sommergrippe sein. Damit ist nicht zu spaßen. Du hast wahrscheinlich einfach den Wind hier an der Küste unterschätzt. Nur einmal ohne Schal raus und – schwupps! – schon hast du dir eine fette Grippe gefangen.«

Sie spricht noch weiter und mir fällt erst jetzt auf, dass meine Mutter für ein Gespräch eigentlich gar keine andere Person braucht. Ein paar Ohren reichten ihr völlig.

»Ich muss auf alle Fälle wissen, was das für ein Hustensaft ist. Wer weiß, was der für Nebenwirkungen hat. Du bist auf jeden Fall auch sehr blass, meine Süße. Vielleicht sollten wir dich besser mit nach Hause nehmen.«

»Ich hole mal den Saft. Den hatte uns Linda gegeben. Die kümmert sich wirklich rührend um uns«, behauptet Lisa und ist schon raus.

»Guck mal, Ulrich. Nora ist so verdattert, uns hier zu sehen, dass sie gar kein Wort rauskriegt«, meint meine Mutter in Richtung meines Vaters. Der grinst mich nur an und zwinkert. Womöglich kapiert der mehr als mir lieb wäre …

»Wir sind ganz spontan hier. Der Robert, Papas Golf-Freund, hatte ein tolles Hotel mitten in London gebucht. Mit Wellness-Landschaft und allem. Und dazu noch Tickets für ›Mamma Mia‹ heute Abend. Eigentlich wollte er seine Frau damit überraschen. Und dann hat er sich gestern Morgen den Fuß gebrochen. Da sind wir kurzfristig eingesprungen. Und heute Morgen haben wir uns also in den Zug gesetzt, um unser Töchterchen zu überraschen«, schwallert meine Mutter.

Die Überraschung ist ihnen auf jeden Fall gelungen.

»Das heißt, ihr fahrt heute Abend nach London zurück?«, erkundige ich mich.

»Ich weiß, ich weiß. Uns bleibt nicht viel Zeit, aber besser als gar nichts, oder?«

Sie hat meine Frage eindeutig anders interpretiert als ich sie gemeint hatte. Deswegen antworte ich mal nicht.

Lisa kommt wieder rein. In der Hand hat sie ein kleines braunes Fläschchen und einen langen Zettel. Meine Ma schraubt argwöhnisch den Deckel ab, schnuppert und verzieht total angewidert das Gesicht. Sie guckt auf den Zettel mit den Nebenwirkungen.

»Das ist ja alles auf Englisch«, stellt meine Mutter überrascht fest. »Kannst du mir übersetzen, was das steht?«

Sie hält mir die Gebrauchsanweisung hin. Natürlich kann ich das nicht. Ich tue es trotzdem.

»Also, das ist gegen Reizhusten. Für Kinder ab zehn Jahren geeignet. Und darf nicht genommen werden bei Dünndarmgeschwüren, Augeninnendruck und Schwangerschaft, weil da Alkohol drin ist.«

»Ist das alles?«, will meine Mutter argwöhnisch wissen.

»Ja.«

»Wie viel Alkohol ist da drin?«

Ich tue so, als würde ich es suchen.

»Achtundsechzig Prozent.«

»Wie bitte?«, mischt mein Vater sich ein. »Das kann nicht sein.«

Ist das zu viel? Ich habe doch keine Ahnung.

»Quatsch. Habe mich vertan, sechs Komma acht Prozent«, versuche ich es neu.

Scheint zu passen.

»Mich hatte es letzte Woche auch erwischt«, schwätzt Lisa jetzt drauf los. »Aber mit dem Saft geht der Husten wirklich schnell weg. Wie wäre es, wenn Sie jetzt unten noch mit Mrs Clark einen Tee trinken und Nora duscht mal rasch und zieht sich an.«

»Das ist eine gute Idee. Dann kannst du uns ja auch mal deine Schule zeigen und uns ein paar deiner Klassenkameraden vorstellen«, meint meine Mutter.

Wo soll ich denn jetzt Klassenkameraden herkriegen? Allein das Wort ist doch Achtziger. Es ist Sonntag. Soll ich jetzt alle anrufen und verkünden: »Kommt rasch. Eilet herbei. Meine Erzeuger sind in der Stadt. Stellt euch bitte alphabetisch auf und erzählt dann, was eure Eltern beruflich machen und was ihr für Hobbys habt«. Wahrscheinlich wäre das meiner Mutter sogar am liebsten.

Immerhin haben meine Eltern das Zimmer verlassen und ich lasse mich wieder rückwärts auf die Matratze fallen. Gerade will ich mir das Kissen über das Gesicht legen, als Lisa es mir weggreißt.

»Los. Geh Zähne putzen. Du stinkst bestialisch.«

»Lass mich. Ich will sterben. Mir ist so schlecht.«

Ich drehe mich auf den Bauch. Mein Magen dreht sich

irgendwie nicht mit. In meinem Bauch ist ein einziges Kuddelmuddel.

»Außerdem«, ich zeige auf das Fläschchen, »ist ja wohl klar, dass ich stinke, wenn ich so schlimme Medikamente nehmen muss.«

Lisa grinst. »Noch ein Wort und du musst wirklich einen Schluck davon nehmen.«

»Was ist das überhaupt?«, erkundige ich mich.

»Na, Hustensaft. Hat Linda mir gegeben. Auf dem Weg hier hoch bin ich noch schnell an der Minibar im Wohnzimmer vorbei und habe einen kleinen Schluck Wodka oder Gin oder so etwas reingekippt.«

Sie grinst breit. »Einfach genial, oder?«

»Mmmh«, stimme ich ihr zu. »Was mache ich denn jetzt?«, frage ich sie schließlich.

»Duschen, Zähne putzen, Smalltalk, zum Abschied winken«, schlägt sie vor.

»Ich weiß nicht, ob ich es bis zur Dusche schaffe«, zweifle ich.

»Gut, die andere Möglichkeit ist, dass ich deinen Eltern, weil ich ja so ein grundehrliches Mädchen bin, beichten muss, dass du dich gestern Abend leider völlig besoffen und auch so einige Fehlstunden in der Schule hast. Dann musst du dich heute Abend nicht von deinen Alten, sondern von mir verabschieden.«

»Okay. Danke, du Ex-ABF«, stöhne ich und raffe mich auf.

»Wir zeigen euch mal die Schule«, schlage ich vor, als ich ins Wohnzimmer komme und die Clarks von meinen Eltern erlöse und umgekehrt. Meine Eltern springen ganz begeistert auf, als hätte ich ihnen eine Nil-Kreuzfahrt angeboten – offenbar war der Smalltalk auf Englisch doch recht mühsam.

Die Schulbesichtigung dauert dann ungefähr drei Minuten.

»Da oben sind die Klassenzimmer, da ist die Turnhalle, da die Aula, hier der Pausenhof«, erläutere ich die recht einfache örtliche Situation.

»Und was macht ihr so nach der Schule?«, will meine Mutter jetzt wissen.

»Wir fahren erst nach Hause, essen eine Kleinigkeit, meistens Obst oder so«, erläutert Lisa mit braver Stimme. »Dann machen wir unsere Hausaufgaben. Und manchmal treffen wir uns dann noch mit Mitschülern, um die Stadt zu besichtigen.«

Ich überlege, wie dieses Tagesprogramm weitergehen könnte. Vielleicht so: Dann essen wir am Abend noch etwas Rohkost, schauen die Nachrichten, diskutieren die Weltsituation oder spielen noch eine Partie Schach. Und spätestens um neun geht es ins Bett, wo wir nach dem Abendgebet sofort einschlafen.

Amen.

29

Ich muss mich erst mal auf eine Mauer setzen. Mir ist immer noch so verdammt übel. Nicht nur in meinem Bauch und meinem Kopf. Auch meinen Gedanken ist irgendwie schlecht. Und weil ich mich nicht entscheiden kann, ob ich heulen oder brechen möchte, sitze ich einfach nur da und versuche, an gar nichts zu denken. Was nicht einfach ist, weil Tims Bild sich immer wieder hinter meine Lider schiebt und weil meine Mutter auf mich einredet.

Hat sie jetzt gerade wirklich gesagt, dass sie mein Zimmer gestrichen haben?

»Warte mal, Mama, stopp mal. Was habt ihr gemacht?«

»Hörst du mir denn nicht zu? Das hast du von deinem Vater. Wir haben dein Zimmer neu gestrichen. Wir hatten noch Farbe übrig von der Küche. Und wir waren gerade so im Rausch.«

Bei dem Wort »Rausch« zuckt Lisa kurz zusammen.

»Es sieht wirklich fröhlich aus«, mischt mein Vater sich jetzt ein. Er klingt irgendwie entschuldigend. Das hilft mir allerdings auch nicht weiter.

»Und wenn ich kein fröhliches Zimmer will?«, frage ich entsetzt.

»Du wirst sehen, es gefällt dir«, behauptet meine Mutter. Dieselbe Mutter, die letztes Jahr beteuert hat: Du wirst sehen, der Urlaub im Schwarzwald wird dir gefallen.

Er hat mir nicht gefallen. Nicht eine Sekunde lang. Aber das nur am Rande.

»Ulrich, hast du nicht Fotos davon auf deinem Handy?«

»Stimmt ja. Da kannst du es dir schon mal ansehen«, bestätigt mein Vater.

Ich gucke auf die Bilder und muss kurz die Augen zumachen.

Sie haben nicht nur eine Wand gelb gestrichen. Sie haben mit der Farbe auf die anderen Wände Sonnenblumen gemalt. Ich wohne demnächst in einer Blumenwiese.

»Bin ich Biene Maja oder was? Was sollen diese Scheißsonnenblumen in meinem Zimmer?«, frage ich sie wütend. Ehe meine Eltern antworten können, lege ich nach. »Und wenn ich auf die gelbe Wand gucke, habe ich das Gefühl, ich schwimme in einer Urin-Probe. Das ist ekelhaft.«

»Untersuchungen haben gezeigt, dass sich die Farbe Gelb stimmungsaufhellend auswirkt. Rot dagegen macht aggressiv.«

»Mich macht dieses Gelb aggressiv. Außerdem bin ich nicht depressiv und brauche keine Stimmungsaufhellung. Wieso habt ihr euer Schlafzimmer nicht damit angepinselt? Da würdest du demnächst ganz fröhlich werden, selbst wenn du mit Hormonschwankungen und Hitzewallungen aufwachst.«

Meine Mutter zieht hörbar die Luft ein. Das ist die Vorstufe zu tödlichem Beleidigtsein und Liebesentzug für mindestens fünf Stunden.

Soll mir recht sein.

»Wann geht euer Zug?«, frage ich meinen Vater.

»Erst gegen fünf. Wir haben noch reichlich Zeit.«

Das ist ja das Problem.

»Da gibt es ein kleines Problem«, findet auch Lisa plötzlich.

Ich gucke sie überrascht an.

»Wir haben heute Nachmittag eine Probe. Wir wollen zum Abschluss unsere Lehrerin mit einem kleinen Theaterstück überraschen. Das haben wir selbst geschrieben. Es geht um das friedliche Miteinander von verschiedenen Nationen«, führt sie aus.

Ich liebe sie. Sie ist einfach die Allerbeste.

»Das ist ja schade«, sagt meine Mutter, die sich wieder erholt hat.

»Wenn ich gewusst hätte, dass ihr kommt, hätten wir die Probe natürlich verlegt«, beteuere ich.

»Vielleicht können wir ja zusammen essen gehen und Mama und ich gucken uns danach noch diesen königlichen Pavillon an. Der soll ja ein Highlight sein.«

Mir ist nicht nach Essen. Mir wird wahrscheinlich nie wieder nach Essen sein. Aber ich heuchele Begeisterung.

Meine Mutter schlägt vor, dass wir noch ein bisschen am Strand entlangbummeln. In meinem Kopf ist eine Abrissbirne zu Hause, die permanent gegen meine Stirn prallt.

»Deinem Husten geht es aber schon besser. Du hast bis jetzt kein einziges Mal gehustet«, stellt meine Mutter fast vorwurfsvoll fest.

»Ich sage ja, die Tropfen von unserer Gast-Mommy sind super«, antwortet Lisa spontan.

»Manchmal muss man gar keine Medizin nehmen, sondern

sich einfach nur mal ausruhen. Die Natur regelt das schon«, höre ich meine Mutter dozieren. Das sagt sie, die über einen größeren Medizinschrank verfügt als ein Buschkrankenhaus.

Ich verdrehe nur die Augen, was mein Vater zwar sieht, aber nicht kommentiert.

Als wir am Strand angekommen sind, wendet meine Ma sich nach links, Richtung Campingplatz.

»Sollen wir nicht in die andere Richtung gehen?«, schlage ich vor.

»Nein, nein. So haben wir doch einen wunderbaren Blick auf den kleinen Hafen dahinten«, wehrt meine Mutter ab.

»Seit wann interessierst du dich für Schiffe?« Ich erinnere mich, dass sich meine Mutter bei unserer einzigen Schifffahrt, die wir je unternommen haben – das war die Fahrt mit der Fähre nach Finnland –, die ganze Zeit in der Nähe eines Rettungsbootes aufgehalten hat.

»Es sieht einfach so idyllisch aus wie die Boote da auf dem Wasser schaukeln.«

Mir bekommt der Blick auf Schaukelndes überhaupt nicht gut und ich gucke konzentriert nach unten.

»Können wir jetzt umdrehen?«, frage ich nach rund zweihundert Metern. Ich huste mal ein bisschen.

»Jetzt schon? Nein, nein. Die Seeluft wird deinen Bronchien guttun.«

Meine Mutter ist nebenbei übrigens auch Lungenfachärztin.

Lisa stupst mich an und zeigt in Richtung Hafen, also auch in Richtung Campingplatz. Irgendjemand kommt auf uns zugelaufen. Ich erkenne sofort, wer es ist, und stöhne kurz auf. Die brauche ich jetzt echt so dringend wie eine Fischvergiftung.

Doch mit langen, federnden Schritten nähert sich uns

Sport-Göttin Jessica. Mit ihrer knappen Hose und dem Top sieht sie aus, als wäre sie just aus der *Fit for Fun* gehopst.

Etwas atemlos bleibt sie vor uns stehen. Sie riecht natürlich nicht verschwitzt, sondern nach einem Pfefferminzkaugummi.

»Hi, Nora, bist du okay again? Ich konnte nicht glauben, was Sam mir erzählt hat.«

»Hi, Jessica. Darf ich dir meine Eltern vorstellen? Sie sind spontan zu einem Besuch da. Nett, was?«

Sie guckt irritiert von mir zu meinen Oldies, bringt dann ein »Hi, Eltern« raus.

»Musst du nicht weiter? Hinterher holst du dir noch eine Zerrung, wenn deine Muskeln jetzt kalt werden«, mischt Lisa sich ein.

Jessica versteht sichtlich nichts, nickt aber und ruft ein »Bye« in die Runde. Endlich ist sie weg.

Und natürlich fragt meine Mutter nach. »Was hat denn dieser Sam gestern über dich erzählt? Was ist so unglaublich?«

»Nora hat diesen Sam besiegt«, erzählt Lisa und kichert.

»Worin besiegt?«

»In einarmigen Liegestützen machen. Danach hatte sie natürlich totalen Muskelkater und konnte kaum die Kaffeetasse halten«, schwätzt Lisa weiter.

Was soll denn jetzt dieser Mist? Ich starre sie an. Ich sehe, wie sie mühsam einen Lachanfall unterdrückt.

»Du kannst einarmige Liegestützen?«, fragt mein Vater erstaunt.

Lisa holt Luft. Wahrscheinlich will sie noch preisgeben, dass ich auch den doppelten Rittberger, den gestreckten Salto rückwärts und den eingesprungenen Spagat kann. Ich komme ihr zuvor.

»Nur ein paar. Das hat für Sam gereicht. Das ist so ein kleines Moppelchen. Der ist so schlapp, der kriegt kaum den aufrechten Gang hin«, erkläre ich.

»It's teatime«, flötet meine Mutter plötzlich total affig und zeigt auf ein kleines Café an der Promenade.

Es ist natürlich das kleine Café, in dem ich saß, als Tim zufällig vorbeikam. »Mein« Café. Ich stöhne leise, weil mir was einfällt. Das war vor der Schnitzeljagd. Schnitzeljagd! Das totale Kinderspiel.

Warum war mir nicht aufgefallen, wie kindisch das alles war, als Tim mit mir die Schnitzeljagd gemacht hat? Aufgefallen, dass das für Kinder ist. Was hatte er wohl noch für mich in petto? Memory? Topf schlagen?

Eine ganz, ganz leise Stimme mischt sich plötzlich ein. Sie meint, es hätte sich aber nicht so angefühlt, als würde Tim ein Kind in mir sehen. Er hätte mich doch nicht wie ein Kind behandelt. Es waren so besondere Momente zwischen uns. Oder hatte ich mir das alles nur eingebildet?

Wir sind mittlerweile bei dem Café angekommen. Besser hier einen Tee trinken, als weiter Richtung Campingplatz zu marschieren und Tim direkt in die Arme zu laufen. Meine Mutter wischt mit einem Taschentuch den Stuhl ab, ehe sie sich setzt. Ich schwöre: Vor dem ersten Zungenkuss hat sie bei meinem Vater sicherlich einen Bakterienschnelltest durchgeführt.

Wir bestellen und mit den Teetassen bringt die Bedienung eine Schale Chips. So wie sich im Mund alles bei diesen Essig-Chips zusammenzieht, zieht sich mein Herz wie ein ängstlicher Igel zusammen. Die Hand meines Vaters ist schon auf halbem Weg Richtung Chips, als meine Mutter aufschreit.

»Ulrich. Das machst du nicht. Weißt du nicht, wie viele Bazillen da drin sind. Untersuchungen haben gezeigt, dass da ganz oft Spuren von Urin drin sind. Weil die ganzen Männer sich nach dem du-weißt-schon nicht die Hände waschen.«

Ich frage mich kurz, wenn *Pinkeln* schon *Du-weißt-schon* ist – was ist dann *Sex* für meine Mutter?

»Stimmt, Mama. Und hier in England ist das besonders schlimm. Die Chips schmecken schon ganz bitter von dem vielen Urin. Riech mal dran«, sage ich böse. Bei irgendjemandem muss ich meine Laune ja lassen.

Sie schnuppert wirklich ganz vorsichtig an der Schale und schaut mich fassungslos an. »Das ist ja EKELIG«, urteilt sie.

»Sicherheitshalber ernährt Nora sich deswegen ja jetzt auch vegan«, mischt Lisa sich ein und kichert.

Wie bitte? Die spinnt doch.

Bis gerade war ich noch Vegetarierin. Jetzt bin ich schon Veganerin. Wenn das so weiter geht, muss ich wahrscheinlich morgen in den Hungerstreik treten.

»Veganerin?«, macht meine Mutter das Echo.

»Lisa macht nur Spaß. Sie findet es albern, dass ich jetzt ganz genau auf meine Ernährung achte. Aber schließlich sind ja überall so viele Keime drin. Man weiß ja nie …«, schwallere ich.

»Das finde ich sehr vernünftig. Man ist, was man isst«, doziert meine Mutter.

Ich muss ein Gähnen unterdrücken, ein Schauer durchfährt mich. Schon bald werde ich wieder täglich solche Gespräche führen. Beim Frühstück, beim Mittagessen, am Abend. Ich werde wieder in dieser Puppenstubenwelt leben zwischen Schützenverein und Golfidioten.

Lisa und ich werden im Bus wieder diesen Dorfklatsch hören, der selbst für RTL II zu profan wäre. Unsere Drogenszene ist der Zigarettenautomat neben dem Dorfkrug.

Die wenigen Geschäfte bei uns machen von zwölf bis drei Mittagspause.

Wer am Sonntag Wäsche auf der Leine hat, wird geächtet.

Das ist Provinz und Phlegma pur.

Ich könnte heulen. Vom Pier her wehen ein paar Musikfetzen zu uns.

»Kommt, wir wollten uns doch den Pier ansehen. Der ist wirklich hübsch«, mache ich auf gut gelaunte Fremdenführerin.

All die anderen Gedanken sammle ich schnell auf, schiebe sie in einen kleinen Raum ganz hinten links in meinem Kopf und mache hastig die Tür zu.

30

Meine Eltern sind sichtlich beindruckt von dem bunten Treiben. Vor einer Fish-'n'-Chips-Bude bleibt mein Vater abrupt stehen.

»Hier essen wir jetzt zu Mittag«, verkündet er.

»Hier?«, fragt meine Mutter nach, und zwar in einem Tonfall, in dem sie auch »auf dem Klo?« gesagt hätte.

»Fish-'n'-Chips sind das britische Nationalgericht. Das müssen wir gegessen haben«, erklärt mein Dad.

Mein Vater hat eine ausgeprägte Vorliebe für Pommes. Immer, wenn meine Mutter mal nicht da ist und uns bekochen kann, schlägt mein Vater erst vor, dass er uns schnell ein paar Brote macht. Dann macht er IMMER eine kurze Pause und fragt vorsichtig, ob es nicht schneller ginge, wenn er uns zwei Schalen Pommes holen würde.

Meine Mutter starrt immer noch diese Bude an, die sicherlich nicht das Top-Qualitäts-Gütesiegel hat.

»Die andere Nationalspeise ist Porridge. Und das schmeckt genauso wie es klingt«, erläutere ich.

»Okay. Also dann«, fügt sie sich. Ein Nationalgericht zu

essen ist für sie genauso Pflicht, wie die Sehenswürdigkeiten abzuklappern, die der Reiseführer empfiehlt.

Man stelle sich ihr Gesicht vor, als sie bemerkt, dass die Fish-'n'-Chips in Zeitungspapier serviert werden. Mein Vater beruhigt sie aber sofort und erklärt ihr, dass das nur ein Papier ist, was nach Zeitungspapier aussehen soll. Es ist längst nicht mehr erlaubt, das Nationalgericht noch wie vor einigen Jahren mit dem Aroma von Druckerschwärze zu servieren. Trotzdem pickt meine Mutter erst nur unentschlossen an den Chips herum. Aber kurz darauf registriere ich aus den Augenwinkeln, dass es ihr offenbar schmeckt. Vielleicht ist ja doch noch nicht alles verloren. Mein Vater wischt sich die fettigen Finger ab und strahlt in die Runde

Meine Finger tasten zum wahrscheinlich siebenundachtzigsten Mal (allein an diesem Sonntag) zum Handy. Keine Nachricht. Natürlich keine.

»Dann bringen wir euch jetzt nach Hause. Wir müssen uns ja auch noch von den Clarks verabschieden«, erklärt meine Mutter. Ich sehe nicht ganz den Sinn in der Aktion, aber wenn sie meint.

Wenn ich gewusst hätte, was uns erwartet, hätte ich es abgelehnt, aber hinterher ist man immer schlauer.

Schon vor der Haustür ereilt uns der erste Schreck in Gestalt von Määäry-Äänn und ihrer Freundin Suzann. Die beiden Girls tragen winzige Bikinis, die wahrscheinlich für Barbies genäht wurden. Der Rest der Haut ist bunt. Sehr bunt. Als hätten sie sich in einem Regenbogen gewälzt. An einigen Stellen, wo viel Rot und Braun zusammenkommt, sieht es nach klaffenden Fleischwunden aus. Oder auch nach Verbrennungen.

»What are you doing? Trying to be a model for the United Colors of Benetton?«, frage ich die beiden.

Sie verdrehen synchron (!) die Augen und erklären mir, das sei Body-Painting. Also Kunst. Ich finde, wenn es aus aussieht wie offener Bauchraum bei einer Magentransplantation ist das keine Kunstform, sondern fies.

Wir nicken nur und lassen sie stehen.

»Das war übrigens die Tochter der Clarks. Kein Wunder, dass die sich gerne mal normale Kinder ins Haus holen«, erkläre ich über die Schulter meinen Eltern.

»Normal?« Lisa grinst mich an.

Ehe wir die Haustür aufschließen, höre ich, dass die Clarks Gäste haben. Nicht irgendjemanden. Es sind die Whites. Die andere Hälfte von Abba. Und genau wie Abba haben sich die beiden Ehepaare mal wieder gestylt. Ich sehe, wie meinen Eltern parallel der Unterkiefer runterklappt, als wir ins Wohnzimmer kommen. Sarah und Linda haben Stiefel an, die ÜBERS Knie gehen (ich kenne so etwas nur von Anglern, allerdings nicht in Weiß). Dazu tragen sie sehr kurze Faltenröcke und trägerlose Tops mit so lustigen Perlenvorhängen dran. Das perfekte Outfit für eine Bad-Taste-Party. Dagegen sehen die Männer richtig harmlos aus. Oder eher ein bisschen albern mit ihren bunten Oberhemden, bei denen der Kragen original bis auf die Schulter reicht.

Wie unsere Gasteltern aussehen, ist ja eigentlich schon schlimm genug.

Gesteigert wird das Ganze leider noch durch das, was sie tun. Sie üben nämlich mal wieder ihren Lieblingssong *Money, Money, Money* und Linda wedelt die ganze Zeit – während sie singt – mit Geldscheinen, die sie den Männern in die Hosentaschen stopft, und dann ganz lasziv wieder rauszieht.

Ich schiele zu meiner Mutter. Die hat ihren Mund wieder verschlossen und presst die Lippen aufeinander. Ich weiß ganz genau, was sie denkt. Dass das frauenfeindlich ist und frauenverachtend und ein schwarzer Tag in der Geschichte des Feminismus. Mein Vater ist offenbar von den schwingenden Vorhängen vor Lindas wogendem Busen hypnotisiert. Er erinnert mich an die Wachsfiguren von Madame Tussauds.

Leider lassen sich Annafried und Agnetha alias Linda und Sarah durch die Tatsache, dass sie jetzt Publikum haben, noch mehr animieren. Sie klatschen sich gegenseitig auf den Po und wackeln mit den Hüften. Als Linda zum großen Finale auf meinen Vater zugeht und den ansingt, wird es meiner Mutter zu bunt. Ihr Arm schießt nach vorne und sie hält Linda ihre Hand hin. Dabei brüllt sie: »We would like to say good bye.«

Schlagartig verstummt die Musik.

Lindas Augen wandern von meiner Mutter zu mir.

Ich versuche, es besser zu erklären. »They just came inside to say good bye to you.« Ich drehe mich zu Lisa um und lache: »Sie sind gekommen, um zu gehen.«

Dann kann ich nicht mehr.

Es ist alles zu viel. Der Abend gestern mit Sam, die Karussellnacht in meinem Bett, der Besuch meiner Eltern, diese skurrile Situation.

Ich lache und lache, bis ich merke, dass ich heule.

Als fünf Minuten später nach tränenreichem Abschied (meine Mutter!) und siebzehn guten Ratschlägen (wieder meine Mutter!) die Tür hinter ihnen zugeht, atmen alle im Raum auf.

In unserem Zimmer werfe ich mich aufs Bett, mache die Augen ganz fest zu und erkläre Lisa: »Die letzten vierundzwanzig Stunden sind nicht passiert.«

»Nicht?«

»Nein. Gestern war kein Schulball, ich habe nichts getrunken, meine Eltern waren nie hier.«

Lisa nickt langsam.

Ich setze noch einen drauf. »Und außerdem gehe ich nicht zurück nach H.«

»Du bleibst hier?«

»Ja.«

»Als Flüchtling oder eher so als Au-pair für Määäry-Äänn?«

»Beides.«

Ich fange an, in einer Zeitschrift zu blättern.

»Oder willst du vielleicht auch als Animateurin auf dem Campingplatz arbeiten?«, fragt Lisa leise.

Ich werfe spontan die Zeitung nach ihr. »Verstehst du nicht? Ich kann nicht zurück. Ich kriege Gehirnherpes, wenn ich an unser Dorf auch nur denke«, schreie ich.

Lisa stemmt die Hände in die Hüften. »Jetzt hörst du mir mal zu. Du hast dich in einen schlecht frisierten Surferboy verknallt, der dich offenbar verarscht hat. Gut. Dann vergisst du den jetzt einfach mal und wir machen uns hier noch eine coole Zeit. Und in H. sind wir nicht mehr lange. Das haben andere auch überlebt. Noch zwei Jahre, dann gehen wir an irgendeine Uni ganz weit weg und fahren nur nach Hause, wenn unsere Klamotten vor Dreck alleine zur Waschmaschine gehen können.«

Ich starre sie an. Tim hat mich verarscht.

Stimmt das wirklich? Hat er sich wirklich die ganze Zeit über mich lustig gemacht und ich habe es nicht gerafft?

Ich stehe auf, schnappe mir wieder die Zeitschrift und blättere lustlos weiter. Und plötzlich sehe ich sie. Die perfekte Frisur für mich. Ich starre das Model an. Sie hat die Locken wie ich, allerdings keine Prinzessinnenlocken. Denn ihre sind kurz. Sehr kurz. Es sieht megacool aus. Mal hat sie sie mit Gel angelegt. Dann denn Pony tief in die Stirn gezogen. Dann die Haare mit einer Spange streng aus dem Gesicht gesperrt.

So will ich aussehen. Cool, ein bisschen streng. Einfach erwachsen. Ich bin richtig aufgeregt. Kurz überlege ich, ob ich Lisa einweihen soll. Aber die wird mir meinen Plan bestimmt madig machen. Sie findet kurze Haare doof.

Mal sehen, ob sie morgen Abend noch so denkt.

Die Zeit vorm Einschlafen ist die schlimmste. Die Spanne zwischen Gute-Nacht-Sagen, Lisa ein Küsschen hinhauchen und dem Moment, in dem es endlich dunkel im Kopf wird. Ich bin meinen Gedanken so hilflos ausgeliefert. Ich kann mich nicht ablenken. Selbst mit dem Hersagen von Matheformeln nicht. In meinem Kopf läuft eine Power-Point-Präsentation, die irgendwie durcheinandergeraten ist. Die schönen Tim-Momente. Auf der Decke. Auf der Schwimminsel. Vor seinem Bulli. Dazwischen Jessica. Ich sehe Tim über mich lachen. Hat er mich wirklich ausgelacht oder bilde ich mir das jetzt ein? Was hat er gesagt, als ich mich mit dem Rücken zu ihm in den Sand gesetzt habe? Das wäre ja echt Nora-typisch. Für mich hatte das gut geklungen. Fast wie ein Kompliment. Hat er in Wirklichkeit dabei die Augen verdreht? Hat er gedacht: Was ist das jetzt für eine Kinderkacke?

Aber wir hören doch dieselbe Musik. Das hat uns doch so verbunden.

Wie kann ein Mensch das ertragen?
Dich alle Tage zu sehen
Ohne es einmal zu wagen
Dir in die Augen zu sehen

Will ich ihn wiedersehen?

JAJAJAJA. Schreit eine spröde Stimme in mir.

Ich möchte ihm so gerne in die Augen sehen, nachsehen, was er denkt. Würde ich in diesen grünblauen Augen die Wahrheit erkennen?

Vielleicht wird Jessica ja nächste Woche auch schon abgelöst. Das nächste Touri-Girl wird kommen. Vielleicht macht er jede Woche Schnitzeljagd. Wahrscheinlich kennt der Eisverkäufer das schon. Jede Woche steht da ein neues Mädchen, dem er ein Eis samt Hinweis in die Hand drücken muss.

Irgendwann hat mich der Schlaf endlich erlöst. Leider verfolgt mich im Traum meine Mutter. Sie fährt die ganze Zeit mit einem Motorrad(!) neben mir her. Ohne Helm. Ich bin nicht wirklich erholt, als ich aufwache. Mein Blick fällt aber gleich auf das Model mit den kurzen Haaren. Das ist mein Projekt für heute. Korkenzieherlocken ade. Hat sich was mit »süß« und »niedlich«. Vor ein paar Jahren hatte ich mir schon mal die Haare schneiden lassen, so eine Art Pagenkopf. Meine Mutter hatte das damals kommentiert mit »flott«. Da wusste ich, dass es scheiße aussieht. Lisa hatte es diplomatischer formuliert und gesagt: »Ist mal was anderes«. Ich habe die Haare dann wieder wachsen lassen. Aber jetzt ist Schluss damit. Nora wird jetzt erwachsen.

31

Ich langweile mich durch den Unterricht. Was mich auch ein bisschen nervt: Lisa behandelt mich wie eine arme Irre, die auf dem Brückengeländer steht und zu springen droht. Sie ist einfach zu nett zu mir. Im Bus darf ich mich auf den letzten freien Platz setzen. In der Pause bringt sie mir ein Käse-Croissant vom Kiosk mit. Dann beteuert sie, dass sie meinen neuen Hut mittlerweile doch echt cool finden würde. Er würde total gut zu mir passen, sei etwas ganz Eigenes. Irgendwann platzt mir der Kragen.

»Lisa, du behandelst mich, als hätte ich nur noch eine Woche zu leben. Hör auf, mir die verdammte Welt vor die Füße zu legen.«

Sie presst kurz die Lippen aufeinander, nickt dann.

»Ich wollte dich irgendwie trösten«, sagt sie schließlich.

»Wenn eine Katze zu blöd ist, eine Maus zu fangen, kannst du die auch nicht mit einem Stück Schokolade trösten.«

Sie guckt mich mit großen Augen an. Ich weiß auch nicht, warum ich das jetzt gesagt habe.

Als ich nach dem letzten Klingeln verkünde, dass ich noch was zu erledigen habe, fragt sie immerhin nicht nach. Ganz unten in der Tasche raschelt der Briefumschlag, auf dem groß NOTFALL steht. Meine Mutter hatte mir zweihundert Euro mitgegeben »für den Fall der Fälle«.

Mein anstehender Friseurbesuch ist auf jeden Fall ein Notfall. So eine Art emotionaler Blinddarmdurchbruch. Ich habe mir schon einen Friseursalon ausgesucht. Es ist der, auf dem wir auf dem Weg zur Schule immer vorbeikommen. Er sieht cool aus. Nicht nach Dauerwelle und blonden Strähnchen. Eher nach hip und stylish. Da bin ich richtig. Ich atme zwei Mal ganz tief ein und langsam wieder aus. Dann öffne ich die Tür. Tschüss Kindheit.

Die junge Friseurin guckt auf das Foto, das ich ihr hinhalte.

»I would like to look like this«, sage ich, weil mir gerade nicht einfällt, was wohl »Frisur« heißt.

»No problem«, lacht sie schließlich und ein Zungenpiercing blitzt mich an.

»Take a seat. I'm Beth.«

Ich schließe die Augen, als sie meine Haare gründlich wäscht, und versuche, nicht aufzuheulen, als sie sie schließlich durchkämmt. Auch das mit dem Ziepen wird nach dem Haarschnitt endlich ein Ende haben, tröste ich mich. Als die erste lange Strähne zu Boden fällt, wird mir kurz schlecht. Rechts von mir liegt ein Stapel Zeitschriften. Ich schnappe mir schnell eine und versuche, einen Artikel über das Liebesleben von Prinz Harry zu verstehen.

Wie ein Mantra sage ich mir dabei immer wieder: »Nicht in den Spiegel gucken. Nicht in den Spiegel gucken«. Was, wenn ich jetzt plötzlich finde, dass es doch zu kurz ist? Wie könnte ich das dieser Beth mitteilen? Ich kann jetzt nur noch beten und hoffen, dass sie weiß, was sie tut. Sehr lange hat sie sich das Foto ja nicht angeguckt. Beth kämmt mir den Pony nach vorne. Wie eine Gardine fallen die Haare runter. Wenige Momente später ist die Gardine weg. Ich konzentriere mich wieder auf Harry. Offenbar ist sein Liebesleben nicht ganz ohne. Ganz kurz habe ich mein Mantra vergessen. Oh Gott. Ich habe fast keine Haare mehr. Ich starre mich an, schnell wieder runter.

Wie lange wird es dauern, bis sie wieder lang sind? Zwei Jahre? Drei? Mir wird es ganz heiß. Unter meinem Plastikcape riecht es nach Angstschweiß. Ich blättre weiter und weiter. Das nächste Heft muss her. Nach gefühlten vier Stunden scheint Beth auf der Zielgerade zu sein. Sie wuschelt hier ein bisschen, schneidet dort noch ein bisschen.

»Would youl like to take a peek?«, fragt sie irgendwann freundlich.

»Not yet«, sage ich nur.

Soll sie ruhig erst föhnen. Nass sieht so eine Frisur ja oft ganz anders aus. Doch Beth kommt nicht mit dem Föhn zurück. Sie pappt mir eine Masse auf den Kopf. Wahrscheinlich eine Kur oder so. Bestellt hatte ich das ja eigentlich nicht, aber meine Haare sind natürlich supertrocken durch Wind und Sonne. Hoffentlich wird das alles hier nicht zu teuer.

Dann lässt meine Friseurin mich alleine. Wie lange muss denn so eine englische Haarkur einwirken? Nach zehn Minuten drehe ich mich vorsichtig um. Beth quatscht im Hinterzimmer mit einer Kollegin. Ich räuspere mich mal eben. Wahrscheinlich hat sie mich hier einfach vergessen. Sie quatschen weiter. Die Kollegin scheint was sehr Interessantes zu erzählen.

Der Name Marc kommt ein paar Mal vor. Was genau dieser Marc gemacht oder nicht gemacht hat, verstehe ich leider nicht.

Ich huste mal laut. Beth könnte doch jetzt bitte mal eben das Zeug auswaschen und sich dann weiter über Marc aufklären lassen.

Sie hören mich nicht. Oder tun so.

Wie heißt wohl »Wie lange muss die Pflegekur auf meinen Haaren noch einwirken?« auf Englisch. Ich habe natürlich keine Ahnung. Besuche beim Friseur kamen in unserem Englischbuch bis jetzt nicht vor. Dafür kann ich über Bewässerungssysteme in Afrika diskutieren. Braucht man ja alle Nase lang.

Ich gebe mich geschlagen. Irgendwann wird Beth wohl einfallen, dass sie hier noch eine Kundin sitzen hat. Immerhin schaffe ich es, das Kreuzworträtsel auf der Kinderseite zu lösen. Ich erschrecke total, als direkt hinter mir ein Küchenwecker losrasselt. Immerhin schafft der es, Beth wieder in ihre berufliche Realität zu befördern. Kaugummi kauend kommt sie aus dem Hinterzimmer und fängt an, meine Haare auszuspülen. Es riecht sehr scharf. Komisch. Vorsichtig drückt sie anschließend das Wasser raus und föhnt. Ich gucke mir eine Fotoreportage über Schafe an. Beth ist beim Styling angelangt. Ich rieche Gel. Ich habe Angst.

»There you go …«, schmettert sie irgendwann, «… your new look!«

Jetzt muss ich es tun. Jetzt muss ich die neue Nora ansehen. Ganz langsam gucke ich hoch. Und alles in mir wird ganz heiß und ungläubig. Das ist ein Witz, oder? Meine Augen wandern zu Beth. Ist das hier die *Versteckte Kamera?* Dann ist jetzt der

Moment, in dem der Moderator aus seinem Versteck kommen sollte. Ich gucke mich um. Kein Moderator.

»Are you okay?«, will die Friseurin vorsichtig wissen.

Sie scheint zu spüren, dass ich verdammt noch mal absolut nicht okay bin.

Ich bin blond.

Weißblond.

Das war keine Kur. Das war Farbe. Oder vielmehr: Bleichmittel.

Ich habe kurze weiße Haare. Fassungslos fasse ich sie an.

»What's the problem?«, erkundigt Beth sich.

»The colour«, stöhne ich.

»It looks amazing«, urteilt die gepiercte Zicke.

Klar, das sie das findet. Sie muss ja so nicht rumlaufen. Ich bin original blonder als Heino.

»That's not the colour I wanted«, stammle ich.

Beth hält mir jetzt wieder das Foto aus der Zeitschrift hin. Ja. Ich weiß. Das Model ist weißblond. Aber es war doch wohl klar, dass ich nur den Haarschnitt haben wollte. Das Model hat auch hellblaue Augen. Die hat mit die liebe Beth schließlich auch nicht verpasst.

Neugierig kommt die Kollegin aus dem Hinterzimmer. Die beiden unterhalten sich angeregt über mich, meine Haare, die Farbe. Vermute ich zumindest. Ich verstehe nicht viel. Ich schüttele leicht den Kopf.

Der Schnitt ist gut. Genau so wie ich ihn wollte. Der Pony ist schräg, alles ist durchgestuft. Ich nehme mir einen Handspiegel, betrachte meinen Hinterkopf. Da sind die Haare ganz kurz und stufig und vor allem weißblond.

Mein Hals sieht total käsig aus.

»I want my hair colour back the way it was«, verkünde ich. Es wird ja wohl möglich sein, dass die gute Beth mir jetzt meine Haare zurück in die Ausgangssituation färbt. Es geht offenbar nicht. Sie quatscht mit vielen Gesten auf mich ein. Offenbar besteht die Gefahr, dass mir alle Haare ausfallen oder quietschorange werden oder was weiß ich. Ich verstehe ihr Gerede nicht.

Ich schnappe mir meinen Hut und stopfe die Haare darunter. Ich muss jetzt erst mal hier raus. Ich muss alleine sein.

Beth hat wohl begriffen, in welche Abgründe mich ihr Werk gerade stürzt und berechnet die Haarfarbe nicht. Ich sollte wohl dankbar dafür sein, schaffe es aber nicht. Ich fahre mit dem Bus nach Hause, schleiche in unser Zimmer und setze mich ganz vorsichtig aufs Bett. Was soll ich jetzt tun? Alle werden mich auslachen. Oder schlimmer noch. Sie werden gar nicht lachen, sondern nur peinlich berührt weggucken.

Was wird Tim sagen?

Nichts.

Tim wird das niemals sehen. Auf gar keinen Fall.

Ich habe einen fürchterlichen Gedanken. Wie werde ich erst in ein paar Wochen aussehen, wenn die Haare nachgewachsen sind. Wenn sie rot nachgewachsen sind. Ich werde aussehen wie eine Pommes mit Ketchup UND Mayonnaise.

Ich muss mit Lisa sprechen. Als sie sich am Telefon meldet, kann ich sie fast nicht verstehen.

»Wo bist du?« Meine Stimme ist ein Krächzen.

»Auf dem Pier. Hier hat ein neuer Eisstand aufgemacht. Es gibt Gratiskugeln. Komm sofort. Die haben Erdnusseis. Das ist der Hammer.«

»Ich kann da nicht hin.«

»Hä?«

»Können wir uns irgendwo alleine treffen?«

»Und wo?«

»Wenn du vom Pier runtergehst, ist schräg links gegenüber ein kleines Café. Komm dahin. Bitte.«

»Das ist das totale Oma-Café. Total schnarchig«, mault Lisa.

»Das ist der perfekte Ort. Bitte«, sage ich nachdrücklich.

»Alles klar.« Lisa gibt sich geschlagen.

32

Als sie endlich reinkommt, habe ich meine Cola schon fast ausgetrunken. Sie guckt irritiert, dann nehme ich langsam meinen Hut ab. Die blonden Haare fallen mir rechts und links ins Gesicht.

Lisa schlägt sich mit der Hand vor den Mund.

»Wow«, sagt sie schließlich. »Ganz schön mutig.«

»Mutig? Das ist ein Versehen.«

»Du hast dir aus Versehen die Haare gefärbt? Wolltest du dir eigentlich die Beine enthaaren oder was?«

Ich stöhne. »Ich wollte die Haare *geschnitten* haben. Mehr doch nicht.«

»Aber es sieht doch ganz cool aus. Du wirkst irgendwie älter«, urteilt sie.

»Findest du? Ich finde, ich sehe strange aus. Kein Mensch färbt sich die Haare weiß.«

»Seit wann machst du, was die anderen machen? Die anderen machen doch schon das, was die anderen machen. Das musst du doch dann nicht auch noch.«

Ich gucke sie überrascht an.

Sie beugt sich weiter nach vorne. »Süße, kennst du irgendein anderes Mädel, das einen schwarzen Schlapphut trägt? Das so eine Opa-Hornbrille auf der Nase hat? Das nicht gerne shoppt, weil es Tag für Tag für Tag eine Jeans und ein weißes Shirt trägt?«

Ich schüttle den Kopf.

»Nee. Ich auch nicht. Nur du bist so. Und jetzt bist du die mit den weißen Haaren. So what.«

Ich hadere noch.

»Okay. Du kannst dich weiter unter deinem schwarzen Hut verstecken. Du könntest dir auch eine hübsche Badekappe kaufen. Vielleicht eine mit Blümchen drauf. Oder du stehst jetzt auf, stopfst den Hut in deine Tasche und gehst mit erhobenem Haupt mit mir auf den Pier, holst dir ein Erdnusseis und fertig.«

Ich hole tief Luft und stehe auf.

»Darf ich auch Schlumpfeis wählen?«, frage ich leise.

Sie verdreht die Augen. »War klar. Immer eine Extrawurst.«

Als wir bei der neuen Eisdiele ankommen, gibt es keine Gratisportionen mehr.

»Ich spendiere dir natürlich eins«, lacht Lisa mich an. Sie kommt tatsächlich mit einer Waffel mit vier Kugeln Smurf flavour zurück – Schlumpfeis.

Die Reaktion der anderen auf meinen neuen Look ist gar nicht so krass. Wobei »krass« genau das Wort ist, mit dem Xenia meine Haare kommentiert. Leider ist bei Ella und Xenia alles immer »krass«. Ob krass gut oder krass schlecht muss man sich meist selber denken. In Bayern scheint es tatsächlich nur ein Adjektiv für alles zu geben.

Vincent zieht die Augenbrauen hoch als er mich sieht und meint nur »Das ist ja weiß«.

Was für ein Depp. »Ich weiß«, sage ich darauf nur.

Immerhin zeigt Leo mir einen erhobenen Daumen. Dem Spanier scheint es zu gefallen. Hilft ihm nicht. Ich finde ihn trotzdem doof.

Ich kämpfe gerade mit der vierten Kugel, als ich sie sehe. Sie sitzt ein paar Meter weiter vor einer Bar und scheint sich gerade köstlich zu amüsieren. Jessica schüttelt sich geradezu vor Lachen. Vor ihr sitzt ein schwarz gelockter Typ. Mehr kann ich von ihm nicht erkennen. Ist auch unwichtig. Wichtig ist nur, dass es nicht Tim ist.

Jetzt nuckelt sie an dem Strohhalm ihres Drinks. Soll das verführerisch aussehen oder was?

Der Typ streckt sich jetzt lasziv und zeigt einen kleinen Streifen sehr brauner Haut über den Shorts.

Wer ist das?

Ich bin eigentlich nicht so direkt. Aber jetzt kann ich nicht anders. Ich gehe zu den beiden hin. Auf dem Weg schmeiße ich den Rest Schlumpfeis in den Müll. Ich finde, Schlümpfe passen nicht mehr zu meinem neuen Schopf.

»Hi, Jessica. How are you?«, frage ich sie ganz fröhlich.

»Hi, Nora. Wow. Warst du bei Friseur?«

Ich würde am liebsten sagen: Nein. Ich bin heute Morgen aufgewacht und meine Haare hatten alle ihre Farbe verloren. Dafür war das Kopfkissen ganz rot.

»Brauchte mal eine kleine Veränderung«, sage ich stattdessen. Ich setze mich, auch ohne Aufforderung, und gucke den Schwarzhaarigen an. Er sieht ein bisschen abgerockt aus.

»Hi, I'm Nora«, stelle ich mich vor.

»Isch bin Jean-Luc«, brummt er auf Deutsch mit französischem Akzent und hebt lässig die Hand.

»Zeltest du auch auf dem Campingplatz?«, frage ich direkt. Ich will verdammt noch mal wissen, wer er ist, woher er Jessica kennt, wie gut er sie kennt und welche Rolle Tim jetzt hier noch spielt.

»Campingplatz?« Er lacht mit viel Bass. »Non, isch wohne in Otel.«

Er zeigt auf einen großen, teuren Kasten an der Strandpromenade, dann guckt er wieder schmachtend zu Jessica. Offensichtlich störe ich hier gerade. Das ist mir allerdings völlig schnuppe.

»Und ihr kennt euch schon lange?«, bohre ich nach. Mir ist klar, dass ich nerve.

»Seit Samstagabend«, schnurrt Jessica jetzt. »Wir haben uns getroffen im Shooshh. Jean-Luc ist hottester Tänzer der Welt.«

Im Club? Am Samstag? Sie wollte doch am Samstag mit Tim auf die Rolle gehen ...

»Ach ja, da warst du ja mit Tim unterwegs«, stelle ich fest.

»Tim? Nee, der hat sich nicht gefühlt gut. Aber ich schon groß. Ich kann auch alleine vor Tür«, kontert sie.

Sie war NICHT mit Tim unterwegs?

Und was heißt: Tim hat sich nicht gut gefühlt? Ist er krank? Vielleicht liegt er mit Fieber alleine in seinem Bulli und keiner hilft ihm.

»Na dann«, sage ich nur lahm und stehe auf. Die beiden sehen ein bisschen erleichtert aus. Langsam schlendere ich zu Lisa zurück. Sie will gerade mit ein paar anderen zum Billardspielen gehen.

»Schlimm, wenn ich nicht mitkomme?«, frage ich vorsichtig.

Sie sieht wirklich ganz kurz aus als hätte ich sie geschlagen. Sie zuckt richtig zusammen.

Ich weiß nicht, was mit Lisa nicht stimmt, aber irgendwas ist falsch an ihr. Schnell legt sie den Arm um mich.

»Süße, komm mit. Das wird total lustig. Außerdem bist du doch jetzt die coole Nora mit der coolen Frisur. Willst du die wirklich zu Hause verstecken?«

»Wer sagt denn, dass ich nach Hause will? Ich wollte nochmal in den Secondhandladen, in dem ich den Hut gekauft habe. Die hatten da auch total crazy Tücher. Jetzt habe ich den Notfall-Groschen meiner Ma schon angebrochen, da kann ich auch den Rest verprassen, oder?«

Sie zieht eine Schnute, nickt dann aber.

Mit schnellem Schritt gehe ich den Strand runter. Die Lüge liegt mir wie ein zu fettiger Fisch im Magen. Ich bin ziemlich verschwitzt, als ich am Campingplatz ankomme, aber das ist mir egal. Ich biege um die Ecke und bleibe stehen.

Der Bulli ist weg.

Tim ist weg.

Neben dem Zelt von Jessica und Sam ist nichts. Nur Wiese.

Meine Augen werden überflutet. Ein Schauer wie Schüttelfrost fährt mit durch den ganzen Körper.

Das kann nicht wahr sein. Das darf nicht wahr sein. Er kann doch nicht einfach weg sein. Ich schaue aufs Meer. Kein buntes Segel zu sehen. Ganz langsam setze ich mich in den Sand und starre auf die Stelle, wo der Bulli stand.

Wo ich so glücklich gewesen war.

Ich habe früher diese Rätsel »Finde die fünf Unterschiede« geliebt. Ich war gut darin. Auf diesem Bild fehlt eindeutig was.

Ist er wirklich abgefahren, ohne sich von mir zu verabschieden?

Einfach wortlos aufgebrochen in sein altes Leben?

Oder in ein ganz neues.

Steht der besprayte Bulli schon längst woanders und Tim rickt gerade an einem anderen Strand sein Segel auf?

Geht er gerade zu einem Mädchen und bittet es, ihm doch mal eben den Surfanzug zu öffnen?

Ein Schluchzen kommt ungewollt aus meinem Mund.

Ich wische die Tränen weg und das Kajal auf meinen Wangen.

Alles was war, ist plötzlich egal.

Ich will zurück. Zurück in dieses warme, volle Gefühl an seiner Seite.

»Alles in Ordnung?« Seine Stimme ist leise und ein bisschen kratzig.

Ich drehe mich um. Und er steht vor mir. Mit zwei Einkaufstüten in den Händen und einem ganz weichen Blick.

»Du bist noch da?«, stelle ich fest und ein Lachen kommt von ganz unten aus meinem Bauch.

»Natürlich bin ich noch da.«

»Wo ist dein Bulli?« Ich zeige auf die leere Stelle.

»Ich musste den umstellen, weil mein Stellplatz ab morgen reserviert ist.«

»Ich dachte, du wärst abgereist.«

»Und deswegen hast du geweint?«

»Geweint? Nein. Ich habe Sand in die Augen bekommen.«

Er setzt sich neben mich in den Sand, lässt ihn sich durch die Finger rinnen.

»Also bist du gekommen, um zu gucken, ob ich noch da bin?«

»Ich bin gekommen, um zu gucken, ob es dir gut geht«, sage ich zögernd.

Eigentlich will ich nicht, dass er das weiß. Oder ich will es nicht wollen.

»Warum sollte es mir nicht gut gehen?«

»Jessica hat erzählt, dass es dir am Samstag schlecht ging. Da dachte ich, ich schau mal nach dir.«

Ich komme mir plötzlich so albern vor. Habe ich ein Krankenschwestersyndrom oder was?

Er lacht kurz. »Stimmt. Samstag. Da hatte ich diese schlimme Cluballergie.«

»Was?«

»Immer, wenn jemand mit mir in einen Club will, habe ich diese schlimmen Symptome. Lustlosigkeit. Schlechte Laune. Müdigkeit. Mit so etwas kann man nicht vor die Tür.«

»Aha.« Ich komme mir plötzlich nur noch blöd vor. *Ich wollte mal sehen, wie es dir geht.* Was für ein Bullshit.

Kein Wunder, dass er in mir ein pubertierendes Girlie sieht.

»Ich finde es total nett, dass du nach mir gucken wolltest«, schiebt Tim nach. Er zeigt auf seine Einkaufstaschen. »Komm, ich koch uns was.«

Nett. Er findet es »nett«. *»Nett« ist die kleine Schwester von »scheiße«,* würde Lisa jetzt sagen. Aber das passt ja dann. Er ist der große Bruder, ich bin die kleine Schwester. Wahrscheinlich kann ich froh sein, dass er neulich nicht vorgeschlagen hat, mir ein Schlaflied vorzusingen.

»Ja, sehr nett von mir«, sagte ich bissig. »›Nett‹ können wir Wundertüten besonders gut.«

»Du bist eine Wundertüte?«

»Das hast du doch mal behauptet«, gifte ich zurück.

»Ich glaube, ich habe mal behauptet, dass du wunderbar bist«, entgegnet Tim und guckt mir sehr direkt in die Augen.

Was soll das jetzt? Will er sich wieder bei mir einschleimen?

»Komisch, ich bin sicher, dass du zu Yakimi gesagt hast, pubertierende Mädchen wie ich seien wie Wundertüten. Man wüsste nie, was einen erwartet.«

Er legt den Kopf schief, schaut mich nur fragend an. Sein Blick wandert zu den Strähnen, die unter meinem Hut weiß herausleuchten.

»Die neue Haarfarbe sieht süß aus«, stellt er dann fest.

Süß.

Robbenbabys sind süß.

Welpen sind süß.

Zuckerwatte ist süß.

Ich bin definitiv nicht süß.

»Süß war gestern. Ist vorbei«, sage ich nur schroff.

»Ich meinte ›süß‹ im Sinne von ›schön‹. Mehr nicht.«

Was wird das hier? Das große Nora-Pampern?

Er guckt auf seine Einkaufstüten. »Ich bring das nur kurz in den Wagen, sonst wird das alles schlecht. Bitte nicht weglaufen.«

Er steht auf, klopft sich den Sand ab und geht mit großen Schritten Richtung Campingplatz. Er sieht selbst von hinten so gut aus. Kräftig, aber nicht so muskelbepackt. Die Haare etwas länger, aber nicht so hippiemäßig. Ich stehe auch schnell auf. Ich muss weg hier. Sonst fängt alles wieder von vorne an.

Ich will mit dem Traurigsein nicht wieder von vorne anfangen.

Sein Blick geht mir nicht aus dem Kopf. Sein Blick als ich ihm wiederholte, was er zu Yakimi gesagt hat. Er wirkte wirklich total überrascht. Richtig ungläubig. Warum? Weil Yakimi es mir weitererzählt hat? Oder weil er es doch vielleicht anders gemeint hat?

Nur Lisa kann mir diese Frage beantworten. Schließlich hat sie es ja gehört.

33

Sie skypt gerade mal wieder mit ihren drei Schwestern und ihrer Mutter. Alle quatschen durcheinander.

»Luise, das sind meine Ohrringe. Meinst du, das sehe ich nicht? Du sollst die Finger von meinen Sachen lassen. – Mama, du sollst verdammt noch mal mein Zimmer abschließen«, giftet Lisa gerade. Klein-Lotta hat sich wohl das iPad geschnappt und rennt damit eine Treppe hoch, alles wackelt und dreht sich.

»Lisa, Lisa, ich zeige dir mal die neuen Bilder, die ich gemalt habe«, quiekt sie dabei.

Offenbar wird ihr kurz vor dem Zimmer das iPad entrissen, es gibt ein Riesengebrüll. Von der Kamerafahrt wird mir leicht schlecht.

Ihre Mutter erscheint schließlich auf dem Bildschirm. »So, meine Große. Du siehst, hier ist alles wie immer. Ich könnte verstehen, wenn du nicht zurück willst, muss aber leider sein. Wir vermissen dich nämlich doll.«

Irgendwie gibt mir das einen leichten Stich. Meine Mutter redet immer so viel. So viele Worte, die aus ihrem Mund quellen. Aber die Worte »Ich vermisse dich« waren noch nie dabei.

Manchmal glaube ich, ich bin eher ihr »Projekt« als ihre Tochter.

Als Lisa endlich aufgelegt hat, frage ich sie direkt.

»Was genau hat Tim damals zu Yakimi gesagt – du weißt schon, die Sache mit den pubertierenden Mädels und den Wundertüten ...«

Sie sieht kurz erschrocken aus.

»Das habe ich dir doch schon erzählt. Guck mal, ich habe mir neuen Nagellack gekauft.«

»Nein, im Ernst. Kannst du es noch mal genau wiederholen?«

»Warum ist das wichtig? Du nervst.«

»Es ist einfach wichtig.«

»Na genau, was du eben gesagt hast. Dass pubertierende Mädchen wie Wundertüten seien.«

»Und damit hat er mich gemeint?«

Sie dreht sich abrupt um und stößt dabei gegen ihre Cola, die sich auf das Parkett ergießt.

»So ein Mist«, flucht sie.

Ich ziehe nur die Augenbrauen hoch. Irgendwie sah das verdammt danach aus, als hätte sie die Cola extra umgestoßen.

Ich schaue zu, wie sie mit viel Toilettenpapier das braune Zeug aufwischt. Sie wirkt hektisch. Ohne Hintergedanken nehme ich den neuen Nagellack, den Lisa sich gekauft hat und drehe ihn in der Hand. Leuchtend Orange. Schöne Farbe. Und ein stolzer Preis, sehe ich.

»Gefällt er dir? Ich schenke ihn dir. Die Farbe passt zu dir viel besser als zu mir«, sagt Lisa plötzlich und wischt weiter.

»Danke. Musst du mir nicht schenken. Ich kann ihn mir ja mal ausleihen.«

»Nein. Nimm nur. Ich möchte ihn dir gerne schenken.«

Etwas stimmt hier nicht. Lisa und ich teilen doch eh alles. Warum will sie mir jetzt plötzlich was schenken?

Will sie mich trösten? Oder mich ablenken? Dieser Nagellack erinnert mich plötzlich an eine teure Handcreme, die mein Vater mal meiner Mutter geschenkt hat, nachdem er aus Versehen eine ihrer Porzellankatzen runtergeworfen hatte. Ja. Meine Mutter liebt Katzen. Findet sie so geschmeidig und elegant. Natürlich käme niemals eine echte Katze ins Haus. Die haart ja.

Ich frage mich, was Nora mir wohl kaputtgemacht haben könnte.

Nach dem Abendessen überlege ich mir, dass ich mal wieder eine Mail an besterbrudernick@gmx.de schreiben könnte. Vielleicht fühle ich mich klarer, wenn ich alles, was mich lähmt, mal formuliere. Lisa schreibt auch fast jeden Abend in ihr Tagebuch. Ich habe auch mal versucht, ein Tagebuch zu führen, aber irgendwie stand da jeden Abend das gleiche Elend. Dass ich mich weit weg wünsche, so eine riesengroße Sehnsucht in mir habe. Dass sich unserem Dorf selbst der Wind abgestanden anfühlt. Die Sommer sind lau, die Winter grau, dazwischen ist alles mau.

Es ist nie richtig heiß oder kalt. Wie ein kaputtes Pendel, das nur noch schlaff runterhängt und nie ausschlägt.

Am schlimmsten ist es, wenn ich mir Fotos angucke. Meine Mutter macht jedes Jahr so ein Fotobuch. Alles Wiederholungen. Nur die Kleider ändern sich. Der Rest ist identisch. Deswegen habe ich mit dem Tagebuch aufgehört. Es reicht, dass ich so lebe, ich muss die Monotonie nicht auch noch aufs Papier bannen.

Ich suche mein Handy, um die Mail an Nick zu schreiben und finde es nirgends. Nicht in der Jackentasche, nicht in der Tasche.

Ich werde minütlich hektischer. Das darf jetzt bitte nicht wahr sein. Unter der Bettdecke, unter dem Bett, auf dem Nachttisch, im Schrank, im Badezimmer: Ich suche überall. Es ist nicht da.

»Lisa, ruf mich mal an«, bitte ich meine Freundin schließlich. Sie wählt und wir lauschen. Nichts. Entweder es ist nicht in Hörweite oder der Akku ist schon wieder leer.

»Wo hast du es denn zum letzten Mal gehabt?«, will Lisa wissen.

Beim Friseur hatte ich ein bisschen gespielt. Dann hatte ich Lisa angerufen. Und als ich am Pier auf Jessica und diesen Jean-Luc getroffen bin, habe ich noch auf die Uhr von meinem Handy geguckt. Und danach? Habe ich es danach noch gesehen oder in der Hand gehabt? Ich kann mich nicht erinnern. Hatte ich es noch, als ich am Strand mit Tim saß? Ich habe keine Ahnung. Jetzt drehe ich fast durch. Mein Handy ist mein Gedächtnis, meine Verbindung zur Außenwelt, mein Fotoalbum. Alles.

»Ich gehe es suchen«, verkünde ich.

»Jetzt?«, fragt Lisa – allerdings nur halb erstaunt. Ich weiß genau, sie würde das Gleiche machen.

»Ja.«

»Soll ich mitkommen?«

»Nein, nein. Alleine bin ich mit dem Rad eh schneller.«

Auf dem Bike gebe ich ordentlich Gas. Vielleicht ist es mir ja am Strand aus der Tasche gefallen. Mit ganz viel Glück liegt es da noch im Sand. Ich fahre quer über den Campingplatz, lasse beim Weg zum Strand das Rad einfach fallen und renne los. Wo genau hatte ich gesessen? Ein bisschen weiter rechts. Es ist nicht mehr richtig hell, ich kneife die Augen zusammen und suche den Boden ab. Meine Handyhülle ist rosa-orange. Eigentlich müsste sie mir sofort auffallen, wenn sie hier rumliegen würde. Ich gehe quer zum Wasser, sehe plötzlich, wo Tims Bulli jetzt steht. Er hat wieder einen Platz direkt am Strand. Ist bestimmt schön, da aufzuwachen und gleich die Wellen zu sehen. Es wird immer dunkler. So ein Mist. Mir fällt ein, dass ich ja am Rad Licht habe. Ein kleines nur, das mit Batterie betrieben wird, aber immerhin. Ich hole das Rad und schiebe es langsam durch den Sand. Ich habe nicht mitgekriegt, dass die Tür vom Bulli aufgegangen ist.

»Da denke ich, das ist aber ein großes Glühwürmchen. Und dann ist es die Nora.« Tim kommt lachend auf mich zu.

»Schade, dass du vorhin nicht gewartet hast. Du hast ein goldenes Magnum verpasst.«

»Ich habe schon so viel verpasst in meinem Leben, da kommt es darauf auch nicht mehr an.«

»Ups. Willst du reden?« Seine Stimme ist leise und warm.

»Nein. Am liebsten würde ich telefonieren oder eine WhatsApp-Nachricht schreiben oder eine Mail. Mit meinem Handy. Das ist aber leider weg.«

»Warte hier.«

Mit den Worten lässt er mich stehen. Ich schiebe das Rad ein bisschen hoch Richtung Düne. Vielleicht saß ich ja auch eher da drüben?

Tim kommt zurück und hält mir MEIN Handy hin.

»Ist es vielleicht das?«

Ich würde ihm am liebsten um den Hals fallen. Mach ich natürlich nicht.

»Wo hast du das her?« Ich drücke es wie einen kostbaren Schatz an mich.

»Als ich vorhin wieder zurückkam, mit zwei Magnum in der Hand und voller Freude, mal wieder mit dir quatschen zu können, lag nur noch das Handy hier im Sand. Ich habe es mitgenommen, weil ich dich damit erpressen wollte. Eigentlich wollte ich es dir nur zurückgeben, wenn du mal wieder einen Abend mit mir verbringst.«

Ich schaue ihn an. Mein Herz hat mal wieder einen ganz eigenen Takt entwickelt. Irgendwas zwischen Hüpfen und Techno.

Plötzlich habe ich den Song von Joris im Ohr.

Immer wenn es Zeit wird zu gehn
Vergess ich was mal war und bleibe stehn
Das Herz sagt »bleib«
Der Kopf schreit »geh«

Der Typ macht mich wahnsinnig.

Ich würde ihn jetzt am liebsten an die Hand nehmen und mit ihm ins Meer laufen.

Ich würde ihm gerne durch die Haare streichen.

Ich würde so gerne wieder Rücken an Rücken mit ihm im Sand sitzen und seine Wärme spüren.

Immer wenn es Zeit wird zu gehn
Verpass ich den Moment und bleibe stehn

Warum hat er mich nicht erpresst? Warum hat er mir das Handy einfach so wieder in die Hand gedrückt? Will er doch keinen Abend mehr mit mir durchquatschen?

Zwischen all diesen Fragen geht die Tür von seinem Bulli wieder auf und Jessica kommt heraus. Der Moment ist meine persönliche Ice-bucket-Challenge. Ganz langsam kommt sie auf uns zu. Ich sehe, dass sie total verheult ist.

»Oh, hat dich der süße Jean-Luc sitzen lassen«, sage ich total gemein. »Da ist es ja gut, wenn man den lieben Tim hat, bei dem man sich ausheulen kann, was? Du kannst deinen Timmy gleich zurückhaben, ich störe euch nicht länger«, füge ich an.

Jessica ist abrupt stehen geblieben. Selbst heulend sieht sie noch gut aus. Ich könnte kotzen.

»Jessicas Oma ist heute Mittag gestorben«, sagt Tim. »Ihre Eltern haben sie und Sam vorhin angerufen.« Seine Stimme ist frostig.

Was bin ich für ein Miststück. »Das tut mir leid«, sage ich sofort. Es klingt ein bisschen schal.

»Jessica und Sam überlegen, ob sie direkt nach Hause fliegen. Sam telefoniert gerade wegen eines Flugs«, erklärt Tim weiter.

» Ich weiß nicht, ob Oma das gewollt hätte«, schnieft Jessica. »Sie hat uns Geld gegeben, damit wir sehen können Europa. Sie selbst ist nie gereist. Ich glaube, sie hätte gerne mehr gesehen von Welt. Und jetzt ist zu spät.« Dicke Tränen kullern über ihre Wangen.

»Vielleicht könnt ihr ja auch hier Abschied von ihr nehmen«, sage ich leise. »Ihr macht eure eigene kleine Gedenkfeier und steckt eine Kerze für sie an. An das Grab könnt ihr immer noch gehen, wenn ihr wieder zu Hause seid. Eure Oma wollte bestimmt nicht, dass ihr für sie die Reise abbrecht.«

Sie guckt mich an. Mein Vorschlag scheint ihr zu gefallen. Auch Tim nickt zustimmend.

»Ich gehe dann mal. Ich habe ja, was ich gesucht habe.« Ich halte mein Handy hoch.

Ich schaffe es tatsächlich, erst zu heulen, als ich schon außer Hörweite bin.

Tim hatte die Hand auf Jessicas Schulter.

34

Als ich in unserem Zimmer das Handy ans Netz hängen will, sehe ich, dass ich eine Nachricht von Tim bekommen habe. Ich öffne sie und stelle fest, dass es nicht nur eine ist. Tim hat sich – während er mein Handy hatte – eine lustige WhatsApp-Unterhaltung ausgedacht. Ja, mein Handy ist nicht gesperrt. Ich habe keine PIN. Ich weiß, dass das eigentlich doof ist. Allerdings habe ich schon zwei Mal meine PIN vergessen und dann drei Mal eine falsche Nummer angegeben. Danach war das Handy erst mal gesperrt und ich musste einen anderen Code anfordern. Lisa weiß ihren Code übrigens auch nicht mehr. Deswegen ist sie auch panisch darauf bedacht, dass ihr Akku nie ganz leer ist. Wenn das Ding einmal aus ist, hat sie ein Problem.

Die erste Nachricht von Tim lautete:

Hast du auch gerade die Sternschnuppe gesehen?

Ich: *Nein. Das war auch keine Sternschnuppe, sondern ein Flugzeug. Ein Sternschnuppe ist nicht so langsam und hat auch keine Blinklichter.*

Tim: *Das WAR eine Sternschnuppe. Eine extra langsame*

Schnuppe. Für Spätzünder. Willst du wissen, was ich mir gewünscht habe?

Ich: *Wenn man sagt, was man sich gewünscht hat, geht es aber nicht in Erfüllung.*

Tim: *Ich weiß. Ich habe mir gewünscht, dass wir uns auf gar keinen Fall wiedersehen dürfen.*

Ich: *Wie bitte???*

Tim: *Wenn ich mir wünsche, dass wir uns nicht wiedersehen und ich dir das dann aber sage, geht es nicht in Erfüllung. Also muss das Gegenteil eintreten, nämlich, dass wir uns wiedersehen.*

Ich*: Und da darf ich jetzt gar nicht mitreden?*

Tim: *Sorry, leider nicht. Das ist eine Himmelsmacht. Der musst du dich wohl fügen.*

Kurz bevor ich mit einem Grinsen einschlafen kann, schiebt sich wieder das Bild vor meine Augen. Tims Hand auf Jessicas Schulter. Ist er jetzt ihr großer Bruder? Oder ist er mehr? Darf ich mir denn nicht ein kleines bisschen wünschen, dass Jessica und Sam doch zur Beerdigung nach Hause fliegen?

Würde das überhaupt etwas ändern?

»Aufstehen!« Lisa rüttelt an mir. Draußen ist es noch nicht mal richtig hell.

»Was soll das? Es ist mitten in der Nacht.« Ich versuche, mich umzudrehen.

»Wir fahren heute nach London. Schon vergessen?«

Ich mache mühsam die Augen auf, gucke sie an.

»Du hast es wirklich vergessen?«, quiekt Lisa.

»Ich habe es nicht wirklich vergessen, ich hatte es gerade nur nicht präsent«, widerspreche ich.

Dabei hat sie leider recht. Ich hatte das echt nicht mehr auf dem Schirm. Vor ein paar Wochen noch war der Ausflug nach London DAS Event. Jetzt wäre mir ein Ausflug zum Campingplatz lieber.

Linda steht in einem Blumendruckbademantel und mit halb geschlossenen Augen in der Küche und macht Sandwiches. Mit feinem Schinken für Lisa und Yakimi. Mit langweiligem Käse für mich. Grrr.

Nach einer mehr als einstündigen Busfahrt, in der ich noch ein bisschen Schlaf nachhole, spuckt uns unser Bus mitten in London vor der Victoria Station aus. Ich bin wie elektrisiert, kann den Pulsschlag dieser Stadt richtig in meinem Bauch fühlen. Ich fühle mich wie in einem riesigen Ameisenhaufen, komme mir irgendwie klein vor. Ich bleibe dicht bei Lisa. Leider geht es direkt in den nächsten Bus, zumindest ist es ein Doppeldecker, und wir ergattern oben Plätze in der ersten Reihe. Das absolute Touri-Programm steht an. Big Ben, Buckingham Palace, Tower of London, Palace of Westminster, Tower Bridge. Während der ganzen Zeit quatscht ein Tourguide durch das Mikrofon und leiert auf Englisch Zahlen und Fakten runter. Kann der nicht einfach mal die Klappe halten?

Und dann steigen wir aus und Mrs Collins sagt den besten Satz des Tages: »Ihr habt jetzt noch zwei Stunden für euch. Geht aber mindestens zu zweit los. Wir treffen uns wieder hier am Bus.«

Zwei Stunden Freiheit in London. Wie genial ist das denn? Lisa, Yakimi und ich einigen uns sofort darauf, dass wir zum Piccadilly Circus fahren. Während der Bustour waren wir schon da vorbeigekommen und uns war klar, dass hier das Herz der Stadt ist. Riesige LED-Leinwände werben für irgendwas, auf den Stufen von dem Brunnen sitzen und liegen Leute, hören Musik, lesen, quatschen. Eine ältere Frau mit orange-farbenen Haaren hält lautstark eine Rede, der keiner zuhört. Mindestens zwanzig Japanerinnen posieren rundum mit einem Selfie-Stick vor der Kulisse. Alle paar Minuten kommt einer der roten Doppeldeckerbusse vorbei. Kurz sind dann deutsche, französische, italienische Wortfetzen zu hören. Drei Jungs spielen mit Diabolos, ein paar girls gucken bewundernd zu. Wir lassen uns von dort die Regent Street entlangtreiben, stöbern durch ein paar CD-Läden. Yakimi findet eine supergünstige Scheibe von einem angesagten japanischen DJ. Lisa kauft sich XXL-Ohrringe und dann lassen wir uns mit dem Touri-Strom runter zum Hyde Park treiben.

»Stell dir jetzt vor, wir wären in New York, und das wäre der Central Park«, lacht Lisa und dreht sich um sich selber. Yakimi wird dabei fast von ihrem neuen Ohrgehänge erschlagen.

»Mir ist das hier schon groß und verwirrend genug«, antworte ich. »Ich brauche keinen Central-Park.«

Wir lassen uns einfach auf einer Wiese nieder. Natürlich gibt es hier auch megaviele Touristen. Sie sind gut daran zu erkennen, dass sie wie kleine Entenkinder hinter einem hochgehaltenem Schirm herwatscheln.

Aber es gibt auch ganz normale Menschen. Ein Vater spielt mit seinen Söhnen Fußball. Ein paar Jugendliche sitzen um eine Wasserpfeife. Ein paar Mütter haben eine große Decke ausgebreitet, auf der ihre Babys liegen und sabbern.

Für sie ist es völlig normal, hier zu sein.

Wird es für mich auch irgendwann normal sein, in einer großen Stadt zu leben? Ich habe noch nie mit jemandem darüber gesprochen, selbst mit Lisa nicht. Aber ich habe auch Angst vor der Zukunft. In Horst ist alles vertraut. Ich kenne alle und alle kennen mich. Ich muss mir keinen Platz erobern, kein Image verordnen. Ich muss einfach niemandem mehr was beweisen. Ich kenne die Blödmänner, die Nerds, die Zicken. Ich weiß, wo man hingehen kann und wo es ätzend ist. Wenn ich wirklich in zwei Jahren zum Studium in eine Großstadt ziehe, werde ich da vielleicht ganz alleine sein. Da ist dann niemand, zu dem ich mal gehen kann, wenn mir die Decke auf den Kopf fällt. Ich muss erst Freunde finden. Darin bin ich nicht so gut. In größeren Gruppen werde ich schnell unsicher und schnell rot.

Aber ich kann ja auch nicht einfach irgendwas studieren, nur damit ich vielleicht an die gleiche Uni gehe wie Lisa. Das wäre doch feige.

Ich wäre so gerne anders. Manchmal.

Lisa nimmt mich plötzlich in den Arm. »Hast du wieder deine melancholischen zehn Minuten?« Sie grinst mich an.

»Ich glaube schon.«

»Genieß es doch einfach.« Sie reißt die Arme auseinander.

»Ich versuche es ja«, behaupte ich.

Aber da ist wieder dieses Sehnen in meinem Bauch. Ich will immer nur weg, nie ankommen. Wie Heimweh ohne Zuhause.

Yakimi guckt auf seine Uhr. »Jetzt aber schnell. Wir müssen in zehn Minuten am Bus sein.«

»Mich macht das irgendwie fertig, dass ich noch so gar nicht weiß, was ich mal machen will. Ob ich studieren will oder nicht. Und wenn ja, was«, sage ich während der Rückfahrt zu Lisa.

»Da können wir doch auch noch nächstes Jahr drüber nachdenken. Uns fällt schon noch was ein«, antwortet sie sofort.

»Aber du hast wenigstens Ideen und Tendenzen.«

»Okay, vielleicht studiere ich einfach Spanisch und Italienisch. Ich kann mir ein Leben als Übersetzerin vorstellen. Oder als Dolmetscherin. Wäre schon cool irgendwie.«

Es ist komisch. So schlecht Lisa in Englisch ist, so gut ist sie in Spanisch und Italienisch. Dabei ist Englisch eigentlich viel leichter.

»Weißt du, vielleicht warte ich auch einfach ab, was du studierst und wo es dich hin verschlägt, und dann schaue ich, was ich dort so studieren könnte«, fährt Lisa fort.

Aha. Sie hatte diese Idee also auch schon. »Ist das nicht ein bisschen feige?«

»Feige? Ohne dich gehe ich doch woanders total unter. Du bist mein Anker.«

Ich ihr Anker? Und ich dachte, es sei umgekehrt. So kann man sich täuschen. Ich gucke wieder aus dem Fenster, am Horizont ist schon das Meer zu sehen.

Und hinter dem Meer ist irgendwo Deutschland und mein kleines Kinderzimmer.

Bah.

35

»Mach mal die Augen zu.«

»Hä?«

»Du sollst deine Augen mal schließen«, fordert Lisa mich auf.

»Willst du mir was Ekeliges zu essen geben?«

»Was denkst du denn von mir? Los.«

Misstrauisch schließe ich die Augen. Was soll das denn jetzt schon wieder? Ich höre, wie der Klickverschluss von Lisas Tasche aufgeht, dann Geraschel.

»Jetzt streck mal deine Hände vor«, befiehlt sie nun.

»Hast du eine tote Maus oder einen halben Frosch in London gefunden?«

»Du hast eine fürchterliche Fantasie. Ich habe dir schon tausendmal gesagt, du sollst nicht immer so grässliche Bücher lesen. Das hinterlässt Spuren.«

Ein bisschen widerwillig halte ich ihr meine Hände hin und spüre sofort etwas ganz Weiches.

»Darf ich jetzt die Augen aufmachen?«, drängle ich.

»Na gut.«

In meinen Händen halte ich ein total witziges Tuch. Giftgrün mit kleinen orangefarbenen Eulen drauf.

»Ist das für mich?«

»Nein, ich wollte nur, dass du es kurz hältst, damit ich mich kämmen kann.«

»Was?«

»Quatsch. Natürlich ist das für dich. Du bist doch der Bunte-Tücher-Crack von uns.«

»Wo hast du das her?«

»Aus dem Laden, in dem ich meine neuen Ohrringe gekauft habe. Ich habe es gesehen und sofort gewusst, dass du es lieben wirst.«

Ich drehe das Tuch in meinen Händen. Es ist wirklich super. Auf einem kleinen Aufkleber steht noch der Preis. Ich sehe, dass es auch superteuer war. Umgerechnet siebzehn Euro.

Lisa hat gesehen, dass ich das Schild entdeckt habe.

»War total reduziert«, behauptet sie.

Wieso glaube ich ihr nicht?

»Leg es doch mal um, dann mache ich ein Erinnerungsfoto von dir.«

Ich drücke ihr meine neue Sofortbildkamera in die Hand und halte ein paar Minuten später ein Foto von mir in den Händen. Im ersten Moment erschrecke ich mich. Manchmal vergesse ich noch immer, dass ich jetzt hellblond bin. Ich weiß immer noch nicht, wie ich meine Eltern auf diesen Anblick vorbereiten soll. Wenn ich nichts sage, kriegt meine Mutter am Flughafen aber mit Sicherheit einen Kreislaufkollaps oder wahlweise akute Atemnot mit Schnappatmung.

Ich gucke mir selber in die Augen.

Sie sehen traurig aus auf dem Foto. Da helfen auch die fröhlichen Eulen nichts. Warum wollte Tim damals das Polaroid von mir?

War er vielleicht doch mal ganz kurz in mich verliebt und hat es sich dann anders überlegt? Wie groß ist Jessicas Einfluss auf diesen Sinneswandel?

Was hat er gefühlt, als er ihr die Hand auf die Schulter legte? Wollte er sie nur trösten oder auch spüren?

Ich stupse Lisa an. »Kannst du mal kurz gucken, ob ich irgendwo da hinten am Kopf einen kleinen Schalter habe, mit dem man doofe Gedanken abstellen kann?«

Sie tut so als würde sie suchen und drückt mich plötzlich fest hinters Ohr.

»Gefunden. Hab gedrückt. Gedanken weg?«

Ich grinse sie an. Ein bisschen schief vielleicht. »Was für Gedanken?«

Als wir zu Hause – also bei den Clarks – ankommen, platzen wir mitten in einen dicken Streit zwischen Eltern und Tochter.

Vielleicht hat sich Määäry-Äänn ja für die Casting-Show *Die exotischste Tätowierung* angemeldet. Vielleicht haben die Eltern aber auch im Zimmer des Töchterchens ein exorbitantes Lager an Energy-Drinks gefunden. Ich wüsste nicht, woher die sonst immer ihre Power nimmt.

Nachdem Linda noch mal wortgewaltig auf ihre Tochter eingeredet hat – leider so schnell, dass ich immer noch keine Ahnung habe, um was es geht –, wendet sie sich uns zu und vermeldet, dass das Abendessen schon fertig auf dem Herd stehe.

Es gibt Spaghetti Bolognese. Für alle anderen. Für mich gibt es Spaghetti mit wahlweise Tomaten- oder Chilli- oder Curry-

Ketchup. Ich könnte nach diesem Urlaub locker zu *Wetten dass ...?* gehen und behaupten, dass ich fünfundzwanzig Ketchup-Sorten alleine an ihrer Konsistenz erkennen könnte. Leider gibt es ja *Wetten dass ...?* nicht mehr, sodass ich mit meinem Können so rein gar nichts anfangen kann. Toll. Da kann man mal etwas richtig gut und keinen interessiert es.

Beim Essen geht die familieninterne Diskussion weiter. Linda sagt so etwas wie, dass sie das nicht machen könnten. Dass sie und Michael eben verzichten müssten. Auf was wollen die verzichten? Määäry-Äänn wirft theatralisch die Arme nach oben – sie hat echt eine dramatische Ader – und heult auf: »That's the end of our promising future«.

Sieht sie das Ende der Welt auf sich zukommen? Gehören die Clarks heimlich zu einer Art Sekte, die den Untergang der Erde vorhersagen?

Oder meint sie das Ende ihrer eigenen wunderbaren Zukunft als Allround-Diva in allen Sparten. Vielleicht haben ihr die Clarks einfach nur mal vorgeschlagen, dass sie ein bisschen was für die Schule tun soll für den unwahrscheinlichen Fall, dass sie eben doch NICHT entdeckt werden sollte.

Ich trete Yakimi leicht vors Schienbein. »Um was geht es? Verstehst du was?«

»Ich glaube, die Clarks wollen nicht mehr als ABBA-Band auftreten«, raunt er mir zu.

Jetzt verstehe ich gar nichts mehr. Da haben sie ihren komischen Contest gewonnen und jetzt wollen sie alles hinwerfen?

Plötzlich fallen unsere Namen. Määäry-Äänn hat irgendwas gesagt, in dem von »Yakimi, Nora and Lisa« die Rede war. Was haben wir mit diesem Zoff zu tun?

Immerhin gucken sich Linda und Michael nun an und reden leise miteinander.

Wenn die Göre jetzt vorgeschlagen hat, dass wir drei mit ihr zusammen die ABBA-Rollen übernehmen, werde ich echt sauer.

Aber erst mal bin ich abgelenkt dadurch, dass Yakimi es schafft, die Spaghetti mit Stäbchen aufzurollen. Nicht schlecht. Dann bemerke ich den prüfenden Blick von Michael und Linda, der auf uns ruht. Unisono schütteln sie beide den Kopf. Ich fühle mich irgendwie abgelehnt.

»They are old enough«, behauptet Määäry-Äänn plötzlich.

Wofür sind wir alt genug? Für das Ende der Welt?

»Offenbar geht es darum, dass die Band am kommenden Wochenende einen weiteren Auftritt hat, um sich für den ganzen großen Gig zu qualifizieren«, erläutert Yakimi.

»Und da wollen sie nicht auftreten?«, frage ich zurück.

»Offenbar gibt es irgendwelche Probleme.«

»What's the problem?«, fragt Lisa laut.

Alle drei Clarks gucken sie überrascht an. Die haben uns wohl nicht zugetraut, dass wir die Unterhaltung verstehen.

Linda holt sehr tief Luft und dann erzählt sie. Ich verstehe was von »Liverpool«, »Sunday«, »quite far«, »responsibility« und »alone«. Ich versuche, die Begriffe in einen sinnvollen Zusammenhang zu bringen. So wie bei den Bildern, wo man die Zahlen richtig miteinander verbinden muss, um das Motiv zu sehen.

Es gelingt mir nicht. Ich sehe eine ratlose Lisa neben mir.

Yakimi grinst. »Ihr müsstet echt noch ein halbes Jahr bleiben.«

Würde ich ja gerne.

»Also«, holt Yakimi aus, »um zur Finalshow zu kommen, müssen sich die Living Legends noch mal qualifizieren. Das wäre am Wochenende in Liverpool. Am Samstag sind die Proben und erst am späten Sonntagabend das Konzert. Das heißt, die Clarks müssten am Samstagmorgen hier losfahren und wären erst am Montagmorgen zurück.«

»Und?«

»Sie wollen uns nicht so lange alleine lassen.«

»Wir sind ja nicht alleine. Wir sind doch zu dritt«, erkläre ich.

»Oder zu viert«, ergänzt Lisa und guckt zu Määäry-Äänn.

Während unseres Gesprächs, beobachten uns sechs Clarksche Augen.

Lisa zieht ganz konzentriert die Augenbrauen zusammen. »Perhaps Määäry-Äänn could join you?«, schlägt sie vor. »The rest of us are old enough to stay behind on our own.«

Das ginge auf gar keinen Fall, erläutert uns Linda. Määäry-Äänn hat nämlich just am Samstagvormittag ihren Mathe-Zusatzkurs. Und bei dem aktuellen Notenstand wäre diese Nachhilfe einfach unerlässlich. Außerdem würde sie sonst am Montag zu spät zur Schule kommen.

Lisa lässt sich sofort breitschlagen. »No problem, we can take care of Mary-Ann.«

Was redet sie da? Ich will mich nicht um dieses launische Tischfeuerwerk kümmern. Wer weiß, auf welche Ideen die kommt, wenn Mummy und Daddy Hunderte von Kilometer entfernt sind.

Auf der anderen Seite würde es mir für die Clarks megaleidtun. Sie haben so einen Spaß als ABBA-Band. Die gehen darin richtig auf. Was würde ich dafür geben, wenn meine Eltern mal etwas mit richtig viel Leidenschaft betreiben würden. (Ich gehe davon aus, dass die wirklich NICHTS mehr mit Leidenschaft machen).

Auf der anderen Seite: Was heißt wohl »take care of«? Heißt das, wir müssen ihr Frühstück und Mittag- und Abendessen machen, ihr Zimmer saugen und ihre Zöpfe flechten? Wieso kenne ich diese Vokabel nicht?

Linda und Michael diskutieren leise miteinander. Was nicht so leicht ist, weil Määäry-Äänn dazu die ganze Zeit »please, please, please« mit sirenenhafter Stimme intoniert.

Um den Clarks die Entscheidung ein bisschen leichter zu machen, schlage ich vor, dass sie am Samstagabend auch stündlich hier anrufen könnten, um zu kontrollieren, ob wir auch da sind.

Lisa tritt spontan seitlich aus und erwischt meinen Knöchel mit ihrem Schuh. Ich schreie kurz auf, tue dann, als hätte ich einen Hustenanfall. Was soll das? Will sie wirklich Samstag bis in die Puppen Party machen? Kann sie von mir aus. Dann gehe ich alleine mit Määäry-Äänn heim. Hauptsache, ich muss dann nicht mit ihr auch noch ihre Lieblingssoaps gucken.

Michael wendet sich nun an uns. Er spricht mit außergewöhnlich tiefer Stimme. Wohl um uns klar zu machen, wie wichtig es jetzt wird. Er redet und redet und unterstreicht manche Wörter mit einer dynamischen Handbewegung. Kurz und gut: Sie seien sehr dankbar, dass wir das anbieten würden, und wären sicher, dass Määäry-Äänn bei uns gut aufgehoben sei.

Ich flüstere Lisa zu, dass wir am besten im Schichtsystem arbeiten, damit immer einer von uns Määäry-Äänn überwachen kann.

»Ich nehme die ersten acht Stunden, dann bist du am Nachmittag dran und Yakimi kann sich nachts vor ihre Zimmertür legen.«

Lisa tippt sich nur kurz vor die Stirn.

Michael gibt uns noch sehr detaillierte Anweisungen und versichert uns, dass er das alles noch schriftlich fixieren würde.

»Vielleicht wäre es einfacher, sie würden ihre Tochter UND den Mathelehrer mitnehmen«, schlage ich vor, aber keiner hört auf mich.

36

Als wir endlich auf unserem Zimmer sind, strahlt Lisa über beide Backen. »Das wird so endgeil«, versichert sie mir.

»Was genau?«, erkundige ich mich.

»Wir haben sturmfrei. Leider hast du ja den Vorschlag mit dem stündlichen Kontrollanruf gemacht – ich hoffe, sie kommen nicht dazu.«

»Wo und wie und warum genau willst du Samstag die Party des Jahres steigen lassen?«, erkundige ich mich.

»Wo ist mir egal und zur Frage ›warum‹: Das ist unser letztes Wochenende in Brighton. Am nächsten Mittwoch geht unser Flieger zurück in unser Dorf. Da will ich es einfach noch mal richtig krachen lassen.«

In acht Tagen geht es zurück.

Natürlich wusste ich das. Irgendwo ganz hinten links in meinem Kopf war das abgespeichert. Aber immer, wenn meine Gedanken daran vorbeigegangen waren, hatten sie schnell die Augen zu gemacht.

Noch acht Nachmittage und Abende, an denen ich bei Tim vorbeigehen könnte.

Noch habe ich die Möglichkeit.

Nicht mehr lange.

Ich schnappe mir Lisas iPad und schreibe mal wieder meinem Nick.

Hi, Brüderchen. Na? Wie ist es in H.? Bilden sich bei dir zwischen Ohr und Schulter lustige Spinnfäden? Rieselt der Staub, wenn du dich bewegst? Tja, so ist das Leben auf dem Dorf. Aber glaub mir, hier ist es nicht besser. Ich könnte schreien oder heulen oder weinen oder ausrasten. Am liebsten alles gleichzeitig. Habe ich mir wirklich nur eingebildet, dass Tim mich mag? Wir haben uns geküsst. So flüchtig. Nebenbei irgendwie. Aber unsere Lippen haben sich berührt. Das habe ich gespürt. Bis in den kleinen Zeh. Er hat seine trockene, warme Hand auf meine gelegt. Ich habe seine Blicke gefühlt, wie ein ganz sanftes Streicheln auf der Haut.

Ja, ich weiß, dass das kitschig klingt. Ich weiß auch nicht, warum ich mich verdammt noch mal anhöre wie Rosamunde Pilcher. Ich will ja jetzt auch gar nicht behaupten, dass ich in einem weißen Sommerkleidchen an einer steilen Klippe stand und Tim auf einem Pferd des Weges kam. Aber ich habe geglaubt, auf den Blicken zwischen uns könnten Elfen tanzen.

Vergiss den Satz. Ich bin schon total durcheinander. Weil: nichts mehr. Keine Elfen, keine Blicke, kein Nichts.

Noch nicht mal nichts. Wenn es das wenigstens wäre. Das wäre auf jeden Fall besser als diese quälenden Fragen. Ich kann nicht glauben, dass er mich als pubertierendes Girlie bezeichnet hat. Aber Lisa würde mich nie anlügen, sie ist meine beste Freundin. Warum hat er das also gesagt? Hat er das wirklich erst gemeint? Ich könnte es leichter verstehen, wenn er abweisend zu mir wäre.

Mich mit dem Arsch nicht mehr ansehen würde – okay. Dann wäre alles klar. Aber er tut fast so, als wäre ich die, die sich von ihm *entfernt hätte. Warum machen Jungs das? Kannst du mir das mal bitte erklären?*

Ich weiß. Du grinst jetzt und denkst: Ach wie süß. Ist meine kleine Schwester das erste Mal verschossen. Nick! Das ist es nicht. Es ist kein irgendwie lächerlich geartetes Gefühl von »Verschossensein«. Es ist viel mehr. Was ich für Tim gefühlt habe, habe ich noch nie irgendwann ansatzweise gefühlt. Ich warne dich, erzähl das bloß nicht weiter. Sonst tratsche ich überall herum, dass du rosafarbene Slips trägst. Ich meine das ernst.

Auf der anderen Seite: Was rege ich mich auf? Heute in einer Woche geht unser Flug zurück. Bei den Wörtern »in einer Woche« hat mein Herz einen Stolperer eingelegt. Eine Woche nur noch. Ich fasse es nicht. Auf der einen Seite ging die Zeit megaschnell rum, auf der anderen Seite habe ich das Gefühl, schon ewig hier zu sein. So ewig, dass ich mir überhaupt nicht mehr vorstellen kann (und will), wieder in H. zu leben. Jeden Morgen in den Bus zu steigen. Die gleichen Gesichter zu sehen. Jeden Mittwoch Pfannkuchen zu essen. Erst einen mit Spinat, dann einen mit Marmelade. Samstags als »absolutes Highlight« mal ins Kino zu gehen. Aber nur in die Nachmittagsvorstellung, damit Mama keinen Herzkasper kriegt, wenn ich im Dunkeln Bus fahre. Am Sonntagabend Tatort *mit den Eltern auf dem Sofa.*

Wenn ich irgendwann mal am Sonntagabend nicht mehr ans Telefon gehe, weil ich den Tatort sehen will, dusch mich bitte kalt ab.

Das war's.

Ich bin jetzt leer.

Deine Nora.

Ich klicke auf »Senden«. Dann habe ich eine neue Idee. Ich schicke die Mail auch an mich selber. Anschließend lösche ich alles wieder aus Lisas Email-Account. Nicht, dass sie durch Zufall darauf stößt.

Gerade rechtzeitig, denn zwei Minuten später kommt Lisa rein.

»Alles gut?«

»Klar«, lüge ich.

»Gut. Wir machen heute nämlich eine kleine Schaumparty«, verkündet Lisa und guckt mich erwartungsvoll an.

Wahrscheinlich sollte ich jetzt »Yippieh« oder so etwas brüllen. Mach ich aber nicht. »Schaumparty?«, wiederhole ich nur.

»Ja. Genau. Und zwar bei Xenias Gasteltern im Keller.«

»Die haben uns zu einer Schaumparty eingeladen?«

»Nicht direkt. Xenias Gastpapa musste wohl kurzfristig für einen Tag nach Paris fliegen. Beruflich oder so. Xenias Gast-Mom wollte ihm das nicht alleine gönnen und ist mitgeflogen. Also?«

»Also?«

»Also sind Xenia und ihre Gastschwester bis morgen Nachmittag ganz alleine. Und damit sie sich nicht so einsam fühlen, machen wir eine kleine Wasserschlacht in deren Schwimmbad. Wusstest du überhaupt, dass die ein eigenes Schwimmbad im Keller haben? Echt abgefahren.«

»Was jetzt: Wasserschlacht oder Schaumparty?«, erkundige ich mich.

»Party mit Wasser und Schaum. Jetzt komm schon«, drängelt Lisa.

Sie hält zwei verschiedene Bikinis hoch. Weil sie sich nicht entscheiden kann, wandern beide in ihre Tasche.

»Ich weiß nicht. Irgendwie habe ich gar nicht soo große Lust«, gebe ich zu bedenken.

»Okay. Wenn du keine Lust hast, kommst du eben ohne große Lust mit, einfach deshalb, weil Schwimmen gesund ist«, argumentiert Lisa nun.

»Klar«, lache ich. »Ich ziehe da meine Bahnen zur Lockerung meiner Muskeln und ihr macht da Party. Das hört sich ja total verlockend an.«

37

Natürlich bin ich mitgekommen. Wer Lisa kennt, weiß, dass mir keine andere Wahl blieb. Yakimi ist auch dabei, außerdem Ella, Vincent, Leo und noch zwei Freundinnen von Jenny, der Tochter des Hauses. Die gute Xenia hatte irgendwie ein bisschen übertrieben. Der Pool ist eher eine sehr große Badewanne. Und ungefähr nur ein Meter fünfzig tief. Wirklich schwimmen kann man da drin nicht. Aber das will offenbar auch keiner. Als wir ankommen, ist Leo schon damit beschäftigt, jede Menge Schaumbadzeugs in das Becken zu kippen. Vincent hält eine Dusche drauf. Es schäumt schon nicht schlecht. Wir gehen nach oben, um uns umzuziehen, und als wir wieder runterkommen, ist schon ein riesiger Schaumberg mitten im Raum. Das Schwimmbecken ist nur noch zu erahnen. Leo kippt weiter Badezusatz ins Wasser.

»Meinst du nicht, dass das langsam reicht?«, erkundigt sich Lisa vorsichtig.

»Auf gar keinen Fall. Wir brauchen richtig viel Schaum. Das wird mega«, widerspricht er. Jenny kommt mit einem Tablett voller kleiner bunter Limoflaschen zurück. Ich ahne, dass es sich wohl kaum um reine Limo handelt. Lisa und ich bedienen uns und gesellen uns zu Xenia und Ella.

»Jenny hat gesagt, dass sie das schon ganz oft mit Freundinnen gemacht hat«, erklärt Xenia gerade mit sorgenvollem Blick. Der Schaum liegt jetzt überall und ist mir fast bis zum Knie gestiegen. Das Ganze droht jetzt schon auszuarten.

»That's enough«, ruft Jenny auch Leo zu. Der kann sie offenbar nicht hören. Oder will nicht. Der Typ ist einfach daneben. Und ganz plötzlich wird der Schaum bunt. Blau, rot, grün, gelb. Ich frage mich, ob meine Sehstörungen wohl mit der bunten Limo zu tun haben, von der ich schon einen Schluck genommen habe. Aber die anderen sehen es auch, von daher ist es wohl doch keine Sehstörung.

»What's that?«, kreischt Jenny.

»Don't worry. Just Lebensmittelfarbe«, brüllt Leo zurück. Ich weiß nicht, ob Jenny das beruhigt, denn sie wird mit dem Wort »Lebensmittelfarbe« wohl kaum etwas anfangen können. Mir wird das zu blöd. Rechts hinter mir ist eine Tür. Dahinter befindet sich eine Sauna – hier mache ich es mir bequem. Was ich aus dem Bad höre klingt nach: Die Jungs haben Megaspaß und spritzen wie verrückt mit Wasser und Schaum rum, während Jenny kurz vor einem Nervenzusammenbruch steht und befürchten muss, enterbt zu werden und/oder die nächsten drei Monate Hausarrest zu bekommen. Die anderen Mädels kreischen blöd rum.

Die Tür öffnet sich.

»Ach, da bist du«, stellt Lisa fest.

»Stimmt. Hier bin ich. Ist nicht meine Party.«

»Ich finde es auch irgendwie blöd.

»Ich fand die Idee von Anfang an blöd«, erinnere ich sie.

»Stimmt. Hatte ich ja vergessen. Du findest das Leben ja zurzeit insgesamt einfach doof.« Sie überlegt kurz, setzt sich dann neben mich und legt einen Arm um meine Schultern. »Wenn du jetzt einen Wunsch frei hättest ...«, sagt sie leise. »Was würdest du dir wünschen?«

»In Märchen hat man aber immer drei Wünsche frei«, quengle ich.

»Jetzt nicht unverschämt werden.« Sie hat den Zeigefinger drohend erhoben.

Ich lehne mich an, schließe die Augen. »Ich möchte am Strand sitzen, neben Tim. Wir hören mit seinem iPod Musik. Philipp Poisel. Wir schauen gemeinsam aufs Meer und ich muss nicht nächsten Mittwoch nach Hause.« Ich öffne die Augen wieder.

»Kannst du wohl irgendwann mal damit aufhören, an Tim zu denken?« Sie klingt fast sauer. »Hat er dir nicht mit seiner Nummer genug Schmerz bereitet?«

»Schon. Aber er spukt einfach in meinem Kopf herum. Und in meinem Herzen. Ich kann es nicht stoppen.«

»Du musst. Denk dran, was er über dich gesagt hat.«

»Lisa. Weißt du was? Ich glaube, du warst noch nie wirklich verliebt.«

Sie zieht hörbar die Luft ein. »Was soll das denn heißen? Hast du mir nicht schon x-mal vorgeworfen, dass ich mich einfach zu oft verknallen würde?«

»Verknallen tust du dich oft. Aber du warst noch nicht *verliebt*. Das ist etwas anderes.« Ich schaue sie an.

»Und in Tim bist du also verliebt?« Lisa zieht die Augenbrauen hoch. »In deinen großen Bruder?«

»Die Großer-Bruder-Sache ist vorbei. Das war am Anfang.

Meine Gefühle haben sich verändert. Ich will einfach nur bei ihm sein. Sein Lachen hören, seine Augen sehen.«

»Nora, jetzt steigere dich da doch nicht rein. Nächsten Mittwoch sind wir hier weg.«

»Danke, dass du mich daran erinnerst.« Mir treten Tränen in die Augen.

Lisa kniet vor mir auf der Bank und guckt mich merkwürdig an. Erst fragend. Und dann, als wäre sie wütend und ängstlich gleichzeitig. Falls das denn ginge.

»Komm. Wir hauen hier ab. Ich lade dich auf eine Riesenportion Fish-'n'-Chips ein. Mit extra viel Salt 'n' Vinegar.«

Warum ist Lisa so verdammt spendabel in letzter Zeit? Sie ist eigentlich normalerweise chronisch pleite und muss sich regelmäßig bei all ihren Schwestern Geld leihen. Die sind mittlerweile so clever, dass sie sogar Zinsen dafür verlangen.

Ich kann lange nicht einschlafen an dem Abend. Ich weiß nicht, ob mir die Chips einfach zu schwer im Magen liegen oder ob meine schweren Gedanken sich vor dem Aus-Schalter positioniert haben. Irgendwann muss ich eingedöst sein, doch um kurz vor zwei schrecke ich hoch.

WARUM KÄMPFE ICH NICHT?

Diese Frage steht wirklich in fetten Buchstaben in meinem Kopf. Und sie geht nicht mehr weg. Wenn es tatsächlich mein Guter-Fee-Wunsch ist, neben Tim am Strand zu sitzen, warum tue ich nichts dafür? Warum versuche ich nicht wenigstens, diesen Wunsch Wirklichkeit werden zu lassen? Viel Zeit habe ich schließlich nicht mehr. Wenn ich sonst etwas wirklich, wirklich will, kämpfe ich doch auch dafür.

Meine Brille mit Glasgläsern.

Kein Tanzkurs mit dem Nachbarsjungen.
Mein Sprachurlaub in England.
Kein feines Kleid an Heiligabend.

Ich setze mich im Bett auf, bin hellwach. Tim soll mir ins Gesicht sagen, dass er mich langweilig oder pubertär oder albern oder hysterisch oder was-weiß-ich findet. Wenn er das wirklich findet. Besser noch, ich zeige ihm, dass ich das alles nicht bin.

Dass ich groß bin.

Interessant.

Stark.

In mir pulsieren die Gedanken, ich muss aufstehen und gehe ans Fenster. Nächste Woche gucke ich wieder auf unseren spießigen Garten. Einen Gemeinschaftsgarten mit winzigen weißen Zäunen, mit einem Storch aus Stahl, der wippen kann. Mit einer Sitzgarnitur, die meistens unter einer großen weißen Folie schlummert.

Hinter diesem Fenster hier ist irgendwo das Meer.

Ein Meer, das immer anders ist. Es sind immer neue Wellen, die an Land gespuckt werden. Die Luft schmeckt nie genau gleich. Der Wind fühlt sich immer ein bisschen anders an.

Plötzlich sehe ich Jessica vor mir. Wie sie so einfach auf das Surfbrett gestiegen und weggefahren ist. Tim war beeindruckt. Ich auch. Muss ich ja zugeben. »Schwimmen tun nur die, die nicht surfen können«, hatte Tim mal gesagt.

Ich will surfen können. Ich will es ihm und mir beweisen. Aber ich kann auf gar keinen Fall zu ihm gehen und ihn bitten, es mir zu zeigen. Das hätte ich viel früher machen müssen. Auf der anderen Seite: Ich habe ihm doch oft genug zugesehen. Habe gesehen, wie er das Segel aus dem Wasser zieht, sich aufrichtet und losfährt. Auch bei Jessica sah das jetzt nicht so aus, als müsse man vorher zehn Stunden theoretischen Unterricht absolvieren.

Ich gucke auf die Uhr. Kurz vor drei. Ich könnte jetzt noch zwei Stunden schlafen, mich dann rausschleichen, zum Campingplatz fahren und mir einfach Tims Brett schnappen. Ich könnte locker zwei Stunden üben und wäre pünktlich in der Schule. Tim würde nichts mitkriegen. Und irgendwann am Wochenende gehe ich einfach zu ihm und frage ihn, ob er mir mal eben sein Board leiht. Ich werde mich draufstellen und gen Horizont fahren.

Und er wird staunen.

Ich kann vor lauter Vorfreude fast gar nicht wieder einschlafen.

Mein Handy klingelt pünktlich um fünf Uhr. Ich stelle es sofort aus, schließlich muss Lisa nicht unbedingt wach werden. Ich bin mir nicht sicher, was sie von meinem Plan hält. Und auf Kritik habe ich jetzt überhaupt keinen Bock. Ich ziehe meinen Bikini an, Jeans und Shirt darüber. Handtuch und frische Unterwäsche für später werfe ich in meine Tasche. Dann schreibe ich Lisa einen Zettel.

Konnte nicht mehr schlafen, mache Morgenspaziergang, wir sehen uns in der Schule. Küsschen, N.

PS: Bring mir ein Sandwich mit.

Den Zettel lege ich auf mein Kopfkissen.

Die Kellertür knarrt wie immer, und wie immer wacht keiner auf.

Es ist ziemlich frisch draußen, ich hätte besser eine Jacke angezogen. Zurück will ich jetzt nicht mehr. Ich trete fest in die Pedale, um mich aufzuwärmen. Bloß nicht dran denken, dass ich gleich im Bikini auf dem Wasser stehen werde. Brrrr.

Mein Fahrrad lasse ich am Campingplatz-Kiosk stehen, gehe leise zu Fuß weiter. Auch hier schlafen alle noch. Ich dränge die Frage »Wer schläft wohl wo?« an den Rand meines Gehirns. Neben Tims Bulli liegen zwei Surfbretter, daneben ein Segel. Ich suche weiter und habe Glück. Unter dem Auto liegt noch ein Brett, in dem schon ein Segel mit Mast steckt. Super. Ich habe zwar schon ein paarmal gesehen, wie Tim den Mast und Segel mit dem Board verbindet. Aber wirklich gemerkt, wie es geht, habe ich es mir nicht. Warum auch? Am Außenspiegel hängt ein Neoprenanzug. Ich habe offenbar richtig Glück. Der ist zwar zu groß, aber ein bisschen wärmen wird er mich wohl. Schnell winde ich mich aus Jeans und Shirt, lege die Klamotten auf einen Stuhl und steige in den Anzug. Er ist noch ein bisschen feucht, aber egal. Gleich wird er ohnehin nass werden.

Das Brett mit Segel zum Strand zu schleifen, ist schwieriger als erwartet. Zwei Mal schlägt mir das Segel um die Ohren. Es ist echt ganz schön windig. Ich weiß nicht, ob ich das gut finden soll. Ich würde ja lieber mit sanfter Brise anfangen.

Ich schiebe das Brett in das kalte Wasser. Wahrscheinlich macht Surfen bei Sonnenschein doch ein bisschen mehr Spaß. Als mir das Wasser bis zum Bauch steht, schwinge ich mich auf das Board. Jetzt muss ich das Segel ganz einfach an einem Strick hochziehen. Ich finde den Strick, aber das Segel ist megaschwer. Ich kriege es nur ein paar Zentimeter hoch, außerdem ist es auf dem Brett total rutschig. Ich gucke mich um und registriere, dass ich schon ziemlich weit weg vom Strand bin. Die Wellen haben mich erschreckend schnell rausgetragen. Ich springe ins Wasser und schwimme zurück. Mit einer Hand ziehe ich das Brett hinter mir her. Bloß nicht loslassen, sage ich mir immer wieder. Ich möchte mir gar nicht vorstellen, was passiert, wenn ich Tim beichten müsste, dass sein Brett auf dem Weg nach Frankreich ist. Als ich endlich wieder Boden unter den Füßen habe, beginne ich von vorne. Wie hat Jessica das gemacht? Die stand nach ein paar Minuten drauf und fuhr lässig an Tim vorbei. Ich zerre wie verrückt an dem Strick. Meine Hände sind schon ganz wund. Das blöde Segel lässt sich nicht hochziehen. Da ist viel zu viel Wasser drauf. Ich springe ins Wasser, hebe es von unten an. Das Segel wird schließlich vom Wind erfasst, schlägt auf die andere Seite, direkt über mich. Ziemlich panisch tauche ich darunter hervor, schlucke Salzwasser und bekomme einen Hustenanfall.

Was war das für eine saudoofe Idee! Was habe ich mir dabei gedacht? Totaler Bullshit. Aber ich will jetzt nicht aufgeben. Ich will, verdammt noch mal, wenigstens ein paar Meter stehend auf dem Brett hinter mich bringen. Der Strand ist schon wieder total weit weg. Wütende Tränen laufen mir die Wange runter. Ich muss wieder näher ans Ufer. Ich will nicht in ein paar Stunden von der Küstenwache gerettet werden. Wie peinlich wäre das denn? Ich keuche richtig, als ich wieder in Strandnähe bin. Ich hebe das Segel an, lege es vorsichtig auf die Wasseroberfläche, jetzt schnell rauf aufs Brett und – ziehen … Es klappt. Ganz langsam lässt sich das Segel anheben. Ich greife nach dem Mast. Wenn es doch nur nicht so kippelig wäre. Meine Hände tasten sich langsam vor. Ich muss den Baum zu fassen kriegen, diese ovale Querstange. Meine Füße finden die Fußschlaufen.

Endlich. Eine Hand am Mast, eine am Baum bewege ich mich tatsächlich vorwärts.

Ich frage mich ganz kurz, was ich denn mache, wenn ich jetzt so zwei, drei Kilometer aufs offene Meer getrieben worden bin, da kommt eine Böe von der Seite, eine Welle von unten. Es geht total schnell. Der Mast schnellt mir mit voller Wucht vor den Kopf. Ich falle, einen Fuß habe ich noch in der Schlaufe. Ich bin unter Wasser, will schreien. In mir ist überall Wasser. Ich kann mich nicht bewegen, werde von den Wellen bewegt. Ich ertrinke. Ich ertrinke gerade. In jeder meiner Zelle ploppt kreischende Angst auf.

Etwas zerrt an meinem Arm. Mein Kopf wird nach oben gezogen. Luft. Ich versuche einzuatmen, kotze Wasser ins Wasser. Eine Hand hält mein Kinn über Wasser.

»Halt dich am Brett fest«, brüllt mich jemand an.

Ich versuche, die Augen aufzumachen.

»Halt dich verdammt noch mal fest.«

Meine Hände finden das Brett, krallen sich fest.

Das war doch Tims Stimme.

»Kannst du dich aufs Brett legen?«

Ich kriege zumindest ein Auge auf. Tim schwimmt neben mir, hält mich fest. Ich nicke und versuche, mich aufs Brett zu schieben. Als ich mit dem Oberkörper quer draufliege, sehe ich es. Es tropft rot auf das Plastik. Viel rot. Mir wird schwindelig. Ich gleite wieder ein Stück zurück ins Wasser. Es zieht mich runter. Ich habe kaum noch Kraft.

»Du sollst dich festhalten«, schreit Tim mich an. Ich mache die Augen zu und konzentriere mich darauf, das Brett nicht loszulassen. Salzwasser spritzt mir ins Gesicht. Es brennt fürchterlich.

Irgendwann spüre ich Sand unter meinen Knien. Ich lasse mich auf Hände und Füße fallen und krieche an den Strand, wo ich einfach liegen bleibe.

Tim ist weg. Lässt er mich jetzt einfach alleine? Egal. Ich muss immer noch husten. Wasser läuft aus meinem Mund. Mein Kopf ist ein einziger stechender Schmerz. Ich lege mich auf die Seite, ziehe die Beine an.

38

Ich spüre eine Decke auf mir. Das ist gut. Merke erst jetzt, dass ich Schüttelfrost habe. Und dann dieser kehlige Laut.

Was war das?

Ein tiefes Einatmen, ein zittriges Ausatmen neben mir. Ich kriege das rechte Auge auf. Tim weint. Er sitzt direkt neben mir und weint.

»Du wärst da draußen gerade fast ertrunken«, stammelt er. »Warum? Warum machst du so was?«, will er wissen.

»Ich wollte auch surfen. Ich wollte es dir so richtig beweisen«, murmele ich.

Ich spüre, wie er sich hinter mich legt. Seine Arme schlingt er fest um mich. Das fühlt sich so richtig an.

»Du bist so verrückt. So dickköpfig«, flüstert er an mein Ohr.

Ich falle. Mir ist schwindelig, ich habe das Gefühl zu fallen. Immer weiter. Es fühlt sich gut an. Dann schiebt sich wieder der Schmerz in den Vordergrund. Er ist überall in meinem Kopf. Besonders an der Stirn. Eine Windböe geht über Tim und mich hinweg. Ich erschauere sofort.

»Du musst aus den nassen Klamotten raus«, stellt Tim fest. Er zieht den Reißverschluss von dem Neoprenanzug hinten auf. Ich sehe uns vor mir. Unsere allererste Begegnung, als er mich gebeten hat, ihm den Anzug zu öffnen. Wenn ich könnte, würde ich jetzt lächeln. Doch mein Gesicht ist starr. Vorsichtig hilft Tim mir, erst die Arme, dann die Beine aus dem nassen Anzug zu schieben.

»Der Bikini muss auch runter. Du brauchst trockene Sachen«, erklärt Tim mit bestimmter Stimme.

Ehe ich mich versehe, hat er seine Arme unter mich geschoben und mich mit der Decke aufgehoben. Als er mich zu seinem Bulli trägt, lege ich meinen Kopf an seine Brust. Er riecht so gut.

Er stellt mich vorsichtig im Bulli ab, ich muss mich sofort am Tisch festhalten. Meine Beine sind aus Brei. Ich muss kurz an das fiese Porridge denken.

»Auf dem Bett liegen eine Jogginghose und ein Shirt. Das ziehst du jetzt an und legst dich wieder unter die Decke. Ich gebe dir drei Minuten, dann komme ich rein.« Mit den Worten schließt Tim die Tür hinter mir.

Wackelig ziehe ich die Bikinihose aus. Als ich das Oberteil über den Kopf ziehe, falle ich gegen den Schrank.

»Alles in Ordnung?«, fragt Tim von draußen.

»Ja, ja«, sage ich schnell.

Jogginghose und Shirt sind viel zu groß und wunderbar warm. Und vor allem riechen sie nach Tim. Ich möchte sie nie wieder ausziehen.

Vorsichtig geht die Tür auf. »Bist du fertig?«

»Ja, kannst reinkommen.«

Er steht vor mir und guckt mich nur an.

»Warum machst du so was? Wenn ich nicht von weiß-ich-nicht-was wach geworden wäre, wärst du jetzt tot.«

Komischerweise habe ich eher ein schlechtes Gewissen, als dass ich dankbar für die Rettung bin.

»Und dein Board wäre weg gewesen«, stelle ich fest.

Seine Augen weiten sich ein bisschen, dann nickt er langsam. »Stimmt. Und das wäre natürlich das Schlimmste an der ganzen Sache überhaupt gewesen. Mein wertvolles Surfbrett. Ich denke, ich hätte deine Eltern verklagt. Schließlich hast du es mir ja einfach gestohlen.«

»Ich denke, man darf sein Surfbrett gar nicht so am Strand rumliegen lassen. Das ist ja eine Aufforderung zum Stehlen«, sage ich leise. »Das ist bestimmt auch strafbar.«

Tim lächelt ganz leicht und ganz lieb. Dann wandert sein Blick zu meiner Stirn.

»Ich fürchte, ich muss dir gleich ein bisschen wehtun.«

Eine Stimme in mir antwortet sofort: Du tust mir seit Tagen und Nächten weh. Seit mindestens tausendundeiner Stunde leide ich unter dir. Schlimmer kann es überhaupt nicht mehr werden.

»Was hast du vor?«

»Ich muss die Wunde da desinfizieren.«

»Hast du vielleicht mal einen Spiegel?«, frage ich vorsichtig.

»Nein.«

»Meine Tasche ist draußen, da ist mein Handy drin. Könntest du mir das bringen?«

»Auf keinen Fall.« Tim klingt entschlossen.

»Sehe ich so schlimm aus?«

»Yep.«

»Mist.«

Er kramt in einem Schrank und befördert schließlich ein kleines Fläschchen hervor. »Mach mal die Augen zu.«

»Tut es dann weniger weh?«

»Auf jeden Fall.«

Ich schließe die Augen und spüre, wie sich eine Hand hinter meinen Kopf schiebt und ihn hält. Dann tupft Tim irgendwas auf meine Augenbraue. Es brennt wie die Hölle. Als würde sich eine Säure in die Haut fressen. Ich habe die Lippen fest aufeinandergepresst, Tränen laufen mir rechts und links aus den Augen.

»Es wird gleich besser«, flüstert Tim ganz nah an meinem Ohr. Er hält immer noch meinen Kopf. Plötzlich fühle ich, wie ein Finger ganz vorsichtig über meine Wange streicht, über das Kinn, rund um den Mund, den Nasenrücken hoch.

Ich habe am ganzen Körper Gänsehaut. Gleichzeitig denke ich, dass ich mir heute Morgen gar nicht die Zähne geputzt habe. Aber wahrscheinlich rieche ich eh nur nach Salzwasser.

»Ich wasche dir jetzt mal vorsichtig das getrocknete Blut ab. Dann kannst du auch wieder besser gucken«, sagt er plötzlich. Ich bleibe einfach da sitzen. Die Augen geschlossen, das rasende Herz im Hals.

Er macht es wirklich ganz vorsichtig. Mit einem feuchten Handtuch streicht er immer wieder über das Auge. Als ich die Augen schließlich öffne, bin ich fast erschrocken, wie nah er vor mir ist. Ich kann meinen Blick fast nicht scharf stellen.

»So sieht es schon viel besser aus«, findet er.

»Was ist das mit uns?«, fragt mein Mund plötzlich. Mein Gehirn hatte überhaupt keine Anweisung für diese Frage gegeben.

Er rückt ein bisschen ab. Guckt aus dem Fenster.

»Es war zumindest ein wunderbarer Anfang«, antwortet er endlich.

»Und dann kam Jessica«, ergänze ich.

Er zuckt richtig zusammen. »Wie bitte?«

»Ach, Tim. Ich verstehe dich doch irgendwie. Aber es hat trotzdem wehgetan.«

Wieso traue ich mich, das zu sagen? Vielleicht weil die Situation so irreal ist. Ich hier in seiner Jogginghose. Der Tag fängt draußen zögerlich an, sich zu recken und strecken.

»Moment mal! Hat es nicht mit Sam angefangen? Mit dem strahlenden Lächeln, dem Waschbrettbauch. Mir war von Anfang an klar, dass ich da nicht mithalten kann.«

Wie bitte?

»Klar«, stammele ich, »Sam sieht toll aus. Mit seinen weißen Zähnen, seinem Wuschelkopf und seinem Körper könnte der für alles Reklame machen. Waschmittel, Zahnpasta, Autos, Ferien in Norwegen.« Ich schaue Tim nicht an. »Aber wenn man für alles gut ist, ist man doch austauschbar. Ich mag eher Typen, die sie selber sind«, sage ich zu meinen Knien.

Ich spüre Tims prüfenden Blick auf mir. Irgendwie werde ich wütend.

»Weißt du, ich weiß selber, dass ich ein bisschen jünger bin als du. Trotzdem bin ich nicht das pubertierende Girlie, das du in mir siehst. Ich werde nicht hysterisch, wenn ich einen Pickel kriege. Ich kann ohne Lisa aufs Klo gehen und ich kreische auch nicht auf Konzerten.« Ich gucke ihn trotzig an. Sein Blick ist ein einziges Fragezeichen. »Sieh mich nicht so an. Ich weiß zufällig, dass du das zu Yakimi gesagt hast.«

»Dass du auf Konzerten kreischst?«

»Nein. Nicht so direkt.« Wieso komme ich mir gerade so albern vor?

»Und weil du mir beweisen wolltest, dass du eben nicht so

bist, hast du dir vorgenommen, morgens um fünf Uhr surfen zu lernen?«

»Ich wollte es nicht lernen. Ich wollte es können.«

Er steht ganz langsam auf, setzt sich ganz nah neben mich und nimmt mein Gesicht in seine Hände. »Was immer du glaubst, was ich gesagt haben soll, glaub mir: Du hast keine Ahnung.«

Was meint er jetzt damit?

Ganz abrupt steht er auf und geht auf und ab. Was in dem eher kleinen Bulli natürlich gar nicht so einfach ist. Nach jeweils zwei, drei Schritten muss er umdrehen. Mir wird schon vom Hinsehen schwindelig. Plötzlich bleibt er stehen, steckt die Hände tief in die Jeanstaschen.

»Weißt du, Nora. Wenn andere Mädchen meinen, sie bräuchten eine Kopfbedeckung, dann kaufen sie sich eine coole Kappe. Du kaufst dir einen Schlapphut. Wenn andere Mädels mal was trinken wollen, gehen die zum Mäkkes oder zu Starbucks und kaufen sich eine Coke. Du setzt dich vor ein Oma-Café und bestellst einen Tee. Wenn andere Mädchen beim Pferderennen gewinnen, kaufen die sich einen neuen Fummel. Du kaufst dir ein gebrauchtes Fahrrad und malst es mit Blümchen an. Wenn man sich mit dir treffen will, dann kommst du. Da gibt es kein ›Ich weiß noch nicht‹ oder ›Ich muss mal gucken, ob ich überhaupt Zeit habe‹. Du bist so ganz anders als alle anderen Mädchen, die ich kenne. Ja, das sind vielleicht auch nicht so viele. Aber mein Gott. Du hörst Philipp Poisel. Du liest Horror-Romane. Du hast das schönste Lachen der Welt.«

Er guckt mich an, rauft sich kurz die Haare und ist raus.

Er ist einfach rausgegangen.

Was will er mir sagen? Was heißt das, ich bin anders als alle anderen? Ist das gut oder schlecht? In meinem Kopf dreht sich alles. Immer im Kreis und die nächste Fahrt geht rückwärts. Ich mache die Augen zu und spüre, wie so ganz langsam die Wärme in mir hochkriecht. Meine Füße und Hände sind nicht mehr eiskalt. Zu der Wärme kommt Müdigkeit. Ich fühle mich plötzlich, als wäre ich Kilometer weit gelaufen. Alles in mir wird so schwer. Ich bin richtig erschöpft. Dabei muss ich doch gleich in die Schule. Wie spät ist es wohl?

Mit dieser Frage muss ich eingeschlafen sein.

Als ich aufwache, atme ich ganz kurz und tief Tims Bettdeckengeruch ein, dann bin ich panisch. Ich muss los. Ich schrecke hoch und gucke Tim mitten ins Gesicht. Er sitzt einfach nur da und schaut mich an.

»Ich muss in die Schule. Wieviel Uhr ist es?«, frage ich hektisch.

»Du musst nicht in die Schule. Ich habe Lisa angerufen«, antwortet er ganz ruhig.

»Bitte? Was hast du ihr gesagt?«

»Dass du bei mir bist, einen Frontalunfall mit einem Surfmast hattest und eine Platzwunde und vielleicht sogar eine Gehirnerschütterung davongetragen hast.«

»Und was hat sie gesagt?«

Er verschränkt die Arme vorm Oberkörper. »Hm. Ja, sie war etwas komisch. Erst klang sie total misstrauisch. Fast wütend. Ob ich dich zum Surfen eingeladen hätte. Ob ich mich vorher bei dir gemeldet hätte. Ob wir schon länger wieder Kontakt hätten. Bestimmt zehn solcher Fragen. Dann war sie plötzlich ganz aufgekratzt nett und besorgt. Ob du was bräuchtest. Ob wir uns schon ausgesprochen hätten. Und du könntest dich jederzeit bei ihr melden.«

»Ich könnte mich jederzeit bei ihr melden? Das hat sie gesagt?«

»Ja. Wieso?«

»Ich weiß, dass ich mich jederzeit bei ihr melden kann. Sie ist meine allerbeste Freundin. Was ist das überhaupt für ein Ausdruck? Das klingt wie in einem Bewerbungsanschreiben: *Für ein persönliches Gespräch stehe ich Ihnen natürlich jederzeit zur Verfügung.* So ein Quatsch.«

Während ich mich noch darüber wundere, sehen meine Augen, was auf dem Tisch steht. Ein Korb mit Croissants, heißer Tee, Orangensaft, eine Pfanne mit Rührei, NUTELLA.

Ich habe Mühe, die ganze Spucke, die plötzlich in meinem Mund ist, runterzuschlucken. Doch eine Frage kann ich nicht runterschlucken.

»Warum bist du vorhin so plötzlich gegangen?«

»Du weißt es wirklich nicht, oder?«

»Nein!«

Er grinst.

»Siehst du. Jedes andere Mädchen wüsste es.«

»Weil du mal musstest?«, frage ich vorsichtig.

Er guckt mich ungläubig an. Dann prustet er los. »Du bist so unglaublich. Unbelievable.«

Er schüttelt den Kopf. Dann steht er auf.

»Okay. Ich muss es wohl sagen. Ich bin verliebt in dich. Abgrundtief verliebt. Von der ersten Sekunde an. Ich bin in die kleinen hellen Pünktchen in deinen Augen verliebt, in deine Sommersprossen, in deine kaputten Jeans, in deine komische Art zu gehen. Weißt du eigentlich, dass du immer die Schultern hochziehst, wenn du gehst? Wie ein Cowboy irgendwie. Ich bin verliebt in die Art, wie du ein Eis isst. Du schleckst das nicht. Du beißt da einfach rein. Ich gucke dir überhaupt gerne beim Essen zu. Du kannst richtig essen. Richtig viel. Das finde ich super. Ich bin verliebt, in deine Art zu schweigen. Ich habe bei dir nie das Gefühl, dass ich irgendwas sagen müsste. So. Kann ich mich jetzt wieder setzen?«

»Hä? Wem willst du dich widersetzen?«

Er verdreht die Augen. »Ob ich mich wieder hinsetzen darf?«

Ich nicke und kneife mich gleichzeitig in beide Oberschenkel. Es tut höllisch weh. Es ist also kein Traum.

In mir ist das Weihnachtsglöckchengeläutgefühl. JAJAJAJA. Und irgendwie ist es ja auch so. Tim hat mir so ein schönes Geschenk gemacht.

Ich habe mich noch nie in meinem Leben so erwachsen und so durcheinander und so glücklich gefühlt.

Und weil ich es fast nicht aushalte, drehe ich mich um. Ich sitze mit dem Rücken zu ihm und fange an. »Ich bin auch verliebt in dich. Glaube ich. Ich war noch nie verliebt. Ich fürchte, jetzt ist es so weit. Ich möchte einfach nur immer in deiner Nähe sein. Mehr nicht. Aber das eigentlich für immer. Erst mal.«

Ich spüre seine Hand in meinem Nacken. Rau und trocken. Ganz vorsichtig streichelt er meinen Hals.

Und dann liege ich in seinem Arm und heule.

Ich heule sein ganzes T-Shirt voll. Ich weiß nicht, warum. In meinem Kopf ist eine Tür aufgegangen, hinter der alles aufgestaut war. Ganz warm läuft es aus meinen Augen. Tim fragt nicht, was los ist. Er wischt nur Träne für Träne für Träne weg. Bis keine mehr kommt. Und dann küssen wir uns ganz selbstverständlich.

Gar nicht wie im Film.

Einfach lieb und vorsichtig und tastend. Bis mein Magen knurrt.

Ich muss grinsen. »Du hast gesagt, du guckst mir gerne beim Essen zu«, lache ich irgendwie befreit.

»Alles klar. Greif zu.«

Die nächsten Stunden leben wir in einem Kokon. Wir albern herum, halten uns fest, füttern uns gegenseitig mit Croissant und Spiegelei. Wir küssen uns ganz vorsichtig, schauen uns an. Wir hören Philipp Poisel und singen leise mit.

»Wie kann ein Mensch das ertragen?
Dich alle Zeiten zu sehen
Ohne es einmal zu wagen
Dir in die Augen zu sehen«

Das Lied klingt gar nicht mehr traurig für mich. Nichts ist traurig in mir. Das ist ganz weit weg. Kann mich fast nicht mehr erinnern. Ich könnte gerade wie ein Hefekuchen vor Glück aufgehen.

Das Gefühl in mir ist fast größer als ich.

39

Die Zeit steht still in unserem Kosmos. Ich würde mich am liebsten anketten. Ich will nie wieder hier weg. Ich brauche nichts zum Leben. Nur Tim. Seine Stimme, sein trockenes Lachen, seine Hand in meinem Nacken. Manchmal legt er mir die Hand auch auf die Augen. Ich fühle mich genauso beschützt wie ganz früher, wenn Papa die Bettdecke noch mal fest um mich geschlagen hat, damit ich in der Nacht nicht friere.

Gleichzeitig ist es auch kribbelig. Nicht kitzelig-kribbelig. Eher so aufgeregt-kribbelig. Manchmal spielen Lisa und ich mit ihren kleinen Schwestern »Verstecken im Dunkeln«. Dann machen wir alle Rollläden runter, es muss stockdunkel sein. Und dann tastet man sich durch die Finsternis und erschrickt total, wenn man plötzlich eine Hand fühlt oder ein Gesicht.

Alles ist so unerwartet.

Genau wie jetzt.

Und genauso unerwartet platzt die Wirklichkeit in unseren Kokon.

Lisa steht auf dem Display, als mein Handy klingelt. Wer sonst?

»Hi Süße«, begrüßt sie mich. Sie klingt irgendwie unsicher. »Geht es dir wieder besser?«

Ich grinse Tim feist an.

»Geht so. Mein Kopf brummt noch ganz schön, aber eine Gehirnerschütterung ist es wohl nicht. Ich ruhe mich einfach aus. Vielleicht versuche ich gleich mal, was zu essen.«

Tim zeigt auf den Tisch. Wir haben alles ratzekahl aufgegessen.

»Bist du noch bei Tim?«

»Ja.«

»Und?«

Was genau will sie wissen?

Klar. Alles.

»Es ist gut. Sehr gut.«

Lange Pause. Ich höre sie nur atmen. »Seid ihr zusammen?«

»Ich denke schon.«

Warum ist sie so seltsam? Warum will sie jetzt nicht alles wissen? Warum fragt sie nicht, ob er gut küsst? Warum fragt sie nicht, ob ich glücklich bin? Warum fragt sie nicht, wann wir uns sehen, damit ich ihr alles haarklein drei- bis viermal erzähle?

»Dann bleibst du heute Nachmittag wahrscheinlich da.«

Das war eher eine Feststellung. Keine Frage.

»Was machst du denn?«, bohre ich nach. Ich will nicht, dass sie sich jetzt zurückgesetzt fühlt. Ich will nicht, dass sie meint, eifersüchtig auf Tim sein zu müssen. Auf der anderen Seite will ich natürlich den Tag mit Tim verbringen. Ich möchte keine Zeit verschwenden, am liebsten noch nicht mal aufs Klo gehen.

»Wir wollen in so ein Spaßbad ein paar Kilometer weiter am Strand. Mit Riesenrutschen und so«, antwortet Lisa.

Puh. Ich bin richtig erleichtert.

»Kommst du denn wohl zum Abendessen?«

»Na klar. Bevor die Clarks noch eine Vermisstenanzeige aufgeben«, lache ich.

Sie lacht auch kurz. Und falsch.

Ich muss heute Abend ganz dringend mit ihr reden. Aber vorher muss ich noch ganz viele andere Dinge tun. Zum Beispiel Tim nicht aus den Augen lassen …

Wir sind einfach kitschig, aber es fühlt sich überhaupt nicht kitschig an. Wir versuchen, Hand in Hand zu schwimmen und ertrinken fast. Wir küssen uns in dem salzigen Wasser, wälzen uns im Sand, malen uns Herzen auf den Rücken. Ich bin die ganze Zeit einfach nur atemlos. Mein Herz hat einen neuen Rhythmus erfunden. Irgendwas zwischen Techno und Merengue. Als wir uns unter die Decke kuscheln, tastet sich seine Hand meinen Bauch hoch. Ganz zart. Ich bin erst nicht sicher, ob ich das will, aber mein Körper ist sich sicher: Er will diese Hand fühlen! Mein Kopf hört trotzdem nicht auf zu denken.

»Werden wir miteinander schlafen?«, fragt meine Stimme und sie klingt beunruhigt.

»Bestimmt«, sagt Tim. »Irgendwann.« Er sieht mich an. »Aber wir haben viel Zeit. Sehr viel Zeit. Du bestimmst das Tempo.«

Ich seufze erleichtert.

»Vielleicht«, sagt er »könnten wir uns auf die Dinge konzentrieren, die wir miteinander machen wollen – und nicht auf die, die wir *noch nicht* miteinander machen wollen?«

»Was willst du denn jetzt als Nächstes tun?«, frage ich.

»Dich durchkitzeln.« Damit stürzt Tim sich auf mich und kitzelt mich, bis ich schreie und beiße. Leider bekomme ich bei dem Biss in seinen Unterarm einen Blick auf seine Uhr zu sehen. Mist. Bei den Clarks ist in einer Viertelstunde Dinner-Time.

»Ich muss gehen.«

Er hält mich ganz fest im Arm. Es fühlt sich an, als wäre ich endlich zu Hause. »Ich lass dich nicht gehen.«

»Ich komme morgen wieder.« Ich streichle ganz leicht seinen Hals.

»Morgen erst? Und wie soll ich das überstehen?«

Er küsst mich ganz leicht aufs Ohr. Ich habe sofort einen Ganzkörperflash.

»Vielleicht kannst du ja später noch mal vorbeikommen? Ich habe heute Abend zufällig noch nichts vor.«

»Ich glaube, heute Abend muss ich mich mal um Lisa kümmern. Sie ist irgendwie komisch. Vielleicht ist sie eifersüchtig.«

»Was? Ist Lisa auch in mich verliebt? Das wusste ich ja gar nicht! Aber wundert mich irgendwie auch nicht. Ich bin einfach ein toller Typ. Hier auf dem Campingplatz fallen die Mädels ja auch reihenweise in Ohnmacht, wenn sie mich sehen. Ich traue mich kaum noch in Badehose vor die Tür. Ich bin einfach ein Sexsymbol.« Er ist aufgestanden und hat sich in Positur gestellt.

Ich muss laut lachen. »Dann kannst du den Abend ja mit Schönheitspflege verbringen, damit dir dein Sexappeal auch noch lange erhalten bleibt«, schlage ich vor.

Wir geben uns ungefähr siebzehn Abschiedsküsse und ich komme bei den Clarks mit wunden Wangen und einem Ameisenstamm im Bauch an.

Das Essen steht schon auf dem Tisch, aber trotzdem muss ich erst mal lang und breit erklären, woher ich die große Beule mit der Platzwunde an der Augenbraue habe. Ich erzähle von meinem Surfunfall, allerdings verlege ich ihn auf nachmittags und verschweige wohlweislich, dass ich alleine auf dem Wasser unterwegs war. Und natürlich kein Wort von der spektakulären Rettungsaktion. Linda und Michael sind echt besorgt und ich kann sie nur mit Mühe und Not davon abbringen, mit mir zum Arzt zu fahren. Alles was ich brauche, ist jetzt etwas zu essen, damit ich vor Leichtigkeit und rosaroten Seifenblasen nicht abhebe. Und es ist mir völlig egal, dass die anderen Schnitzel essen und ich Tofu. Linda hätte mir auch einen Wischlappen braten und einen Zeitungsblattsalat servieren können – ich hätte es nicht mal bemerkt.

Immer wieder gucke ich zu Lisa rüber. Mein Blick will ihr sagen: Ich habe dir soo viel zu erzählen. Doch sie guckt mich nicht an. Sie fixiert ihr Schnitzel als hätte sie Angst, dass es sonst vom Teller krabbelt. Außerdem isst sie wie in Zeitlupe. Ich bin schon ewig fertig, als sie endlich die letzte Gabel in den Mund gesteckt hat.

»Komm, wir gehen hoch«, sage ich sofort und bin schon an der Tür. Oben werfe ich mich aufs Bett und schaue erwartungsvoll zur Tür. Offenbar ist Lisa erst noch auf die Toilette gegangen. Was dauert das denn so lange? Ich werde wahnsinnig. Als sie endlich reinkommt, tippt sie gerade eine Nachricht.

Endlich guckt sie mich an. Aber es ist nicht ihr Ich-will-alles-wissen-Blick.

Lisa sieht aus, als hätte sie Angst. Hektisch wandern ihre Augen von mir zum Schrank. Sie hebt ein paar Shirts auf, legt sie aufs Bett.

»Ihr seid jetzt also echt zusammen«, stellt sie irgendwann fest.

»Sieht so aus«, grinse ich.

»Du weißt, dass ich dir das echt gönne, oder?«

Natürlich weiß ich das. Warum auch nicht?

»Du hast da aber wirklich eine fette Beule an der Stirn.«

»Ich weiß. Tut aber gar nicht mehr so weh.«

Und plötzlich werde ich wütend. Dieses Gespräch könnte im Wartezimmer eines Zahnarztes stattfinden. Es ist so was von oberflächlich.

Eigentlich wollte ich Lisa alles erzählen. Wie es sich anfühlt, wenn Tims Zähne ganz vorsichtig an meiner Unterlippe knabbern. Wie es kribbelt, wenn seine Hand ganz langsam meinen Rücken, meinen Bauch hochfährt. Alles wollte ich mit ihr teilen. Natürlich wollte ich es auch erzählen, weil es dann wieder ein bisschen lebendig werden würde.

Aber jetzt will ich nicht mehr.

Mitten in diesen Gedanken fängt Lisa an von ihrem Nachmittag zu erzählen. Wie lustig es in diesem Spaßbad war. Dass Xenia auf der Rutsche ihr Bikini-Oberteil verloren hat, bla und blub und bla.

Ich halte es fast nicht aus. Am liebsten würde ich sie anschreien, aber zwischen uns ist eine mehrspurige Milchstraße. Wir sind gefühlte Universen voneinander entfernt. Plötzlich werde ich traurig. Ist das so, wenn man einen Freund hat? Verliert man dann seine beste Freundin? Das will ich nicht. Ich möchte keine Small Talk-Lisa. Neben der Trauer macht sich Müdigkeit in mir breit. Ganz langsam kriecht sie von meinen Füßen hoch. Der Tag war nicht nur der aufregendste Tag meines Lebens. Er hat auch verdammt früh und schmerzhaft begonnen.

Ich lasse Lisa einfach weiterreden und gehe ins Bad.

Als ich zurückkomme, tippt sie schon wieder wie verrückt.

»Ich gehe schon mal schlafen«, sage ich leise. »Mein Kopf dröhnt doch noch ein bisschen.«

»Alles klar«, sagt sie nur, ohne von ihrem Handy aufzuschauen.

5:12 Uhr sagt mein Handy und in mir explodieren kleine Knallfrösche. So aufgeregt war ich noch nicht mal vor dem Weihnachten, als ich mir einen Hund gewünscht (und natürlich nicht bekommen) hatte. Ich sehe mich selber feist grinsend im Bett liegen. Ist das alles wirklich gestern passiert? Ich taste nach meiner Beule. Offenbar ja.

5:14 Uhr. Ich will jetzt zu Tim. Blöd genug, dass ich gestern Abend bei Lisa geblieben bin. Das hätte ich mir echt klemmen können. Es ist ganz klar: Ich kann auf gar keinen Fall bis nach der Schule warten. Ich muss Tim vorher sehen. Und riechen. Und anfassen. Allerdings: Was wird Linda denken, wenn ich schon wieder nicht zum Frühstück erscheine? Aber dann kommt mir der beruhigende Gedanke: Was könnte sie im schlimmsten Fall machen? Ich bin nur noch ein paar Tage hier. Und sie braucht mich, damit ich am Wochenende auf ihre reizende Tochter aufpasse. Die Entscheidung ist gefallen. Ich strample die Bettdecke weg, schleiche mich ins Bad und bin in Rekordzeit angezogen. Lisa lege ich einen Zettel aufs Bett: *Wir sehen uns in der Schule.*

Auch für Linda schreibe ich einen Zettel.

Training for my high heels-race schreibe ich da drauf. Heißt »Wettrennen« wohl wirklich »race«? Oder eher »competition«? Es ist mir jetzt wirklich nicht wichtig genug, als dass ich nachsehe und weitere zwei kostbare Minuten verliere.

Um kurz nach sechs stelle ich mein Rad am Campingplatz-Kiosk ab. Die Luft schmeckt nach Sommer, nach Salz, nach den Croissants in meiner Tasche. Die perfekte Mischung. Ich zittere ein bisschen, als ich an den Bulli klopfe. Es passiert nichts. Ich klopfe noch mal. Vorsichtig, ich will ja schließlich nicht den ganzen Campingplatz wecken. Immer noch nichts. Ich versuche, die Tür zu öffnen. Zu. Das kann ja jetzt wohl nicht wahr sein. Liegt der da jetzt im Koma-Schlaf in seiner Koje und hört mich nicht? Ich komme mir blöd vor. Unentschlossen gehe ich Richtung Strand und sehe ihn sofort. Er sitzt auf der Decke im Sand und hat den Kopf im Nacken. Er sieht ein bisschen aus wie ein Wolf, der den Mond anheult. Mit schnellen Schritten bin ich bei ihm, lasse mich dann ganz gemächlich neben ihm nieder.

»Endlich«, sagt Tim nur und nimmt mich so fest in die Arme, dass mir fast die Luft wegbleibt. »Das war die längste Nacht meines Lebens. Ich schwöre dir, die hat ungefähr siebenundvierzig Stunden gedauert«, flüstert er mir ins Ohr.

Dafür vergehen die nächsten zwei Stunden innerhalb von gefühlt sieben Minuten. Wir küssen uns leidenschaftlich, ich spüre seine Hand auf meinem Po. Mein Körper drängt sich an ihn. Mit jeder Faser. Wir gehen schweigend zu seinem Bulli. Ich weiß nicht, wo ich hingucken soll, als er mir das Shirt auszieht. Aber seinen warmen nackten Oberkörper an meinem zu fühlen, ist einfach nur schaurigschön. Ganz plötzlich ist es kurz vor acht. Dabei sind wir noch nicht mal dazu gekommen, die Croissants zu essen.

»Was darf ich dir denn heute zum Mittag servieren?«, fragt Tim mich zum Abschied und wuselt durch meine Haare.

»Bratkartoffeln mit Spiegelei und Salat«, antworte ich

prompt und versuche, meine Frisur zu glätten. Ich fürchte, ich habe gerade einen Vogelnest-Kopf.

»Warum hast du das eigentlich mit deinen Haaren gemacht?«, erkundigt sich Tim neugierig.

»Ich habe sie schneiden lassen, weil ich keine Lillifee-Haare mehr haben wollte. Und die Friseurin hat sie gefärbt, weil mein Englisch so schlecht ist«, erkläre ich grinsend.

Er schließt die Augen und schüttelt den Kopf. »Du wärst auch gänzlich ohne Haare mein Mädchen.«

Der Satz hallt in mir nach, als ich zur Schule strample. »Sein Mädchen«. Das klingt so gut. So wunderschön besitzergreifend.

40

Lisa sitzt schon am Tisch und liest irgendwas in unserem Englischbuch.

»Hi. Alles gut?«, frage ich und setze mich.

»Klar.« Sie liest einfach weiter. Jetzt fängt sie sogar an, Sätze mit einem Textmarker anzumalen. Wenn sie dafür gleich auch noch ein Lineal aus der Tasche holt, falle ich vom Stuhl. Auch während des Unterrichts hängt sie förmlich an den Lippen von Mrs Collins. Sie meldet sich drei (!) Mal. Als es zur Pause klingelt, steht sie sofort auf und sagt, dass sie unbedingt in die Schulbibliothek müsse. Sie hätte noch drei Bücher, die schon überfällig wären.

Wann, bitte schön, war Lisa jemals in der Schulbibliothek? Was sollen das für Bücher sein? *Besonderheiten der englischen Grammatik* oder *Die schönsten Redewendungen Großbritanniens?* Will die mich verarschen?

Als sie drei Sekunden vor Ende der Pause wieder ins Klassenzimmer kommt, schnappe ich sie mir. »Warum weichst du mir aus? Was ist los?«

Sie tut so, als wäre sie ganz erstaunt und überrascht. Sie ist so eine schlechte Schauspielerin. »Was soll denn los sein? Alles gut.«

Sie streichelt mir über den Arm. Es fühlt sich eher an, als wollte sie was wegwischen.

In den folgenden zwei Stunden dreht sich alles um die englische Umweltpolitik, und in mir dreht sich alles um die Frage, was ich mit Lisa anstellen soll. Habe ich sie gekränkt oder verletzt oder beleidigt? NEIN. Und selbst wenn: Sie würde es mir sagen. Sie würde es mir sogar sehr lautstark sagen. Ich beschließe, dass ich das Thema vorerst abhake. Wir haben Freitag. Am Mittwoch fliegen wir nach Hause. Danach habe ich noch mehrere Jahre Zeit, um mich mit Lisa zu vertragen – jetzt ist die Zeit zu schade für so ein Heckmeck.

Nach der Schule verabschieden wir uns fast kühl. Sie geht mit Yakimi zum Essen. Er will ihr beibringen, wie man mit den Stäbchen hantiert.

Die Bratkartoffeln sind perfekt. Ganz kross. Das Eigelb der Spiegeleier ist zerstochen und gar nicht glibberig. Genau so wie ich es mag. Nach fünf, sechs Gabeln merke ich, wie Tim mich beobachtet.

»Was ist?«

»Du isst einfach irre.«

»Ich esse wie eine Irre?«

»Nein. Du isst schön. Ich gucke dir gerne dabei zu.«

Ich muss grinsen.

»Du müsstest mich erst mal beim Staubsaugen sehen. Ein wahrer Genuss. Oder wenn ich auf meinem Handy rumtippe. Der Anblick ist einfach grandios.«

Er stürzt sich auf mich. »Du machst dich lustig über mich?« Er zieht mich vom Stuhl. Wir wälzen uns auf der Wiese, kitzeln uns, küssen uns. Und für einen kurzen Moment gucke ich genau in die Sonne. Sehe Tims Gesicht nur wie eine Silhouette. Ich fühle mich wie in einem französischen Schwarz-Weiß-Film. Ja. Kitschig. Und so gut.

Am Nachmittag machen wir einen langen Spaziergang am Wasser, reden, reden, reden. Plötzlich bleibt Tim stehen.

»Warum hast du Sam gefragt, ob er dich auf den Ball begleitet? Das war ein ziemlicher Kinnhaken für mich.«

Ich gucke aufs Wasser. »Ich weiß es auch nicht wirklich. Dachte halt, dass du an Jessica interessiert bist. Ich hatte Angst, dass du mich abblitzen lassen würdest.« Ich umschlinge mich ganz fest.

Tim guckt mich ernst an. »Ich gehe mir dir überall hin, okay?«

Dann picknicken wir auf der floßartigen Schwimminsel draußen auf dem Wasser. Tim bringt mit dem Surfbrett ein Rucksack voll mit Leckereien dahin.

»Nur weil du mir so gerne beim Essen zuguckst, werde ich demnächst dick und rund sein«, beschwere ich mich.

Und dann fällt es mir ein: Er wird mir nicht mehr oft beim Essen zusehen können. Werden wir uns überhaupt wiedersehen?

»Was ist das für ein Schatten in deinen Augen?«

»Schon gut«, winke ich ab. Ich will jetzt nicht die Stimmung vermiesen. Und ich will ihn nicht fragen. Ich bin doch keine Klette.

Leider hängt der Gedanke wie eine dunkle Wolke die ganze Zeit in meinem Kopf. Immer wieder schiebt sie sich nach vorne. Dann wird alles in mir finster und schwer. Wie soll ich ohne Tim in H. leben? Wie soll ich, nachdem ich DAS erlebt habe, ganz normal weitermachen? Es ist anstrengend, die Wolke immer wieder zur Seite zu schieben. Aber ich will jetzt den Moment genießen. Tim atmen und spüren und riechen. Er tut mir so gutgutgutgut.

Als ich am Abend aufbreche, um pünktlich zum Essen bei den Clarks zu sein, sieht er mich sehr eindringlich an. »Sehen wir uns später?«

Ich zucke die Schultern. »Ich weiß noch nicht.«

Warum ist da plötzlich dieser fette Kloss in meinem Hals? Weil dieser kleine Abschied mir schon einen Vorgeschmack gibt?

Michael und Linda haben tatsächlich zwei Seiten voll geschrieben. Anleitung für das Wochenende. Sie lesen uns alles ganz langsam vor, weil sie vermutlich (zu Recht) Angst haben, dass wir nicht alles verstehen. Ich setze da ganz auf Yakimi und dessen Englisch-Kenntnisse. Linda hat schon alle Mahlzeiten für die kommenden zwei Tage vorgekocht. Im Kühlschrank türmen sich Tupperdosen mit Post-its.

Dann haben sie die Telefonnummern von Grandma und Grandpa, Polizei, Feuerwehr, Giftzentrale, Krankenhaus, Kinderarzt, Zahnarzt, Zahnklinik und Notarzt notiert. Es gibt ganz genaue Angaben, welche Sendungen Määäry-Äänn gucken darf, welche nicht, und wie lange sie vor der Kiste sitzen darf. Nach zweiundzwanzig Uhr darf auch nicht mehr telefoniert werden. Außer natürlich mit Notarzt, Krankenhaus, etc.

Das alles steht mit vielen Ausrufezeichen auf den beiden Zetteln. Zwei Zettel für das Wochenende. Dann kommt ein drittes Blatt ins Spiel. *MONDAY* steht oben fett drauf. Linda hat genau aufgeschrieben, was ihre Tochter auf gar keinen Fall außer der Schuluniform zur Schule anziehen darf (keine hohen Schuhe, keine schrillen Strümpfe, keine auffälligen Ohrringe, kein Make-up etc), was sie gerne auf ihrem Sandwich hat und wann sie aus dem Haus muss, damit sie den Bus nicht verpasst.

Puh. Auf was haben wir uns da eingelassen?

Direkt nach dem Essen fangen die Clarks an zu packen. Offenbar können sie sich nicht entscheiden und stopfen alle Outfits in verschiedene Koffer. Lisa und Yakimi gucken sich blöde Mangafilme auf dem iPad an.

Und ich sitze auf der Fensterbank und schaue ins Nichts.

So wie ich bald wieder auf meiner eigenen Fensterbank sitzen und in die Vergangenheit gucken werde. Mir kullern jetzt schon die Tränen runter.

Ich schicke Tim eine Nachricht, dass ich nicht mehr komme. Ich schaffe das heute Abend nicht. Die Angst vor der Trauer ist zu groß. Ich gewöhne mich einfach schon mal ein bisschen an das Vermissen. Es fühlt sich fürchterlich an.

Und immer wieder höre ich *Eiserner Steg.*

»Jetzt steh ich am Ufer
Die Flut unter mir
Das Wasser zum Hals
Warum bist du nicht hier?«

Er war ja da, als mir das Wasser schon über den Hals stand.

»Dir einmal noch nah sein
Bevor ich dich für immer verlier«

Es tut jetzt schon so weh.

Linda und Michael verabschieden sich am nächsten Morgen von ihrer Tochter als ob sie auf Welt-Tournee gingen. Linda küsst sie vier Mal! Es fallen Vokabeln wie »our little sunshine« und »sweet baby«. Das Baby lässt es stoisch über sich ergehen. Vielleicht sind die Clarks auch einfach nur meganervös. Sie sind schon fast weg, als Linda ihre Scheibe runterlässt.

»Go take a look in your room. We left you a little thank-you gift «, sagt sie und lässt die Scheibe wieder hoch. Auf unseren Betten liegen doch tatsächlich unsere Zalando-Kleider vom Schulball. Wow. Die schenkt sie uns als Dankeschön für den Babysitter-Dienst. Das Konzert muss ihr echt wichtig sein.

»Können wir jetzt endlich mal frühstücken«, beschwert sich plötzlich Yakimi.

»Wir arbeiten am besten in Schichten«, schlägt Lisa ein paar Minuten später kauend vor.

»What are you talking about?«, mischt Määäry-Äänn sich misstrauisch ein. Ihr wird jetzt wohl gerade klar, dass wir uns super unterhalten können, ohne dass sie auch nur ein Wort versteht. In meiner Hosentasche summt es. Es ist eine WhatsApp von Tim. Ich habe für ihn einen besonderen Klingelton ausgewählt. Dabei haben wir heute Morgen schon drei Mal miteinander telefoniert. Das erste Mal hat er mir einen wunderschönen Morgen gewünscht. Beim zweiten Anruf hat er gejammert, dass er mich grässlich vermissen und in einen Hungerstreik treten würde, bis ich endlich bei ihm wäre. Beim dritten Anruf hat er mir gesagt, was er heute alles mit mir machen will: Wetttauchen, Karamelleis essen, Brightons Secondhandläden bebummeln, mich mit Essigchips füttern. Den Rest würde er mir gerne persönlich mitteilen.

»Ich kann Määäry-Äänn heute Vormittag mitnehmen«, sagt

Lisa. »Ich will ein bisschen shoppen gehen. Das letzte Geld ausgeben. Da kommt sie bestimmt gerne mit.«

Es tut kurz weh. Warum gehen wir nicht zusammen shoppen? Klar, ich mag es nicht. Trotzdem muss ich sonst andauernd mit. Jetzt nicht mehr. Das schmerzt. Auf der anderen Seite habe ich so natürlich super Zeit, um zu Tim zu fahren.

»Ich könnte heute Nachmittag mit ihr am iPad spielen«, räumt Yakimi ein.

Dann wäre ich am Abend dran. Na toll.

»Gehst du heute Abend aus?«, erkundige ich mich bei Lisa.

»Wir wollten ins Shooshh unten am Strand«, antwortet sie. »Das hat Xenia letzte Woche entdeckt und sich mit dem Türsteher angefreundet. Muss mega sein.«

Sie wollen also in einen Club. Haben das schon besprochen und anscheinend schon eine Strategie erarbeitet, wie sie da reinkommen, obwohl sie noch nicht achtzehn sind. Keine Ahnung, wer »sie« sind. Es sieht also so aus, als ob ich den Abend mit diesem Girlie verbringen werde. Vielleicht können wir uns ja irgendwas in der Glotze angucken und Tim leistet uns dabei Gesellschaft. Ich werde Määäry-Äänn erzählen, dass Tim in meiner Klasse ist und nicht so viele Freunde hätte. Damit er am Samstagabend nicht schon wieder einsam in seinem Zimmer sitzen müsse, hätte ich ihn eingeladen.

Ich finde, das klingt sehr nett.

»Gut, haben wir doch einen perfekten Plan für heute«, freut sich Lisa.

»Und wie geht es morgen weiter?«, erkundige ich mich.

»Ich kann die Frühschicht übernehmen. Vor zehn steht die ja doch nie auf«, erklärt sich Yakimi bereit.

»Du willst bestimmt noch einen Abend mit Tim verbringen,

oder? Dann nimmst du den Nachmittag«, sagt Lisa ganz sachlich und springt auf. »Noch einen Abend mit Tim verbringen«: Das klingt nach Henkersmahlzeit. Ich gucke sie böse an, aber es scheint an ihr abzuperlen.

Eine halbe Stunde später ist sie mit einer bestens gelaunten Määäry-Äänn auf dem Weg, die Stadt zu stürmen. Ich komme atemlos an Tims Bulli an, ich habe in die Pedale getreten, so fest ich konnte.

Als er mich kommen sieht, breitet er sofort seine Arme aus und ich fliege förmlich in ihn. Mit so viel Schwung, dass ich ihn umwerfe. Und wo wir schon mal liegen, bleiben wir da auch und knutschen.

»Könnt ihr nicht reingehen?« Sam kommt grinsend an uns vorbei.

»Nora hatte einen Kreislaufkollaps. Ich musste sie beatmen«, antwortet Tim frech und zieht mich hoch.

Zuerst fahren wir zu einer ziemlich abgelegenen Eisdiele, in der es tatsächlich das beste Karamelleis der Welt gibt. Ich probiere noch Pfefferminz, Feige und Waldmeister. Dann ist mir leicht schlecht.

Weiter geht es durch die verschiedenen Secondhandläden. Hand in Hand bummeln wir die Straße runter. Immer mal wieder halten wir an, um neue Fotos von uns mit meiner Sofortbildkamera zu machen.

In dem Laden, in dem ich damals den Schlapphut gekauft habe, findet Tim einen Schlüsselanhänger in Form eines grinsenden Engels. Total süß. Was noch süßer ist: Als wir draußen sind, schenkt er mir den Engel.

»Das ist ein Schutzengel. Der passt auf dich auf.«

In meinem Kopf geht der Satz weiter. »... wenn ich es nicht mehr tue.«

Ich schlucke schon wieder schwer.

Doch dieses Mal schiebe ich die Wolke an den äußersten Rand in meinem Kopf. Ich will mir diesen Tag nicht vermiesen lassen.

Wir setzen uns mit einer XXL-Tüte Chips mit Essig an den Pier, hören schweigend und kauend dem Passenger-Sänger zu.

Zurück am Campingplatz steht »Wetttauchen« an. Mit Schnorchel, Flossen und Taucherbrille. Ich habe das noch nie gemacht und bin fasziniert. Was es da unter Wasser alles zu entdecken gibt – Wahnsinn. Natürlich schlägt Tim mich um Längen und ist Minuten vor mir an der Schwimminsel. Fast ein bisschen fordernd zieht er mich an sich ran. Ich spüre seinen Körper, meinen Körper. Er schließt die Augen, lässt eine Hand unter mein Bikini-Oberteil gleiten. Ich will das. Eigentlich mehr. Ich mache auch die Augen zu, küsse seinen Hals und höre, dass sein Atem ganz tief geht. Ein Ruderboot fährt zu nah an uns vorbei. Ich löse mich von Tim.

41

Viel-viel-viel zu früh wird es Zeit, an Land zu schwimmen. Obwohl wir uns mega abhetzen, kommen wir ein bisschen zu spät bei den Clarks an. Lisa steht schon fertig gestylt im Flur. Sie sieht umwerfend aus. Die Haare lang und luftig, ein kurzer Rock, Pailletten-Shirt, hohe Schuhe und Glitzer-Lidschatten.

»Viel Spaß«, wünsche ich und meine es auch so. Eigentlich würde ich sie gerne in den Arm nehmen, sie feste an mich drücken. Ihr sagen, sie soll alle interessanten Typen fotografieren und mir sofort schicken, damit ich sie abnicken kann. Ich hätte gerne stündlich einen Bericht aus diesem angesagten Club. Ich sage nichts, stelle Tim nur Määäry-Äänn als »friend of mine« vor.

Wir drei machen es uns im Wohnzimmer gemütlich, obwohl es sich nicht sehr gemütlich anfühlt. Wir gucken eine Casting-Show, die ich nicht verstehe. Es gibt eine Jury und das Publikum und offenbar können sich beide überstimmen. Das Resultat: Es fliegt irgendwie überhaupt niemand raus. Diese Show wird es in fünf Jahren noch geben. England wird zusehen können, wie die Kandidaten altern. So eine Art Dauer-Big-Brother für Möchtegern-Stars.

Was aber noch viel schlimmer ist: Määäry-Äänn guckt alle zwei Minuten prüfend zu mir und Tim. Es sieht fast so aus, als würde sie ein Tennis-Match verfolgen. Ein Blick nach rechts (zum Fernseher), ein Blick nach links (zu uns auf der Couch). Die hat morgen mit Sicherheit Nackenprobleme. Als Tim mal aufsteht, um aufs Klo zu gehen, warte ich zwanzig Sekunden, dann stehe ich auch auf. »I'll go to take some nuts and crisps«, verkünde ich.

Im Flur fallen Tim und ich uns in die Arme.

»Boah. Das ist ja gruselig«, stöhnt er.

Wir knutschen ein bisschen, bis Määäry-Äänn aus dem Wohnzimmer ruft: »Where are you?«

Im Laufe des Abends wird sie sich vielleicht wundern, dass Tim offenbar eine Blasenschwäche hat und ich immer nur winzige Schalen mit Nüssen und Chips hole. Aber das ist mir so was von egal.

Als die Show endlich vorbei ist und der Moderator sich bis nächsten Samstag verabschiedet, steht Määäry-Äänn auf und erklärt Tim nun, dass sie a.) ins Bett und er b.) nach Hause gehen müsste. Dumme Kuh. Sonst geht die auch nicht so früh ins Bett. Wir verabschieden uns während sie DANEBEN steht. Wer passt hier eigentlich auf wen auf?

Ich liege noch nicht im Bett, da ist die Sehnsucht nach ihm schon wieder fast unerträglich groß. Als wäre er eine Droge und ich abhängig. Ich breite alle unsere Fotos auf der Matratze aus. Zärtlich streiche ich über sein Gesicht. Tim hat kein Modelgesicht. Aber er hat so lachende Augen, so einen weichen Mund. Ich mag seine kräftigen Arme.

Nein, ich mag einfach alles an ihm.

Ich wache auf und liege auf den Bildern.

1:27 Uhr. Schlaftrunken schiebe ich die Fotos zusammen und registriere erst dann, dass Lisa noch nicht da ist.

Wie bitte?

Es ist fast halb zwei und sie ist noch unterwegs? Aber natürlich hatten wir nicht wirklich eine konkrete Uhrzeit festgelegt, zu der sie zu Hause sein sollte. Vielleicht sind sie noch alle an den Strand gegangen. Aber sie könnte ja Bescheid sagen! Ich muss kurz grinsen: Ich bin ja schon wie meine Mutter. Soll sich Lisa ruhig richtig vergnügen. Ich gönne es ihr. Offenbar hat sie ja Spaß.

Ich kuschle mich unter die Decke, nehme das Kopfkissen in den Arm und schlafe wieder ein.

Um 4:56 Uhr wache ich das nächste Mal auf, weil ich aufs Klo muss. Das Bett neben mir ist immer noch leer. Ich stehe davor und überlege. Muss ich mir jetzt Sorgen machen? Ich schnappe mir mein Handy. Vielleicht hat sie mir ja geschrieben, dass sie bei Xenia oder Ella schläft. Nein. Fünf Nachrichten von Tim, keine von Lisa.

Würde sie mir normalerweise nicht schreiben, um mir zu erklären, warum sie nicht da ist? Eigentlich ja. Sonst immer. Zurzeit vielleicht nicht gerade. Ich rufe sie an. Nur die Mailbox. Ich tippe ihr ein: *MELDE DICH!*

Ich gehe aufs Klo, lege mich wieder hin und habe ein ganz doofes Gefühl im Magen.

Ich kann nicht wieder einschlafen. Ich frage mich, ob ich

mir Sorgen machen muss und mache mir damit schon welche. Ich stehe wieder auf, gehe zu Yakimis Tür, öffne sie ganz leise. Er liegt zusammengerollt unter seiner Decke. Ich wäre fast ein bisschen beruhigter gewesen, wenn er auch nicht da gewesen wäre. Dann wüsste ich, dass sie nicht ganz alleine irgendwo ist.

Um 5:23 Uhr gehe ich runter und mache mir einen Fencheltee. Dass es Fenchel ist, merke ich erst später. Egal. Vielleicht hat Fenchel ja eine beruhigende Wirkung.

Offenbar nicht. Bis sechs stehe ich am Wohnzimmerfenster und gucke die Straße hoch und runter. Keine Lisa in Sicht. Um Punkt sechs Uhr beschließe ich, dass definitiv etwas nicht in Ordnung ist und rufe Tim an.

»Guten Morgen, meine Süße. Du bist aber früh wach«, meldet er sich verschlafen.

»Lisa ist nicht da«, sage ich nur.

»Wo ist sie nicht?« Ganz wach ist er offenbar noch nicht.

»Na, hier. Sie ist nicht nach Hause gekommen.«

Ich merke, dass meine Stimme zittert. Schlimme Dinge zu denken, ist das eine. Sie zu sagen, ist noch was ganz anderes.

Er räuspert sich. »Hat sie vielleicht bei einer Freundin geschlafen?«

»ICH bin ihre Freundin.«

»Vielleicht ist es zu spät für den Bus gestern geworden und sie hat bei einer anderen Freundin geschlafen?«

»Das hätte sie mir geschrieben«, halte ich dagegen. Ich kann die Tränen nicht mehr unterdrücken. Ich habe Angst.

»Soll ich kommen?«

»Bitte!«

Zwanzig Minuten später steht er vor der Tür. Er riecht noch ein ganz kleines bisschen nach Schlaf. Ich krieche fast in ihn rein, reibe meinen Kopf an seiner Brust.

»Ich flippe gleich aus«, flüstere ich. »Stell dir vor, es ist etwas passiert.«

»Nein, das stellen wir uns nicht vor«, sagt Tim mit fester Stimme. »Ich bin sicher, gleich kommt Lisa hier reingetänzelt und versteht gar nicht, warum du weinst.«

»Aber wo ist sie?«, frage ich laut.

»Hast du sie angerufen?«

»Schon sieben Mal. Immer nur die Mailbox.«

»Wir machen uns jetzt erst mal einen Kaffee«, weicht Tim mir aus. Dann fällt ihm etwas ein. »Sie war doch mit Yakimi gestern Abend unterwegs. Ist der denn da?«

»Ja, der schläft noch.«

»Dann weck ihn und quetsch ihn aus. Vielleicht hat Lisa ihm gesagt, wo sie schläft, und er sollte es dir ausrichten.«

Ich springe auf. Das klingt irgendwie plausibel.

Ich wecke Yakimi, vielleicht etwas zu heftig. Er schlägt mit den Armen um sich, findet endlich seine Brille auf dem Nachttisch, schaut mich dann panisch an und fragt: »Fire? Fire?«

»Wo ist Lisa?«, entgegne ich direkt.

»In ihrem Bett?«

»Nein. Und da war sie auch die ganze Nacht nicht. Du warst doch mit ihr unterwegs. Wo ist sie?«

Ich bemühe mich, nicht zu laut zu werden. Schließlich will ich Määäry-Äänn nicht wecken.

»Wir waren in diesem Club«, erinnert sich Yakimi. »Sind ohne Ausweiskontrolle reingekommen ...«

»Und dann?«

»Lisa hat sich mit drei Holländerinnen total gut verstanden. Die Mädels hatten echt viel Spaß. Als der Club dann geschlossen hat, sind wir alle raus.«

»Und wo seid ihr dann hingegangen?«

»Ich habe noch meine Jacke an der Garderobe geholt und als ich rauskam, waren alle weg. Ich dachte, Lisa ist schon vorgegangen. Ich habe mich noch gefragt, warum sie nicht auf mich gewartet hat. Fand ich irgendwie doof.«

»Und die Holländerinnen?«

»Die waren auch weg. Ich bin dann nach Hause und habe mich ins Bett gelegt.«

»Und warum hast du nicht geguckt, ob Lisa da ist?«

»Ich gehe doch nicht nachts in euer Zimmer«, empört er sich.

Ich verdrehe nur die Augen, gehe wieder in die Küche zu Tim und erzähle ihm alles.

»Ich bin sicher, dass sie einfach mit zu den Holländerinnen gegangen ist und bei denen schläft.«

»Warum bist du dir sicher? Wieso hat sie mir nicht kurz eine Nachricht geschrieben?«

»Vielleicht war sie zu müde? Vielleicht ein bisschen angetrunken? Ihr Akku leer? Vielleicht will sie ja auch, dass du dir Sorgen machst.«

»Wieso sollte sie das wollen?«

»Ich weiß auch nicht. Aber als ich euch kennen gelernt habe, wart ihr anders. Oder Lisa war anders. Immer, wenn ich sie in letzter Zeit gesehen habe, war sie irgendwie komisch.«

Ich sage jetzt nicht, dass ich sie auch komisch fand in den letzten Wochen.

»Hat sie dir erzählt, dass sie mich hier vorm Haus gesehen hat. Vor einer Woche ungefähr?«, fragt Tim unvermittelt.

»Wie bitte?«

»Ich wollte zu dir. Ich habe das nicht mehr ausgehalten. Ich stand unten auf dem Bürgersteig und habe zu eurem Zimmer hochgeschaut. Plötzlich erschien Lisa, sah mich und machte direkt die Vorhänge zu«, erzählt Tim.

Ich kann das nicht glauben. Warum hat sie mir davon nichts erzählt?

Ich trinke den bitteren Kaffee, der genau zu meinen Gedanken passt.

»Vielleicht war Lisa nicht ganz so glücklich, dass wir uns gefunden haben«, sagt Tim leise.

»Mach Lisa nicht schlecht«, sage ich sofort. »Sie war selber andauernd verliebt. Warum sollte sie mir das nicht auch mal gönnen?«

»Und wie oft war sie wirklich mit jemandem zusammen?«

»Lisa verliebt sich anders als ich. Bei ihr funkt es schneller und es geht auch wieder schneller vorbei«, räume ich ein.

Tim guckt mich an, als wollte er mit seinen Augen was sagen.

Ich gucke weg. »Außerdem: Was hat das jetzt damit zu tun, dass sie nicht da ist.« Ich hole tief Luft. »Tim, was ist, wenn ihr wirklich was passiert ist? Du weißt, was ich meine.« Ich spüre, wie Panik in mir hochsteigt. Millimeter um Millimeter. »Wenn sie bis acht Uhr nicht hier ist, rufe ich die Polizei«, erkläre ich.

Yakimi kommt in einem Superman-Pyjama in die Küche. Ich sehe, wie Tim ein leichtes Grinsen unterdrücken muss.

»Ist Lisa inzwischen da?«, fragt er und nimmt sich einen Kaffee.

»Siehst du sie hier irgendwo?«, fahre ich ihn an.

»Wir machen jetzt erst mal Frühstück«, verkündet Tim. »Dann können wir besser nachdenken.«

»Ich denke nicht mit dem Bauch.«

Ich gehe raus, schlage die Tür zu. Ich halte das nicht aus. Vielleicht hatte sie auch einen Unfall? Vielleicht wurde sie angefahren oder so. Ich gehe zurück in die Küche. »Wir müssen im Krankenhaus anrufen.«

»Vielleicht keine schlechte Idee«, meint Tim. »Wie heißt sie mit Nachnamen?«

»Beckmann«, murmle ich.

Er geht raus, ich höre ihn am Telefon. Er kommt rein und schüttelt nur langsam den Kopf.

Fuck.

Plötzlich steht Määäry-Äänn in der Tür. Was soll das jetzt? Die schläft sonst immer bis in die Puppen. Misstrauisch beäugt sie Tim, fragt dann, ob er hier etwa geschlafen habe.

Ich winke ab und erkläre ihr, dass Tim da sei, weil er Yakimi abholen wollte. Die beiden Jungs wollten ganz früh surfen gehen. Leider ist Määäry-Äänn nicht ganz blöd. Sie will wissen, warum sie sich denn nicht am Strand getroffen haben. Da könne man sicher besser surfen als in ihrer Küche.

Ich ignoriere den Einwand einfach und knalle ihr eine Packung Cornflakes hin.

»Here, enjoy your breakfast.«

Määäry-Äänn zieht die Stirn kraus. Sonntags würde sie nie Cornflakes essen, sondern »toast and jam«.

Ich möchte schreien. Sie soll mich mit ihrem Klein-Mädchen-Mist in Ruhe lassen. Lisa ist weg. Verdammt.

So ruhig wie möglich erkläre ich ihr, dass heute der internationale Tag der Cornflakes sei. Basta.

»Und ihr wollt jetzt surfen?«, frage ich in Richtung Tim und Yakimi.

Die beiden Jungs verstehen sofort und Yakimi sprintet nach oben, um sich umzuziehen.

Ich nehme Tim zur Seite, als Määäry-Äänn Saft aus dem Keller holt. »Bitte sucht den Strand ab. Vielleicht ist sie auf dem Heimweg noch einer Party am Beach vorbeigekommen, hat ein bisschen mitgefeiert und ist dann eingeratzt. Yakimi soll mich dann ablösen kommen, wenn ihr alles abgesucht habt. Dann kann er hier Wache halten und ich komme zu dir.«

Tim nickt. »Nora. Ich bin sicher, es gibt eine ganz einfache Erklärung. Erinnerst du dich? Du hast auch einfach eine Nacht mit mir am Strand geschlafen. Ruf nicht sofort die Polizei an. Die Clarks kriegen fürchterlichen Ärger, wenn rauskommt, dass sie euch allein gelassen haben.«

»Ich weiß.«

»Und was kann die Polizei schon machen? Nach ihr suchen. Das können wir auch«, unterstreicht er.

Ich nicke nur. Ganz fest nimmt er mich zum Abschied in den Arm. Am liebsten würde ich da für immer bleiben.

Als ich ins Wohnzimmer komme, sitzt Määäry-Äänn mit ihren Cornflakes vorm Fernseher und glotzt eine doofe Zeichentrickserie. Ich gehe nach oben, dusche so heiß es irgend geht und habe trotzdem die ganze Zeit Gänsehaut. Bilder tauchen in mir auf. Lisa, die in ein Auto gezerrt wird. Lisa, die festgehalten wird. Lisa, die – nein. Nein. Ich schüttle ganz schnell die Kopf. Die Bilder müssen verschwinden.

42

Während ich mich anziehe, fällt mein Blick auf ihren Nachttisch. Unter ein paar Zeitschriften liegt ihr silbernes Buch. Ihr Tagebuch. Nie, nie, nie käme ich auf die Idee, darin zu lesen. Auf der anderen Seite: Wenn Lisa jemanden kennengelernt hat, einen Typen, und jetzt bei dem ist, wäre ich beruhigter. Oder auch nicht. Kommt drauf an, was für einer das ist. Aber vielleicht wüssten wir dann, wo wir nach ihr suchen müssen. Das Tagebuch zieht mich wie ein Sog an. Ich setze mich vorsichtig auf ihr Bett und nehme das Buch. Es liegt tonnenschwer in meinen Händen. Wenn Lisa jetzt reinkommt, rastet sie aus.

Aber sie kommt nicht rein.

Wie von alleine schlagen meine Hände das Buch auf, suchen den letzten Eintrag. Er ist von vorgestern.

Ich kann ihr fast nicht mehr in die Augen sehen. Warum habe ich das gesagt? Ich spüre so deutlich, dass zwischen den beiden etwas Besonderes ist. Wieso habe ich das nicht gerafft? Sie muss ihn doch schon längst danach gefragt haben. Warum schreit sie mich nicht an?

Ich gucke hoch, verstehe nichts. Kann sie MIR nicht mehr in die Augen sehen? Und wen hätte ich dann wonach fragen sollen? Warum sollte ich sie anschreien?

Ich blättere weiter zurück. Und da. Tatsächlich.

Heute Abend stand Tim plötzlich vor dem Haus. Ich will verdammt noch mal nicht, dass er mit Nora redet. Dann kommt alles raus. Ich habe den Vorhang ganz schnell zugezogen. Er hat das dann wohl gerafft. Ja.

Das war damals doof von mir. Aber es sah ja echt so aus, als wollte er was von dieser blöden Jessica. Ich wollte Nora doch nur beschützen! Ich wollte, dass sie sich zurückzieht. Sich nicht mehr von ihm wehtun lässt. Ich fühle mich so schlecht.

Sie hat ihn also damals wirklich und wahrhaftig vor dem Fenster stehen sehen und nichts gesagt. Aber was könnte rauskommen? Vor was wollte Lisa mich beschützen? Ich verstehe das alles nicht.

Ich lese weiter. Immer weiter. Mir wird klar, dass Lisa in den letzten Tagen total verzweifelt war. Sie beschreibt sich selber als »blöde Kuh«, als »falsche Freundin«. Sie hat Angst, dass ich ihr die Freundschaft kündige. Deswegen auch immer wieder ihre komischen Geschenke. In ihrem ganzen Tagebuch schreibt sie fast ausschließlich über uns. Dass sie mich glücklich sehen möchte. Dass sie sich schämt. Dass sie es doch gut gemeint hätte. Endlich komme ich zu der entscheidenden Stelle.

Ich glaube, ich habe Nora geheilt. Ich habe ihr einfach erzählt, dass Tim sich abfällig über sie geäußert habe. Dass er sie für eine Wundertüte hielte, so von wegen pubertierendes Gör. Ich glaube, sie ist jetzt richtig wütend auf ihn. Ja, das war vielleicht gelogen, aber Nora hat so gelitten, als Tim sich plötzlich wie ein verhungertes Tier auf Jessica gestürzt hat, da konnte ich echt nicht einfach zusehen. Ich will einfach nicht, dass jemand Nora wehtut. Das hat sie nicht verdient. Außerdem: Was will sie mit einem schwedischen Surfer? Der zieht bald weiter und lässt sie dann mit einem gebrochenen Herz zurück. Da ist es doch besser, sie ist richtig sauer auf ihn und sucht sich einen anderen.

Das Buch rutscht mir aus der Hand, fällt auf den Boden. Das war also eine Lüge gewesen. Und ich habe es mir so zu Herzen genommen. War so gekränkt, so enttäuscht, habe mich in mein Schneckenhaus zurückgezogen und Tage verschwendet, die ich hätte mit Tim zusammensein können.

Lisa hatte mich knallhart angelogen. Wie wäre es weitergegangen, wenn sie das nicht gesagt hätte? Immerhin habe ich ja tatsächlich geglaubt, Tim wäre auf Jessica scharf. Ich war ja schon *vor* Lisas Lüge sauer auf ihn. Aber nicht soo sauer ...

Auf der anderen Seite: Lisa hat dann doch mitgekriegt, wie schlecht es mir ging. Wie sehr ich Tim vermisst habe. Ein Wort von ihr hätte doch gereicht. Sie hätte alles geraderücken können. Wenn sie es früher gesagt hätte, hätte ich ihr doch nicht die Ohren abgerissen. Jetzt ist das was anderes ... Jetzt hat die Lüge eine Lücke in unser Vertrauen zueinander gerissen. Und das war ihr klar. Und um so größer wurde ihre Panik, dass die Lüge nun auffliegen würde.

Alles in meinem Kopf dreht sich. Ich lasse mich auf Lisas Bett fallen, alles hier riecht nach ihr. Ich atme ihr Pfirsicharoma und verspreche ihrem Kissen: Ich verzeihe dir. Es ist gut. Komm nur wieder. Bitte!

Plötzlich steht Yakimi vor mir. Die zwei Stunden sind schon rum.

»Und?«

Er schüttelt nur den Kopf. »Wir sind den ganzen Strand abgegangen. Keine Spur von ihr.«

Tränen kullern mir beide Wangen runter.

»Vielleicht kannst du Xenia, Ella und die anderen abtelefonieren«, schlägt er vor.

»Du hast nicht zufällig einen Namen von diesen Holländerinnen?«

Wieder schüttelt er den Kopf. Ich raffe mich auf und schnappe mir meine Jacke.

»Viel Spaß mit Määäry-Äänn und sorg dafür, dass sie nicht mitkriegt, dass Lisa weg ist.«

Tim sitzt vor seinem Bulli und starrt auf das Display seines Handys. Ich gucke ihm über die Schulter. Es ist ein Stadtplan von Brighton.

»Es gibt mehrere Routen, wie sie hätte nach Hause laufen können«, erklärt er.

»Ich habe einen Plan«, sage ich. »Wir besuchen jetzt erst Xenia und die anderen, die gestern noch dabei waren.«

»Wieso rufen wir die nicht einfach an. Du hast doch die Nummern, oder?«, fragt Tim nach.

»Schon. Ist so ein Gefühl. Ich will denen in die Augen sehen, wenn ich sie frage. Dann merke ich eher, wenn einer lügt.«

Ich habe von zu Hause eine Liste mit allen anderen Gastschülern unserer Schule samt Adressen mitgenommen. Xenia wohnt am nächsten.

Auf dem Weg zu ihr will ich Tim eigentlich erzählen, was ich in Lisas Tagebuch gelesen habe. Aber ich weiß nicht, wie. Ich möchte nicht, dass er schlecht von Lisa denkt. Und ich möchte nicht, dass er weiß, wie sehr ich mich habe beeinflussen lassen. Ein anderer Gedanke macht sich in mir breit. Kann es sein, dass Lisa sich extra versteckt, damit ich mir Sorgen um sie mache? Damit ich nicht mehr sauer bin, wenn ich die Wahrheit erfahre? Würde sie das tun? Mich absichtlich in so eine Angst stürzen?

Ich weiß es nicht. Und ich schäme mich fast, dass ich ihr so etwas unterstelle.

Xenias Gastmutter guckt uns argwöhnisch an, holt Xenia dann aber an die Tür. Mir wird klar, dass ich fürchterlich aussehen muss. Die Augen total verheult, die Haare struppig, vorne auf meinem Shirt ist ein Teefleck.

Xenia bleibt der Mund offen stehen, als wir ihr erzählen, dass Lisa verschwunden ist.

»Kennst du diese ominösen Holländerinnen? Kann es sein, dass Lisa mit denen mitgegangen ist?«, löchere ich sie.

Sie schüttelt nur den Kopf. »Keine Ahnung. Die waren wirklich witzig. Aber ich habe keine Ahnung, wo die wohnen oder so. Als ich gegangen bin, hat Lisa getanzt.«

»War sie betrunken?«, will Tim wissen.

»Glaub ich nicht. Ich habe jetzt nicht darauf geachtet, was Lisa getrunken hat, aber sie wirkte einfach nur gut gelaunt.«

»Wer war noch alles dabei?«

»Ella, Leo, eine Kirsten, auch von unserer Schule, und ihre Freundin Johanna«, zählt Xenia auf.

»Hast du die Nummern von Kirsten und Johanna?«

Xenia holt ihr Handy und Tim speichert sie ab.

»Wenn du irgendwas von Lisa hörst, meldest du dich sofort bei uns«, impfe ich Xenia noch ein, ehe wir uns verabschieden.

Zwei Stunden später haben wir alle anderen befragt und einfach nichts Neues erfahren. Lisa hatte gute Laune, hat getanzt, war offenbar nicht betrunken und ist dann einfach von der Bildfläche verschwunden. Die allermeisten sind vor ihr gegangen. Warum ist sie geblieben? Mit wem?

Tim und ich sind wieder an seinem Bulli angekommen. Er setzt Teewasser auf. Ich sinke auf den Campingstuhl und die Angst fällt mich an wie ein Tier.

Was, wenn Lisa für immer verschwunden bleibt?

So wie dieses kleine Mädchen damals in Portugal. Wie kann ich ohne Lisa zurück nach Hause fahren? Ich fange an zu zittern, ein tiefes Schluchzen kommt aus meiner Kehle. Tim umarmt mich von hinten, hält mich ganz fest.

»Wir finden sie. Vertrau mir. Wir finden sie ganz bestimmt«, flüstert er in mein Ohr.

»Lisa hatte ein schlechtes Gewissen«, sage ich leise. »Sie hatte mich angelogen.«

Tim fragt nicht. Er wartet einfach bis ich weiterrede.

»Sie hatte mir erzählt, dass du dich über mich lustig gemacht hättest.«

Tim lässt mich los, geht vor mir auf die Hocke. »Warum?«

»Sie dachte, du würdest es mit mir nicht ernst meinen. Sie wollte mich beschützen.«

»Bist du deswegen so auf Abstand gegangen?«

Ich nicke.

»Sie hätte es fast geschafft«, stellt Tim fest.

»Bitte sei nicht sauer auf sie. Sie hat in den letzten Wochen so darunter gelitten.«

»Woher weißt du das?«

»Ich habe heute Morgen in ihrem Tagebuch gelesen. Das

würde ich sonst nie tun. Aber ich dachte, ich finde vielleicht einen Hinweis.«

Tim nimmt mein Gesicht ganz vorsichtig zwischen seine Hände. »Lass das nie wieder zu. Zweifel nicht an mir. Wir gehören zusammen.«

Trotz der Angst in mir läuft ein wohliges Gefühl durch meinen Körper.

Genau in diesem Moment bekomme ich eine Nachricht.

Sie ist von Lisa.

Alles gut. Komme – steht auf dem Display.

Ich halte Tim das Display hin. »Was soll das heißen? Was meint sie?«, frage ich aufgewühlt.

»Erst mal heißt das, dass sie noch lebt und dass es ihr gut geht«, sagt er schlicht.

Ich schlinge meine Arme um seinen Hals und atme einmal tief aus. Ein ganzes Gesteinsmassiv purzelt von meinem Herzen.

»Aber wo ist sie? Wohin kommt sie?«

Ich wähle sofort ihre Nummer. Wieder nur die Mailbox. Was soll das? Wieso geht sie nicht ran?

»Vielleicht ist sie gezwungen worden, die Nachricht zu schreiben«, überlege ich laut.

»Du liest zu viele Horrorbücher«, kontert Tim sofort.

Wieder wähle ich ihre Nummer. Mailbox. Mein Herz wird auf der Stelle wieder schwerer.

»Wenn wir jetzt zur Polizei gehen, können die vielleicht rausbekommen, von wo die Nachricht geschrieben wurde«, schlage ich vor.

»Wenn wir jetzt zur Polizei gehen, gibt es für alle einen fürchterlichen Ärger. Ich habe einfach das Gefühl, dass du Lisa vertrauen solltest. Gib ihr Zeit bis morgen früh. Wenn sie nicht zur Schule erscheint, gehen wir zur Polizei.«

»Bis morgen früh warten? Noch eine ganze Nacht? Das halte ich nicht aus.«

»Musst du vielleicht ja auch nicht. Vielleicht steht sie schon gleich hier. Oder vielleicht meldet sich gleich Yakimi, dass Lisa todmüde zu Hause aufgekreuzt ist, weil sie bis gerade mit den unbekannten Holländerinnen unterwegs war.«

Tim geht rein und kommt mit einem Tee für mich wieder raus. »Das trinkst du jetzt. Das beruhigt dich und dann legst du dich drinnen etwas hin. Du siehst fürchterlich aus.«

»Ich kann jetzt nicht schlafen«, widerspreche ich.

»Dann ruhst du dich einfach ein bisschen aus.«

Ich falle tatsächlich in eine Art Schlaf. Wirre Bilder verfolgen mich. Immer wieder Lisa, die irgendwo eingesperrt ist. Dann wieder Tim, der mich so lieb anguckt. Dieser Traum ist wie eine einzige Wechseldusche. Schlimm-schön-schlimm-schön. Ich wache irgendwann völlig gerädert auf, gucke sofort aufs Handy. Keine neue Nachricht.

»Wie spät ist es?«

»Schon nach sechs.«

»Ich muss nach Hause. Yakimi ist die ganze Zeit mit Määäry-Äänn alleine. Die wundert sich bestimmt schon.«

Wir halten uns ganz fest zum Abschied.

»Es wird alles gut«, flüstert Tim immer wieder in mein Ohr. Seine Hand liegt ruhig auf meinem Po. Das fühlt sich irgendwie kribbelig an, aber ich will an nichts Kribbeliges denken. Nicht jetzt!

»Schick mir bitte in den nächsten Stunden keine Whats-

App-Nachricht. Ich denke bestimmt jedes Mal, dass sie von Lisa ist und bin dann nur enttäuscht«, sage ich traurig.

Ich weiß nicht, wie ich alleine durch diese Nacht kommen soll.

Zuhause wundere ich mich allerdings. Määäry-Äänn ist mit einer Freundin dabei, die Küche zu verwüsten.

»Was machen die da?«, frage ich Yakimi, der auf der Couch liegt und gamed.

»Sie hatten gemeint, dass sie heute Abend kochen wollen, aber es riecht so, als sollten wir besser den Pizza-Flitzer anrufen.«

Ich gehe wieder in die Küche. Kartoffel-, Möhren- und Gurkenschalen türmen sich auf dem Tisch. Der Boden ist übersät mit geriebenem Käse. Aus dem Backofen kommt ein seltsamer Geruch. Ich versuche zu lächeln und frage, was es denn wohl zum Dinner geben wird.

»Surprise«, kichern die Girls.

Es gibt halt schöne und böse Überraschungen, denke ich mir, und fordere die Mädels auf, dass sie ja schon mal die kitchen cleanen könnten.

Jetzt sehen sie surprised aus.

Dachten die etwa, dass *ich* diese Sauerei beseitigen würde?

Als sie uns zum Essen in die Küche rufen, haben sie den Großteil des Mülls entfernt, der Käse auf dem Boden ist zumindest gleichmäßiger als vorher verteilt. Auf dem Tisch steht ein Auflauf à la »Best of Kühlschrank«. Sie haben Gurken, Möhren, Kartoffeln, Erbsen, Paprika und Fleischwurst mit Käse bedeckt und gebacken. Ich bin froh, dass ich angeblich Vegetarierin bin.

Drei Mal habe ich das Gefühl, die Haustür gehört zu haben. Jedes Mal Fehlalarm.

»Where's Lisa?«, fragt Määäry-Äänn irgendwann.

Die Frage durchfährt mich wie ein Stromschlag.

»She is at a friend's house«, sage ich schnell.

»Boy or girl?«, fragt Määäry-Äänn und kichert dämlich.

Ich beende den Abend so schnell wie möglich. Die Freundin wird nach Hause geschickt, Määäry-Äänn ins Bad.

»But it's much too early«, protestiert sie.

Ich erkläre ihr, dass sie morgen Schule habe und ja noch ein bisschen im Bett lesen dürfte. Sie macht mich einfach nervös.

Noch nervöser als ich ohnehin schon bin.

Dann beginnt mein Rundlauf. Ich kann einfach nicht still sitzen. Ich gehe hoch in unser Zimmer, gucke aus dem Fenster, auf unsere Ballkleider. Die gehören zu einer anderen Zeit. Ich gehe wieder runter. Räume die Spülmaschine ein, fege die Küche, gehe wieder in unser Zimmer, rieche an Lisas Sachen, heule, wasche mir das Gesicht, gehe wieder ins Wohnzimmer.

Immer wieder lese ich die WhatsApp-Zeile: *Alles gut. Komme –*

Nach *Komme* ist kein Punkt. Sie wollte also noch weiterschreiben. Aber was*??? Komme morgen? Komme später? Komme hier nicht weg?*

Yakimi ist in seinem Zimmer verschwunden. Wahrscheinlich macht ihn mein Gerenne wahnsinnig. Mich macht seine Ruhe wahnsinnig.

Um kurz nach elf rufe ich Tim an.

»Tim, die Angst nagt an mir. Überall. Sie frisst mich auf.«

»Ich weiß. Ich würde dich so gerne trösten.«

»Sie ist gleich vierundzwanzig Stunden weg«, stelle ich fest.

»Sie war ewig lang in diesem Club. Wenn sie mit zu den Holländerinnen gegangen ist, haben die wahrscheinlich alle bis in die Puppen geschlafen. Dann haben sie irgendwann am Nachmittag gefrühstückt und sind vielleicht schwimmen gegangen. Und vielleicht hat Lisa dann ein schlechtes Gewissen bekommen und dir deswegen die Nachricht geschrieben.«

»Das sind mir zu viele Vielleichts. Vielleicht ist auch was ganz Schlimmes passiert und wir hätten längst die Polizei alarmieren müssen. Vielleicht werde ich mir mein Leben lang deswegen Vorwürfe machen.«

»Wenn du die jetzt anrufst, unternehmen die bestimmt nichts vor morgen früh. Und wir hatten gesagt, dass wir sie sofort morgen früh anrufen, wenn Lisa nicht in der Schule erscheint.«

»Okay. Um fünf nach neun rufe ich spätestens an.«

43

Ich tigere wieder durchs Haus. Als um halb eins das Telefon geht, macht mein Herz einen Ausfallschritt.

»Ja???«, melde ich mich.

»We won! We are the champions!«, brüllt mir Michael ins Ohr. Linda quatscht von hinten dazwischen.

Offenbar haben die Living Legends den Wettbewerb gewonnen und sind glückselig und angeheitert. Ich tue so, als würde ich mich wahnsinnig freuen. Natürlich wollen sie auch wissen, ob sonst alles allright ist. Ich versichere es ihnen natürlich und lege mal wieder heulend auf.

Wenn die wüssten.

Vielleicht werden die schon morgen verhaftet, weil sie uns einfach so allein gelassen haben.

Bis drei Uhr zappe ich mich durch alle vierundsiebzig Kanäle, die die Fernbedienung hergibt. Um kurz nach halb sechs wache ich auf, mein Nacken schmerzt fürchterlich, meine Beine sind taub. Ich schleppe mich in Lisas Bett und klammere mich an ihr Kopfkissen.

Ein Gedanke implodiert in meinem Kopf. Falls Lisa wirklich etwas passiert ist, werde ich Tim nie wieder in die Augen sehen können.

Weil er der Auslöser war. Für alles. Es war nicht seine Absicht. Aber das wäre dann egal. Durch ihn haben Lisa und ich uns entfremdet.

Sie wäre sonst niemals alleine mit den anderen in den Club gegangen.

Ich hätte sie sonst niemals alleine gehen lassen.

Ich bin schuld.

Ich halte den Gedanken nicht aus. Um halb sieben wecke ich Yakimi, sage ihm, dass ich schon zur Schule fahren würde und er sich um Määäry-Äänn kümmern müsse. Er schaut mich an wie einen Alien, nickt aber.

Um zwanzig nach sieben komme ich mit dem Rad vor der Schule an. Ich lasse es einfach so auf den Boden fallen. Nichts ist mehr wichtig. Nur noch Lisa. Ich gehe auf den Sportplatz, fange an zu rennen. Ich muss irgendwie die Angst loswerden, aber ich bin nicht schnell genug. Um acht kommen die ersten Lehrer, parken ihre Autos und gehen rein.

Wie soll ich Mrs Collins gleich sagen, dass Lisa verschwunden ist? Wird sie dann die Polizei anrufen? Oder wird sie erst versuchen, die Clarks zu erreichen, die noch nicht zu Hause sind?

Plötzlich meine ich, Tims Bulli über die große Kreuzung fahren zu sehen. Ich wische mir über die Augen. Das kann doch nicht sein. Wohin sollte er fahren? Ich sage mir, dass es viele solcher Bullis gibt. Eine Stimme in mir flüstert: Aber nicht so lustig bemalt, oder?

Ich muss mich verguckt haben. Bestimmt habe ich schon

Hallus. Wann habe ich eigentlich das letzte Mal was gegessen? Keine Ahnung.

Halb neun.

Noch dreißig Minuten.

Die ersten Schüler kommen. Plaudern miteinander, lachen. Ich gehe wieder auf den Sportplatz, renne noch zwei Runden. Wenn ich vom Laufen solch ein Herzrasen habe, fühlt sich das besser an, als wenn es von der Angst stammt.

Viertel vor neun. Es klingelt das erste Mal. Die ersten gehen rein. Ella und Xenia winken mir zu, gucken dann fragend. Ich schüttele nur den Kopf. Yakimi taucht auf.

»Du siehst fürchterlich aus«, stellt er fest.

»Ich fühle mich auch fürchterlich«, keife ich ihn an.

Meine Nerven liegen blank und bloß.

Aus den Augenwinkeln sehe ich eine Bewegung, die mir so vertraut ist. Keine andere winkt so wild mit den Armen. Ich drehe ruckartig den Kopf. Ich fasse es nicht.

Lisa!

Sie rennt auf mich zu, winkt aufgeregt mit ihren dünnen Armen. So winkt sie immer. Als würde sie ertrinken.

»LISA«, brülle ich und renne auch los. Kurz vor ihr komme ich ins Stolpern, wir fallen uns in die Arme und knallen auf den Betonboden. Es ist egal.

»Wo warst du? Ich bin gestorben vor Angst.«

Ich drücke mein Gesicht an ihren Hals. Stelle fest, dass sie immer noch ihr Party-Outfit trägt.

»Ich war in diesem Scheiß-Club eingesperrt. Den ganzen verdammten Sonntag«, stöhnt sie.

»Was? Wie bitte? Wieso?«

»Ich wollte nur noch mal eben aufs Klo. Als ich wieder rausgekommen bin, waren alle weg, und es war abgeschlossen. Ich dachte, ich werde wahnsinnig.« Warum grinst sie jetzt?

»Und dann habe ich Frederik gefunden. Der lag original unter einer Bank und hat geschlafen.«

Erst jetzt registriere ich den Typen, der hinter ihr steht.

»Und dann?«

»Dann habe ich den natürlich geweckt.«

»Und dann?«

»Dann haben wir viel getanzt, Chips und Erdnüsse gegessen, uns kaputtgelacht. Es war eigentlich gar nicht soo schlimm.«

Ich sehe, wie sie den Typen anschaut. Er sieht nett aus. Normal nett einfach.

»Es war eigentlich sogar ganz gut«, grinst Lisa jetzt.

Mrs Collins erscheint oben am Fenster. »I would like to start with our class now, if you don't mind«, ruft sie sarkastisch

»Go on«, rufe ich ihr zu und ziehe Lisa hoch. »We're on our way«.

Hand in Hand gehen wir in die Schule. Ich möchte sie nie wieder loslassen.

»Und wie bist du jetzt rausgekommen?«

»Heute Morgen erschienen zwei Putzfrauen. Die haben vielleicht geguckt, als sie uns gesehen haben.«

Unterm Pult schreibe ich Tim schnell eine WhatsApp. *SIE IST WIEDER DA.*

In der großen Pause muss Lisa allen alles erzählen. Alle sind sprachlos, dass es tatsächlich Orte gibt, wo man absolut kein Handy-Netz hat.

»Gestern Nachmittag haben wir drei Tische aufeinander gestellt und ich bin da hochgeklettert. Ganz kurz hatte ich einen Balken, aber dann bin ich fast da runtergeflogen. Ich wollte schnell eine Nachricht tippen, aber dann war mittendrin der Akku alle. Ich war mir noch nicht mal sicher, ob ich jetzt was versendet hatte oder nicht.

»Ich habe nur Bruchstücke empfangen«, sage ich.

»Das dachte ich mir.« Sie nickt.

Ich sehe wie Frederik, der mit Croissants, Milch und Obst für Lisa aufgetaucht ist, sie die ganze Zeit ansieht, und wie sie immer mal wieder seinen Blick sucht.

Es klingelt schon wieder. Mist. Ich habe Tim noch nicht angerufen. Auf dem Weg zum Klassenzimmer wähle ich seine Nummer. Er ist sofort dran, offenbar ist er unterwegs. Ich höre den Motor.

»Sie ist wieder da. Ich bin so wahnsinnig glücklich. Sie war in dem Club eingesperrt«, sprudelt es aus mir heraus.

»Ich wusste doch, dass alles gut wird.«

»Wo bist du überhaupt?«

»Ich bin unterwegs.«

In meinem Kopf beginnt ein hoher Warnton zu piepen. »Unterwegs wohin?«

Ich bleibe mitten im Klassenzimmer stehen.

Genau in diesem Moment nimmt mir Mrs Collins das Handy aus der Hand. Ich wüsste doch genau, dass Handys im Klassenzimmer verboten seien, und ich könnte es mir nach dem Unterricht bei ihr abholen.

Wie auf einer zähen Schneckenspur arbeiten sich die Zeiger der Uhr voran. In mir tobt es. Ich habe mich also doch nicht getäuscht. Es war Tims Bulli, der heute Morgen an der Kreuzung stand. Seitdem ich Tim kenne, stand sein Wagen immer auf dem Campingplatz.

Nun ist er weg.

Hatte Lisa sich vielleicht doch nicht getäuscht? Hat er nur ein kleines Spiel mit mir gespielt? Kann man so gut schauspielern?

»Was ist mit Tim?«, raunt Lisa mir zu.

Ich zucke nur die Schultern, schlucke und schlucke, damit diese ganzen Tränen drin bleiben.

Der Gong ist nicht ganz verhallt, da stehe ich vor Mrs Collins. Sie schenkt sich weitere Ermahnungen. Vielleicht sieht sie, dass es mir nicht gut geht.

Mit großen Schritten gehe ich Richtung Sportplatz, ziehe Lisa hinter mir her. Meine Finger zittern, als ich seine Nummer wähle.

»Warum warst du vorhin weg? Ich wollte dir gerade alles erklären ...« Tims Stimme ist noch immer von Motorengebrumm untermalt.

Ich setze mich ins Gras. »Was willst du mir erklären? Wohin fährst du? Nach Hause? Ist deine kleine Urlaubsromanze vorbei?«, frage ich bitter.

»Nein. Sie ist nicht vorbei. Und es ist mehr als eine Urlaubsromanze. Du hörst mir jetzt mal gut zu. Ich bin auf dem Weg nach Bremen. Ich fange da an zu studieren. Meeresbiologie. Seit ich dich kennengelernt habe, war mir klar, dass ich in deiner Nähe sein will. Mir war sofort klar, dass ich nicht zurück nach Schweden gehen werde, wo Hunderte von Kilometern zwischen uns sind. Vielleicht stellt sich irgendwann heraus, dass unsere Liebe doch nur eine Urlaubsromanze war. Aber vielleicht auch nicht. Und deshalb will ich nichts unversucht lassen. Also habe ich mir überlegt, was ich in der Nähe von deinem Kaff machen könnte. Und hatte die Idee! Ich liebe das Meer, ich brauche es einfach. Ganz früher wollte ich Fischer werden. Also habe ich mich für Meeresbiologie entschieden. Und auch für Bremen, das zufällig ziemlich in deiner Nähe ist.«

Ich bin sprachlos.

Sogar meine Gedanken haben gerade keine Worte.

»Du kannst dir vorstellen, wie kacke ich mich gefühlt habe, als ich mich da eingeschrieben hatte und du plötzlich nichts mehr von mir wissen wolltest. Ich habe drei lange Telefonate mit meinen Eltern gebraucht, bis sie eingewilligt haben. Sie haben mir sogar geholfen, ein Zimmer in einem Studentenwohnheim übers Internet zu bekommen. In zwei Wochen wollen sie mich da besuchen. Ich bin total aufgeregt.«

Ich nicke, was beim Telefonieren ja ziemlich dämlich ist.

Eine Frage schießt mir durch den Kopf.

»Und warum hast du dich heute Morgen in aller Frühe aus dem Staub gemacht? Ich habe dich nämlich zufällig gesehen. Du hast mich allein gelassen, obwohl du noch nicht wusstest, was mit Lisa war.«

»Glaub mir, das war die Hölle für mich. Eigentlich hätte ich schon gestern fahren müssen. Denn heute geht es los. Aber ich konnte dich ja schlecht gestern schon alleine lassen. Also bin ich heute Morgen auf gut Glück gestartet, in der Hoffnung, dass Lisa auftaucht. Wäre sie nicht zur Schule gekommen, hätte ich sofort gedreht, um bei dir zu sein.«

»Du bist also jetzt weg«, stelle ich leise fest.

»Ja, ich bin weg. Und irgendwie auf dem Weg zu dir. Du fliegst Mittwoch schließlich nach Hause. Am Wochenende sehen wir uns – auf ein Karamelleis in Bremen. Was meinst du?«

Ich nicke wieder ziemlich dämlich.

»Und was mache ich bis dahin?«, frage ich kläglich.

»Du genießt die letzten zwei Tage in Brighton. Gehst noch mal aus mit Lisa. Habt ihr euch schon ausgesprochen?«

»Nee.«

»Dann mach das. Ich vermisse dich jetzt schon grässlich, aber wir sehen uns am Wochenende, okay?«

»Okay.«

Ich drücke auf den roten Hörer und gucke das Handy lange an.

»Ich habe in deinem Tagebuch gelesen«, sage ich schließlich und sehe ihr ins Gesicht.

Sie nickt langsam. »Also weißt du Bescheid?! Es tut mir so leid. Ich weiß nicht, warum ich das damals gesagt habe. Ich wollte einfach nicht, dass er dir wehtut.«

»Ich weiß.«

Wir stehen voreinander. Zwischen uns ist ihre Lüge. Auch ihre Verzweiflung. Meine Wut. Und meine Sehnsucht nach ihr und unserer Vertrautheit.

Ich halte ihr die Hand hin: »Keine Lügen mehr.«

Sie schlägt ein: »Keine Lügen mehr.«

Und dann fallen wir uns in die Arme. Wie bin ich froh, ihr Pfirsicharoma wieder riechen zu können.

»Was ist eigentlich mit dir und Frederik?«, frage ich vorsichtig. »Schon wieder verliebt?«

Sie guckt in die Ferne. »Ich weiß nicht, was das ist. Keine Ahnung. Aber wir hatten einfach nur so einen riesigen Spaß in diesem Club. Er hat mich so nett von meiner Angst abgelenkt. Außerdem hat er mir erzählt, wie wunderschön Finnland ist. Er hat mich zu Silvester eingeladen.«

»Und?«

»Ich fürchte, das entscheiden meine Eltern.«

Ich gucke sie von der Seite an. Sie wirkt so ernsthaft. Hat es sie wirklich mal erwischt?

Als wir nach Hause kommen, sind die Clarks schon da. Sie sind völlig aus dem Häuschen und erzählen wild durcheinander von ihrem Auftritt, von dem Applaus, von der riesigen Bühne, von der Siegerehrung. Ich verstehe noch nicht mal die Hälfte. Aber es klingt gut.

Plötzlich treffen sich Lindas und mein Blick und ihr fällt was ein: »I can't believe you're leaving on Wednesday already. How time flies! It's much sooner than I expected. When is your high heels-race taking place? The way you trained for it I'm sure you'll win!

Fragt sie mich jetzt allen Ernstes, wann dieses erfundene High-Heels-Rennen ist? Ich sehe Lisa fett grinsen und höre dann wie sie behauptet: »It's tomorrow at five p.m.. Would you like to join us?«

»Absolutely!«, bestätigen Linda und Michael.

Am nächsten Tag um halb fünf treffen Lisa, Xenia, Ella, drei weitere Gastschülerinnen und ich uns in High Heels auf dem Sportplatz hinter der Schule. Nachdem ich Lisa gestern noch wegen dieser Idee ordentlich zur Schnecke gemacht habe, hat sie keine Mühe gescheut, zumindest genügend Teilnehmer zusammenzutrommeln und Yakimi aufzutragen, ein Publikum zu besorgen. Der hat tatsächlich eine eindrucksvolle Fangemeinde mitgebracht und es herrscht ein bisschen so etwas wie Volksfeststimmung. Aus einer riesigen Anlage ertönt Musik.

Ich bin ein bisschen nervös, als ich mir die geliehenen Pumps von Lisa anziehe. Über die Hundertmeterstrecke soll es gehen. Wir versammeln uns am Start, jeder in seiner Bahn. Ich zerre an meinem Rock, gehe in die Startposition. Yakimi macht den Starter. Der Schuss erönt. Okay. Kann sein, dass ich ein paar Sekunden zu früh aus dem Block bin. So what! Ich höre Xenia hinter mir keuchen und versuche längere Schritte zu machen. Ein Schrei ertönt. Offenbar ist eine Mitläuferin gestürzt – hoffentlich nicht Lisa. Im Augenwinkel sehe ich, wie Xenia weiter aufholt, Es sind nur noch ein paar Meter. Xenia ächzt und gibt alles. Ich aber auch! Die Ziellinie – ich werfe mich nach vorne. Und gewinne. Japsend jubele ich und umarme Lisa, die als letzte ins Ziel taumelt. Vielleicht sind die anderen langsam gelaufen. Extra. Aber das glaube ich nicht. Ich denke vielmehr, ich bin so gerast, weil ich einfach so superflitzeschnell wie möglich am Wochenende ankommen will …

Es ist gleichzeitig traurig und wunderbar, als wir am Dienstag unsere Koffer packen. Mein Blick bleibt an dem Foto vom großen Bruder Nick hängen, das über mein Bett gepinnt ist. Vorsichtig nehme ich es ab und flüstere ihm zu: »Danke, dass du für mich da warst. Du warst mein Backup. Aber das brauche ich jetzt nicht mehr.«

Das Foto wandert mit dem ganzen Schulzeugs in den Müll.

Nicht in den Müll (niemals!) wandert mein silbernes Medaillon. Ich habe es umhängen. Es raschelt, wenn man es schüttelt. Das kommt von dem Sand, den ich hineingefüllt habe.

Strandsand vom Campingplatz ... Sand von dem Sehnsuchtsort, den ich nie in meinem Leben vergessen werde.

Als alles gepackt ist, stehen Lisa und ich am offenen Fenster.

»Hör mal das Rauschen. Ich glaube, das ist das Meer«, sagt sie plötzlich.

Ich muss grinsen.

»Ich glaube, das ist nur die Autobahn«, sage ich leise.

Und dann hole ich mein iPod raus, halte ihr einen Stöpsel hin. Als Lisa weg war, habe ich mir so oft gewünscht, dass wir das zusammen hören. Die Stimme von Philipp Poisel ist stark und verletzlich gleichzeitig:

»Ich will nur, dass du weißt,
Ich habe dich immer noch lieb
Und dass es am Ende
Auch keine andere gibt
Die mich so vollendet ...«

Unsere Zukunft da draußen wird aufregend.

Aber das hier ist unser Moment.

Quellennachweise

Passenger
Auszüge aus dem Song »Let her go« (S. 178)
Aus: Album All the little lights, Embassy of Music (Warner), 2013

Philipp Poisel
Auszüge aus dem Song »Wie kann ein Mensch das ertragen?« (S. 38, 221/222 und 331)
Auszüge aus dem Song »Ich will nur« (S. 380)
Beides aus: Album Bis nach Toulouse, Grönland, 2010

Auszüge aus dem Song »Eiserner Steg« (S. 115, 345)
Aus: Album Eiserner Steg, Grönland, 2011

SDP feat. Adel Tawil
Auszüge aus dem Song »Ich will nur, dass du weißt« (S. 227)
Berliner Plattenbau (Chapter One / Universal Music), 2015

Joris
Auszüge aus dem Song »Herz über Kopf« (S. 290)
Four Music (Sony Music)

Revolverheld
Auszüge aus dem Song »Mit dir chilln« (S. 38)
Columbia Germany, 2006

Birgit Schlieper

Trau. Mir. Nicht.

ca. 350 Seiten
ISBN 978-3-570-16305-4

Mia ist seltsam fasziniert von der neuen Mitschülerin. Diese Konstanze hat so etwas Cooles, Unnahbares an sich. Umso mehr fühlt Mia sich geschmeichelt, als die Neue ausgerechnet um ihre Freundschaft buhlt. Konstanze besucht Mia, nimmt sie mit zu hippen Events und sorgt ganz unmerklich dafür, dass Mia sich von ihren Freundinnen entfernt, nicht mehr regelmäßig zu ihrem geliebten Hockeytraining geht und Abstand von ihren Eltern gewinnt. Dass viele Kontakte wegbrechen, macht Mia nichts aus, sie hat ja Konstanze! Als diese durch eine Intrige auch noch Mia und ihren Freund Luca auseinanderbringt, wird es einsam um das Mädchen. Jetzt hat Mia nur noch Konstanze. Und ihren Bruder. Aber genau auf den hat Konstanze es abgesehen ...